김재규의 후예들

발행일	2016년 12월 26일

지은이	송 용 만		
펴낸이	손 형 국		
펴낸곳	(주)북랩		
편집인	선일영	편집	이종무, 권유선, 김송이
디자인	이현수, 김민하, 이정아, 한수희	제작	박기성, 황동현, 구성우
마케팅	김회란, 박진관		
출판등록	2004. 12. 1(제2012-000051호.)		
주소	서울시 금천구 가산디지털 1로 168, 우림라이온스밸리 B동 B113, 114호		
홈페이지	www.book.co.kr		
전화번호	(02)2026-5777	팩스	(02)2026-5747

ISBN 979-11-5987-377-5 03810(종이책) 979-11-5987-378-2 05810(전자책)

이 도서의 국립중앙도서관 출판예정도서목록(CIP)은 서지정보유통지원시스템 홈페이지(http://seoji.nl.go.kr)와
국가자료공동목록시스템(http://www.nl.go.kr/kolisnet)에서 이용하실 수 있습니다.
(CIP제어번호 : CIP2016031412)

(주)북랩 성공출판의 파트너

북랩 홈페이지와 패밀리 사이트에서 다양한 출판 솔루션을 만나 보세요!

홈페이지 book.co.kr	1인출판 플랫폼 해피소드 happisode.com
블로그 blog.naver.com/essaybook	원고모집 book@book.co.kr

김재규의
후예들

송용만 장편소설

박정희의 신화를 벗겨내는 민주주의의 사도들

북랩 book Lab

　나는 박정희 효과를 만들어서 정치적 수혜를 받고자 하는 정치인
들의 음모와 퇴보하는 민주주의에 어떤 이유가 있는지 그것을 독자
여러분과 함께 생각해보고자 하는 마음에서 이 소설을 쓰게 됐다.
박근혜가 대통령이 될 수 있었던 이유는 박정희 효과가 한몫했을
것이라는 생각은 나 혼자만의 생각은 아닐 것이다. 사실 내가 이 소
설을 쓰게 된 가장 큰 이유는 대한민국 국민으로서 박근혜 정부와
여당을 도저히 용서할 수 없기 때문이다. 내가 세월호 유족이기 때
문에 그렇다고 말하는 독자가 있다면 부정하진 않겠다. 하지만 나
는 이 책에서 세월호에 대한 얘기는 한마디도 언급하지 않았다. 최
순실 사태가 드러나기 전까진 세월호는 정부 여당의 파렴치한 정치
적인 계산에 의해 '그만해라', '지겹다'라는 사회적 인식이 팽배해 있
었기 때문이다. 부모와 자식을 잃은 우리 유가족은 너무나 억울하
게도 사회적 죄인으로 전락해야 했고, 또한 진상규명을 외치며 단
식에 들어갔을 때, 정부 여당의 정치공작에 의해 치킨과 피자로 조
롱을 당해야만 했다. 그 일만 생각하면 피가 거꾸로 솟는 기분이

들어 이 책을 끝내지 못할 것 같았다. 지난 5월부터 시작한 이 책은 방향이 조금 다르지만, 최순실 국정농단과 꼭두각시 박근혜의 무능은 참 공교롭게도 현 시국과 많이 닮아 있다. 이 소설의 내용 중에 정부를 비판하는 시위대의 과격시위와 진압경찰 간의 무력충돌은 현 평화시위와 배치되지만, 현 시국을 이용했다는 소리를 듣고 싶지 않아 수정하지 않고 독자분들의 판단으로 돌리기로 했다. 또한 현 시국을 단 한 줄도 인용하지 않았음을 미리 밝혀둔다. 이번 최순실 국정농단의 계기로 박근혜가 본인의 입으로 말했던 대한민국의 적폐를 반드시 뿌리 뽑기를 국민의 한 사람으로서 간절히 바란다. 이 기회를 놓치면 우리 국민은 개, 돼지 취급을 면치 못할 것으로 생각하기 때문이다. 나는 우리 유가족이 무릎 꿇고 울며 진상규명을 외치고 있을 때, 비웃고 지나간 박근혜의 그 얼굴을 지금도 잊을 수 없다. 이제 나는 이 책을 통해서 박근혜를 통렬히 비웃어 줄 것이다. 끝으로 나는 박근혜 정부와 새누리당이 지리멸렬하길 바라면서 끝까지 가볼 생각이다.

송용만

차례

혁명

1979년 10월 26일 오후 3시경.

하늘을 잠식하고 있던 우중충한 잿빛 구름이 서서히 물러가고 있었다. 잠시 자신의 자리를 침범한 구름을 용납하지 않으려는 것일까. 구름 속에서 나온 붉은 태양은 강한 열기를 뿜어내고 있는 것처럼 보였다. 하지만 그것은 검은색 세단에서 하늘을 올려다보는 남자만 느끼는 것인지도 모를 일이었다.

중앙정보부장 김재규. 시선을 내린 그는 잠시 눈을 감았다. 무슨 생각을 하는 것일까. 살며시 떨리는 눈자위, 굳게 다문 입술. 평소의 모습과는 어딘지 모르게 많이 다르게 보였다. 미끄러지듯 움직이던 세단은 이내 남산(중앙정보부 분청으로서 폭압적인 권력의 핵심 장소)으로 들어서 움직임을 멈췄다. 집무실로 들어서는 그의 발걸음이 부자연스럽게 보였다. 아마도 자신의 움직임 하나하나까지도 의식하고 있는 듯했다. 잠시 숨을 고르고 있을 때, 인터폰이 울렸다.

-부장님, 차 실장님 전환입니다.

대통령 경호실장 차지철로부터 걸려온 전화였다. 김재규는 수화기를 무겁게 들어 올렸다.

-김 부장, 오늘 저녁 각하를 모시고 만찬이 있습니다. 알아서 잘 준비하시오.

어김없이 명령조였다. 속이 뒤집힐 것 같았다. 무슨 일이 있을 때마다 마치 부하를 다루듯 자신을 불러 말했고, 직접 찾아오는 일이 없었다.

"…알겠소."

짧게 대답한 그는 수화기를 신경질적으로 내려놓았다. 권력의 추는 차지철에게 기울고 있다. 안하무인, 버러지 같은 놈.

대통령 주재의 만찬이었다. 이른바 '대행사'였다. 대통령은 사흘에 한 번 정도로 술자리 행사를 만들었다. '대행사'와 '소행사'가 그것이었다. 최측근 서너 명과 함께하는 술자리를 대행사, 대통령 혼자 즐기는 술자리를 소행사로 불렀다. 그 누가 알았겠는가. 대통령의 여자관계. 이름만 들으면 누구나 알 수 있는 연예인은 물론이고, 여대생까지 대통령의 성노리개로 삼아왔다는 사실을.

"부장님, 우리 중정이 언제까지 채홍사(연산군 때 전국의 창기 중 미인을 뽑아 왕에게 바치던 벼슬아치) 노릇을 해야 합니까?"

언젠가 자신의 심복 의전과장 박선호가 내뱉은 볼멘소리였다. 그날 자신은 어떤 말도 해줄 수 없었다. 실로 복창 터지는 일이 아닐 수 없지만, 그렇다고 내색할 수도 없는 노릇이었다.

오늘은 대행사가 있는 날이었다. 김재규는 대통령이 삽교천 방조제 준공식 공식행사에 참석하고 청와대로 돌아온 사실을 알고 있었다. 잠시 허공을 바라보던 그는 수화기를 움켜잡고 다이얼을 돌렸다.

"총장, 오늘 저녁에 시간 좀 내주시오."

정승화(육군참모총장) 특유의 목소리가 전화기로 흘렀다.

-왜, 무슨 일이라도 있습니까?

"일은 무슨…, 오래간만에 저녁이나 함께하면서 세상 돌아가는 얘기나 좀 합시다."

-어디서요?

"궁정동(중앙정보부 안가)에서 보시죠."

-궁정동이요?

잠시 사이를 두고 정승화의 목소리가 다시 들렸다.

-네. 그리로 가죠.

정승화와 전화통화를 끝낸 김재규는 곧바로 중앙정보부 2차장보 김정섭에게 같은 전화를 걸어 저녁 식사에 초대했다. 김재규의 평소 같지 않은 목소리는 어딘지 모르게 긴장감이 묻어 있는 것처럼 들렸다.

수행비서와 함께 궁정동에 도착한 김재규는 자신의 집무실로 들어서 권총을 꺼내 실탄을 장전했다. 권총을 바라보는 그의 눈동자가 잠시 흔들리는가 싶더니 이내 제자리를 찾았다.

그가 생각하기로 유신체제는 국민을 위한 것이 아니라, 대통령 본인만을 위한 것이었다. 유신체제에서 대통령은 국회 해산권, 법률안 거부권, 긴급조치권, 헌법위원회 위원장직까지, 막강한 권력을 쥐고 있었다. 또한 국회의원 3분의 1은 대통령에게 추천권이 있다고 헌법에 명시돼 있지만, 그것은 사실상 자신에게 충성을 맹세한 사람들을 국회의원으로 만들 수 있는 임명권을 가졌다고 보아야 했다. 이렇게 뽑힌 국회의원들이 구성한 교섭 단체가 유신정우회(유정

회)였다. 한 마디로 고대 왕국의 신과 같은 황제의 권한을 모두 쥐고 있는 셈이었다.

사실 김재규는 지난 몇 년 동안 마음먹은 몇 번의 거사를 실행에 옮기지 못한 이유가 있었다. 그것은 대통령이 자신을 대할 때 마치 친형처럼, 친구처럼 인자한 미소와 허물없는 처세로 대한다는 것 때문이었다. 그런데 언제부턴가 이 모든 것들이 전혀 예기치 않은 방향으로 흐르고 있었다. 물론 이것이 거사를 실행하지 못한 절대적인 이유가 될 수는 없었지만, 심한 갈등을 가져온 것은 사실이었다.

살짝 고개를 흔든 그는 흔들리는 마음을 다잡아야 했다. 대한민국의 민주화와 거짓의 탈을 쓴 대통령의 위선을 뿌리째 없애야 한다. 그것만이 대한민국을 위하는 길이니까. 김재규는 다시 권총을 서랍에 넣고 안가 마당으로 나섰다. 바라보니 비서실장 김계원이 서성거리고 있었다.

"형님, 시국이 말이 아닙니다."

김재규가 옆으로 다가서며 말했다.

"그러게 말이야, 정치에 대해서 개뿔도 모르는 차지철 이놈이 각하의 판단을 흐리게 하고 있어. 이 나라가 어디로 흘러갈지 나도 심히 걱정이야."

김재규는 김계원의 얼굴에서 분노의 빛이 서리다가 사라지는 것을 보았다. 대다수의 우리 국민은 아무것도 모르고 있다. 대통령의 위선이 어떤 것인지, 권력을 유지하기 위해 어떤 거짓을 일삼고 있는지 전혀 모르고 있는 실정이다. 전 중앙정보부장 김형욱이 왜 대통령을 떠났는지, 그는 왜 신변의 위협을 느끼면서까지 미 의회에서 대통령의 치부를 공개했는지 모르고 있다. 김재규는 머릿속에 떠오르는 끊임없는 생각들에서 빠져나와 입을 열었다.

"부마사태(부산과 마산 지역에서 전개된 시민과 학생들의 유신 반대 투쟁)를 폭동 진압하듯 무조건 누르면, 정국이 어떻게 펼쳐질지 아무도 장담할 수 없습니다. 부산 시민이 다 일어나 봉기할 수도 있고요. 유감이지만 공화당도 차지철 이놈이 무서워 각하께 바른말을 못 하고 있는 게 현실입니다. 형님도 절대로 물러서지 않는 각하의 성격을 잘 아시지 않습니까. 대규모 유혈사태가 발생할 수도 있습니다. 차지철 이놈을 오늘 없애버려야겠습니다."

"그런 놈은 죽어도 싸지."

김계원은 김재규의 말을 심각하게 받아들이지 않는 듯 가볍게 맞장구쳤다.

절대 권력은 절대 부패한다고 했던가. 그 부패의 피해는 고스란히 국민의 몫이고, 그 폐단은 후세에 영향을 미칠 것이다. 대통령의 경제개발 5개년 계획은 처음부터 잘못된 것이었다. 하지만 우리 국민은 곳곳에 나타나 손을 흔들며 웃음을 머금은 대통령을 민족의 영도자로 굳게 믿고 있다. 이 얼마나 국민을 호도하고 기만하는 짓인가. 김재규는 자신이 짊어지고 가야 할 멍에의 무게가 무겁게 느껴졌다.

중앙정보부 의전과장 박선호는 두 여인을 승용차에 태우고 궁정동 안가로 들어서고 있었다. 패션모델 신 양과 가수 심 양이었다. 궁정동 땅에 발을 내딛는 두 여인의 얼굴에 묘한 긴장감이 흘렀다. 그것은 분명 같은 땅이지만, 결코 같은 땅이 될 수 없었다. 최고의 존엄이 숨 쉬고 있는 성지였기 때문이다. 그 '숨'은 곧 거부할 수 없는 절대명령이고 절대법이었다. 두 여인은 그런 성지에 너무나 황송하게도 자신들의 발을 내디딘 것이었다. 어디선가 새소리가 들렸다. 최고의 존엄이 머무는 이런 성지에서도 새소리가 밖의 세상과 다르지 않게 들린다는 사실이 신기하게 느껴졌다. 두 여인은 서로를 바라보았다.

"자, 이리로."

박선호의 안내로 신 양과 심 양이 대기실로 들어서 잠깐 기다리니, 중키에 어깨가 떡 벌어진 탄탄한 남자가 문을 열고 들어섰다. 경호실장 차지철이었다.

"자, 긴장하지 말고 앉아요."

차지철이 고개를 숙이고 서 있는 두 여인을 보고 말했다. 두 여인이 다소곳이 앉자, 각하를 대할 때의 몇 가지 주의사항과 당부를 말하더니, 곧바로 대기실을 나가 만찬장으로 향했다. 두 여인은 역사의 현장을 바로 앞에서 지켜볼 줄 꿈에나 알았겠는가.

오후, 6시를 조금 넘긴 시각.

김재규와 대통령비서실장 김계원은 궁정동으로 들어서는 대통령을 맞이했다. 건장한 경호원들이 민첩하게 움직이며 보좌했고, 경호실장 차지철이 대통령 옆에 바짝 붙어 있었다. 차지철의 허리춤을 확인하는 김재규가 강한 눈빛을 머금었다. 대통령이 안가에 들어서면 경호 임무는 경호실에서 중앙정보부로 넘어간다. 때문에 차지철은 궁정동에 들어올 때부터 권총을 차지 않았다.

"그래, 수고들 많구먼."

"아닙니다, 각하."

흡족한 미소를 흘린 박정희가 만찬장으로 향하며 김재규의 어깨를 가볍게 두드렸다. 뒤따르는 김재규는 심하게 뛰는 가슴을 진정시키려는 듯 가슴을 쓸어내렸다.

이윽고 만찬장에 들어선 박정희 일행은 각자 자리를 잡았다. 박정희가 '십장생도(해와 달, 소나무와 대나무, 거북이, 학, 영지, 구름, 바위, 물이 그려진 불로장생을 상징하는 병풍) 앞에 앉자, 차지철과 김계원, 김재규가 차례로 착석했다. 식탁에는 박정희가 가장 즐겨 마시는 양주 '시바스리갈'이 올라와 있었다.

노크 소리가 들렸다.

"들어와."

웃음 띤 박정희가 문을 향해 고개를 들면서 말했다. 잠시 기다리니 심 양이 기타를 들고 들어오고, 빼어난 미모의 신 양이 그 뒤를 따라 들어섰다. 두 여인은 박정희의 양옆으로 앉았다.

"이쁘군."

박정희가 신 양을 바라보고 흡족한 미소를 흘렸다. 경외감으로 얼굴을 들 수 없던 신 양은 용기를 내서 살짝 고개를 들어 대통령을 바라보았다. 하지만 어느 안전인가. 그녀는 황급히 고개를 숙였다.

몇 순배의 술이 오가자, 박정희는 김재규를 향해 불만의 목소리를 높였다.

"부마사태를 수습하고 진압한다고 했잖아. 정보부 예산은 무한정 써가면서…, 무리 없이 다 할 수 있다고 말했잖아. 그런데 제대로 한 게 뭐야?"

'당신이 추진한 화폐개혁과 조카사위 김종필의 주가조작이 얼마나 많은 국민을 거리로 내몰았고, 그것 때문에 죽은 국민이 얼마나 많은지 아시오? 당신이 대체 제대로 하는 게 뭐가 있소? 당신은 그저 아무것도 하지 않는 게 이 나라와 국민을 위하는 길이오.'

김재규의 속말이었다.

"정보부가 판단 미숙으로 방관하는 바람에 사태를 더 악화시키고 있는 거 아니오?"

차지철이 끼어들며 김재규를 몰아붙였다.

"강경 대응을 해서라도 사태의 확산을 막아야 하는 거 아냐?"

박정희의 말은 물음인지 지시인지, 또는 혼잣말인지 구분이 가지 않았다.

"캄보디아에선 3백만 명을 죽여도 아무 이상 없었는데, 그깟 국민 1, 2백만쯤이야 죽이는 건 아무 일도 아닙니다."

차지철이 박정희의 뒤를 이어 말했다.

'차지철 이놈은 대체….'

김재규는 대통령의 만족한 얼굴 뒤로 자신의 아연실색한 얼굴을 감출 수밖에 없었다. 지금 이자들은 국민을 향해 무슨 짓을 하려고 하는가. 국민을 정치적인 희생양으로 아는 이 버러지 같은 인간들. 김재규는 대통령의 소리에 즉시 표정관리에 들어갔다.

"김영삼을 구속했어야 했는데 유혁인(정무수석 비서관)이 말려서 취소했더니, 혼란만 키우는 결과를 가져왔어. 정보부의 수장으로서 어떻게 생각하나?"

"각하, 김영삼은 국회에서 제명된 것만으로도 처벌했다고 국민들은 보고 있습니다."

김재규는 간신히 감정을 수습한다고 했지만, 거친 호흡은 쉽게 가라앉힐 수 없었다.

"그걸 지금 말이라고 하고 있는 거야. 중앙정보부가 하는 일이 뭐야. 야당 의원 비행(非行) 사실만 움켜쥐고 있으면 뭐해. 정보부가 좀 무서워야지. 조치를 취해야 할 거 아냐."

박정희는 좌우에 앉은 젊은 여인들의 시중을 받으며 김재규를 심하게 꾸짖었다. 한참 어린 여인들 앞에서 어린아이 혼나듯 고개 숙이고 있는 김재규는 분노와 모멸감, 무안함으로 몸이 마치 땅속으로 꺼져가는 것처럼 느꼈다. 숨이 가빠오고 호흡이 거칠어졌다. 그는 술잔을 단숨에 비웠다.

김계원은 무슨 생각을 하고 있는 것일까. 그저 아무 말 없이 술잔만 비우고 있었다. 만찬장을 잠시 빠져나온 김재규는 마당을 가로질러 뛰기 시작했다. 곧바로 자신의 집무실로 들어선 그는 실탄을 장전해놓은 권총을 품에 숨기고 밖으로 나섰다. 그리고 대기 중인 심복 박선호와 박흥주를 불렀다. 다가온 박선호와 박흥주는 상관의 얼굴에서 이상한 기운을 느꼈다.

"안색이 몹시 안 좋아 보이십니다."

박선호가 말했다. 상관의 입에서 엄청난 말이 흘렀다.

"시국이 위험하니 우리도 죽을 수 있다. 오늘 저녁 다 해치우겠다. 총소리가 나면 너희들은 경호원을 제압해라. 불응하면 발포해도 좋다."

"네?"

두 사람이 대경실색한 얼굴로 상관을 바라보았다. 벌어지는 상황을 도무지 이해할 수 없다는 표정이었다. 하지만 상관이 누구인가. 어떤 명령이라도 따라야 했다.

"대상이 어디까지입니까?"

박흥주가 설마 하는 마음으로 물었다.

"설마 각하까지입니까?"

비장한 상관의 얼굴을 살핀 박선호가 뒤를 이어 물었다. 그 역시 내심 각하까지는 아니기를 바라는 눈치였다. 하지만 그의 바람은 무참히 깨졌다.

"오늘, 전부 다 해치운다."

윙 소리가 귓전을 울렸다.

"너무 엄청난 일이라…; 다음 기회로 미루면 어떻겠습니까?"

연이어 묻는 박선호는 마지막 희망을 바라고 있는 눈치였다.

"아니야, 오늘 하지 않으면 다시는 기회가 오지 않을 수 있다. 준비되면 보고해라."

거부하기 힘든 단호한 명령이었다. 김재규는 잠시 두 사람의 얼굴을 바라보았다. 결연한 표정과 명령에 복종하겠다는 눈빛을 읽은 후 몸을 돌려 만찬장으로 향했다.

안으로 들어서니 신 양의 기타 반주에 맞춰 심 양이 노래를 부르고 있었다. 노래를 음미하는 것일까, 아니면 자신의 권력을 음미하는 것일까. 그도 아니면 자신의 존재를 음미하는 것일까. 어쩌면 이 모든 것들을 음미하는 것일 것이다. 박정희는 눈을 감은 채 입가에 엷은 미소를 머금고 몸을 좌우로 살며시 흔들었다. 호흡을 가다듬은 김재규는 자리에 착석해 잔에 담긴 술을 들이켰다. 평소의 주량을 훨씬 초과했지만, 술기운은 전혀 느껴지지 않았다.

30여 분을 기다리니 정보부 요원 남효주가 들어와 무언가 귀에 대고 속삭였다. 김재규는 그를 따라 박선호가 기다리고 있는 방으로 이동했다.

"준비됐습니다."

"여긴, 지금 참모총장과 2차장보도 와 있다. 이것은 혁명이야. 역사가 판단해줄 것이다."

김재규가 박선호와 남효주의 손을 굳게 잡았다.

다시 만찬장으로 들어서니 김계원이 옆으로 바짝 붙으며 물었다.

"자네, 오늘따라 왜 이렇게 안색이 안 좋은가?"

김재규는 그의 목소리를 못 들은 것일까. 대답 없이 술을 연거푸 들이켰다.

"이봐, 오늘 너무 무리하는 거 아니야?"

귓전에서 왱왱거릴 뿐, 들리지 않았다. 심 양이 자신의 인기곡 '그 때 그 사람'을 부르고, 뒤를 이어 차지철이 나섰다.

"각하, 제가 한 곡 부르겠습니다."

평소 술자리나 노는 자리에서도 신명을 내지 않던 차지철이 목을 가다듬고 노래를 부르기 시작했다. '도라지'였다. 그는 자신의 마지막 노래를 짐작이나 하고 있을까. 여우는 죽을 때, 자신이 태어난 고향으로 머리를 돌리고 죽는다고 했고, 고양이는 아무도 보지 않는 곳으로 이동해서 죽음을 맞이한다고 했다. 자신의 죽음에 아무 것도 느끼지 못하는 불쌍한 인간들.

김재규는 호흡을 가다듬었다. 죽음의 그림자가 바로 눈앞으로 다가왔지만, 일말의 위기감도 전혀 감지하지 못한 박정희와 차지철은 권력을 음미하고 존재를 음미할 뿐, 분위기에만 빠져 있었다.

"차 실장, 이제 보니 노래를 아주 잘하는군."

김계원이 크게 박수를 치며 분위기를 더욱 고취시켰다. 운명의 시간은 아주 빠른 속도로 다가오고 있었다. 김재규가 또 술잔을 잡아 입으로 가져갔다. 미세하게 손이 떨렸다.

같은 시각, 박선호는 대기실에서 대통령 경호원 정인형, 안재송과 함께 앉아 있었다.

"인형아, 우리 친구 맞지?"

"그럼, 맞지."

박선호의 뜬금없는 물음에 정인형이 건성으로 대답했다. 두 사람은 해병대 동기를 떠나 절친한 친구처럼 지내는 사이였다. 두 사람을 바라보는 박선호의 눈빛에 결연함이 담겨 있었다. 정인형이 그의 시선을 잠깐 바라보더니 고개를 갸웃했다.

"왜, 무슨 일 있어? 표정이 왜 그래?"

"아니야. 인형아, 내 말만 잘 들어."

"지금, 무슨 말을 하는 거야?"

"이유는 묻지 말고 내 말만 잘 들어, 알았지?"

지시에 불응 시 사살 명령을 하달받은 박선호는 어떻게든 친구를 보호해주고 싶었다.

"사람 참, 싱겁긴…, 그래, 알았다."

정인형의 건성으로 이어지는 대답이었다.

만찬장에서는 마치 '시'를 읊듯 신 양의 '사랑해'가 조용히 울리고 있었다. 박정희가 지그시 눈을 감고 노래를 음미했고, 김계원과 차지철이 박수를 치며 장단을 맞추었다. 김재규의 오른손이 서서히 품안으로 들어갔다. 흐르는 시간이 영원처럼 느껴지기도 했고, 찰나처럼 순식간에 지나가기도 했다. 때를 기다리던 김재규가 언성을 높였다.

"형님, 각하를 똑바로 모시세요!"

김계원을 향해 소리친 김재규가 테이블을 치며 일어섰다. 이어서 권총을 뽑아들었다.

"차지철, 이 버러지 같은 새끼."

'탕!'

총구가 불을 뿜었다.

"김 부장, 뭐하는 짓이야!"

빗맞은 총탄이 차지철의 팔을 뚫고 지나갔다.

'탕!'

두 번째 총탄은 박정희의 가슴을 정확히 관통했다.

"지금 뭐하는 거야!"

총에 맞은 박정희가 마지막 고함을 질렀고, 그때까지 영문을 모르고 있던 신 양과 심 양이 소스라치게 놀라 비명을 질렀다.

"경호원, 경호원!"

차지철이 소리치며 실내 화장실로 달아났다.

김재규는 달아나는 차지철을 향해 방아쇠를 당겼다.

'철컥, 철컥.'

총탄이 발사되지 않았다. 그때 무슨 이유인지 전기불이 꺼졌다.

"불 켜, 불 켜!"

김계원이 소리치며 밖으로 뛰어나갔고, 김재규가 박선호를 찾아 안가 마당을 뛰었다. 다시 전기불이 들어오고, 두 여인이 대통령을 부축했다.

"각하, 괜찮으세요?"

"나는 괜찮아."

박정희는 안간힘 쓰며 옆으로 쓰러지는 몸을 다잡았다. 박선호에게서 권총을 받아 들고 들어온 김재규는 마침 화장실에서 나오는 차지철을 향해 총구를 겨누었다.

"김, 부장, 대체 왜 이래?"

무소불위의 권력자 차지철이 죽음 앞에서 비굴한 표정을 지었다. 그러더니 소리쳤다.

"경호원, 경호원!"

'탕!'

인정사정없는 김재규의 총구가 불을 뿜었다. 문갑을 들고 방어 자세를 취했던 차지철은 총탄이 뚫고 지나간 가슴을 잡고 쓰러졌다. 김재규는 옆으로 몸을 돌려 박정희에게 다가갔다. 대통령의 머리에 총구를 붙이는 그의 손이 심하게 떨렸다. 이를 악다문 김재규는 방아쇠를 당겼다. 검붉은 피가 사방으로 튀었다. 대경실색한 두 여인이 만찬장을 뛰어나가 화장실에 몸을 숨겼다. 얼이 빠져 있는 두 여인은 한동안 입술만 달달 떨고 있었다.

한편, 대기실에서 정인형, 안재송과 같이 있던 박선호는 총소리가 나자, 의자에서 튕기듯 몸을 일으켰다.

"어? 이거 총소리 아냐?"

정인형과 안재송이 동시에 권총에 손을 가져갔다.

"움직이지 마!"

재빨리 권총을 빼든 박선호가 두 사람을 향해 총구를 겨누었다.

"너, 지금 무슨 짓을…."

권총을 쥔 정인형의 손이 미세하게 떨렸다.

"인형아, 내 말 들어. 우리 같이 살자."

즉각적으로 상황을 판단한 명사수 안재송이 권총을 잡았다. 그와 동시에 박선호의 총구가 불을 뿜었다. 총에 맞은 안재송이 가슴을 부여잡고 쓰러졌다. 곧바로 정인형이 같은 자세를 취했고, 그 역시 총탄에 맞아 쓰러졌다.

"같이 살자고 했잖아, 이 새끼야."

박선호가 울부짖으며 쓰러지는 정인형 앞으로 뛰었다.

"인형아! 인형아!"

그러나 정인형은 이미 숨이 끊겨 있었다.

같은 시각, 정보부 요원들은 안가 주방으로 다가가 무차별적으로 총을 난사했다. 총탄에 맞은 식기가 파편이 되어 사방으로 튀었고, 검붉은 선혈이 주방 구석구석까지 파고들었다. 고통을 머금은 비명이 요란한 총소리에 묻혔다. 주방 안으로 뛰어든 요원들은 아직 살아 있는 사람들에게 총탄을 난사했다. 확인사살이었다.

밖으로 나온 김재규는 정승화를 찾았다.

"총장, 큰일 났습니다."

"무슨 일이라도 난 겁니까?"

"일단 차를 타고 이동하면서 얘기합시다."

두 사람을 태운 승용차가 궁정동을 벗어나기 시작했다.

"대체 무슨 일인데 이렇게 급히 가는 겁니까?"

"각하가 저격당했습니다."

"네? 지금 무슨 말씀을…; 아까, 그 총소리가…."

김재규의 심각한 얼굴을 살핀 정승화가 잠시 동안 얼빠진 표정을 지었다.

"그럼, 각하께서 돌아가셨다는 말입니까?"

정승화는 간신히 물었다.

"네, 돌아가셨습니다."

"이거, 큰일 났구먼. 근데 지금 어디로 가는 겁니까?"

"정보부로 갑니다."

잠시 생각한 정승화는 장소를 바꿨다.

"아니, 그러지 말고, 육본(육군본부)으로 갑시다."

순간 망설인 김재규는 정승화의 말을 따랐다. 정보부로 향하던 승용차는 방향을 틀어 육군본부로 향했다. 이날, 김재규가 막강한 권력을 가진 중앙정보부로 갔다면 역사는 어떻게 변했을까. 그것은 아무도 모를 일이었다.

저녁 8시에 가까워지는 시각, 김계원은 대통령을 부축해 국군서울지구병원으로 들어섰다. 소스라치게 놀란 일직 군의관이 들어서는 비서실장을 보고 거수경례를 올렸다.

"이분이 누구신데, 손수 업고 오십니까?"

"이분을 정중히 모시게."

일직 군의관은 얼굴이 피범벅으로 뒤덮인 대통령을 알아보지 못했다.

'대체 이 사람이 누군데 이러는가.'

환자의 얼굴에서 피를 닦아내는 군의관의 손길이 순간 멈칫했다. 어디서 본 얼굴, 군의관은 자세히 보기 위해 고개를 조금 더 숙였다. 머리가 쿵하고 울렸다.

"아니, 이분은!"

자신도 모르게 목소리가 크게 터졌다.

그로부터 35년 후.

여긴 어디란 말인가. 비탈길을 내려선 중년 남자는 두 눈을 크게 뜨고 주위를 두리번거렸다. 하지만 달빛까지도 삼켜버린 시커먼 어둠은 그것을 허락하지 않으려는 듯, 남자에게 길을 보여주지 않았다. 남자는 다시 몇 걸음을 옮겼다.

"제길, 아까 왔던 길이잖아!"

혼잣말을 내뱉은 남자는 벌써 몇 시간을 제자리걸음만 하고 있었다. 들려오는 짐승들의 소리가 소름끼치도록 무섭게 다가왔다. 산속에서 길을 잃은 그는 오싹한 기운에 땀에 젖은 몸을 떨었다. 평소 혼자만의 등산을 즐기는 그는 주말을 이용해서 서울과 가까운 산을 선정해 등산길에 올랐다. 사색을 즐기기엔 등산만큼 좋은 수단이 없다. 하지만 오늘은 자신이 생각하기에도 기가 막힐 노릇이었다. 내가 길을 잃다니. 손전등의 배터리는 기력을 다했는지, 이미 몇 시간 전부터 제 역할을 못 하고 있었다. 그는 신경질적으로 손전등을 손바닥에 대고 쳐보았다. 역시 반응이 없었다. 설상가상으로 빗방울이 떨어지기 시작했다. 소매를 걷어 올린 맨살에 소름이 돋았다. 남자는 다시 비탈길을 올랐다.

그렇게 얼마나 걸었을까. 순간 남자의 얼굴에 환한 미소가 서렸다. 희미하게나마 보이는 것은 분명 불빛이었다. 문명의 불빛이 이렇게도 고마운지 처음 알았다. 그는 미친 듯이 불빛을 향해 뛰었다. 마침내 불빛의 근원지가 눈앞으로 들어왔다. 육중한 통나무로 지어진 건물은 2층 높이로 견고해 보였고, 산장인 듯싶었다.

"계세요! 계세요!"

남자는 문을 세차게 두드렸다. 그러나 인기척이 없었다. 차가운 빗줄기는 남자의 몸속으로 계속 파고들면서 소름끼치는 냉기를 선사했다. 잠시 망설인 남자는 문을 살며시 잡아당겼다. 다행히 문은 잠겨 있지 않았다.

안으로 들어서니 거실 너머 벽난로의 불꽃이 유혹의 손길을 보내 왔다. 그는 망설임 없이 벽난로로 뛰었다. 주어진 상황이 예의를 넘어섰다. 그렇게 조금 있으니 주위의 사물들이 차츰 눈에 들어오기 시작했다. 남자의 눈빛이 의혹을 가득 품었다.

이것들이 대체 무엇이란 말인가. 종합병원 외과의사로 재직하고 있는 남자는 거실 책장을 가득 채운 의학 서적에 고개를 갸웃했다. 의사인 자신이 보기에도 전문 서적은 방대한 규모였고, 흡사 연구실을 보는 듯했다. 산장의 분위기와 전혀 어울리지 않았다. 벽을 따라 이동하던 시선이 거실 중간에 자리 잡은 테이블에 가서 멈췄다. 남자는 천천히 몸을 일으켜 테이블에 놓여 있는 두꺼운 서류철을 집어 들었다.

〈연구일지〉? 깊은 호기심이 일었다. 〈연구일지〉를 천천히 넘기던 그의 손이 어느 부분에서 멈췄다.

"헉!"

자신도 모르게 큰 소리가 터졌다. 남자는 입을 틀어막고 위층으로 통하는 계단을 바라보았다. 인기척이 없었다. 다시 손을 가져가 빠르게 뒷장을 넘겼다.

'이건, 대체…'

바로 그때였다. 나무계단이 삐걱거리며 누군가 내려오고 있었다. 주인인 듯싶었다. 발걸음 소리로 보아 다행히 들키진 않은 것 같았다. 〈연구일지〉를 품에 숨긴 그는 살며시 집을 빠져나와 무작정 달렸다.

3일 후.

칠흑 같은 어둠속, 누군가 움직이고 있었다. 자신의 산장을 빠져나온 진일은 미친 듯이 달렸다. 고함도 소용없는 일이었다. 깊은 산속 홀로 떨어진 산장. 대낮에도 지나가는 사람이 없을 정도로 깊은 산속이었다. 저녁 8시를 조금 넘긴 시간이었지만, 불빛 하나 없는 산속은 앞을 분간하기 어려울 정도로 칠흑 같은 어둠뿐이었다. 어둠을 뚫고 달리는 진일은 금방이라도 숨이 넘어갈 것처럼 호흡이 거칠게 이어졌고, 두 눈엔 공포와 분노가 동시에 묻어 있었다. 구르다시피 비탈길을 내려선 그는 주위를 두리번거렸다. 노쇠한 몸을 이끌고 다시 산을 오를 수는 없었다. 진일은 물이 가득한 논으로 뛰어들면서 고개를 돌렸다. 시끄럽게 울던 개구리 소리가 멈추고, 자신을 쫓는 젊은 남자들이 비탈길을 내려서 주위를 둘러보는 모습이 희미하게 보였다. 남자들의 발자국 소리가 점점 가깝게 들렸다. 진일은 노쇠한 몸을 부지런히 움직였다. 이제 막 모내기를 끝낸 논은 그가 움직일 때마다 첨벙 소리를 내며 남자들에게 위치를 알려주는 듯 보였다.

"저기야!"

진일은 미친 듯이 빠르게 발을 놀렸다. 하지만 끈적끈적한 진흙은 끈질기게 달라붙으며 그의 노쇠한 다리를 쉽게 놓아주지 않았다.

"아…"

그는 탄식을 길게 내뱉었다.

남자들이 논으로 뛰어들었다. 첨벙거리는 물소리가 마치 천둥 치는 소리처럼 크게 들렸고, 소리는 점점 가깝게 다가오고 있었다. 실로 분통 터지는 일이 아닐 수 없었다. 여기서 포기할 순 없다. 진일은 있는 힘을 다해 발을 움직였다. 첨벙거리는 물소리가 아주 가깝게 들렸다. 진일은 있는 힘을 다했다. 그때 뒷덜미를 낚아채는 우악스러운 손길이 느껴졌다. 실로 엄청난 악력이었다.

"박사님, 소용없는 일입니다."

공손한 말투와는 달리 표정은 살기를 가득 품고 있었다.

"자네들도 거기서 보낸 사람들인가?"

"후후후, 그런 것까지 아실 필요는 없습니다. 여기에 숨어 계시면 우리가 못 찾을 줄 알았습니까? 지난번처럼 어디 또 도망가보시죠."

우려했던 현실에 자신의 발등을 찍고 싶었다. 그렇다면 필시 이놈들은….

"언젠가 진실은 꼭 밝혀질 거야."

"후후후, 진실이 존재할 것이라 생각하십니까? 너무 순진한 발상이시군요. 세상에 진실이란 존재하지 않습니다. 단지 만들어진 진실만이 존재할 뿐입니다."

남자의 엄청난 악력에 진일의 몸이 점점 내려앉고 있었다.

"왜, 그런 엄청난 일을 저질렀습니까?"

"그걸 정말 몰라서 묻는 것인가?"

목이 눌린 진일이 간신히 물었다.

"우린, 그런 건 모릅니다. 그건 어디에 숨긴 겁니까?"

"네놈들은 대체…, 절대로 말할 수 없다."

"우리가 그것을 찾지 못할 것으로 생각하는군요."

자백을 받긴 틀렸다고 생각했는지, 시종일관 말이 없던 남자가 무언가 눈짓을 했다. 잠시 발악하던 진일의 몸이 서서히 무너지더니, 이내 첨벙 소리와 함께 진흙에 얼굴을 박았다. 살아온 생의 모든 순간이 찰나로 지나가면서 아내와 아들의 얼굴이 망막에 그려졌다. 극심한 분노와 후회가 진흙물과 함께 밀려들어 오더니 꺼져가는 의식을 지배했다. 이 아비를 용서해다오. 허우적대던 팔다리가 마침내 움직임을 멈췄다. 잠시 후 구름 속에서 완전히 벗어난 달빛만이 논 가운데서 홀로 숨진 노인을 무심하게 비추었다.

출감

"1126번 출감."

철커덩.

철문 열리는 소리가 아주 경쾌하게 들렸다. 사복으로 갈아입은 입은 인혁은 교도관을 따라 복도를 걸어가면서 뒤를 돌아보았다. 튼튼한 두 다리와 강해 보이는 턱선, 마초 같은 이미지와 지성적인 이미지가 동시에 느껴지는 서른여덟의 얼굴이 교도관의 망막에 새겨졌다가 사라졌다.

6개월의 길고도 짧은 수감생활, 형기를 마치고 출소하는 그는 피식 웃음을 흘렸다. 그의 웃음은 복잡 미묘한 감정의 집합체였다. 후련함과 아쉬움, 긴장과 설렘, 거기에다 미세하게나마 밀려드는 그리움 같은 것이었다. 어떻게 수감생활을 그리워할 수 있단 말인가. 그 대상은 수감생활이 아니라, 짧은 기간이나마 같이 생활했던 사람일 것이다. 이렇게 생각하는 사이 결코 열리지 않을 것 같은 육중한 교도소 대문이 마술처럼 열렸다. 발을 옮기려던 그는 무엇이 생각났는지 몸을 뒤로 돌렸다.

"왜, 할 말이라도 있나?"

"담배 하나만 주세요."

교도관이 웃음을 흘리며 담배를 내밀었다.

잠시 담배를 물끄러미 바라본 그는 다시 담배를 교도관에게 내밀며 말했다.

"저 갑니다."

"사람, 싱겁긴."

교도관의 말이 바람에 실려 사라졌다.

시내로 들어선 인혁은 공중전화로 향하면서 몸으로 느껴지는 따스한 봄볕을 음미했다. 구름 한 점 없는 화창한 하늘이 자신의 출감을 반겨주는 듯 보였다. 몇 걸음을 옮겼을 때, 여자 목소리가 들렸다. 저 목소리는…. 얼굴에 짜증이 묻어났다.

"선배, 귀먹었어요? 몇 번을 불렀는데."

인혁은 귀찮은 듯 천천히 몸을 돌렸다.

"세화야, 또 너네 신문사 얘기를 하려고 찾아왔어? 이제 그만 좀 하지 그러냐."

"그 얘기는 나중에 하고 우선 이거나 좀 먹어요."

인혁이 세화가 내민 두부를 물끄러미 바라보자, 세화는 손바닥의 두부를 올리면서 입술을 빠끔 내밀었다. 인혁이 마지못해 두부를 한 입 베어 물었다. 심드렁한 표정의 세화가 더 권하려다가 손을 내렸다.

"이제 뭐해서 먹고살 거예요? 전과 기록까지 있는 전직 기자를 누가 받아주기나 하겠어요? 그러게 그렇게 혼자 다 뒤집어쓰고 들어갈 건 또 뭐예요. 이제 진짜 뭐 할 건데요?"

"그걸 왜 니가 신경 쓰는데? 내 일은 내가 알아서 할 테니 신경 끄세요."

"선배, 그러지 말고 우리 신문사에 들어오는 건 어때요? 내가 이미 말은 다 해놨어요. 〈조중일보〉처럼 어용 신문사에 뭐가 그렇게 미련이 남아서 그래요?"

"그걸 말이라고…, 너도 한때는 〈조중일보〉에 몸담았던 사람이 그렇게 말을 해야 되겠냐."

"내가 한때 몸담았으니까 얘기를 하는 거죠."

"나는 너를 보면 도무지 이해가 안 가. 아니 얼굴도 예쁘고 서른여섯의 여자치곤 몸매도 이만하면 봐줄 만한데, 왜 시집을 안 가고 있는 거야. 너 혹시 남자 혐오증이라도 있는 거 아니냐?"

인혁이 세화의 풍만한 젖가슴과 실팍한 엉덩이를 장난스럽게 훑었다.

"선배!"

세화의 얼굴이 울상이 됐다. 급기야 그녀의 입에서 반말이 튀어나왔다.

"야, 정인혁! 너 지금 그걸 몰라서 묻는 거야?"

"됐다, 그만하자."

"오늘은 바빠서 이만 가는데, 선배, 나 끈질긴 거 알죠?"

뾰로통하게 말한 세화가 돌아서다가 다시 돌아서 손바닥을 들어 올렸다. 두부였다.

"자, 이거 선배 거니까, 먹든 말든 알아서 해요."

억지로 두부를 건네준 세화는 다시 몸을 돌려 차도를 건넜다. 잠시 두부에 머물던 인혁의 시선이 택시에 오르는 세화로 향했다. 눈동자에 결코 지워지지 않을 것 같은 그녀의 모습이 안개처럼 스며들었다.

세화는 한때 〈조중일보〉라는 울타리 안에 같이 있었던 여자였다. 인혁은 그녀의 처음 입사 때를 결코 잊을 수 없었다. 늘씬한 다리를 뽐내듯 착 달라붙은 청바지와 찰랑거리는 긴 생머리에 분홍색 스웨터 차림으로 자신 앞에 서서 고개를 숙이는 그녀의 신비로운 모습은 분명 다른 세상에서 내려온 사람이었다. 그 신비감에 충격을 안겨준 일이 있었다. 입사 1년차 되던 어느 날이었다. 극우단체의 관제 데모를 취재하고 온 그녀는 다짜고짜 부장실로 향했다.

"부장, 지금 이 단체를 옹호하는 기사를 쓰라고요? 이러려고 기자가 된 게 아닙니다."

정부의 입김에 놀아나는 어용 언론과는 결코 같이할 수 없다면서 사직서를 내던진 사건은 가히 상상을 뛰어넘는 충격이었다. 그렇게 〈민중일보〉로 떠난 그녀는 또 한 번 충격을 안겨주었다. 비 내리는 저녁, 술에 취한 그녀가 포장마차에서 전화를 걸어왔다.

"선배, 이렇게 운치 있는 날 뭐하고 있어요? 나 지금 포장마찬데, 여기로 나올래요? 아니, 나오지 말아요. 직접 얼굴을 보면 얘기를 못 할 거 같으니까."

다소 두서없는 말투와 잠시 뜸을 들이는 그녀의 모습이 전화기 너머로 느껴졌다.

"무슨 얘긴데 그래? 그리고 무슨 술을 그렇게 많이 마셨어?"

"나, 안 취했어요. 선배, 선배는 내가 싫어요?"

"무슨 말이야, 그게."

"아니, 다른 남자들은 다들 나한테 관심 받으려고 노력하는데, 왜 선배는 나한테 눈길 한번 안 줘요? 선배 눈에는 내가 그렇게 매력 없는 여자로 보여요?"

인혁은 한동안 아무 말도 할 수 없었다. 그 침묵을 깨고 귀를 의심하는 말이 흘렀다.

"선배, 나 이제부터 선배 좋아할래요. 그래도 되죠?"

1년 전 일이었고, 인혁은 지금까지 그 대답을 주지 않았다. 사실 인혁은 탁월한 미모와 거리감을 찾을 수 없는 밝은 성격의 그녀가 싫은 건 아니었다. 그녀를 생각하며 남몰래 자위를 했던 그 수많은 밤들, 그녀의 촉촉이 젖어 있는 입술과 탐스러운 엉덩이는 교도소 안에서도 잠 못 드는 밤이면 어김없이 찾아와 욕정을 불러오곤 했다. 용두질의 끝에서 사정하는 순간, 그녀의 육체 속 깊이 빨려 들어가는 느낌은 신세계를 탐험하는 환희 같은 것이었다. 그러나 그 동물적인 본능에서 벗어나면 극심한 후회와 그녀에게 죄를 범했다는 죄책감에 사로잡히곤 했다. 그녀를 대하는 자신의 무심한 듯한 행동은 그녀를 사랑하는 마음을 감추기 위한 일종의 계산된 가식이었다. 자신은 분명 그녀를 사랑하고 있다. 그녀의 모든 것을…. 인혁은 도리질했다. 재산과 부모형제가 없고, 마흔을 바라보는 나이에 친구 집에 얹혀살고 있는 자신에게 그녀는 너무나 과분한 상대였다.

택시를 타고 멀어지는 세화를 바라보는 인혁은 배터리가 다된 휴대폰을 꺼내 만지작거렸다. 그러더니 몇 걸음 옮겨 공중전화 부스로 들어섰다. 그의 손가락이 전화기의 버튼을 찾아 눌렀다.

"종수야, 아직도 안 오고 뭐하고 있어."

-출감했냐, 미안하지만 못 갈 것 같다. 자세한 얘기는 나중에 하

고. 집에 도착해서 내가 보이지 않으면 침대보에 있는 봉투 니가 보관 좀 해라.

"봉투? 그래, 알았다. 사우나에 가서 때 좀 벗기고 갈 테니까, 중요한 일이 아니면 저녁까진 들어가 있어라. 오랜만에 얼굴 보면서 회포 좀 풀어야지."

인혁이 사우나에서 시내로 나왔을 때는 차량의 무수한 전조등 빛이 도로를 점령하고 있었다. 손목시계를 바라보니 시간은 9시에 가깝게 접근하고 있었다. 10시간 가까이 사우나에서 죽은 듯이 잠든 것 같았다. 그는 불어오는 바람을 음미하며 도로를 무단횡단해, 택시 정류장에서 멈췄다. 인혁은 손을 들어 지나가는 택시를 세웠다.

"손님, 어디로 모실까요?"

"가리봉으로 가시죠."

엷은 미소를 머금은 인혁의 얼굴은 어떤 즐거운 상상을 하고 있는 듯 보였다. 자식, 오늘이 출소 날인데, 마중을 안 나왔단 말이지. 가기만 해봐라. 생각과는 달리 입가에 흐뭇한 미소는 연신 떠나지 않았다.

30여 분을 달린 택시가 움직임을 멈췄다. 인혁은 목적지에 가까워지자, 빠른 발걸음을 느슨하게 옮겼다. 반가운 사람을 찾아가고 기다리는 시간 또한 즐거운 시간임에 틀림없었다. 그 시간을 음미하려는 듯 담배까지 찾아 물었다. 분위기에 쉽게 젖어들고 친구가 마냥 좋은 그의 성품이리라. 그 시간을 충분히 음미한 그는 종수 집 앞에 다다라 창문을 바라보았다. 실망의 빛이 얼굴에 드리웠다가 사라졌다. 검은 어둠이 창문을 감싸고 있었다.

잠자리에 들기에는 너무 이른 시간, 그렇다면 아직까지 들어오지 않은 게 분명했다. 바꾸지 않았다면 현관의 비밀번호는 전과 동일할 것이다. 현관 앞에 선 그는 알고 있는 비밀번호를 눌렀다. 경쾌한 멜로디와 함께 현관문이 친절하게 열렸다. 방으로 들어선 인혁은 어둠을 더듬어 전등 스위치를 눌렀다. 예전 모습 거의 그대로를 간직하고 있는 방은 놀랍도록 변한 게 없었다. 하긴, 고작 6개월이지.

"아무리 혼자 산다고 해도 집 좀 치우고 살지. 이게 뭐야."

인혁은 아무렇게나 뒹구는 소주병을 한쪽으로 밀어놓고, 여기저기 흩어져 있는 마른안주를 하나 집어 입으로 가져가 질겅질겅 씹었다. 침대에 벌러덩 누워 몸을 굴렸다. 그때 등으로 무언가 걸리는 느낌이 전해졌다. 자세히 보니 침대보가 두 겹으로 얇게 갈라져 있었다. 손을 집어넣어 그것을 꺼냈다. 누런색의 서류봉투. 그것은 밀봉돼 있었고, 아무것도 쓰여 있지 않았다. 이건가? 대수롭지 않게 생각한 그는 서류봉투를 다시 그 자리에 집어넣으려는데, 무언가 딱딱한 게 만져졌다. 봉투를 뜯어 들어 올리니, 열쇠가 서류봉투의 너덜너덜하게 벌어진 입을 타고 침대로 떨어졌다. 마치 '오벨리스크' 처럼 기다랗고 이집트 상형문자가 양각돼 있는 열쇠는 시중에서 흔히 볼 수 있는 열쇠가 아니었다. 열쇠를 주머니에 집어넣은 그는 역시 별것 아니라는 듯 몸을 바로 눕혔다. 편안하고 아늑한 감촉. 의지와는 반대로 마치 수마에 걸린 듯 또 잠이 쏟아졌다. 스르르 눈이 감기며 그날의 검은 바다와 철썩이는 파도 소리가 눈과 귓속으로 스며들어왔다.

"너, 이번에 들어가면 끝장이야. 벌써 세 번째니까."

"그래서 어떻게 하겠다는 거야?"

"자수하면 아마 6개월이면 나올 수 있을 거야. 어쩌면 집행유예도 기대해볼 수 있고. 그건 니가 경찰이었으니까 더 잘 알잖아. 나 혼자 한 거로 자수할게. 어차피 나도 책임이 없는 건 아니잖아. 그리고 무엇보다 나는 혼자야."

"야 임마, 그건…, 그리되면 니 기자 인생은 어떡하고?"

"그건, 내가 알아서 해. 비록 이혼은 했지만 너는 처자식이 있는 몸이잖아. 잔말 말고 내 말대로 해."

경찰을 퇴직하고 불법 흥신소를 운영하고 있던 종수는 남편의 간통 현장을 포착해달라는 의뢰를 받았다. 의뢰인의 남편은 정계에 큰 영향력을 행사하는 인물이었고, 가끔 인터넷과 유명 언론에 얼굴을 보이는 정치인이었다. 특종을 노린 인혁이 종수를 졸라 부산까지 내려왔다. 여기서 증거 포착은 성공했으나, 이를 알아차린 두 남녀가 사회 여론을 의식했는지, 극단적인 선택인 자살을 택했다. 두 사람은 어둠속 밤바다에서 그 현장을 보고 있는 중이었다.

"아, 시발, 내 인생은 왜 이렇게 꼬이냐. 큰 거 하나 제대로 물었는가 싶었는데…. 너도 알잖아. 어릴 때부터 항상 존나게 꼬인 거. 뇌물은 나 혼자 받아먹었어. 왜 나만 짤리냐구. 내가 짤리지만 않았어도…. 아, 시발. 너 혼자 들어가면…"

종수가 바다를 보며 자신의 신세를 한탄했다.

"아무 말 하지 마."

인혁이 속삭이듯 말했다. 크게 들리던 파도 소리가 점점 작아지더니, 알 수 없는 소리가 귀를 점점 잠식해오고 있었다. 여기가 어디지? 간신히 눈꺼풀을 들어 올린 인혁은 잠시 눈동자를 굴렸다. 아무렇게나 흩어져 있는 소주병, 소주병이 어떻게 감방 안에 있을 수 있단 말인가. 있을 수 없는 일이었다. 이건 꿈일 거야. 다시 눈을 감으려다가 누군가 부르는 소리에 시선을 문 쪽으로 가져갔다. 시야를 가리고 있던 안개가 차츰 걷히며, 그제야 자신이 교도소에서 출소해 친구 집에 와 있다는 사실을 깨달았다.

"이종수 씨!"

문을 두드리는 소리가 점점 크게 들렸다.

"이종수 씨, 안에 있으면 문 좀 열어봐요."

인혁은 부스스한 몸을 일으켜 문 앞으로 나섰다.

"누구세요?"

"아, 안에 있었군요. 경찰입니다. 잠시 시간 좀 내주세요."

경찰? 시계를 바라보니 10시 반을 가리키고 있었다. 한 시간 남짓 죽은 듯이 잠든 것 같았다. 멍해 있던 정신이 차츰 제 자리를 찾고 있었다. 인혁은 빠끔히 문을 열었다. 사복 차림에 우람한 덩치의 남자가 앞섶에서 신분증을 꺼내 내밀었다.

"서울경찰서 경사 박순철입니다."

경찰의 우람한 덩치가 현관을 넘어섰다. 마치 레슬링 선수가 링을 넘어서는 것처럼 보였다. 점퍼 차림이 무색할 정도로 탄탄한 근육이 느껴졌다.

"종수한테 무슨 일이라도 있습니까?"

인혁이 불안한 눈으로 들어서는 경찰을 바라보았다.

"이종수 씨는 어디에 있습니까?"

"저는 종수 친군데, 무슨 일 때문에 그러시죠?"

순철이 난감한 표정을 지었다. 그러더니 고개를 이리저리 돌려 집 안을 살피기 시작했다. 인혁의 시선이 경찰의 탐색하는 시선과 마주췄다.

"경찰이면 용건을 밝히세요."

순철은 전혀 신경 쓰지 않는 듯, 발을 움직여 옷장과 신발장, 냉장고와 심지어는 양변기의 물탱크까지 구석구석 살폈다. 이내 그의 입에서 불만의 소리가 터졌다.

"제길…."

"이것 보세요. 지금 뭐하는 겁니까? 종수가 어떤 일이라도 저질렀습니까?"

"오늘, 이종수 씨와 언제까지 같이 있었나요?"

순간, 인혁의 오른손이 주머니로 다가가다가 멈췄다.

"저는 오늘 종수를 본 적도 없습니다."

"그래요?"

순철은 남자의 흔들리는 눈빛을 읽었다. 한편 처음 보는 남자의 얼굴이 어딘가 낯이 익었다.

"친구 분은 이름이 어떻게 되시죠?"

"정인혁입니다."

정인혁! 순철은 순간 쾌재를 불렀다. 제 발로 찾아오다니…. 사진으로 본 얼굴과는 조금 차이가 있었지만 틀림없는 정인혁이었다. 미처 예상 못 했던 일이었다.

"정진일 씨의 아들이자 〈조중일보〉 기자 정인혁 씨요?"

인혁은 순간 주춤했다.

"네, 맞습니다."

"같이 가주셔야겠습니다."

"네? 어디를요?"

그때 현관문이 열리며 얇은 점퍼 차림의 호리호리한 남자가 집 안으로 들어섰다. 경찰 앞으로 다가간 남자는 신분증을 꺼내 내밀었다.

"광수대 경사 이명댑니다. 여기서 나가주시오."

"지금 무슨 말을 하는 거요?"

순철이 명대를 쏘아보았다.

"이 사건, 우리가 이첩하겠습니다. 본청의 지시가 내려왔습니다."

"여기는 우리 관할입니다."

순철은 쉽게 물러서지 않았다.

"당신, 소속이 어디요?"

"서울경찰서 강력계 경사 박순철이오."

"박순철 경사요?"

"그렇소."

두 사람의 시선이 서로를 응시하는 그때 또 한 남자가 들어섰다. 기골이 장대한 남자였다. 청바지와 푸른색 스웨터 차림의 남자는 삼십 중반 정도로 보였다. 남자는 완강해 보이는 넓은 어깨를 갖추고 있었고, 큼직큼직한 이목구비에 검은 뿔테 안경이 잘 어울렸다. 세 사람의 시선이 남자에게 향했다. 남자를 바라보는 명대의 시선으로 보아 같은 소속의 경찰인 듯싶었다. 남자는 매우 권위 있게 신분증을 경찰에게 내밀며 말했다.

"지금 그 말은 본청의 지시에 불응하겠다는 겁니까?"

인혁은 나이가 비슷해 보이는 경찰관들의 팽팽한 기 싸움을 어리둥절한 표정으로 지켜보았다. 한편으로 친구 종수의 얼굴이 그려지면서 불안한 느낌이 몰려왔다. 남자가 순철 앞으로 한 걸음 다가서더니, 손가락으로 문을 가리키며 고함치듯 다시 말했다.

"내 말 안 들립니까!"

순철이 매우 못마땅한 얼굴로 현관을 나서며 신발장 앞에서 민첩하게 허리를 굽혔다가 폈다. 세 사람은 그의 행동을 무심히 지나쳤다.

"정인혁 씨, 저는 시경 광역수사대 경사 강태훈입니다."

태훈이 시선을 옮겨 명대를 바라보고 이어서 말했다.

"정인혁 씨는 내가 모실 테니 너는 서로 들어가 있어."

고개를 가볍게 숙인 명대가 집을 나갔다.

"광수대에서 무슨 일로 오셨습니까?"

"일단 가면서 설명 드리죠."

대체 이게 무슨 일이란 말인가. 인혁은 펼쳐지는 상황이 몹시 불안했다. 이종수의 집을 나온 순철은 어디론가 전화를 걸었다.

"부장님, 접니다."

-그래, 어떤 단서라도 찾았나?

"찾지 못했습니다. 하지만 정인혁이 제 발로 찾아왔습니다."

-정인혁!

몹시 놀란 듯 목소리가 전화기를 울렸다.

-그놈이 벌써 나왔나?

"네, 아마도 오늘 출소한 모양입니다. 그 사실을 모르고 있었던 건 제 불찰입니다."

전화기 너머로 침 삼키는 소리가 들렸다.

-놈이 어디 가서 무얼 하고 어떤 사람을 만나는지 세심하게 관찰하는 것을 잊지 말도록.

"네, 잘 알고 있습니다."

-그럼, 조치는 취해놨겠지?

"네, 놈은 우리 손을 빠져나갈 수 없습니다."

-음….

"또 보고드릴 게 있습니다."

-뭔가?

"아무래도 방해 세력이 개입한 것 같습니다."

잠시 침묵이 흘렀다. 그 침묵의 시간이 숨 막힐 것처럼 무겁게 느껴졌다.

-방해 세력이라…, 멍청한 것들.

"어떻게 할까요?

-예상했던 일이야. 방해 세력부터 파악하고 진행한다.

"그러면 정인혁이 우리 손을 벗어날 수도 있지 않겠습니까."

-이런, 바보 같은…. 세상일이란 항상 변수가 도사리고 있는 법이야. 그것을 간과하고 어설프게 접근했다가는 우리가 당할 수도 있다는 사실을 명심해.

순철은 온몸이 움츠러드는 느낌을 받았다.

-너는 오늘 두 번이나 큰 실수를 했어. 우리의 신(神)께 말이야.

"죄송합니다."

순철은 실수를 뉘우치려는 듯 큰소리로 말했다.

-참회할 시간을 주겠다. 돌아가서 신께 지은 죄를 깨끗이 씻고, 맑은 영혼으로 다시 나와.

순철이 운전하는 승용차는 10여 분을 달려 육중한 빌딩 앞에서 멈췄다. 식당과 PC방, 당구장 등이 입점해 있는 10층 높이의 빌딩은 근처 다른 빌딩과 별반 다르지 않았다. 승강기를 타고 10층에서 내린 순철은 독서실을 지나 복도 끝으로 걸었다. 붉은 색깔을 띠는 두꺼운 강화 유리문에는 노란 글씨로 '신은 하나이다'라는 뜻을 가진 '하나신' 명패가 붙어 있었다. 문 앞에 도착한 순철은 매우 공손하게 왼손을 오른손에 포개 비밀번호를 눌렀다.

3개의 방과 욕탕, 다다미식 커다란 문이 50여 평이 넘을 것 같은 내부에서 서로 마주 보고 있었다. 천장을 장식한 할로겐램프에서 은은한 조명이 쏟아졌다. 국화 향기가 코를 자극했다. 그때 흰색 가운으로 몸을 감싼 남자가 기다리고 있었다는 듯 방문을 열고 나왔다. 듬성듬성 숱이 빠진 머리와 주름진 얼굴의 남자는 오십 중반 정도로 보였다.

"자매님, 조금 늦었군요."

목례를 표한 순철이 남자를 따라 걸었다.

"잠시 후에 오겠습니다."

욕탕 문을 열어준 남자가 종종걸음으로 왔던 길을 되돌아갔다. 김이 피어오르는 탕 안으로 들어선 순철은 입고 있던 옷을 모두 벗었다. 우람한 덩치는 놀랍게도 군살 하나 찾아볼 수 없는 탄탄한 근육질이었다.

"자매님, 준비되셨나요?"

소리 없이 다시 나타난 남자가 물었다. 그의 손에는 잎이 풍성한 나뭇가지가 들려 있었고, 어떤 종교의식을 행하는 것처럼 경건하고 엄숙한 표정이었다.

"준비됐습니다."

남자는 순철의 몸을 나뭇가지로 천천히 때리기 시작했다. 속도가 점점 빨라지더니, 강도가 점점 거세졌다. 순철은 터져 나오려는 신음을 어금니를 악물어 참았다.

"이제, 몸을 깨끗이 씻고 나오시면 됩니다."

남자가 나가자 순철은 무릎을 굽혀 우람한 몸을 탕 안으로 전부 밀어 넣었다. 순간 극심한 통증이 밀려들었다. 조금 참으니 통증을 밀어내고 쾌락이 그 자리를 대신했다. 신께 무릎 꿇고 사죄를 청하고 싶다. 하지만 이런 모습을 신께 보이고 싶지 않다. 가지런하게 놓인 새 옷으로 갈아입은 순철은 권총을 챙겨 건물을 나섰다.

도주하는 남녀

인혁은 차창 밖으로 펼쳐지는 밤 풍경에 시선을 고정시키고 있었다. 무척이나 낯설게 느껴졌다. 한동안 고립돼 있던 생활의 연속으로 느껴지는 감정은 결코 아니었다. 설령 그곳으로 다시 돌아간다고 해도 변하지 않을 것 같았다.

"정인혁 씨, 아직 모르고 계시죠?"

차창 밖으로 향했던 인혁의 시선이 태훈에게 향했다.

"뭘 말입니까?"

"비보를 전해드리게 돼서 매우 유감입니다."

태훈은 몹시 난감한 듯 잠시 말을 끊었다가 이었다.

"아버님께서 돌아가셨습니다."

"아버지가요?"

무덤덤한 말투였다.

인혁은 자기 자신에게 놀랐다. 어떤 감정도 일지 않았기 때문이다. 인혁의 아버지를 향한 마음은 원망을 넘어서 증오에 가까웠다. 인혁의 아버지 정진일은 박정희 대통령 시해사건 때, 대통령의 사망을 공식 발표한 의사였다.

"인혁아, 세상에 천벌이 존재한다고 생각하니? 세상에 천벌이란 존재하지 않아. 세상은 그래서 너무나 불공평해. 세상이 공평하려면 인간이 심판하고 인간이 벌을 내려야 세상은 공평하게 돌아가는 법이지. 이 말을 명심하면 아빠가 왜 집을 떠나는지 알 수 있을 것이야."

아버지가 집을 떠나던 날 고등학생인 자신을 앉혀두고 한 말이었다. 지금 생각해도 도무지 알아들을 수 없는 말이었고, 어찌 들으면 유치하게 느껴지는 말이기도 했다. 그렇게 집을 나간 아버지는 다시는 집에 돌아오지 않았다. 아버지의 이유 모를 가출로 단란했던 가정이 한 순간에 무너졌다. 그 충격으로 어머니는 앓아누워 그해 돌아가셨고, 자신은 3년 전 돌아가신 할머니의 손에 자라게 됐다.

사실 인혁이 딱 한 번 아버지를 만난 적이 있었는데, 돌아가신 어머니의 발인이 있던 날이었다. 하지만 발인에 참석한 아버지는 자신이 보기에 그다지 슬픈 것처럼 보이지 않았다. 그런 아버지는 딱 한마디만 하고 돌아섰다.

"인혁아, 무슨 일이 생기면 산장으로 찾아오렴. 아빠가 없더라도 누군가는 반드시 있을 거야. 너한테 정말 미안하구나. 이 말밖에 해줄 말이 없는 아빠를 용서하렴."

인적 없는 깊은 산속에 자리 잡은 산장은 그들 가족만이 이용하는 쉼터였다. 물론 인혁은 찾아가지 않았다. 그날 이후 아버지를 아버지로 생각한 적이 단 한 번도 없었기 때문이다. 가족을 버리고 떠난 아버지를 어떻게 용서할 수 있겠는가. 대학생활 내내 아르바이트를 해서 학비를 충당할 때마다 아버지에 대한 원망은 극에 달했고,

복수를 결심하기도 했다. 인혁은 입술을 잘근 깨물었다.

"아버님은 오늘 저녁 9시경에 시신으로 발견됐습니다. 아버님은 혼자 산장에서 살고 계셨던 것 같은데, 그동안 아버님이 어디서 무엇을 했는지 아무도 알지 못하고 있었습니다. 시신 확인 절차에서 시신의 주인이 정인혁 씨의 아버님이라고 밝혀졌으니까요."

"어떻게 돌아가셨습니까?"

태훈이 잠시 머뭇거리더니 대답했다.

"살해당했습니다."

그제야 경찰의 출현을 이해할 수 있었다. 무심하게 보이는 인혁의 얼굴이 전방으로 향했다. 잠깐 동안 그의 얼굴에 어이없어하는 표정이 드리웠다가 사라졌다.

"그럼, 형사들이 종수를 살해 용의자로 보고 있다는 말입니까?"

"유감이지만, 지금으로선 전혀 배제할 수 없습니다. 조사 결과 아버님은 돌아가시기 이틀 전, 이종수 씨한테 택배를 보낸 사실이 확인됐습니다. 현재까지 그의 행방이 묘연한 상태이고요. 이종수 씨를 찾아야 뭔가 실마리를 찾을 수 있을 것 같습니다."

인혁은 무방비 상태로 있다가 머리를 호되게 얻어맞은 기분이었다. 아마도 그것은 나에게 보낸 것이리라. 인혁은 주머니를 만지작거렸다.

"제가 아는 종수는 사람을 죽일 정도로 간이 큰 녀석이 아닙니다. 그리고 종수도 피해자일 수 있…"

인혁은 급히 말을 삼켰다. 불길한 생각이 현실이 될 것 같았기 때문이다.

"그건 우리가 조사를 해봐야 되는 부분이고요. 혹시, 오늘 교도소를 출소하면서 이종수 씨와 통화한 사실도 없습니까? 아니면 잠깐이라도 만났든가요."

"통화한 사실도, 만난 사실도 없습니다."

인혁은 딱 잡아뗐다. 공중전화를 사용했기 때문에 확인은 불가능할 것이라고 인혁은 생각했다. 태훈이 안경을 고쳐 썼다.

"그렇군요."

"지금 장례식장으로 가는 겁니까?"

"네."

승용차는 한 대학병원 장례식장 앞에서 멈췄다.

아버지와 20년 만의 만남. 장례식장으로 들어서는 인혁은 어떤 표정을 지어야 할지 조금은 걱정이 앞섰다. 그러나 그것은 기우에 불과했다. 빈소로 들어서자 영정사진만 덩그러니 놓여 있을 뿐, 문상객은 한 사람도 보이지 않았다. 촛불을 밝힌 인혁은 잠시 영정사진을 물끄러미 응시했다. 사진 속 아버지는 지금의 자신보다 더 젊게 보였다.

"어렵게 구한 사진입니다."

인혁이 아버지의 사진을 바라보고 있는 그 시각. 병원 맞은편 도로에 한 대의 승합차가 서 있었다. 여느 승합차와 다른 점이 있다면, 차량 지붕 위에 고성능 안테나가 설치돼 있고, 차안을 들여다볼 수 없을 정도로 모든 차창이 짙게 선팅돼 있다는 것이었다.

"카메라 각도 잘 잡아. 얼굴표정과 눈동자의 움직임, 목소리 톤까지도 빠트리지 말고 면밀히 체크해."

특수 개조된 승합차 안에서 네 명의 남자들은 컴퓨터를 조작하고 있었다.

"걸음걸이 체크도 같이 들어가야지!"

심한 탈모로 머리가 번들번들한 남자가 이들을 지휘하고 있었다. 왜소한 체구에 움푹 들어간 퀭한 눈, 광대뼈가 툭 불거져 나온 모습은 흡사 살아 있는 해골을 보는 듯했다. 마치 심한 호흡기 질환자처럼 탁하고 쉰 목소리는 그의 특이한 외모와 완벽한 조화를 이루었다. 하지만 그는 특이한 외모와는 달리, 한 번 물면 절대로 놓아주지 않는 성격으로 광역수사대 내에서 '도베르만'이라는 별명을 갖고 있었다. 그는 정년을 앞둔 나이에도 현장에서 뛰며 건재함을 과시했다. 퀭한 눈 속에 자리 잡은 눈동자에서 상대방을 제압하는 강한 기운이 느껴졌다. 그것이 흡사 도베르만의 눈빛과 닮았다 하여 그의 별명을 뒷받침해주었다. 그는 자신의 별명을 아주 좋아했고, 별명에 맞춰 행동했다.

그는 사실 30여 년 전 국가 정보기관에서 활동하며 문 선생으로 통했다. 도베르만이라는 별명도 그곳에서 얻었다. 정보 요원으로 활동할 때 잘못된 판단으로 인해 퇴출된 그는 그것을 겸허히 받아들여서, 정식 절차를 거쳐 경찰의 길을 택했다. 그는 경찰로 돌아선 후에도 문 선생으로 남아 있기를 원했다. 광역수사대 팀장으로 경찰 인생을 마감하기보다는 죽는 그날까지 문 선생으로 남고 싶은 게 그의 바람이었다.

문 선생의 지휘를 받는 남자들은 카메라에 잡힌 인혁의 표정과 작은 몸짓 하나라도 놓치지 않으려는 듯, 손가락이 보이지 않을 정도로 마우스와 키보드를 부지런히 움직였다.

"놈이 뭔가를 알고 있는지 그것을 파악해야 해."

문 선생이 팔짱을 끼며 말했다.

"어떻게 할까요, 팀장님. 일단 데려가서 취조를 해보는 게 좋지 않을까요?"

"아직 아니야. 놈은 어차피 발인까진 빈소를 지키고 있어야 되고, 그때까지 우린 놈의 일거수일투족을 면밀히 감시해서 분석해도 늦지 않아. 거기에서 뭔가 실마리를 잡을 수도 있어. 괜히 어설프게 행동했다가는 물거품이 될 수 있다는 사실을 명심해."

"그러다 놓치기라도 하는 날엔…."

"강태훈이는 빈틈없는 친구야. 왜 놓치겠나."

이들은 태훈의 안경에 장착된 카메라와 도청장치로 인혁을 감시하고 있었다.

자신이 감시당하고 있다는 사실을 짐작도 못 하는 인혁은 아버지의 빈소 앞에서 멍하니 앉아 있었다. 어떤 말도, 어떤 행동도 무의미하게 느껴졌다.

"정인혁 씨, 식사라도 하시죠."

태훈이 인혁의 팔을 살며시 잡아 올렸다.

"아닙니다. 생각 없습니다."

"그래도…."

"그런데, 아버지의 사인은 뭡니까?"

인혁은 자신의 질문에 스스로 놀랐다. 핏줄의 끌림이 무의식적으로 작용한 것일까. 아니면 가족을 버리고 주검으로 돌아온 한 인간을 향한 연민일까. 인혁은 그 어느 것도 긍정할 수도, 부정할 수도 없었다.

"질식사입니다."

너무 막연한 대답이었다. 하지만 더 이상 묻고 싶지 않았다.

"이젠, 가보셔도 괜찮습니다. 어차피 제가 할 일이니까요. 감사했습니다."

"아닙니다. 아버님은 역사가 바뀌는 현장을 지켜보신 분이고, 한때는 국가 기관에서 일하셨던 분입니다. 당연히 국가에서 보호해드렸어야 하는데, 이렇게 돼서 정말 유감입니다. 저 또한 국가 공무원으로서 많은 책임을 통감하고 있으니까요. 발인까지 같이하겠습니다."

"그래주신다면…, 감사합니다."

인혁의 입술에 살며시 미소가 서리다가 사라졌다. 두 사람이 어색한 침묵을 느끼고 있을 때, 태훈이 안경을 만지며 일어섰다.

"잠시 화장실 좀…."

태훈이 나가고 누군가 빈소로 들어섰다. 놀랍게도 세화였다. 여길 어떻게 알고…. 심경의 변화를 나타낸 것일까. 아침에 본 머리 모양이 아니었다. 어깨를 덮었던 긴 생머리는 조금 올라가 하얀 목덜미를 감싸고 있었다. 그 역시 계란형의 얼굴과 잘 어울렸다. 자세히 보니 머리 모양이 어딘가 이상했다. 가발인 듯싶었다. 세화는 곧바로 영정사진 앞에 국화 한 송이를 헌화하고 인혁 앞에 섰다.

"나는 선배에게 아버지가 계신지 몰랐어요."

"굳이 얘기할 필요가 없었지. 그런데 왜 가발까지 쓰고, 여긴 어떻게 알고 왔어?"

"그럴만한 사정이 있어요. 시간이 없으니 본론만 얘기할게요."

세화는 말을 하면서도 시선을 자꾸 옮겼다. 그 모습이 몹시 불안해 보였다.

"무슨 일 있는 거야? 왜 이렇게 안절부절 못 해?"

"선배는 지금 감시당하고 있어요."

인혁은 어리둥절한 표정을 지었다.

"감시? 내가 왜? 누구한테."

"우선, 여기를 빠져나가야 해요."

"너, 혹시 내가 아침에 얘기한 거 때문에 이러는 거야? 그게 그렇게 기분이 나빴다면 사과할게. 지금은 일단 아버지를 모셔야 하니까 발인 끝나고 보자."

세화가 심드렁한 표정을 지었다.

"기자였던 사람이 왜 그렇게 눈치가 없어요. 그 예민했던 감각을 교도소에 두고 왔어요?"

"무슨 말을 하고 싶은 거야?"

"선배를 안내하는 경찰, 호의가 너무 지나치다는 생각은 안 해봤어요?"

인혁 자신도 그런 생각을 안 해본 것은 아니다. 하지만 경찰이 무엇 때문에…

"경찰은 아버지를 보호해드리지 못한 책임을 통감하는 차원에서 호의를…"

세화가 인혁의 말을 자르고 나섰다.

"보호가 아니라 아버님을 쫓고 있었던 거예요."

인혁이 보기에 세화는 점점 가관이었다.

"세화야, 나 그런 얘기를 듣고 있을 정도로 한가한 사람 아니다."

세화가 길게 한숨을 내쉬고 말했다.

"인혁아, 세상에 천벌이 존재한다고 생각하니? 세상에 천벌이란 존재하지 않아. 세상은 그래서 너무나 불공평해. 세상이 공평하려면 인간이 심판하고 인간이 벌을 내려야 세상은 공평하게 돌아가는 법이지. 이 말을 명심하면 아빠가 왜 집을 떠나는지 알 수 있을 것이야. 아버님이 집을 떠나시던 날 선배에게 해주었던 말이죠. 이래도 못 믿겠어요?"

인혁은 얼굴이 뻣뻣해지는 것을 느꼈다. 세화가 어떻게 그 말을 알고 있단 말인가. 그제야 인혁은 무언가 잘못되고 있다는 사실을 알아챘다.

"나, 전직 기자야. 경찰이 아무 죄도 없는 시민을 제멋대로 밀착 감시한다는 건 명백한 위법이야. 여러 채널을 통해서 이 사실을 알리겠어."

"선배, 나는 현직 기자예요. 일단 내 말대로 하세요."

더 이상의 거부는 후회를 불러올 것만 같았다.

"경찰이 들어오면 어떤 핑계를 만들어서 밖으로 나와요. 내가 기다리고 있다가 신호할게요. 선배, 최대한 침착하게 행동해요. 의심을 품게 해선 안 돼요."

세화가 나가고 얼마 지나지 않아 태훈이 들어와 자리에 앉았다.

"아버님은 어디로 모실 생각이죠?"

대답이 없자 태훈은 다시 물었다.

"정인혁 씨, 아버님은 어디로 모실 겁니까?"

"네? 아, 글쎄요. 생각을 좀 해봐야겠네요."

"안색이 많이 안 좋아 보이네요. 좀 쉬셔야겠습니다."

인혁은 보이지 않게 심호흡을 내쉬고 최대한 침착하게 말했다.

"아까부터 속이 안 좋아서 그러는데, 약 좀 사갖고 올게요."

인혁이 몸을 일으켰다.

"참, 장례비용은 걱정 마세요."

태훈이 인혁의 등 뒤에서 말했다. 인혁의 발걸음이 잠깐 멈췄다가 다시 이어졌다. 아버지의 빈소를 벗어나 계단에 발을 올리려던 인혁은 부르는 소리에 고개를 돌렸다.

"선배, 여기요."

돌아보니 화장실 앞이었다.

"그 차림으로 나가면 안 돼요. 이걸로 갈아입고 나가요."

세화는 사전에 치밀하게 준비한 듯 큼지막한 가방을 내밀었다.

"옷을 갈아입고 병원을 나가서 택시를 타세요. 버스 두 정거장에서 내리면 흰색 마티즈 승용차가 보일 거예요. 그 차에 타세요. 기다리고 있을게요. 선배, 실수하면 안 돼요."

"그런데, 경찰이 왜…"

"지금, 그런 얘기 할 시간 없어요. 이따가 모든 걸 다 말해줄게요. 어서요."

세화는 인혁을 화장실로 살며시 밀었다.

그 시각, 정인혁을 따라나선 순철은 한적한 곳에서 한참이나 승합차를 주시하고 있었다. 그의 직감은 승합차가 여느 승합차와 다르다는 사실을 알아챘다. 전화기를 빼든 그는 차량번호를 알려주었다.

"부장님, 무언가 수상합니다."

잠시 시간이 흐른 후 목소리가 들렸다.

-문 선생이군.

"문 선생이요? 그렇다면 부장님과…"

-그래, 그 문 선생이야. 하긴, 이만한 일에 그 정도의 인물은 투입

해야지. 그래야 싸울 맛이 나지 않겠나. 실로 오래간만에 제대로 붙어보게 생겼군. 안기부의 도베르만, 후후후. 아니, 이제는 광수대의 도베르만이지.

"어쩌면 일이 아주 쉽게 풀릴 수도 있겠네요."

-자네도 이젠 많이 노련해졌어. 그런 말도 할 줄 알고.

순철은 모든 세포가 팽팽하게 긴장되는 것을 느꼈다.

-문 선생, 그는 보통내기가 아니야. 자칫하면 우리가 다칠 수도 있다는 사실을 명심해.

"명심하겠습니다."

-또 명심할 게 있어.

목소리는 잠깐 멈췄다가 이어졌다.

-실패는 곧 우리 존재의 상실이야.

그것은 절대로 일어나선 안 될 일이다. 상상만 해도 끔찍한 일이다. 순철은 세차게 고개를 흔들었다.

한편, 빈소를 지키고 있는 태훈은 초조함에 시계를 바라보았다. 벌써 오고도 남을 시간이었다. 태훈은 뭔가 불길한 느낌을 받았다. 설마. 눈치 챘을 리는 없어. 내가 누군가. 태훈은 시선을 옮겼을 때 자신을 위한 변호가 무참히 깨져버린 사실을 알았다. 영정사진 앞에 덩그러니 놓여 있는 한 송이 국화. 분명 누군가 다녀갔다. 왜 저것을 이제 보았단 말인가. 여기까지 생각이 미치자, 얼굴이 뻣뻣하게 굳어졌다. 그는 튕기듯 몸을 일으켜 빈소를 벗어나 계단을 미친 듯이 뛰어 올랐다. 그러면서 전화기를 빼들었다.

"팀장님, 정인혁이 눈치 채고 달아났습니다!"

-놓치면 안 돼!

팀장의 목소리가 귓속을 파고들었다.

막 병원을 벗어나던 인혁은 갑자기 무엇이 생각났는지 다시 돌아섰다. 벗어 놓은 옷 속에 아버지의 열쇠를 깜빡했던 것이다. 낭패감이 들었다. 하지만 열쇠를 두고 갈 수는 없었다. 몇 걸음을 옮기려 할 때, 태훈이 뛰어오는 모습이 보였다. 인혁은 모자를 꾹 눌러쓰고 점퍼의 옷깃을 여미며 고개를 숙였다. 시커먼 어둠이 그의 위장을 도와주는 듯 보였다. 태훈과의 거리가 좁혀질수록 가슴은 심하게 쿵쿵거렸다. 두 사람이 서로를 지나쳤다. 급히 화장실로 들어선 인혁은 벗어놓은 옷을 뒤져 열쇠를 찾아 쥐었다. 아버지의 빈소로 눈길을 한 번 보내고 살며시 계단을 올라 주위를 살폈다. 태훈의 모습은 보이지 않았다. 깊은 숨이 흘렀다. 그런데, 뒤통수가 따갑게 느껴졌다. 뒤를 돌아본 인혁은 소스라치게 놀랐다. 태훈의 거인 같은 그림자가 자신을 덮고 있었다.

"정인혁 씨, 그런 차림으로 어딜 가십니까?"

"당신은 왜 나를 감시하는 겁니까?"

인혁은 최대한 침착하게 물었다.

"내 호의는 여기까집니다."

"당신의 목적은 대체…."

인혁의 말은 이어지지 못했다. 눈앞에서 번갯불이 지나가고 얼굴이 마치 떨어져 나갈 것처럼 느껴졌다. 뒤로 벌렁 자빠진 인혁은 엄청난 충격으로 정신을 차릴 수 없었다.

"정인혁, 곧 우리 경찰이 도착할 것이다. 그 안에 당신이 어떻게 행동해야 신상에 좋은지, 무슨 말을 해야 이로운지 판단해야 할 것이야."

"대체 나한테서 무엇을 알고 싶은 거요?"

"당신이 알고 있는 것들 전부 다."

태훈은 인혁을 일으켜 수갑을 채우려 할 때, 자신이 너무 방심했다는 사실을 알았다. 갑자기 나타난 시커먼 그림자의 손에는 소화기가 들려 있었고, 여지없이 분말가루는 자신의 눈 속을 파고들면서 끔찍한 고통을 선사했다. 태훈이 안경을 내던지고 고통의 비명을 질렀다. 인혁의 두 눈이 순간 휘둥그레졌다. 소화기를 뿜어대는 남자는 다름 아닌 종수였다.

"종수야!"

"여기서 빨리 벗어나야 해."

돌아보니 건장한 남자들이 뛰어오고 있었다. 거리가 있어서인지, 다행히 들키지는 않은 것 같았다. 인혁을 부축한 종수는 후문을 통해서 병원을 빠져나와 무작정 택시에 올랐다.

"종수야, 대체 어떻게 된 거야. 그동안 어디에 있었고?"

인혁의 목소리는 다소 안정을 찾아가고 있었다.

"얘기하자면 길어."

택시가 버스 두 정거장을 지나서 멈췄다. 바라보니 시동이 걸린 흰색 마티즈가 눈에 들어왔다.

"세화가 기다리고 있어."

"세화가?"

인혁이 종수의 팔을 끌었다.

"왜 이렇게 늦었어요. 빨리 타세요."

두 사람을 태운 세화의 마티즈가 굉음을 발했다.

구름이 달을 잡아먹기 시작하더니 빗방울이 떨어지기 시작했다.

차 안으로 흙냄새가 스며들어왔다. 세화가 반쯤 열린 창문을 닫으며 말했다.

"종수 선배는 어떻게 알고 왔어요?"

세화에게도 종수의 출현은 전혀 예상 밖의 일인 듯싶었다.

"그건 내가 묻고 싶은 말인데, 세화는 어떻게 알고 여기를 온 거야?"

"그보다 먼저, 경찰은 왜 아버지를 찾아 다녔고, 나를 통해서 무엇을 알고 싶어 하는지, 거기에는 뭐가 연루돼 있는지 그것부터 말해야지."

인혁은 태훈에게 맞은 턱을 문지르며 두 사람을 번갈아 보았다.

"그게 순서이긴 한데, 경찰이 왜 아버님과 선배를 쫓고 있는지 나도 잘 몰라요."

"모른다고?"

"네, 오늘 아침 선배를 만나고 회사에 가보니 내 책상에 아버님의 편지가 있더라고요."

"편지?"

종수는 두 사람의 대화에 귀를 집중했다.

"네. 내용을 간략하게 설명하면, 자신은 박정희 대통령의 사망을 공식 발표한 의사이고 무언가 알려주실 게 있다는 내용과 함께, 산장으로 안내하는 약도가 들어 있었어요. 그리고 어린 아들과 사랑하는 아내를 남겨두고 떠날 수밖에 없었던 자신을 질책하는 내용도 쓰여 있었고요. 어쩌면 이일로 인해서 아들이 국가기관으로부터 위험에 처할 수도 있다고 하시면서 보호를 부탁했어요."

굵은 빗방울이 차체를 마구 두드렸다. 세화의 말은 계속됐다.

"그래서 난 여러 채널을 이용해서 선배가 정진일 씨의 아들이란 사실을 알아내고 장례식장으로 찾아갔던 거예요. 그런데, 어떻게 그렇게 지금까지 아버지 얘기를 한 번도 안 할 수가 있어요?"

20년 만에 나타나서 보호를 부탁한다고? 인혁은 심한 증오감으로 고개를 설레설레 저었다.

"아버지는 절대 그럴 사람이 아니야. 경찰이 뭔가 오해를 하고 있는 모양인데, 지금이라도 경찰서에 가서 나는 아무것도 모르고, 오랜 세월 아버지와 인연을 끊고 살아왔다고 말하겠어. 이렇게 도망 다닌다고 해서 해결될 문제가 아니야. 이제 보니 길을 잘못 들었어. 차 세워."

가만히 듣고 있던 종수가 인혁의 팔을 잡았다.

"인혁아."

"집에 있던 그 누런봉투 얘기하려고 그러지. 거기에는 열쇠 하나 달랑 있었어. 그 외에 아무것도 없었다고. 아버지라면, 한 가정의 가장으로서 책임감을 느낀다면, 뭔가 단 한 마디라도 했어야 되는 거 아냐? 열쇠 하나 달랑 주고, 내가 위험하니 보호를 부탁해? 그것도 신문사 기자한테?"

인혁은 거듭되는 증오감으로 몸서리쳤다.

"우리 아버지가 너를 어떻게 알고 택배를 보냈는지 모르겠는데, 나하고는 아무 상관없는 물건이야. 버리든지 보관하든지 니가 알아서 해."

인혁은 열쇠를 꺼내 종수의 손에 쥐어주었다. 종수와 세화의 난감한 표정이 룸미러에서 마주쳤다. 고개를 돌린 종수는 인혁을 지그시 바라보았다.

"인혁아, 아버지를 향한 니 마음 충분히 이해해, 모르는 거 아냐. 하지만 왜 아버지가 그 많은 언론사를 배제하고 〈민중일보〉를 택했는지 생각해봤어? 세화한테는 미안한 말이지만, 〈민중일보〉는 언론사 중에서 인지도가 거의 없는 신문사야. 니가 몸담았던 〈조중일보〉처럼 인지도가 높은 언론사는 믿을 수 없다는 반증일 거야. 지상파 언론도 마찬가지고."

"그래요, 선배. 내가 하고 싶은 말이 그거예요. 아버님은 분명 세상에 무엇을 공개하고 싶은데, 권력에 아부하고 편승하는 언론사는 믿을 수 없어서 우리 신문사로 연락하신 거로 보아야 해요. 주제넘은 말이지만, 그게 뭔지 알아보고 난 후에 아버지에 대한 원망을 해도 늦지 않을 거 같네요."

인혁의 표정이 차츰 누그러졌다. 하지만 여전히 의문은 계속 남았다.

"그러면 신문사에 모든 걸 폭로하면 깨끗하게 해결될 일이 아닌가? 아버지는 왜 나를 위험에 빠트리면서까지 끌어들이려고 했을까?"

"아버지의 우편은 속달로 도착했어요. 그래서 내용도 아주 간략하게 기재돼 있었고요. 즉 시간이 촉박했고, 선배가 아니면 해결할 수 없는 내용이라고 볼 수 있지 않을까요?"

"그래서 어떡하겠다는 거지?"

"일단 아버지가 택배로 보내신 열쇠의 실마리를 찾아야 되지 않을까?"

종수가 열쇠를 다시 인혁에게 내밀며 말했다. 인혁이 마지못해 열쇠를 받아 주머니 속에 넣었다.

"그런데, 넌 어떻게 알고 나타날 수 있었던 거야?"

인혁의 시선이 종수를 향했다.

"사실은 아버님이 나를 찾아오셨었어."

"아버지가? 어떻게 아시고?"

인혁의 얼굴에 놀람과 의혹이 동시에 그려졌다.

"아마도 여러 군데 수소문해서 알아내셨던 것 같아. 그리고 우선 미안하게 됐다."

"뭐가 미안한데."

"나는 니가 오늘 출소했고, 아무것도 모르는 상태라 경찰이 그냥 갈 줄 알았어. 그래서 숨어서 상황을 지켜보고 있었으니까. 이런 결과가 올 줄 미처 몰랐다."

"누가 누구한테 미안하다고 그러는 거야. 우리 아버지 때문에 벌어진 일인데. 그건 그렇고, 아버지가 너를 찾아오셔서 뭐라고 하셨는데?"

세화는 뒷좌석에서 들려오는 소리에 귀를 집중했다.

"아버님이 찾아오신 날도 오늘처럼 비가 오는 날이었어."

종수가 희뿌연 불을 밝히고 있는 보안등을 지나 집 앞에 다다랐을 때는 어둠이 주위를 삼키고 있을 때였다. 오전부터 내리던 비의 영향인지, 6시를 갓 넘긴 세상이 금세 시커먼 어둠 속으로 빨려 들어가고 있었다. 현관문에 열쇠를 꽂아 넣으려던 종수는 누군가 부르는 소리에 고개를 돌렸다. 여기저기 찢어져 비가 새는 우산을 받쳐 든 노인이었다. 까칠한 수염에 주름이 심하게 잡힌 얼굴과, 며칠을 안 감았는지 몹시 헝클어진 머리는 군데군데 뭉쳐져 지저분하게 보였다. 노인이 한 걸음 다가왔다. 비에 젖은 옷에서 빗물이 뚝뚝 떨어져 내렸다.

"자네가 종순가?"

"네…"

종수는 여차하면 달아날 생각으로 몸을 조금 틀고 다리에 힘을 모았다. 목소리와 모습으로 볼 때 경찰은 분명 아닌 듯싶었다. 아니, 경찰이라기보다는 그와 반대로, 몹시 불안한 눈초리가 누군가에게 쫓기고 있는 표정이었다. 하지만 종수는 흥신소를 운영하는 직업의 특성상 고객의 의뢰 내용에 따라 봉변을 당한 적이 종종 있었기 때문에 긴장을 늦추지 않았다.

"인혁이는…"

노인은 무언가 물으려다가 말끝을 흐렸다.

인혁이에게 뭔가 의뢰했던 분인가? 종수는 선뜻 대답하기 곤란했다. 얼굴을 자세히 보니 어디서 본 사람 같았지만, 떠오르진 않았다.

"나, 인혁이 애빌세."

"아."

그제야 어디서 본 얼굴이 확연하게 그려졌다. 노인과 인혁은 많이 닮아 있었다.

"안녕…하세요."

종수가 어정쩡하게 인사했다.

"인혁이는 어제 지방으로 출장을 가서 며칠 못 들어올 거 같습니다."

종수는 인혁에게서 아버지에 대한 원망을 귀가 따가울 정도로 들어왔기 때문에 거짓으로 말했다.

"숨길 거 없네. 다 알고 왔으니까."

"네? 아."

종수가 뒷머리를 긁적였다.

"일단 집으로 들어가시죠."

"아닐세, 잠깐 시간 좀 내주게. 중요한 일이니."

종수를 앞세운 진일은 근처 편의점 야외 테이블에 자리를 잡았다. 바람에 실린 빗방울이 차양을 피해 테이블에 떨어져 내렸다. 종일토록 내리는 비는 멈출 기미를 보이지 않았다. 진일의 주변을 탐색하는 듯한 불안한 눈동자는 쉬지 않고 움직였다.

"이제 와서 이런 말 하면 핑계 같지만, 나는 가족을 떠날 수밖에 없었네."

허탈함과 아쉬움, 분노, 온갖 복잡 미묘한 감정이 진일의 늙은 얼굴에 묻어 있었다.

"시간이 없으니 용건만 간단히 말하겠네."

옷소매로 테이블을 닦은 진일은 잠시 종수를 물끄러미 바라보았다.

"우리는 옛날부터 어떤 연구를 진행하고 있었어. 아니, 실험이라고 표현해야 적절할 것 같네. 실험은 성공했어. 그것도 아주 오래전에. 하지만 어쩌면 지금 돌아가는 상황으로 봤을 때, 이것은 희망사항일 수도 있어⋯ 내가 너무 부주의했지. 그때 술을 먹지 말았어야 했는데⋯ 다음 날 일어나니 연구일지가 없어졌네. 내가 술에 취해 있을 때, 누군가 들어와서 연구일지를 가져간 게 분명해."

종수는 도통 무슨 말인지 알아들을 수 없었다.

"내가 지금 숨어 있는 위치가 발각될 것 같아."

진일은 한탄하듯 한숨을 깊게 내쉬었다.

"누구한테 쫓기고 계시는 겁니까?"

"그건 아직 말할 수 없네. 나를 미친놈으로 볼 수 있으니까. 여하튼 그 일로 인해서 당국의 추적이 시작된 것 같아. 내가, 아니 우리가 아내와 자식을 버리면서까지 쏟아 부었던 노력이 헛수고로 돌아올 것 같다는 예감이 들어. 절대로 그리되면 안 돼!"

진일은 마지막 말에서 분통이 터지는지 목소리를 높였다.

"그러면 인혁이가 아버님의 실험을 계속 이어가야 한다고 말씀하시고 싶은 건가요?"

"그게 아니네."

진일의 얼굴이 슬픔을 머금었다.

"그러시면…"

"우리는 새로운 정부가 들어설 때마다 노심초사하면서 기회를 엿보고 있었어. 김영삼 정부가 지나가고 김대중, 노무현 정부 때가 결정적 기회였는데, 애석하게도 그 기회를 놓치게 됐어. 우리는 철저한 감시 하에 모든 일을 진행하고 있었으니까."

"잠깐만이요. 쉽게 설명 좀 해주시겠어요. 무슨 말씀을 하시는 건지 하나도 모르겠습니다."

종수가 눈살을 찌푸렸다. 하지만 진일의 어려운 설명은 계속 이어졌다.

"우여곡절 끝에 박근혜 정부가 들어서면서 옛 중앙정보부의 인사들이 다시 고용됐고, 막대한 자금이 유입됐어. 우리는 그 자금을 이용해서 믿을 수 있는 외부 인사들을 대거 영입했지. 그것이 실수였네. 정보가 거기서 새나갔으니까. 결국 우리 스스로 무덤을 파고 있었던 것이야…. 자네, 10·26 사건 알고 있지."

"박정희 대통령 시해 사건이요?"

"그래, 내가 서울지구병원에서 군의관으로 재직할 때였지. 당직실에 있을 때 요란한 소리가 들리더군. 뛰어 나가보니 신참 군의관과 나이 지긋한 남자가 피 흘리고 있는 남자를 내려다보고 있었어. 나이가 지긋한 남자는 김계원 비서실장이었고, 얼굴이 피범벅으로 뒤덮여 미동도 없는 남자는 박정희였네."

"그래서요?"

운전대를 잡은 세화가 몹시 흥미로운 얼굴로 뒤로 고개를 돌리며 물었다. 그때였다. 갑자기 차 안으로 강한 불빛이 쏟아져 들어왔다.

"위험해!"

인혁이 소리쳤고, 급히 전방으로 고개를 돌린 세화가 놀람과 동시에 우측으로 운전대를 힘껏 꺾었다. 급제동의 소음과 함께 교차로를 벗어나던 마티즈가 빗길에 미끄러지며 가로수를 들이받고 멈췄다. 마티즈를 간신히 피한 반대 차선의 덤프트럭이 기우뚱하더니 굉음을 발하며 전복됐다. 가득 실린 모래가 도로에 쏟아졌다. 종수의 얘기에 빠져 있던 세화의 실수였다.

간신히 눈을 들어 올린 인혁은 엄청난 충격으로 신음을 내뱉었다. 얼굴을 타고 흐르는 핏물이 입술을 적셨다. 힘겹게 눈동자를 움직여 바라보니 종수는 앞자리로 튕겨져 넘어가 있고, 운전대에 머리를 기댄 세화는 움직임이 없었다. 사람들의 웅성거리는 소리와 멀리서 들리는 사이렌 소리가 겹쳐 들렸다. 인혁의 눈이 감기더니 마침내 의식을 잃었다.

언덕을 쏜살같이 내려온 순철의 승용차가 마티즈의 사고현장에서 급히 멈췄다. 현장을 바라보는 순철의 표정만으로는 생각을 읽기 어려웠다. 지옥의 신 '하데스'가 지상에 나타나 삶과 죽음을 놓고 저울질하고 있다면, 그 표정과 크게 다를 것 같지 않았다. 차를 내린 그는 전화기에 손가락을 가져갔다.

"부장님."

-용건만 말하라.

"놈들의 차가 전복됐습니다."

-용건만 말하라고 하지 않았나.

"크게 다친 것 같습니다."

-살았나? 죽었나?

"죽지는 않은 것 같습니다."

-죽지 않았다고?

"네, 그런 거 같습니다."

전화기에선 목소리가 흘러나오지 않았다. 그 침묵의 시간이 아주 무겁게 느껴졌다.

-음, 이제부터가 중요해. 문 선생이 보통 인물이 아니라는 사실을 한시도 잊어서는 안 돼.

"잘 알고 있습니다."

순철은 즉시 대답했다.

-절대로 신분 노출을 하면 안 된다는 사실도 명심하고.

"염려 마십시오."

-잘 감시하도록.

순철의 승용차는 부상자를 이송하는 구급차를 따라붙었다. 경찰과 구급대원들의 움직임에 사고현장은 얼마 지나지 않아 원래의 모습을 되찾았다. 굵고 강한 빗줄기는 멈추지 않았다.

암호명 소나

꿈을 꾸는 것일까. 병상에 누워 잠든 인혁은 심하게 얼굴을 찡그리기도 하고 미소를 머금기도 했다. 붕대를 칭칭 감은 얼굴에 핏자국이 선명하게 남아 있었다. 그는 다시 잠속으로 빠져들었다.

"인혁아, 아빠하고 팔씨름 한 번 할까?"

"아빠는 맨날 나한테 지잖아."

"그런가? 오늘은 아빠가 이길 수 있을 거 같은데."

푸른 잔디밭에서 아빠와 아들이 배를 깔고 누워 손을 잡았다.

"거봐, 아빠는 나한테 안 된다니까."

아빠의 껄껄거리는 웃음소리에 인혁이 아빠를 잡으려고 손을 뻗었다. 그러나 두 손은 헛손질하듯 허공에서 맴돌았다. 인혁은 두 눈을 힘겹게 들어 올렸다. 꿈이었다.

"어머, 깨어나셨네요."

바라보니 간호사가 주삿바늘을 링거 줄에서 빼고 있었다.

"천만다행 이예요."

인혁이 시선을 옮겼을 때, 문이 열리며 세화가 들어섰다. 예상 외로 그녀는 팔에만 붕대가 감겨 있을 뿐 멀쩡해 보였다. 헝클어진 머리에서 이상한 매력이 발산되는 것 같았다. 말하자면 원형 그대로의 꾸미지 않은 아름다움 같은 것이었다.

"선배, 몸은 좀 어때요?"

인혁은 간신히 몸을 몇 번 뒤척였다. 그럴 때마다 극심한 통증에 얼굴을 심하게 찡그렸다.

"견딜 만해. 너는 좀 어때?"

"보다시피 나는 괜찮은데, 종수 선배가 좀…."

"종수가? 종수는 지금 어디에 있어?"

"이종수 씨는 지금 중환자실에 있어요. 현재 의식불명 상태입니다."

간호사가 대신 말했다.

"의식불명이요?"

인혁이 일어서려다 얼굴을 찡그리고 다시 몸을 눕혔다.

"움직이시면 안 돼요."

간호사가 다가가 인혁의 가슴을 살며시 눌렀다.

"선배, 어떡해요. 내가 실수하는 바람에…; 종수 선배가…."

세화가 울먹이는 목소리로 말했다. 그녀의 가녀린 어깨가 살며시 떨렸다. 인혁은 가슴이 터질 것만 같았다. 종수는 나 때문에 이렇게 된 거야. 아니, 이 모든 게 아버지 때문이야. 아버지 때문이라고! 인혁은 아버지를 향한 분노로 몸을 떨었다.

"문병 오셨네요."

간호사의 시선이 문을 열고 들어서는 남자들을 향했다가 인혁과 세화로 옮겨갔다. 간호사가 곧바로 병실을 나갔다. 두 명의 건장한 남자들이 저벅저벅 걸어왔다. 태훈과 명대였다.

"아니, 당신은…"

인혁이 간신히 몸을 일으키고, 세화가 눈물을 훔치며 뒤로 한 걸음 물러났다.

"정인혁 씨, 스스로 자초한 일이니 나를 원망하지 마시오."

태훈이 인혁 앞으로 다가서며 무표정하게 말했다.

"당신들은 대체 나한테서 뭘 원하는 거요?"

"이렇게라도 이종수 씨의 신병을 확보했으니 다행이네요. 이종수 씨가 깨어나면 곧바로 취조에 들어갈 겁니다. 우리의 입장을 이해해주시오. 어차피 아버님에 관한 일이니 이해해주실 거라 믿습니다."

"이것 보세요. 지금 무슨 말을 하는 겁니까. 종수는 아버지를 해칠 사람이 아니라…"

세화가 화난 얼굴로 끼어들었다.

"당신 어디 소속 경찰이에요. 나 〈민중일보〉 정치부 기자입니다. 만약에 종수 선배가 아무 잘못이 없다면, 당신 얼굴을 신문지상에 도배할 겁니다. 경찰이라면 사람을 그렇게 함부로 의심해도 되는 겁니까."

"기자요?"

태훈이 껄껄 웃었다.

"마음대로 하시오."

명대의 입 꼬리에 비웃음에 가까운 웃음이 묻어났다.

"당신들 정말…"

인혁이 몸을 일으켜 세우려다가 극심한 통증에 허리를 잡고 다시 앉았다.

"조사해보니 정인혁 씨는 아버님과 인연을 끊고 산 지 오래됐더군요. 혐의가 풀렸으니 몸이 호전되면 퇴원해도 좋소. 빠른 쾌유를 바랍니다."

태훈이 말했다.

"지금 병 주고 약 주는 건가요?"

세화가 사납게 눈을 치켜떴다. 돌아서 병실을 나가던 태훈이 못다한 말이 있는지 다시 몸을 돌렸다.

"참, 아버님은 효성공원에 잘 모셨습니다."

병원과 2㎞ 떨어진 지점에 한참이나 주차돼 있는 차는 문 선생이 지휘하는 승합차였다. 여러 개의 모니터에선 병실 모습이 선명하게 보였고, 스피커를 통해 흘러나오는 목소리는 귀를 즐겁게 만들기에 충분했다.

"재밌게 돌아가는군."

문 선생이 회심의 미소를 흘렸다. 그는 태훈의 능력을 알아보고 교육시킨 보람을 느꼈다. 비록 한 번의 실수는 있었지만, 태훈의 미끼와 그물망을 동시에 던지는 솜씨는 보고 있는 자신도 감탄이 절로 나올 정도였다. 태훈은 사실 교통계에 근무했던 교통경찰 출신이었다.

어느 날이었다. 야근을 마친 문 선생은 집으로 향하고 있었다. 좌회전을 받은 문 선생의 승용차가 주택가로 들어서 놀이터를 지나쳤다. 벤치에 앉아 있는 서너 명의 남자들이 망막으로 들어왔다가 사라졌다. 이 시간에 저기서 뭐하는 거야? 속으로 말한 문 선생은 대수룹지 않게 차를 주차하고 차문을 열었다. 그는 뒤통수에서 무언가 스멀스멀 올라오는 느낌에 몸을 돌렸다. 서너 명의 시커먼 그림자가 자신을 덮쳤다. 놀이터에 있던 남자들이었다. 소스라치게 놀란 문 선생이 고개를 들었다. 그와 동시에 두 눈에서 번갯불이 일더니, 엄청나게 큰 징소리가 귀를 파고들었다. 바닥에 거꾸러진 문 선생이 차 키를 움켜잡았다. 그러나 남자들의 우악스런 손을 당할 수는 없었다. 차 키를 빼앗은 남자들이 차에 오르려 할 때였다. 어디선가 홀연히 나타난 남자가 그들 앞에 우뚝 섰다.

"차 키를 주고 그냥 가면 용서하겠지만, 덤비는 놈은 용서하지 않겠다."

"남의 일에 신경 쓰지 말고 가던 길 그냥 가세요."

그와 동시에 뒤로 팔이 꺾인 남자는 고통의 신음을 흘리며 바닥에 무릎을 꿇었다.

"이 새끼가…"

남자들이 동시에 달려들었다. 남자의 현란한 격투 실력에 문 선생은 아픔도 잊은 듯 넋 놓고 바라보았다. 급기야 비호처럼 날아드는 주먹과 발차기에 맞은 남자들이 줄행랑쳤다.

"어? 경찰이십니까?"

바닥에 떨어진 지갑에서 신분증이 빠져나와 있었다. 문 선생은 다소 창피한 마음에 신분을 밝히고 싶지 않았지만, 어쩔 수 없는 일이었다.

"그렇소만."

"인사드리겠습니다. 교통계 순경 강태훈입니다."

태훈은 거수경례를 힘차게 올렸다.

"교통계 순경이란 말인가?"

"네, 길을 가다가 저놈들이 수상해 보여서 따라붙었는데…, 하마터면 큰일 날 뻔했습니다."

문 선생과 태훈의 첫 만남이었다.

이 일은 경찰 내부에서 두고두고 회자되면서 태훈을 영웅으로 만들었다. 하지만 태훈은 자신의 영웅담을 한 번도 입 밖에 내지 않았다. 그 후 태훈은 문 선생의 주선으로 광역수사대로 발령받고 같은 팀으로 배정받게 되었다. 문 선생은 명석한 두뇌와 무술 고단자이기도 한 태훈을 누구에게도 빼앗기고 싶지 않았다. 벌써 십여 년 전 일이었다.

"놓아주고 붙잡는다. 키워서 잡아먹는다. 어떤 표현이 좋을까?"

문 선생이 의자를 돌렸다. 그러더니 팔짱을 끼고 후배 형사들을 바라보았다.

"둘 다 인 것 같습니다."

키보드에서 손을 뗀 심한 곱슬머리 후배가 대답했다. 대답이란게 고작…. 다시 의자를 돌린 문 선생이 못마땅한 표정을 지었다가 곧바로 표정을 풀었다. 문 선생이 다시 모니터를 바라보더니 만족한 웃음을 지었다. 명대와 태훈은 광역 수사대 내에서 자신을 절대적으로 따르는 심복이나 다름없었다. 눈빛만으로도 교감이 이루어지는 관계였다.

사실 문 선생은 이 사건을 맡으면서 뭔가 이상하다고 느꼈다. 그것은 믿을 수 없게도, 정인혁과 이종수를 쫓고 있는 분명한 이유를 자신도 모르고 있다는 데 있었다. 물론 임무의 특성상 이유를 모르고 진행한 일들이 적지는 않았다. 하지만 이 사건은 뭔가 느낌이 달랐다. 업무 파악 도중 엄청난 돈이 극우단체 '부모연합'으로 흘러 들어간 사실이 포착됐고, 돈을 관리하던 '부모연합' 사무총장 지선호의 행방이 감쪽같이 사라진 사실도 뒤늦게 알게 됐다. 엄청난 돈 역시 아직까지 행방이 묘연한 상태이다.

어마어마한 돈의 행방. 문 선생은 여기서 자신의 숙명이 다가왔음을 알았다. 새로 부임한 경찰청장 김원세가 누구인가. 대통령의 측근인 정무수석실 치안비서관 출신을 청장으로 임명했다는 것이 그것을 뒷받침해주고 있지 않은가. 박정희의 사망을 공식 발표한 정진일. 그의 아들 정인혁. 나는 이 일로 인해서 빼앗긴 내 인생을 전부 보상받을 수 있다. 살짝 돌아선 문 선생이 회심의 미소를 흘렸다. 그날의 면담이 뇌리에 떠올랐다.

"문 팀장, 정진일의 아들 정인혁의 뒤를 캐서 나한테만 보고하시오."

새로 부임한 청장 김원세가 말했다.

"이유를 물어도 되겠습니까?"

"굳이 말하자면, 대통령과 관계된 일이오. 여기까지만 말하겠소. 더 이상 묻지 마시오. 그리고 수사 진행 과정에서 가장 믿을 만한 후배들을 눈여겨봐뒀다가 두 명만 선출하시오."

"두 명이요?"

문 선생의 두 눈이 강한 의문을 품었다.

"광수대 내에서도 비밀이 알려지면 곤란할 수 있으니, 어느 정도 수사가 진행됐다고 판단되면, 눈여겨봐뒀던 두 명만 데리고 수사를 진행하시오. 과거 안기부 비밀요원 출신이니 내 말이 무슨 뜻인지 잘 알 거라 믿소."

김원세는 마지막 한 마디를 덧붙였다.

"반드시 비밀리에 진행해주시오."

과거 안기부에서처럼 나를 이용해먹고 버리려는 수작, 가당치도 않은 일이지. 두 명만 선발? 나를 아주 바보로 아는군. 언젠가는 때가 올 줄 알았지. 그 일은 때가 올 수밖에 없는 일이었어. 그래서 나는 철저한 계획을 세워서 기다렸던 것이고. 이대로 당하고만 있지 않을 것이다. 내 반드시 그것을 손에 넣고 말리라. 문 선생은 자신의 지략에 찬사를 보냈다.

짙은 선글라스를 착용한 여자가 뉴욕 JFK 국제공항 로비로 들어섰다. 출국을 위해 게이트로 들어가는 여자의 뚱뚱한 몸이 어딘지 모르게 불편해 보였다. 선글라스 밑으로 붉은 흉터 자국이 어렴풋이 보였다. 짙은 화장도 그녀의 흉터 자국을 전부 감출 수는 없는 모양이었다. 얼굴을 반 이상이나 가린 선글라스는 신분위장이라기보단 흉터를 감추기 위한 수단인 듯싶었다. 아니, 어쩌면 두 가지 모두 해당되는 것일까. 그녀는 지나치는 사람들의 시선을 의식적으로 외면하는 것처럼 보였다. 게이트를 나가는 그녀가 신분 확인을 위해 선글라스를 잠깐 벗었다가 다시 썼다. 눈 밑에서 광대뼈를 지나 뺨까지 흐르는 흉터는 지렁이처럼 길게 뻗어 있었다.

'소냐'. 그녀의 암호명이었다. 나이 예순에 뚱뚱한 모습, 축 늘어진 볼 살과 듬성듬성 빠져 있는 머리카락에서 예전의 아름다웠던 모습은 어디에서도 찾아볼 수 없었다. 그것은 결코 세월 탓만은 아니었다.

잠시 후 여객기가 힘찬 엔진 소리를 내며 인천국제공항을 향해 출발했다. VIP석에 자리 잡은 그녀는 잠시 창가를 응시하다가, 의자를 뒤로 젖히고 몸을 편안하게 뉘였다. 30년 만의 귀향. 하지만 그녀의 얼굴은 어떤 감흥도 일지 않은 것처럼 보였고, 가끔 양미간이 좁혀졌다. 이어폰을 찾아 귀에 꽂은 그녀는 두 눈을 감았다.

"소냐, 내일이면 한국으로 돌아갈 수 있어. 그때까지 편안하게 자 둬."

소냐는 침대를 빠져나가는 왜소한 남자를 뒤에서 끌어안았다.

"근데, 왜 이렇게 불안한지 모르겠어."

"우리 정보원들은 항상 불안한 삶을 살잖아. 새삼스럽게…."

"그런 불안함이 아니라…; 하긴, 내가 요즘에 신경이 좀 예민해진 탓도 있을 거야."

남자가 몸을 돌려 소냐의 얼굴을 살며시 들어 올렸다. 스물일곱의 소냐는 눈부실 정도로 아름다웠다. 흠잡을 데 없는 이목구비, 가녀린 하얀 목덜미를 감싸는 갈색 머리카락, 육감적인 신음이 녹아 있는 듯한 목소리는 뭇 남성들의 마음을 사로잡기에 충분했다. 남자가 소냐의 호수 같은 눈망울을 바라보았다. 그 얼굴이 어딘지 모르게 슬퍼 보였다.

"나, 잠깐 나갔다 올 테니까 자고 있어."

"아까도 누구 만나고 오지 않았어?"

"만나긴, 누굴…. 여기 파리에 아는 사람이 누가 있다고. 잠깐 바람 좀 쐬고 온 거야."

남자의 목소리는 평소와 달랐다. 하지만 소냐는 그것을 대수롭지 않게 넘겼다.

"어디를…, 중요한 일이 아니면 이 밤 같이 보내. 언제 또 같이 있을지도 모르는데.”

소녀가 육감적인 신음을 흘리며 두 팔을 뻗었다. 남자가 반응이 없자 이내 팔을 내렸다.

“그럼, 빨리 들어와야 돼.”

“음….”

여운이 남는 짧은 대답이었다. 남자는 소녀의 시선을 애써 외면하고 등을 돌려 집을 나갔다. 아침부터 내리기 시작한 눈으로 거리는 온통 깊은 침묵 속에 빠져 있었다. 아주 가끔 거북이걸음을 걷는 자동차가 지루한 침묵을 깨려는 듯 경적을 울리고 지나갔다.

대체 이 불안함은 뭐지? 침대에서 빠져나온 소녀는 응접실로 향했다. 다시 창가로 이동해 창문을 활짝 열어젖혔다. 순간 강한 눈바람이 커튼을 할퀴더니 바람에 날리는 머리카락까지 할퀴고 지나갔다. 그 바람 속으로 남자가 뛰어가는 모습이 보였다. 설마, 아닐 거야. 분명 아니야. 그녀의 다짐이 바람에 밀려 사라졌다. 다시 침대에 누운 그녀는 애써 잠을 청했지만, 쉽게 잠들지 못했다.

새벽녘이 되어서야 간신히 잠든 그녀는 무언가 부스럭거리는 소리에 살며시 눈을 들어 올렸다. 이내 두 눈이 크게 벌어졌다. 믿을 수 없는 불안의 정체에 정신이 혼미해지면서 눈물이 그렁그렁 맺혔다. 라이터를 손에 든 남자가 슬픈 눈으로 천장을 올려다보더니 라이터를 당겼다. 바닥을 엉금엉금 기어가던 불길이 식탁 다리를 뱀처럼 감으면서 올랐다. 뱀 같은 불길은 순식간에 식탁보를 휘감았다. 남자가 이내 집을 나갔다. 침대에서 일어난 소녀는 멍한 시선으로 허공을 응시하더니, 바로 발밑까지 다가온 불길에 시선을 던졌다. 무엇을 바라고 있는 듯한 눈동자가 허물어져 내리면서 무릎에 얼굴을 물었다.

 하늘에서 긴 시간을 보낸 여객기가 마침내 인천국제공항에 착륙
했다. 많이 변했겠지. 소냐는 게이트를 나오면서 속으로 중얼거렸
다. 사람을 말하는 것인지, 한국의 발전상을 말하는 것인지, 그녀의
표정만으로는 읽기 어려웠다. 주변을 지나는 사람들이 그녀의 선글
라스를 벗어난 흉터 자국을 힐끔거리며 지나쳤다. 속 입술을 잘근
깨문 소냐가 택시 승강장에 이르더니 전화기를 빼들었다.

 "어디로 가면 되나?"

 소냐가 결코 벌어지지 않을 것 같은 입술을 움직여 말했다.

 ─서울병원입니다.

 굵은 남자 목소리였다.

 "알았어."

 ─정말 그 일을 혼자 하실 생각입니까?

 목소리에 걱정이 묻어났다.

 소냐가 믿을 수 없는 표정을 지었다.

 "지금 그 말 무슨 뜻이야?"

 ─아닙니다. 제가 실언했습니다.

 목소리는 급히 사과했다.

 "설마 내 실력을 의심하고 있는 건 아니겠지?"

 ─제가 너무 경솔했습니다. 용서하십시오.

 잠시 무거운 침묵이 흘렀다.

 "알았어, 용서하지."

 소냐는 한 마디를 덧붙였다.

 "내가 연락할 때까지 나를 찾지 말도록."

잠시 후 소냐를 태운 택시가 서울병원을 향해 출발했다.

　새벽으로 들어서는 시각, 중환자실 분위기는 음산했다. 영원히 이어질 것만 같은 기나긴 침묵이 음산한 분위기와 합쳐지면서, 중환자실은 기괴한 적막만이 감돌았다. 남아 있는 기력이 그것밖에 없는 듯 간신히 불을 밝히고 있는 천장의 회색 전등불이 환자들의 모습과 닮아 있었다. 저승의 문턱에서 갈 길을 정하지 못하고 있는 내면의 몸부림은 육신으로 전달되지 못하고 있는 것일까. 병실에 가득 찬 침묵과 기괴한 적막은 생과 사를 놓고 벌이는 보이지 않는 처절한 싸움판이었다. 그 처절한 싸움판의 문이 열리더니 누군가 들어섰다. 희미한 전등불이 싸움판으로 들어서는 간호사 복장의 여자를 가만히 내려다보고 있을 뿐, 어느 누구도 몹시 늙은 얼굴에 뚱뚱한 간호사를 의식하지 못했다. 희미한 전등불을 받은 간호사의 얼굴이 창백하고 으스스해 보였다. 얼굴의 흉터 자국이 꿈틀 움직였다. 소냐였다. 새벽시간에 소냐는 무엇을 하려고 여기에 온 것일까. 으스스하게 주사기를 든 그녀는 주위를 두리번거렸다. 마치 기계적으로 움직이는 손놀림이 매우 숙달된 것처럼 보였다. 병상을 따라가던 그녀의 시선이 한 지점에서 멈췄다. 대상을 발견한 그녀는 조용하면서도 차분하게 이동했다. 이어서 이름을 확인한 그녀는 천천히 속으로 중얼거렸다.
　'이 종 수'
　종수의 무의식이 위험을 감지하면서 세포 하나하나에 경고를 보내는 것일까. 종수의 호흡이 약간 거칠어졌다. 하지만 육신은 그것을 전혀 모르는 듯, 거친 호흡에 반응하지 못하고 움직임이 없었다.

종수 앞에 가만히 선 소냐는 팔을 뻗어 링거호스에 주삿바늘을 찔러 넣었다. 잠깐의 시간이 흐르자 종수의 몸이 꿈틀했다. 소냐는 일체의 망설임 없이 엄지에 힘을 주어 주사기의 피스톤을 끝까지 밀었다. 푸른 액체가 종수의 몸속으로 빨려 들어갔다. 종수의 몸이 요동치기 시작했다. 그와 더불어 모니터의 그래프가 고저를 그리기 시작했다. 목과 팔의 힘줄이 불거지면서 팽팽하게 부풀어 올랐다. 심박동수를 알리는 수치가 급격히 올라갔다. 거친 호흡과 함께 붕대를 감은 종수의 몸이 거세게 움직였다. 마지막 발악이었다. 그러더니 팔다리가 축 늘어졌다. 뚝 떨어진 그래프가 평행선을 그리면서 '삐' 소리를 흘렸다. 종수는 결국 생과 사의 갈림길에서 저승의 길을 걸어야만 했다. 주사기를 다시 빼낸 소냐는 아무 일 없었다는 듯 중환자실을 나갔다.

"좋은 아침."

문 선생이 자신의 근무지인 광역수사대로 들어서면서 후배 형사들을 향해 손을 흔들었다. 그 뒤를 따라 태훈이 들어섰다. 그때 걸려온 한 통의 전화가 일순간 분위기를 크게 바꾸었다.

"그게 무슨 말이야?"

명대의 전화를 받은 문 선생이 놀란 표정으로 태훈을 돌아보며 낮게 말했다. 이어서 자신에게 쏟아질 것 같은 후배들의 시선을 의식한 문 선생은 최대한 침착하게 표정을 관리하고, 다시 몸을 돌려 밖으로 나갔다. 자연스럽게 팀장을 따라붙은 태훈이 심각한 표정으로 전화 내용에 귀를 기울였다.

"차근차근 다시 한 번 말해봐."

문 선생은 자신이 잘못 들었기를 바랐다. 하지만 그의 바람은 무참히 깨졌다.

-이종수 씨가 끝내 의식을 회복하지 못하고 오늘 새벽 숨졌습니다.

"의사는 이종수가 의식을 회복할 수 있을 거라고 분명히 말했잖아."

문 선생은 지푸라기라도 잡는 심정으로 말했다.

-평소 천식을 앓고 있던 이종수 씨가 갑자기 호흡곤란을 일으켰나 봅니다. 그것을 간과하고 지나친 게 사망의 원인 같습니다. 이제 어디서부터 시작해야 됩니까?

문 선생은 전혀 예상치 못했던 충격에 한동안 어떤 말도 할 수 없었다. 잠시 후 간신히 충격에서 벗어난 그는 생각에 집중했다. 하지만 그에 대한 대책은 쉽게 떠오르지 않았다.

"이종수 씨가 어떻게 됐다는 겁니까?"

태훈이 다급하게 물었다.

"나도 무슨 말인지 도무지 모르겠어. 병원으로 가보자고."

문 선생은 이종수의 죽음을 쉽게 받아들이지 못하는 듯했다. 쏜살같이 차를 달려 병원에 도착한 두 사람은 병원 우측으로 돌아 주위를 두리번거렸다.

"팀장님, 여깁니다."

기다리고 있던 명대가 계단을 오르며 외쳤다. 세 사람은 계단을 뛰어내려 영안실로 향했다. 그때 마침 흰 천으로 덮인 시신이 승강기를 빠져나오고 있었다. 급히 앞으로 나선 문 선생이 시신을 덮은 흰 천을 들어 올리려 했다.

"누군데 여기서 이러십니까?"

병원 관계자로 보이는 남자가 흰 천을 들어 올리는 남자의 손을 잡았다.

"경찰입니다."

남자를 돌려 세운 명대가 신분증을 내밀었다. 문 선생과 태훈이 서서히 드러나는 종수의 얼굴에 집중했다. 이윽고 이종수의 얼굴이 완전히 드러났다. 문 선생이 힘없이 팔을 떨어뜨렸다.

"제기랄!"

몸을 돌린 태훈이 벽을 사납게 걷어찼다.

"어떻게 된 겁니까?"

문 선생이 차트를 들고 안경을 착용한 남자에게 물었다. 이종수의 담당의사인 듯했다.

"호흡곤란으로 인한 쇼크사입니다."

차트에 무언가를 기재하고 있던 의사는 고개도 돌리지 않은 채 지극히 사무적으로 말했다.

"사람이 물어봤으면 최소한 얼굴은 보면서 대답해야 되는 거 아냐!"

다혈질의 명대가 의사를 향해 손을 뻗었다. 그것은 이종수의 죽음에 일말의 책임을 묻는 것처럼 보였다. 급하게 몸을 돌린 태훈이 명대를 잡아끌어 계단에 올랐다. 의사가 헛기침을 하며 옷매무새를 고치더니 승강기에 몸을 실었다.

"병신 같은 놈들."

승강기 앞에 혼자 덩그러니 서 있는 문 선생이 헛웃음을 머금고 욕설을 뱉었다. 하지만 욕설은 누구를 향한 것인지 대상이 분명치 않았다. 그때 급하게 계단을 뛰어내려오는 소리가 들렸다. 모습을 보인 두 사람은 인혁과 세화였다. 고개를 숙여 얼굴을 감춘 문 선생은 두 사람을 지나쳐 계단에 발을 올렸다.

수마는 인혁을 쉽게 놓아주지 않았다. 잠깐 눈을 뜬 인혁은 쏟아지는 졸음에 다시 눈을 감았다. 꿈인지 현실인지 도무지 분간이 안 가는 상황은 계속됐다. 아버지와 종수가 나타났다가 사라지고, 태훈이 무서운 얼굴로 쫓아오는 비현실적인 상황은 끊어졌다가 이어지며 끈질기게 따라붙었다. 인혁이 땀을 흘리며 비현실 세계에서 헤매고 있을 때, 세화가 자신을 내려다보고 있었다. 그녀의 얼굴에서 눈물이 쉬지 않고 흘렀다. 뭔가 강한 불길함이 몽롱한 의식을 깨웠다.

"선배 어떡해요. 종수 선배가…."

"종수가 왜?"

"종수 선배가 사경을 헤매다가 결국 오늘 새벽에…."

인혁은 눈앞이 노래지는 것을 느꼈다.

"아니야, 그럴 리가 없어, 그럴 리가 없다고. 그 새끼는 그렇게 쉽게 죽을 놈이 아니야. 뭔가 잘못 알고 있는 거야. 그 새끼가 왜 죽어!"

인혁의 입술에 경련이 일더니 심하게 일그러졌다. 눈물이 주르르 흘렀다.

"강태훈, 이 개새끼. 가만두지 않겠어!"

갑자기 몸이 이리저리 흔들리는 느낌이 들었다. 인혁의 눈이 크게 떠졌다. 동시에 따가운 시선이 느껴졌다. 느닷없이 욕설을 들은 많은 사람들이 힐끔힐끔 쳐다보았다. 바로 옆자리에서 세화가 무안한 얼굴로 자신의 몸을 흔들고 있었다. 그와 동시에 여자 목소리의 안내 방송이 흘렀다.

-다음 정차 역은 서울역입니다. 놓고 내리시는 물건이 없는지….

전철이었다.

"선배, 괜찮아요?"

세화가 걱정 어린 시선으로 바라보았다. 수마는 인혁을 3일 전 사망한 종수의 시간으로 매정하게 끌고 올라가, 또 한 번 분노와 슬픔을 안겨준 것이었다. 인혁의 흐리멍덩한 시선이 천천히 자리 잡으려 할 때, 세화가 일어서며 말했다.

"여기서 내려서 버스로 갈아타야 해요."

전철을 내린 두 사람은 서울역 터미널에 이르러 대합실의 빈 의자에 앉았다. 인혁은 자신들을 지나쳐가는 사람들을 가만히 응시했다. 사람들은 무엇이 바쁜지, 부지런히 발을 놀려 계단을 뛰어오르기도 하고 뛰어내리기도 했다. 저 사람들은 무엇이 저렇게 바쁜 것일까. 아이러니하게도 사람들의 바쁜 움직임은 분명한 목적 없이 일상으로 굳어진 하나의 습관이었다. 갑자기 인혁은 세상이 이상하게 보였다.

"세화야, 우리는 꿈의 세상인지, 현실의 세상인지 모를 정도로 혼란한 며칠을 보냈어. 이제 그만 그 악몽에서 깨어나고 싶어. 아니, 깨워주고 싶다."

인혁이 가방을 어깨에 메고 뛰는 중년남자를 보면서 말했다. 세화가 인혁의 옆얼굴로 시선을 가져갔다. 초췌한 얼굴, 움푹 들어간 퀭한 눈. 평소 완강해 보이는 얼굴과는 확연히 달랐다. 지나가는 사람들을 응시하는 시선엔 초점이 잡혀 있지 않았다. 그녀의 가슴이 뭉클했다.

"그 악몽에서 깨워주고 싶다고요? 무슨 말인지…."

세화가 의문을 표했다.

"이제 그만 가도 돼. 어차피 내 일이야. 그동안 고마웠다."

"그냥, 가라고요? 여기까지 같이 왔는데…. 혹시 내 운전 실수 때문에 이러는 건가요?"

세화의 얼굴에 심한 죄책감이 묻어 있었다.

"그런 뜻은 아닌데, 그렇게 들렸다면 사과할게."

인혁은 더 이상 세화를 끌어들이고 싶지 않았다. 그것은 아버지의 죽음에 감당하기 힘든 무엇이 도사리고 있을 것이라는 판단 때문이었다. 그녀를 무언지 모를 거친 싸움판에 끌어들이고 싶지 않았다. 팔 골절로 끝난 경상이 얼마나 다행이란 말인가. 아버지의 죽음에 어떤 이유가 있는지, 그것은 어차피 자신이 감당해야 할 몫이었다.

"알았어요, 선배 뜻대로 할게요. 하지만 일처리 하는 과정에서 도움이 필요할 수도 있어요. 그때는 꼭 연락해야 해요."

세화의 목소리에 물기가 묻어났다.

"알았어, 그렇게 하지."

인혁이 버스 승강장으로 향했다.

새나라당의 사라진 구십점

경부 고속도로를 달리던 고급 중형 세단이 속도를 줄이더니 차선을 바꿔 4차로로 진입했다. 그렇게 조금 지나서 '구미' 방향으로 빠져나갔다. 불어오는 바람이 구름을 몰아낸 듯 푸른 하늘은 청명했다. 실로 완연한 봄이었다. 하지만 승용차 뒷좌석에 앉아 있는 풍채 좋은 남자는 싱그러운 봄의 얼굴과는 확연히 다른 모습이었다. 무엇이 그를 깊은 시름에 빠져들게 한 것일까. 남자는 감고 있는 두 눈을 가끔 움찔거리면서 한숨을 크게 내쉬는 동작을 반복하고 있었다. 이내 움찔거리는 두 눈을 들어 올린 그는 창밖으로 시선을 던졌다. 이어서 창문을 활짝 열었다. 싱그러운 봄 향기가 차안을 감돌아 그의 콧속을 간질였지만, 여전히 그의 굳은 얼굴은 풀어지지 않았다.

구미 시내로 접어든 승용차가 다시 외곽도로로 접어들더니, 30여 분을 더 달려 신록이 우거진 산 앞에 이르러 거친 호흡을 멈췄다. 쇠사슬로 묶인 바리게이트에 '입산금지' 표시판이 붉은 글씨로 크게 쓰여 있었다. 자동차의 시동이 꺼진 것으로 보아 이곳이 목적지인 듯했다.

"대표님, 도착했습니다."

운전기사가 뒤를 돌아보며 말했다. 김채무. 5선 의원으로 현 새나라당의 당대표를 맡고 있는 인물이었다.

"저는 여기서 기다리겠습니다."

"누가 오는지 통제 잘하고."

"염려 마십시오."

차를 내린 채무는 바리게이트를 지나 산길을 올랐다. 30여 분을 올랐을까. 굵은 철조망이 앞을 가로막았다. 철조망 너머로 빽빽하게 심겨 있는 나무는 다른 세상을 품고 있는 것처럼 보였다.

"연락받고 기다리고 있었습니다."

철조망 너머 다른 세상에서 나타난 남자가 문을 열었다. 다른 세상으로 들어선 채무가 5분여를 걸어 자연석을 가공해 만든 육중한 건물 앞에서 멈췄다. 하늘을 찌를 듯 뾰족한 지붕의 육중한 석조 건물은 중세 고딕 양식풍의 건물이었다. 그런데 건물은 어딘가 특이해 보였다. 아름드리나무로 둘러싸인 건물은 사방 어느 곳에도 창문이 보이지 않았고, 대여섯 개의 사각형의 구멍만 뚫려 있는 모습이 특이했다. 검게 보이는 구멍 속으로 감시 카메라가 설치돼 있었다. 그 모습은 마치 괴물의 눈동자와도 같았다. 아마도 방문자를 살피기 위한 장치인 듯했다. 잠시 건물 앞에 선 채무는 건물 앞에 우뚝 선 아름드리나무를 바라보고, 이어서 자신의 옷매무새를 고쳤다. 이곳에 올 때마다 빠트리지 않고 행하는 습관 같은 것이었다. 채무는 갑자기 옷을 만지던 손을 신경질적으로 떨어뜨렸다. 시종일관 풀어지지 않는 얼굴과 그의 행동으로 보아 무언가 일이 뜻대로 되지 않고 있는 게 분명했다.

"대표님, 들어가시지요."

채무의 풍채가 시커먼 아가리 속으로 빨려 들어갔다.

채무는 무엇을 하고 나오는 것일까. 한 시간가량 지나서 다시 문이 열렸고, 그는 몹시 바쁜 걸음으로 건물을 나섰다. 여전히 굳은 얼굴은 풀어지지 않았다.

채무를 태운 승용차가 시내 한복판에 자리 잡은 한 호텔 앞에서 멈췄다.

"자네는 먼저 들어가."

운전기사에게 말한 채무는 승용차를 내려 호텔로 향했다. 발걸음을 옮길 때마다 머릿속에 맴도는 생각은 꼬리에 꼬리를 물고 이어졌다. 그는 낚시질하듯, 지나가는 생각들을 하나하나 표면으로 끌어올렸다. 이제 국민은 우리 '당'을 신뢰하지 않는다. 총선이 그것을 증명해주지 않았는가.

채무는 지난 총선에서 야당에게 원내 제1당을 내준 사실이 아직도 믿어지지 않았다. 이대로 가다간 당의 신뢰 회복은 고사하고, 정권 교체도 각오해야 하는 상황이 올 것 같다. 절대로 그리돼선 안 된다. 당내 보수파와 진보파의 갈등은 어제 오늘의 얘기가 아니다. 지난 10년간 우리는 그것을 적절하게 잘 활용하지 않았는가. 그것은 정신적으로 당을 규합하고 이어주는 구심점이 있었기 때문에 가능했던 일이다. 하지만 이제는 계파싸움이 극에 달하면서 당의 존립 기반이 무너지고 있다. 구심점이 사라졌기 때문이다. 너무나 어처구니없게도….

생각하는 사이 어느새 호텔에 도착했다. 로비를 지나 승강기를 타고 내릴 때도, 복도를 걸어 객실 앞에 다다를 때까지도 그의 심각한 표정은 조금도 풀어지지 않았다. 객실 안으로 들어서니 특이한 외모의 왜소한 남자가 일어나 고개를 숙였다. 문 선생이었다.

"안녕하십니까."

순간 문 선생은 '안녕'이라는 말에 아차하고 후회했다. 그는 즉시 표정관리에 들어갔다. 채무는 앞에 있는 남자의 인사에 크게 신경을 쓰지 않았다. 다만 남자의 특이한 외모와 귀에 거슬리는 목소리가 왠지 신뢰성이 떨어지는 느낌을 받았다. 표정을 숨긴 채무가 손바닥을 보이며 의자를 권했다.

"앉으세요. 음…, 호칭을 뭐라고 불러야 되겠습니까?"

"문 선생이라고 불러…, 아니, 문 팀장으로 편하게 불러주십시오."

문 선생? 제길, 자신을 아직도 정보기관 요원으로 생각하나? 채무는 떨떠름한 표정을 간신히 숨겼다. 한편으로 그의 특이한 외모속에 감춰진 강한 느낌을 읽었다.

"경찰청장을 통해서 문 팀장님에 대한 얘기는 많이 들었습니다. 가장 믿을 수 있는 분이라더군요. 문 팀장님, 우리의 만남은 처음이자 마지막이 돼야 합니다. 그리할 수 있죠?"

문 선생은 순간 배알이 뒤틀리는 느낌이었다. 도무지 속을 보이지 않고, 달면 삼키고 쓰면 뱉는 정치인들의 습성에 진저리가 났다. 하지만 김채무가 누구인가. 새나라당의 당대표이자 차기 대권후보로 이름을 올리고 있는 인물이지 않은가. 그 역시 표정을 숨기고 대답했다.

"네, 그리하겠습니다."

"좋소, 그런데 일은 어디까지 진행되고 있는 겁니까?"

"어느 누구도 우리의 그물망을 빠져나갈 순 없습니다. 혹여 하나의 그물망이 뚫린다 하더라도, 제2, 제3의 그물망까지 생각하고 있으니 염려 놓으시지요."

"그렇게 얘길 하시니 마음이 조금은 놓이는 것 같군요."

비록 옅은 미소지만 채무의 얼굴에 처음으로 미소가 번졌다. 일어선 채무가 문 선생의 손을 가볍게 쥐었다가 놓더니 방을 나갔다. 내가 네놈들의 속셈을 모를 줄 아나? 내 반드시 네놈들이 땅을 치고 후회하도록 만들어주마. 네놈들의 기름진 얼굴을 처참하게 뭉개줄 것이다. 문 선생은 속으로 이를 부드득 갈았다.

편의점 간이식탁에서 대용량 컵라면을 손에 든 남자가 유리를 통해 호텔을 주시하고 있었다. 우람한 덩치에 하데스의 표정을 가진 남자, 순철이었다. 탄탄한 가슴 근육이 금방이라도 흰색 와이셔츠의 단추를 비집고 나올 것처럼 보였다. 그는 외모에 걸맞지 않게 후루룩거리며 컵라면을 입속으로 몰아넣었다. 두꺼운 입술을 우물거리면서도 눈동자는 호텔을 벗어나지 않았다. 김채무는 누구를 만나러 저기에 들어간 것일까. 부장의 지시로 김채무를 미행한 순철은 김채무가 유리 너머 호텔로 들어간 것까지 확인할 수 있었다. 30여 분 정도가 지났을까. 호텔을 나오는 김채무의 모습이 보였다. 식탁에 컵라면을 소리 나게 내려놓은 순철은 잽싸게 편의점을 나서서, 자신의 낡은 승용차에 올라 카메라 셔터를 부지런히 눌렀다. 그러더니 전화기를 빼들었다.

"부장님, 김채무가 30분 전에 금성호텔로 들어갔다가 지금 막 나왔습니다."

전화기에선 잠시 아무 말이 들리지 않았다.

-틀림없이 김채무가 맞는가?

"틀림없습니다."

-후후후, 김채무가 거기서 나왔단 말이지.

"네, 그런데 누구를 만났는지는 좀 더 알아봐야 할 것 같습니다."

-그럴 필요 없어.

"그럴 필요가 없다고요?"

-김채무는 문 선생을 만나고 오는 중일 것이야.

"아니, 그걸 어떻게…."

-거기는 옛 안기부에서 비밀 안가로 사용하는 호텔이었으니까. 아마도 문 선생이 약속 장소를 잡았겠지. 문 선생은 그게 약점이야. 자신의 위치를 수시로 잊어버리거든.

순철은 안기부의 비밀 안가가 이곳에 있을 줄은 꿈에도 몰랐다.

-그리고 김채무가 내려온 산을 잘 기억해둬. 그곳에 뭔가 있는 게 분명해.

"알겠습니다."

순철은 망원경 너머로 보았던 거대한 건물을 그려보았다. 순철의 낡은 승용차가 금성호텔에서 멀어졌다.

인혁은 부스스한 눈을 들어 올렸다. 여기가 어디지? 누렇게 색이 바랜 미니 냉장고가 지나치는 시선에 머물렀다가 사라졌다. 그 옆으로 낡은 TV의 회색 브라운관이 창문으로 비집고 들어온 엷은 햇살을 담고 있었다. 오래된 여관이었다. 어젯밤 늦게 포천에 도착한 인혁은 이곳 여관에 들어 아침을 맞이했다. 누운 채로 천장을 바라보며 지난 며칠간 자신에게 일어난 사건을 짚어보았다. 도무지 현실 같지 않았다. 시간을 되돌릴 순 없지만, 적어도 시간에 관계된 일은 알아야 했다.

"인혁아, 무슨 일이 생기면 산장으로 찾아오렴. 아빠가 없더라도 누군가는 반드시 있을 거야. 너한테 정말 미안하구나. 이 말밖에 해 줄 말이 없는 아빠를 용서하렴."

어머니의 발인에 참석했던 아버지의 마지막 말이었다. 그런데 무슨 의미가 있을까. 어차피 경찰 수사는 산장도 포함하고 있을 것이다. 하지만 무언가 실마리를 찾기 위해선 한 번은 반드시 가봐야 할 장소임에는 틀림없었다.

즉시 일어나 대충 씻고 밖으로 나온 그는 기억을 더듬어가며 명성산을 오르기 시작했다. 연분홍빛으로 만개한 철쭉 무리를 지나서 물이 떨어지는 작은 폭포의 언덕을 올랐다. 자연의 싱그러움과 아늑함. 그러나 그것은 자신과 다른 세상에 사는 사람들의 얘기였다. 숨이 턱까지 차오르니 신트림이 올라왔다. 역겨운 신트림은 자신의 현재를 대변해주고 있는 것일까. 어젯밤 입속으로 억지로 몰아넣은 컵라면이 역겨운 냄새를 식도로 올려주고 있었다. 인혁은 즉시 흐르는 계곡물에 고개를 숙이고 구역질하기 시작했다. 그는 눈물을 찔끔거리면서 입속으로 손가락을 집어넣었다. 그것을 통해서 과거의 찌꺼기들을 게워내려는 듯이…

산장으로 가는 길은 군데군데 샛길이 조금 생겼을 뿐 크게 바뀌진 않았다. 20년 전의 과거로 흘러들어간 느낌이었다. 아름드리나무가 눈에 들어오면서, 그 밑으로 푸른 옷으로 갈아입은 오밀조밀한 논들이 보였다. 그렇게 논길을 따라 비탈길을 오르니 통나무로 지어진 건물이 눈에 들어왔다. 아버지의 산장이었다. 인혁은 뛰는 듯 발을 옮겨 산장 앞에 우뚝 섰다. 그 모습은 마치 전쟁터에 나가는 군인의 모습 같았다. 오랜 시간 손질하지 않은 듯 보이는 잔디밭엔 잡초와 이름 모를 들꽃이 자리를 대신했다. 끊어진 빨랫줄이 바람에 흔들렸다. 인혁은 순간 두 눈을 크게 떴다. 풀이 무성한 마당을 가로질러 소나무꽃 모양의 고깔모자를 닮은 식물이 자라 있었다. '와송'이었다. 아버지의 음성이 들리는 것 같았다.

"인혁아, 이 와송의 효능은 의사인 아버지도 감탄할 정도로 몸에 좋은 약초란다. 꾸준하게 섭취하면, 니가 앓고 있는 모든 병들이 호전될 수 있단다. 여기 와송 밭은 너를 위해 만든 것이야"

타고난 허약 체질이 건강한 체질로 바뀌기까지는 아버지의 노력이 있었기 때문에 가능했다. 아버지는 지금까지도 아들인 나를 위해 와송을 재배해오고 있었던 것임에 틀림없었다. 가슴 깊은 곳에서 형언할 수 없는 무엇이 치고 올라오는 느낌이 들었다.

"그런데, 왜 아버지는 지금까지…. 아니야, 아니라고!"

인혁은 강한 부정을 하면서 산장을 향해 소리쳤다. 그런 다음 저벅저벅 걸어가 문을 때리듯 밀쳤다. 잠겨 있지 않은 문이 비명을 지르며 열렸다. 애써 아버지의 영상을 밀어낸 인혁은 안으로 들어서 열쇠를 꺼냈다. 열쇠의 용도를 찾아야 한다. 인혁은 산장 안을 수색하기 시작했다.

얼마의 시간이 흘렀을까. 환했던 거실에 어둠이 내리기 시작했고, 열린 창문 사이로 산짐승의 울음소리가 들렸다. 도무지 찾을 수 없다. 왜 열쇠만 준 것일까. 수색을 중단한 인혁은 창문으로 시선을 던졌다. 두 눈동자가 한 곳으로 집중됐다. 동시에 귀를 집중했다. 풀이 넘어지는 소리와 흙을 밟는 소리는 분명 사람의 소리였다. 어스름한 어둠을 뚫고 누군가 다가오고 있었다. 인혁의 두 눈이 휘둥그레졌다. 창백한 얼굴의 왜소한 남자가 다가오더니, 문을 두드렸다.

"안에 있으면 문 좀 열어주게."

발을 들여놓은 남자는 얼굴이 온통 수염으로 뒤덮여 있었고, 깊게 패인 주름살에서 삶의 무게가 느껴졌다. 몹시 헝클어져 있는 반백의 머리가 그의 모습을 더욱 초라하게 보이게 했다. 남자는 흐느적거리는 걸음을 옮겨 인혁 앞에 섰다.

"자네가 여기에 올 줄 알고 기다리고 있었네."

인혁은 잠시 어리둥절한 표정을 지었다.

"어르신은 누구십니까. 어떻게 저를 알고 계시죠?"

"나는 자네가 여기 산장에 올라올 때부터 보고 있었네. 이렇게 가까이서 보니 어릴 때 얼굴이 많이 남아 있군. 형님을 꼭 빼닮았어. 나를 알아보지 못하겠나?"

인혁은 남자를 유심히 바라보았다. 곧바로 그의 두 눈이 크게 벌어졌다.

"정…민 아저씨?"

"이제야, 나를 알아보는구먼."

정민이 인혁의 손을 감싸 쥐었다.

"이런 모습으로 만나게 돼서 매우 유감이지만, 이게 얼마 만인가."

"이게 대체 어찌된 일입니까. 누추한 행색은 또 뭐고요?"

정민 아저씨의 행색은 지난날 깔끔하고 지적인 외모와는 거리가 멀었다. 어린 시절 자신을 무등 태워주며 호탕하게 웃음 짓던 기억이 그려졌다가 사라졌다. 정민은 몹시 힘에 부친 듯 인혁을 지나 낡은 소파에 몸을 부렸다. 인혁이 정민을 따라 맞은편 소파에 자리를 잡았다. 두껍게 쌓인 먼지가 올라왔다.

"자네도 알다시피 아버님과 나는 한 연구실에서 같이 일했지. 우리의 계획은 틀어졌고, 아버지와 나는 이곳으로 도망쳐 왔네. 내가 잠시 자리를 비운 사이에 자네 아버지가 변을 당했어. 참 좋은 분이셨는데…."

정민의 두 눈에 눈물이 그렁그렁 맺혔다.

"이리 와보게."

주머니로 손을 가져간 정민은 목걸이를 꺼내 인혁의 목에 채워주었다.

"아버지의 유일한 유품이네."

동전 모양의 목걸이를 들어 올린 인혁은 조심스럽게 뚜껑을 열어보았다. 순간 눈물이 핑 돌았다. 꼬마인 자신이 아버지와 어머니의 가운데서 환하게 웃고 있는 사진은 얼마나 만졌는지 몹시 닳아 있었다. 목걸이를 내려놓으려던 인혁은 다시 들어 올려 살폈다. 앞면에 양각된 사람의 손은 만인을 아우르듯 손바닥이 밑을 향하고 있었다.

"대체 아버지와 아저씨는 왜 20년 동안이나 연락도 없이 자취를 감추었던 겁니까. 그리고 어떤 사건에 휘말려서 지금의 모습으로 제 앞에 나타나신 거냐고요."

인혁의 목소리에 물기가 묻어났다.

"얘기를 하자면 아주 길어."

정민의 망막에 그날이 그려졌다. 복도를 가로질러 뛰는 남자의 얼굴에서 땀방울이 쉬지 않고 흘렀다. 왜소한 체구, 주름이 가득한 얼굴. 진일은 자신의 늙은 몸을 부지런히 움직였다. 숨넘어갈 것처럼 헉헉대는 숨소리는 가래 끓는 기침과 어우러져 노쇠한 몸을 금방이라도 쓰러뜨릴 것만 같았다. 간신히 연구실 앞에 도착한 그는 다급히 문을 열어젖히고 안으로 들어섰다. 흰 가운을 입은 대여섯 명의 남녀가 땀에 흥건히 젖어 있는 진일을 바라보았다.

"어서 여기를 피해야 해!"

"우리의 계획이 발각된 겁니까?"

이미 예상한 듯 두꺼운 안경을 착용한 정민이 울먹이는 목소리로 물었다.

"놈들은 진작부터 우리의 일거수일투족을 감시해오고 있었던 게 분명해."

자신의 책상으로 달려간 진일은 종이박스에 연구 자료들을 주워 담기 시작했다.

"뭣들 하고 있어. 시간이 없다고!"

"그럼 일단 숨길 수 있는 것들만 숨겨서 나가야 합니다."

조용했던 연구실이 대혼란에 빠졌다. 연구 책임자인 진일이 종이박스를 가슴께로 들어 올렸을 때였다. 문이 벌컥 열리더니 세 명의 건장한 남자들이 저벅저벅 걸어와 우뚝 섰다. 연구원들의 얼굴이 사색이 됐다.

"거두절미하고 묻겠습니다. 이유가 뭡니까?"

가운데 서 있던 남자가 앞으로 한 걸음 다가서며 위협적으로 물었다.

"그동안 우리는 당신들은 물론이고 당신들의 가족까지도 지원을 아끼지 않고 해주었습니다. 그런데 고작 대가가 이거란 말입니까."

남자는 손가락까지 들어 올리며 말했다.

"당신들은 지난 20년 동안 우리의 일거수일투족을 감시하면서 감금하다시피 했소. 가족과 생이별을 시킨 그게 지원이란 말이오? 누구를 위해서 이래야 하는 건지 알 수 없고, 우리는 이제 당신들의 뜻에 절대 협력할 수 없소. 이제 그만 우리를 놓아주시오."

진일이 결연하게 말했다. 여전히 종이박스는 그의 품에 안겨 있었다. 남자는 믿을 수 없다는 표정을 지었다.

"감금이요? 이게 어떻게 감금이란 말입니까. 가족을 만나고 싶다고 할 때 우리는 기꺼이 허락했고, 넉넉한 돈까지 챙겨주었습니다. 하지만 당신들은 언제부턴가 가족을 만나지 않겠다고 했습니다. 아마도 지금의 계획이 그때 세워졌을 것입니다. 내 말이 틀렸습니까."

"우리가 누구를 만나고 무슨 얘기를 하는지 미행을 붙여가면서 감시한 게 감금이 아니라면 무엇이 감금이겠…."

남자가 진일의 말을 자르고 나섰다.

"이제 와서…, 그래서 여기를 빠져나가 그것을 공개하시겠다?"

남자가 순간 웃음을 터트렸다.

"그걸 어디에 숨겼습니까?"

진일과 정민이 뒷걸음질 쳤다.

"그것을 어디에 숨겼느냐고 물었습니다."

"아직도 그것을 만든 용도를 모르겠소?"

진일의 물음에 조금 생각한 남자가 심하게 얼굴을 일그러뜨렸다.

"아니 그러면…, 이제 보니 그것을 만든 목적이 거기에 있었군."

"하지만 너무 늦었소. 우린 그것을 이미 폐기처분했으니까."

"그것을 폐기처분했다고? 거짓말하지 마시오! 모두 체포해!"

수갑을 빼든 남자들이 걸음을 옮기려 할 때, 진일은 잽싸게 책상을 밟고 올라서 벽으로 붙었다. 그런 다음 손을 뻗어 전기 차단기를 내렸다. 순식간에 연구실이 칠흑 같은 어둠에 휩싸였다.

"문을 막아!"

"여기 한 명 잡았습니다!"

남자들의 고함과 책상과 의자 넘어지는 소리가 연구실을 울렸다. 책상을 내려서 몸을 납작 엎드린 진일은 감각을 더듬어 문을 향해 기었다. 그의 왜소한 체구는 건장한 남자의 가랑이 사이를 지나 복도로 빠져나왔다. 정민이 그 뒤를 바짝 붙었다. 여전히 연구실 안에선 우당탕거리는 소리가 멈추지 않고 들렸다. 아내와 어린 아들의 얼굴이 떠오른 진일은 가슴이 미어지며 눈물이 핑 돌았다. 몸을 일으킨 진일과 정민은 있는 힘을 다해 복도를 뛰었다.

정민의 망막에서 그날이 사라졌다.

"자네 아버지와 나는 간신히 연구소를 빠져나와 이곳으로 왔지. 너무나 어처구니없게도 들키고 말았지만…."

고개를 숙인 인혁은 한동안 아무 말이 없었다. 하지만 머릿속으로 떠오르는 무수한 생각 속에 깊게 자리 잡은 얼굴은 분명 아버지였다. 마당 한편에 심어진 와송과 겹쳐지면서, 또 한 번 형언할 수 없는 무엇이 자리 잡았다가 사라졌다.

바로 그 시각, 두 사람은 누군가 창문에 몸을 밀착시키고 자신들의 대화를 엿듣고 있다는 사실을 꿈에도 모르고 있었다. 거대한 덩치, 하데스의 얼굴. 순철이었다. 순철은 자신의 거대한 몸을 창문에 더욱 밀착시키고 들려오는 소리에 귀를 집중했다.

"그래서, 아버지와 아저씨의 계획이 무엇이었습니까?"

"모든 일이란 게 순서가 있는 법이야. 기억할지 모르겠지만, 자네가 어렸을 때 나는 이런 질문을 던졌었지. 정치권력이 누구를 위해서 존재하는지, 누구를 보호하기 위해서 존재해야 하는지."

인혁은 어렴풋이 대답했던 게 떠올랐다.

"제 기억이 맞는다면, 저는 그때 정치권력은 민중을 위해서 존재하고, 민중의 안전과 생명을 보호하기 위해서 존재하는 것이라고 대답했던 것 같습니다."

"그랬지, 자네는 분명히 그렇게 말했어. 지금의 생각도 변함이 없는가."

잠시 생각한 인혁은 거침없이 말했다.

"정치권력이 민중을 보호한다는 건 허울 좋은 명분일 뿐입니다. 정치권력은 결코 민중을 위해서 존재하지 않습니다. 그들은 자신들의 명예와 탐욕, 야심을 위해서 민중을 교묘하게 이용하고, 상반되는 개념이나 세력을 키워서 자신들의 위협 세력을 제거하기도 하죠. 그들의 생각 속에 민중은 자신들을 위해서 움직여야 하고 존재해야 하는 하나의 소모품일 뿐입니다. 그저 배만 부르게 해주면 만족한다고 생각하는 것이겠죠. 여기에 어용 언론이 합세해서 흩어진 민중의 의식을 결집해 행동 방향을 조종하기도 합니다. 정치권력이 지배하는 언론과 거기에 아부하고 편승하는 언론이 있는 한, 대한민국의 민중은 그들의 손아귀에서 놀아날 수밖에 없다고 생각합니다."

인혁은 한때 대표적인 어용 언론인 〈조중일보〉에 몸담았던 사실에 심한 부끄러움을 느꼈다. 정민이 흡족한 미소를 흘렸다.

"자네 아버지가 계획했던 일이 바로 그 일이네."

잠시 인혁을 바라본 정민은 다시 말했다.

"자네 아버지의 계획은 박정희로부터 이어지는 권력이야."

"박정희요!"

인혁의 크게 벌어진 시선이 충격을 머금었다.

"그럼, 제가 가진 이 열쇠가 그것과 관계있는 겁니까?"

인혁은 손바닥을 펴서 열쇠를 내밀었다. 정민이 열쇠를 지그시 바라보았다.

"자네의 본분은 기자야, 그 본분에 충실하다 보면 열쇠의 용도는 자연스럽게 알게 될 것이네. 그때 열쇠는 자네를 인도해줄 것이야. 내 말 명심하게."

"이 열쇠가요?"

인혁이 알 수 없다는 표정을 지었다.

"줄에 걸린 거북이의 꼬리를 찾으면 알 수 있을 것이네."

정민이 껄껄 웃었다. 웃는 얼굴이 어린아이처럼 해맑게 보였다.

"거북이의 꼬리요?"

인혁은 도통 무슨 말인지 짐작이 가지 않았다. 혹시나 하는 마음에 목걸이를 들어 올려 자세히 살펴보았지만, 뚜껑에 양각된 손 모양 외에는 여느 목걸이와 차이점을 발견할 수 없었다.

그때 창문 밖에서 부스럭거리는 소리가 들렸다. 두 사람의 시선이 동시에 창문으로 향했다. 주위를 둘러본 인혁은 벽난로에서 기다란 각목을 꺼내 쥐고 살며시 창문으로 향했다. 이어서 손을 뻗어 창문 손잡이를 쥐었다. 인혁은 숨을 한 번 들이마신 다음 창문을 힘 있게 밀었다. 동시에 각목을 높이 들었다. 하얀 얼굴이 눈 속으로 빨려 들어왔다. 순간 인혁은 뒤로 한 걸음 물러났다. 하얀 얼굴은 놀랍게도 다름 아닌 세화였다.

"니가 어떻게 여길⋯."

"캄캄한 밤이라 도무지 입구를 못 찾겠어요."

세화가 배시시 웃으며 말했다.

"선배, 그 각목 계속 그렇게 들고 있을 거예요?"

인혁이 멋쩍은 표정으로 각목을 내려놓았다.

세화가 산장 안으로 들어섰다. 곧바로 벽난로에 모닥불이 지펴졌다. 불이 활활 타오르는 벽난로를 바라보던 인혁은 들고 있던 부지깽이를 놓고 뒤로 한 걸음 물러나 앉았다. 따스한 온기가 산장 안에 드리웠다. 소파에 몸을 부렸던 정민은 몹시 피곤한 듯, 두 눈을 힘겹게 들어 올렸다가 다시 내려 감았다. 이내 그의 왜소한 몸이 소파에 깊게 파묻혔다. 인혁이 얇은 담요를 찾아 덮어주었다. 산짐승의 소리가 가끔 들렸다.

"아버지가 그려준 약도를 보고 여기까지 찾아왔다고?"

"그렇다니까요."

인혁이 다소 어이없는 표정을 지었다. 세화가 약도를 꺼내 인혁 앞에 내밀었다.

"아버님은 편지에서 무언가 고백하실 게 있다고 말씀하셨어요."

"그것을 알려주려고 이 야심한 시각에 여자 혼자 여기까지 왔단 말이야? 길이라도 잃으면 어떡할 뻔했어. 무슨 여자가 그렇게 겁이 없어."

"선배, 내 걱정 해주는 거 맞죠?"

인혁이 세화의 눈망울을 지그시 응시하다가 모닥불로 시선을 옮겼다. 묘한 기분이 올라왔다. 그것을 들키지 않으려는 듯 부지깽이로 불씨를 뒤적거렸다.

"사실은 다른 이유가 있어요."

"다른 이유?"

"수리가 끝난 내 차 블랙박스에 이상한 게 찍혀 있었어요."

인혁의 시선이 모닥불에서 세화로 옮겨갔다.

"뭐가 찍혀 있었는데?"

"그날 사고 현장이요."

인혁은 세화의 얼굴이 급변한 사실에 불길함이 엄습했다. 블랙박스의 '칩'을 꺼낸 세화는 가지고 온 노트북에 꽂아 넣고 동영상을 실행했다. 10초 정도 분량이었다. 직진하는 덤프트럭이 마티즈를 피해 전복되는 장면이 전부였다.

"뭐가 이상하다는 거지?"

"자세히 봐요."

인혁은 다시 실행되는 동영상에 두 눈을 집중했다. 그의 눈이 차츰 벌어졌다.

"이상하죠? 나는 분명히 좌회전 신호를 받고 교차로에 진입하면서 고개를 뒤로 돌렸어요. 그런데 불과 2초도 안 돼서 반대 차선의 직진 신호가 켜졌어요. 그때 마침 직진하던 덤프트럭이 그대로 통과했고, 그래서 사고가 났던 거죠. 이런 신호 체계는 있을 수가 없죠. 누군가 일부러 신호를 조작한 게 아니라면…"

인혁은 심하게 뛰는 가슴을 진정시키기 어려웠다. 누군지 모르겠지만 우리를 전부 죽이려는 심산이 아닌가. 왜, 우리가 무엇을 알고 있다고? 인혁은 자고 있는 정민 아저씨의 얼굴로 시선을 가져가면서 열쇠를 만졌다.

"선배, 이 사건은 이제 선배만의 몫이 아니에요. 나도 언제 어느 때, 누군지도 모르는 사람들한테 봉변을 당할 수 있어요. 내가 한밤중에 여기까지 찾아온 진짜 이유가 여기에 있어요."

이일을 어찌해야 된단 말인가. 아버지는 왜 이렇게 어려운 과제를 나한테 넘겨주고… 조금 전 느꼈던 아버지에 대해 약간 누그러졌던 마음이 다시 원망으로 돌아섰다.

"정말, 미안하다. 본의 아니게 너를 또 끌어들이게 생겨서."

"지금, 그런 말 할 때가 아니에요. 여기 또 있어요."

"또?"

인혁은 쳐다보고 싶지 않은 노트북을 또 쳐다볼 수밖에 없었다.

"여기를 봐요, 이 남자. 어두워서 얼굴을 식별하기는 어렵지만, 뭔가 수상하지 않아요? 묵묵히 사고 현장을 바라보고 있는 이 표정. 사고를 접한 일반인들의 표정이 아니죠."

세화의 손가락이 남자의 얼굴에서 떨어졌다. 인혁은 남자의 얼굴을 유심히 살폈다. 분명 어디서 본 얼굴인 것 같았다.

"왜요?"

"이 남자 어디서 봤던 거 같아서… 그리고 누군가 신호를 조작했다고 한다면, 우리의 일거수일투족이 감시당하고 있다고 봐야 해. 이 남자가 혹시…"

"그건 경찰이 아니면 불가능하지 않을까요?"

인혁의 두 눈이 크게 벌어졌다.

"맞아! 경찰이었어!"

화면 속의 남자는 분명 종수의 집으로 찾아왔던 그 경찰이었다.

"선배가 이 남자를 알아요?"

"정민 아저씨!"

벌떡 일어선 인혁이 소파로 향할 때였다. 산장의 문이 덜컥 열렸다. 소스라치게 놀란 세화가 벌떡 일어나 문 앞에 우뚝 선 엄청난 덩치의 남자를 바라보았다. 자고 있던 정민이 눈을 비비며 몸을 일으켰다. 순철은 신발을 신은 채 저벅저벅 걸어가 거실 중앙에서 멈췄다.

"내가 너무 방심했군."

순철의 목소리에 살기가 묻어났다.

"당신들은 대체 무엇 때문에 나를 쫓고 있는 겁니까?"

인혁이 세화를 자신의 뒤로 밀며 말했다. 사태의 심각성을 깨달은 정민이 떨어져 있는 각목을 움켜잡았다. 비웃음을 흘리며 저벅저벅 걸어간 순철이 한 손으로 정민의 멱살을 움켜잡아 들어 올렸다. 실로 엄청난 힘이었다. 바닥에서 발이 떨어진 정민이 버둥거렸다.

"그 손 놔!"

인혁이 소리치며 달려들었다. 하지만 순철이 빼든 검은 물체에 움직임을 멈춰야 했다. 인혁을 겨냥했던 권총의 총구가 정민에게 옮겨갔다.

"블랙박스 칩 가져와."

인혁은 순철의 눈을 마주 보면서 노트북에 꽂힌 칩을 빼들었다. 이어서 세화를 바라보았다. 공포에 질려 있는 세화가 천천히 고개를 끄덕였다.

"허튼짓하면, 이 사람 목숨은 끝이야."

잔인하게 말한 순철은 정민의 관자놀이에 권총을 더욱 밀착시켰다. 인혁이 천천히 다가가 칩을 건넸다. 순철은 칩을 잡기 위해 정민을 잡고 있던 손을 풀었다. 이것이 실수란 걸 알아챘을 때는 이미 늦었다. 남자의 급소를 걷어찬 정민이 다시 각목을 잡고 휘둘렀다. 정통으로 머리를 맞은 순철이 비명을 지르며 권총의 방아쇠를 당겼다. 한 발의 총성이 산장을 울렸다. 순간 시간이 정지된 것처럼 느껴졌다. 정민이 붉게 물드는 가슴을 부여잡고 쓰러졌다. 검붉은 피가 입술을 타고 흘렀다.

"아저씨!"

이성을 잃은 인혁이 부지깽이를 움켜잡아 순철에게 달려들었다. 불씨를 품고 있는 부지깽이가 순철의 얼굴을 지졌다. 순철이 또 다시 비명을 지르며 주먹을 휘둘렀다. 빗나간 주먹은 인혁의 턱을 스쳤다. 하지만 스친 주먹의 위력은 상당했다. 인혁의 고개가 홱 돌아갔다. 순철이 떨어진 권총을 찾아 쥐고 고통스럽게 얼굴을 문질렀다.

"선배, 빨리 여길 나가야 해요. 아니면 우리도 죽어요!"

세화가 인혁을 끌며 소리쳤다. 산장을 벗어난 두 사람은 미친 듯이 산을 내려갔다.

신은 누구인가

순철은 산장의 후유증으로 다음 날 오후 늦은 시각에 자신의 근무지인 경찰서로 들어섰다.

"형님, 요즘 뭐하고 다니시는 겁니까. 반장님이 아시는 날엔…; 얼굴은 왜 그래요?"

후배 형사 이진웅이 푸념을 하며 의자에 앉았다.

"그런 게 있어."

순철은 의자에 앉아 얼굴에 붙은 넓은 반창고에 손을 가져갔다. 통증이 밀려들면서 얼굴이 심하게 일그러졌다. 방심이 낳은 결과에 분노가 치솟았다. 그것은 자신을 향한 것이었다. 참회의 시간을 가져야 할 필요성을 느꼈다. 자리에서 일어서려고 할 때, 진웅이 의자를 굴려 옆으로 붙으며 물었다.

"참, 소식 들으셨죠?"

"무슨 소식?"

"오늘 새벽에 명성산 자락에서 등산객이 총소리가 들렸다고 신고해 왔습니다. 그래서 지금 각 경찰서에 비상근무가 하달된 상태고요."

"지금이 어느 땐데 총소리야. 그 등산객이 잘못 들었겠지."

순철은 태연하게 말했다. 하지만 이마에 맺힌 땀방울이 얼굴을 타고 흘렀다.

"그 등산객이 고위직 경찰이라고 하던데요. 어떤 놈이 총질을…. 참 무서운 세상입니다."

순철은 혹시나 정민의 시신이 발견되지 않을까 가슴이 철렁했다. 부장에게 빨리 알려 수습해야 한다. 부장은 자신을 수렁에서 건져준 은인이었다.

3년 전이었다. 추적추적 비가 내리고 있었다. 때 아닌 겨울비였다. 몹시 술에 취한 순철은 비틀비틀한 걸음으로 차도를 건너 한 건물 앞에서 멈췄다. 우산도 없이 차가운 겨울비를 몸으로 받은 그는 춥지도 않은지, 잠시 그 자리에 서서 움직이지 않았다. 가라오케의 음악소리가 건물의 계단을 올라와 귓전을 울렸다. 순철은 네온사인이 깜빡이는 입간판을 주먹으로 후려쳤다. 주먹이 찢어지며 검붉은 피가 땅으로 떨어져 내렸다. 순철은 아랑곳없이 곧바로 계단을 내려가 음악소리가 흘러나오는 룸으로 들어섰다. 음악에 맞춰 알몸으로 춤을 추던 여자가 남자의 기괴한 모습에 기겁하며 밖으로 달아났다. 남자의 시선이 순철을 훑고 지나갔다. 순철이 테이블의 양주를 집어 벌컥벌컥 들이켜고 술병을 소리 나게 내려놓았다.

"내 거 내놔."

"아따, 형님. 제가 거래 한두 번 해요. 약이 팔려야 줄 거 아닙니까. 며칠만 기다리면 약이 팔릴 거 같으니까 그때까지 기다려주세요."

남자가 껌을 질겅질겅 씹으며 말했다.

"뭐? 며칠만 기다려? 그 말이 벌써 몇 번째야. 벌써 세 달이나 지나갔어. 너 내거까지 팔아먹고 잔대가리 굴리는 거 같은데, 좋은 말로 할 때 내거 가져와."

"저를 그렇게 위협하면 안 되죠. 형님도 자리 보존해야 되는 거 아닙니까."

남자가 껄껄 웃었다. 남자는 일본에서 몰래 마약을 들여와 경기 일대의 술집에 판매하는 마약상이었다. 물론 여기에는 현직 경찰인 순철의 뒤봐줌이 있었기 때문에 가능했던 것이고, 이익금의 3할 상납이 그 조건이었다. 그런데 남자는 오히려 순철을 위협하며 이익금을 주지 않고 있었다. 기다리다가 지쳐 머리끝까지 화가 치민 순철은 오늘 담판을 짓기 위해 찾아온 것이었다.

"니가 감히 날 갖고 놀아!"

순철의 두 눈에 파란 불이 일었다. 테이블이 엎어지는 소리와 술병 깨지는 소리에 남자의 비명이 묻혔다. 두 눈에 파란 불은 쉽게 꺼지지 않았다. 순철은 손에 잡히는 대로 휘둘렀고, 술병을 내리쳤다. 얼굴은 온통 피범벅이 돼가고 있었다. 마침내 파란 불이 꺼졌을 때, 순철은 자신의 행동에 소스라치게 놀랐다. 숨이 끊어진 남자가 룸 바닥에 엎어져 있었다. 내가 무슨 짓을…. 자신이 보기에도 믿어지지 않았다. 급기야 몸이 떨리며 두려움이 엄습했다. 문을 열고 달아나려던 그는 다시 문을 닫고 돌아섰다. 도망갈 수도 없다. 어디로 도망간단 말인가. 그야말로 인생이 끝장나는 시점이었다.

순철이 안절부절 못 하고 있을 때, 문이 열리더니 얼굴을 식별하기 어려울 정도로 군모에 선글라스를 착용한 특이한 복장의 남자가 들어섰다. 체구는 왜소했지만 느껴지는 기운이 예사롭지 않았다. 너무 놀란 순철이 뒷걸음치자, 남자가 말했다.

"안심하시오. 나는 예전부터 당신을 유심히 지켜봤소."

순철의 앞을 지난 남자는 깨지지 않은 양주병을 집어 마개를 비틀었다.

"한 잔 받으시오."

"지금, 뭐하는 겁니까?"

순철의 목소리는 남자가 뿜어내는 기운에 눌려 약간 떨려 나왔다.

"이 술잔을 받고, 나와 같이 일해보지 않겠소? 물론 여기서 일어난 일은 내가 깨끗하게 처리해주겠소. 당신은 이 사회의 쓰레기를 치운 것이니, 너무 신경 쓰지 마시오. 내 조건이 어떻소?"

순철은 선택의 여지가 없었다. 남자가 누구이고 무엇을 하는 사람인지 알 필요도 없었다. 순철은 술잔을 받았다. 그가 부장이었다. 부장은 시신을 어떻게 처리했는지, 3년이 지난 지금까지도 발견되지 않았다. 그 후 순철은 부장의 지시라면 어떤 일도 마다하지 않았다. 아니, 그것은 거역할 수 없다는 표현이 적당할 정도로 부장은 그의 인생에 깊이 개입했다.

"형님."

들려오는 소리에 머릿속에 자리 잡았던 그날의 기억이 사라졌다.

"형님, 요새 무슨 일 있으세요?"

"나 잠깐 나갔다 온다."

"또 어디 가시게요?"

대답 없이 경찰서를 나선 순철은 자신의 승용차에 몸을 실었다. 거리에 어둠이 내릴 무렵, 그의 승용차가 도착한 곳은 하나신 앞이었다. 순철은 로비를 지나 승강기를 바라보다가, 몸을 돌려 계단에 발을 디뎠다. 그는 육체를 극한으로 내몰아 고행의 끝에서 헤이해진 정신을 정화하고 싶었다. 순철은 무서운 속도로 계단을 오르기 시작했다. 10층에 다다르자 다시 계단을 내려 달렸다. 그는 같은 동작을 아홉 번이나 반복했다. 마지막 열 번째에서 비 오듯 흐르는 땀과 턱까지 차오른 숨이 이미 풀린 다리를 붙잡았다. 하지만 그는 이를 악물고 10층에 발을 디뎠다. 비상문을 열고 들어서니 군모와 선글라스 차림의 남자가 서 있었다. 부장이었다.

"부장님."

순철은 부장의 왜소한 체구에 맞춰 자신의 몸을 한껏 낮추었다.

"다 보고 있었네. 역시 자네는 신의 병사로서 전혀 손색이 없어."

"보고드릴 게 있습니다."

"뭔가?"

"신의 사업에 누를 끼쳐 죄송합니다."

부장은 순철의 얘기에 눈과 귀를 집중했다.

"음, 그 일은 내가 알아서 처리해주지."

부장은 마치 마술을 부리듯 못 하는 게 없는 사람 같았다.

"아무래도 정인혁에 붙여놓았던 위치추적 장치가 발각될 것 같습니다."

"그래? 하긴, 그걸 발견하지 못할 정도로 둔하다면, 아버지의 죽음의 원인도 파악 못 할 것이야. 어차피 놈은 우리 그물망을 빠져나갈 수 없어. 거기에 너무 연연하지 말도록. 일단 놈이 움직이는 대로 놔둬야 할 것이야. 이 시점에서 그 정도로 겁을 줬으면 충분해. 그건 그렇고, 다른 정보는 얻은 게 없나?"

순철은 산장에서 몰래 들은 얘기를 하나도 빠짐없이 보고했다.

"정민이란 사람이 그렇게 말했다고?"

부장의 웃음은 어떤 의미를 담고 있었다.

"그리고 정민이란 사람은 거북이의 꼬리를 찾으면 알 수 있을 것이라고 말했습니다."

"거북이의 꼬리?"

"네, 분명히 그렇게 들었습니다."

거북이의 꼬리가 무슨 뜻이란 말인가. 그것은 시간을 두고 차차 해결해야 할 과제였다. 순철을 지그시 바라본 부장은 말을 돌렸다. 그것은 순철의 마음을 재확인하는 것이기도 했다.

"이 모든 것들이 우리의 사업과 밀접하게 연관되면서 우리를 정신적으로 위협하고 있어. 어떻게 생각하나."

"절대로 그리 둘 수 없습니다. 지금 이 나라에 가장 필요한 것은 민주화도 아니고 인권은 더더욱 아닙니다. 오직 신의 뜻이 필요하고, 우리는 그 뜻을 받들어야 합니다. 그 과정에서 민중의 희생은 피할 수 없는 국가적인 숙명입니다."

부장의 입가에 흡족한 미소가 피어올랐다.

"오늘은 이것으로 정화 의식을 대신한 것으로 하게. 추후 지시를 내릴 테니 기다리도록."

"알겠습니다."

선글라스를 매만진 부장이 몸을 돌려 복도를 지나 사라졌다. 사실 순철은 지금까지도 부장의 전체 얼굴을 한 번도 본 적이 없었다. 언제나 군모와 선글라스로 얼굴을 가렸기 때문이었다. 한때 눈가의 큰 흉터를 군모와 선글라스로 가리고 다닌다는 말과 박정희의 모습을 흉내 낸 것이라는 말을 얼핏 듣긴 했었다. 부장의 말투와 행동, 표정을 볼 때 설득력의 무게는 후자 쪽으로 기우는 게 사실이었다. 하지만 순철은 부장이 어떤 얼굴을 하고 있는지 궁금하지도 않았다. 자신이 생각하는 얼굴이 아니라하더라도, 부장에 대한 믿음은 변할 수 없는 절대성의 영역이었기 때문이었다. 하나신을 나온 순철은 자신의 승용차에 몸을 실었다.

광역수사대.

의자에 깊숙이 파묻힌 문 선생은 어떤 생각 속에 빠져 있었다. 노크 소리에 이어 태훈과 명대가 들어섰다.

"앉아봐."

작은 물병을 들어 올린 문 선생은 몹시 갈증이 나는지 물을 벌컥벌컥 들이켰다. 미처 입속으로 들어가지 못한 몇 방울의 물이 입술을 타고 턱으로 흘렀다. 손등으로 물을 훔친 그는 소파로 이동해 자리를 잡았다.

"박근혜 정권 들어서 출처를 알 수 없는 막대한 돈이 극우단체인 부모연합으로 흘러들어간 정황이 포착됐어. 그리고 돈을 관리하던 부모연합 사무총장 지선호가 감쪽같이 사라졌고."

"거기에서 이유를 알 수 없는 정인혁을 뒷조사하라는 지시가 있었고요."

태훈이 뒤를 이어 말했다.

"조사 결과 정인혁은 정진일의 아들입니다. 정진일은 박정희 대통령의 사망을 공식 발표한 의사였고요. 그런데 정진일은 무엇 때문에 죽임을 당했는지, 그의 죽음에는 어떤 이유가 있고 어떤 세력이 개입돼 있는지, 현재로선 모든 것이 안개 속에 묻혀 있습니다."

명대가 말했다.

"제 생각인데, 혹시 국정원 내부 어떤 부서에서 개입한 것은 아닐까요?"

태훈이 조심스럽게 말하면서 문 선생의 표정을 살폈다.

"국정원?"

"네."

문 선생은 꼬리에 꼬리를 무는 생각에서 쉽게 빠져나오지 못하는 표정이었다.

"제길, 이종수만 죽지 않았어도…. 그 일은 어떻게 됐나?"

"그러지 않아도 보고 드리려던 차였습니다. 계좌 추적 중에 이상한 게 발견됐습니다."

문 선생이 허리를 곧추 세웠다. 태훈이 전자 글씨가 빼곡히 적힌 용지를 내밀었다.

"여기를 보십시오."

문 선생의 시선이 태훈의 손가락을 따라 움직였다.

"막대한 돈이 부모연합 사무총장 지선호의 계좌에서 김일순이라는 사람한테 다시 넘어갔습니다. 그 돈은 또 다시 홍세환이라는 사람한테 넘어갔는데, 올해 서른다섯의 홍세환은 외국인 선원 노동자들을 상대로 환전소를 운영하던 사람으로 밝혀졌습니다."

"거기서 돈세탁이 이루어졌구먼?"

"그런 것 같습니다. 그런데 이상한 건, 홍세환한테 돈을 넘겨준 김일순은 탈북자이기도 하고 아니기도 합니다."

"무슨 말이야, 그게?"

"탈북자로 위장한 부모연합 회원입니다."

"탈북자로 위장을 해?"

"네, 그리고 놀라지 마십시오."

태훈은 잠시 뜸을 들이더니 다시 입을 열었다.

"김일순은 새나라당 당대표 김채무의 이종사촌 지간으로 밝혀졌습니다."

충격이었다. 문 선생은 자신도 모르게 입이 벌어졌다.

"행동의 제약을 우려한 김일순이 탈북자로 위장한 것 같습니다."

그제야 김채무가 왜 자신을 찾아왔는지 그 이유를 알 것 같았다.

"허, 이것 봐라."

문 선생이 의자에서 일어나 팔짱을 꼈다. 잠시 주위를 맴돈 그는 다시 의자에 앉아 턱을 괴고 생각에 집중하면서 입을 열었다.

"김채무가 나를 찾아왔다는 것은 부모연합으로 흘러들어간 막대한 돈의 쓰임처를 알고 있다는 뜻이겠지. 그 돈은 분명 정인혁과 관계있는 것일 테고."

"맞습니다. 그것은 곧 그의 아버지 정진일과도 연결되는 것일 겁니다."

명대가 말했다.

"그런데 청장님은 대통령과 관계가 있다고 말했어."

문 선생이 고개를 돌리면서 혼잣말처럼 중얼거렸다.

"결과적으로 정인혁이 연결고리인 것 같은데…"

명대가 말끝을 흐렸다.

그때 문 선생의 양미간이 가운데로 쏠렸다.

"정진일이 대통령과 관계있는 그 막대한 돈을 허락 없이 사용했다고 가정해보자고."

"그럼 그 돈이 어디에 어떻게 사용됐는지 그것을 밝혀야겠군요."

명대가 문 선생의 가정을 뒷받침해주었다.

"그렇지, 그 과정에서 그것이 들통 났고, 정진일은 그것을 알아챈 조직에게 죽임 당한 것이 아닐까? 내 생각이 맞다면, 정인혁은 그 돈의 쓰임처를 알고 있거나, 아니면 그것을 찾아다니고 있는 것일 거야. 그래서 모든 절차 생략하고 청장님이 직접 지시를 내린 것으로 보아야 해. 따라서 돈의 행방을 밝히는 것이 정진일이 살해되기 전에 무엇을 하고 있었는지 파악할 수 있는 가장 확실한 방법이야."

"꼭 비밀리에 진행해주시오."

경찰청장 김원세의 말이 귓가를 맴돌다 사라졌다.

"내 말 잘 들어."

그들이 서로를 향해 몸을 조금 기울였다.

"이제부터 이 일은 우리 세 사람 외에 그 누구도 알아서는 안 돼. 내 말 알았나."

문 선생이 못을 박았다.

한편, 산장을 벗어난 인혁과 세화는 마티즈에서 하룻밤을 같이 보내고, 무슨 이유인지 내려온 산을 다시 오르기 시작했다. 산등성이를 내려가 작은 폭포 가에 자리를 잡았다.

"여기가 좋겠네."

인혁이 세화를 바라보고 겸연쩍은 표정을 지었다.

"선배는 여기서 벗어요. 나는 내려가서 벗을 테니까."

여자가 용감하다는 말은 이럴 때 쓰는 말인가. 여자는 이해하기 힘든 존재라는 생각이 들었다. 세화가 눈앞에서 멀어지자, 인혁은 천천히 옷을 벗기 시작했다. 언덕을 사이에 두고 옷을 벗은 두 사람은 마침내 실오라기 하나 걸치지 않은 알몸이 됐다. 여기저기 흐르던 인혁의 시선이 무심결에 한 곳에서 멈췄다. 그것은 푸른 물결에 어른거리는 세화의 실루엣이었다. 인혁은 물에 비친 세화의 알몸에 정신이 혼미해지는 것을 느꼈다. 마치 시간이 정지된 것 같은 느낌이었다. 이내 고개를 절레절레 가로 저었다. 자신을 질책하듯 세화의 목소리가 들렸다.

"잘 찾아봐요. 뭔가 분명히 있을 거예요."

혼미한 정신에서 깨어난 인혁이 옷가지를 살폈다.

"나한테는 없어요. 아마 선배한테 있을 거예요."

인혁도 같은 생각이었다. 하지만 자신의 옷을 세심하게 살펴도 뭔가 수상한 물체를 발견하지 못했다.

"뭔가 있어야 하는데, 아무리 찾아도 없어."

인혁은 순간 무엇이 생각났는지 다시 옷을 입기 시작했다. 종수의 집이 떠올랐다. 이어서 현관을 나가던 그 경찰이 허리를 굽혔다가 편 동작이 어렴풋이 그려졌다. 옷을 다 입은 인혁은 신발을 벗어 들어 올렸다. 역시 신발 밑창에 무언가 붙어 있었다. 껌과 같은 재질은 검은색이었고, 무언가를 감싸고 있는 듯 가운데 부분이 약간 부풀어 있었다. 인혁은 집게손가락을 만들어 그것을 들어 올렸다. 고성능 '위치추적장치'였다. 그것을 손가락으로 집은 인혁은 세화를 불렀다.

"여기 찾았어."

세화가 올라오고 위치추적장치를 손에 든 인혁이 폭포수를 향해 팔을 뻗었다.

"선배, 잠깐만. 이거 써먹을 때가 있지 않을까요?"

세화가 인혁의 팔을 붙잡았다.

"생각해봐요. 그놈은 누군가의 사주를 받고 움직이는 현직 경찰인 것이 분명해요."

인혁이 들었던 팔을 내려놓았다.

"그러니까, 결정적인 순간에 이걸 작동해서 놈을 유인해 무엇을 알아내잔 말이지."

세화가 고개를 끄덕였다.

"하지만 세화야, 그 결정적인 순간이 우리를 더 위험에 빠트릴 수도 있을 거야. 나는 그런 모험을 하고 싶지 않아. 나 혼자라면…"

인혁은 뒷말을 삼켰다. 그것은 자신 혼자일 때와 사랑하는 여자와 같이할 때와는 분명히 다른 것이었다. 세화와 같이 움직여야 되는 인혁은 위험을 담보한 모험을 하지 않고도 사건의 진상을 파악할 수 있을 것으로 생각했다. 그것을 눈치 챈 것일까. 세화가 빙그레 웃었다. 두 사람의 눈빛이 마주쳤다. 그 눈빛엔 서로에 대한 신뢰와 사랑이 담겨 있었다. 인혁의 손을 벗어난 위치추적장치가 물속으로 들어갔다.

"그 경찰은 수사를 하는 게 아니라, 이 일과 관계된 경찰이었어."

"그 경찰뿐만이 아니에요."

"아버지의 장례식장으로 나를 안내했던 경찰 역시 어디선가 감시하고 있다는 생각이 들어."

"일리 있어요. 그리고 산장으로 쫓아온 그 경찰이 우리를 죽이려고 마음먹었다면 충분히 죽일 수 있었어요. 우리가 어디로 가고 무엇을 하는지, 그것을 알기 위해 우리를 해치지 않았던 거예요. 그런데 이상한 건, 누군가 고의로 교통사고를 유발시켰다고 한다면, 그때 우리가 죽을 수도 있을 것으로 생각했을 텐데, 그 부분이 이해하기 힘들어요."

세화가 고개를 갸웃했다.

"나도 그 부분이 이해하기 힘들어. 왜 그랬을까?"

의문을 품은 인혁의 눈동자는 풀리지 않았다.

"대체 열쇠에는 어떤 비밀이 숨어 있는 것일까요?"

인혁이 열쇠를 찾아 쥐었다.

"정민 아저씨는 내가 기자의 본분을 다할 때 열쇠의 용도는 자연스럽게 풀린다고 말했어."

피를 흘리며 쓰러지는 아저씨를 생각하니 가슴이 아려왔다.

"일단 내려가서 행동 방향을 정해보죠."

세화의 마티즈가 소양강을 따라 이동하다가 한 식당에서 멈췄다. 근 이틀 동안 먹은 음식이라곤 빵과 컵라면이 전부였다. 허기를 느낄 겨를도 없이 긴장과 급박한 상황이 쉬지 않고 이어졌다.

평일 한낮의 식당은 한산했다. 인혁과 세화는 창가에 자리 잡으면서 동시에 크게 숨을 내쉬었다. 서로를 응시하는 시선에 엷은 웃음이 묻어났다. 잠시 후 주문한 음식이 날라져 왔고, 세화의 젓가락이 몇 번 움직이다가 이내 테이블에 내려앉았다.

"왜, 더 먹지 않고."

"선배, 사람들은 참 이상하죠."

수저를 입으로 가져가던 인혁이 다시 내려놓으며 물었다.

"뭐가?"

"법과 관습과 문화는 사회적 약자를 보호하는 것처럼 보이는데, 우리의 생각과 시각은 그것과 많이 다른 게 아닐까요? 법과 관습과 문화는 사회적 약자를 바라보는 우리의 편견을 감추기 위한 제도적 장치라는 생각이 들어요."

긍정할 수도, 부정할 수도 없었다. 인혁은 그녀의 슬픈 눈망울을 가만히 응시했다.

"아빠가 어떻게 돌아가셨는지 선배한테 얘기 안 했죠?"

"캐나다에 있을 때, 돌아가신 거 아니었어?"

"맞아요. 아빠는 하반신 불구 장애인이었어요."

처음 듣는 말이었다.

"아버님이 장애인이셨다고?"

"내가 고등학교를 졸업하고 엄마, 아빠와 같이 캐나다로 이민 가서, 불과 1년도 안 돼서 돌아가셨어요. 교통사고였죠. 휠체어에 의지해 횡단보도를 건너던 중에 변을 당했어요. 정말 눈앞이 캄캄하고 아무것도 보이지 않았어요. 그런데 장례식을 치르기도 전에 은행에선 압류가 들어왔고, 빚쟁이들이 돈을 받으러 한국에서 건너왔어요. 나는 그때 알았어요. 이 세상은 결코 약자를 감싸주지 않는다는 사실을요."

인혁은 언제나 밝고 쾌활한 그녀에게 이런 과거가 있는지 전혀 몰랐다.

"엄마는 그 충격으로 쓰러져 지금까지도 일어나지 못하고 있어요."

"지금까지도? 어머니는 어디 계시는데?"

인혁이 안타까운 표정을 지었다.

"캐나다 집에 계세요. 간병인은 한 달이라도 돈을 부치지 않으면 전화해서 막말을 할 때가 있어요."

"간병인이 막말을 한다고?"

인혁은 선뜻 이해하기 힘들었다.

"난 기자가 되기 전부터 악착같이 돈을 벌어야 했어요. 병원 화장실 청소부터 세탁소 알바까지, 정말 안 해본 일이 없어요. 대학시절 내내 하루에 세 시간 이상 자본 적이 없을 정도로 나는…."

세화가 울먹거렸다.

"선배한테 고백할 게 있어요."

"고백이라니?"

"사실 내가 〈조중일보〉를 그만둔 이유는 〈민중일보〉의 스카웃 제의 때문이었어요."

전혀 예상 밖이었다. 인혁은 잠시 멍한 표정을 지었다.

"나를 속물이라고 생각해도 좋고, 욕을 한다고 해도 상관하지 않겠어요."

어느 누가 이 여자를 속물이라고 욕할 수 있겠는가. 인혁의 가슴이 먹먹해졌다.

서울 시내를 벗어난 문 선생의 승용차가 어린 벼들을 가득 품고 있는 농로를 따라 이동하고 있었다. 심하게 훼손된 콘크리트길이었다. 그의 승용차가 덜커덩거리며 농로를 벗어났다. 잠시 물이 마르지 않은 진흙길이 펼쳐지더니, 눈 속으로 작은 마을이 들어왔다. 마을로 들어서자, 경운기와 리어카가 좁은 길 가장자리에 자리 잡고 승용차의 진입을 방해하고 있었다. 차에서 내린 문 선생은 리어카를 신경질적으로 잡아끌었다. 동시에 리어카 철제 모서리에 걸린 그의 양복 소매가 소리를 내며 찢어졌다.

"제길, 멋지군. 아주 멋있어."

투덜대며 다시 차에 오른 그는 언덕을 올라 고급스러운 단독주택 앞에서 멈췄다.

"문 선생, 오랜 만이네."

뚱뚱한 여자가 정원 테이블에서 담배연기를 길게 뿜으며 문 선생을 맞이했다. 소냐였다. 저녁노을을 받은 그녀의 얼굴 흉터가 더 붉게 보였다.

"소냐도 세월은 속일 수 없는 모양이로군. 많이 변했어. 한국에는 언제 들어왔나."

문 선생이 소냐의 흉한 얼굴을 바라보더니 시선을 떨어뜨렸다. 아주 잠깐 동안 그의 눈동자가 흔들리는가 싶더니, 이내 제자리를 찾았다. 그는 손을 내밀어 악수를 청했다.

"우리가 악수할 사이는 아닌 거 같은데."

문 선생이 떨떠름한 표정으로 자신의 손을 바라보더니 이내 의자에 앉았다.

"당신은 예전 모습 그대로야. 머리숱이 좀 없는 것 빼고는 거의 변하지 않았어. 나는 이렇게 많이 변했는데."

소냐의 목소리에 가시가 돋쳐 있었다.

"그게 언제였던가…. 안기부 시절 우리는 완벽한 콤비였지. 당신하고 정보 시장을 돌아다닐 때가 좋았어. 그때 내 미모에 홀려서 정보를 넘기는 놈들이 한둘이 아니었는데…. 그런데 지금의 내 모습…, 내가 제일 싫어하는 게 뭔지 알아?"

담배를 빼든 문 선생이 불을 붙였다.

"왜, 대답하기가 싫은 모양이지?"

소냐가 꼬았던 다리를 바꿔 꼬았다. 그 모습이 몹시 불편해 보였다.

"거울을 보는 일이 내가 제일 싫어하는 일이야. 거울만 보면 내 얼굴의 화상 자국이 당신 얼굴로 보이거든. 그래서 그때부터 내 방에 있던 거울을 전부 깨버렸어, 당신을 생각하면서. 이런 내가 비정상인가? 어떻게 생각해?"

"그때는 나도 어쩔 수 없는 선택이었어. 소냐도 잘 알고 있잖아. 그때 내가 도망치지 않았다면 우리가 얻은 정보는 물거품이 돼버리는 것이고, 우리의 임무 또한 발각됐을 것이야. 국가적으로 큰 손실을 입을 수 있는 상황이었으니까. 그걸 바라고 있었단 말이야?"

문 선생이 강하게 항변했다.

"내가 잠들었을 때, 당신이 몰래 들어와서 불을 질렀다는 사실을 다 알고 있어."

순간 문 선생은 머리를 호되게 맞은 것처럼 멍한 표정을 지었다.

"내가 모르고 있을 거라고 생각했으면 큰 오산이야."

"그럼, 그때 왜…."

"왜 피하지 않았냐고? 나는 당신이 다시 올 줄 알았어. 그래서 피하지 않고 기다렸던 거지. 하지만 내 바람은 무참히 깨져버렸어. 집을 나가면서 뒤를 돌아보는 당신의 눈물 어린 얼굴을 잘못 읽은 거지. 그때 만약 당신이 돌아왔으면, 나는 죽을 때까지 그 일을 입 밖에 내지 않으려고 마음먹었어. 당신만 옆에 있으면 나는 행복했으니까."

경운기가 소리를 내며 지나갔다. 대화가 잠시 끊어졌다. 붉은 노을이 산을 타고 넘어가면서 작은 마을에 보안등이 희미한 회색 불을 밝히기 시작했다.

"당신은 처음부터 나를 믿지 않았던 것이야. 어떻게 나를 믿지 않을 수가 있었지?"

문 선생의 양미간이 심하게 좁혀졌다.

"그게 과연 명령에 따라야 하는 입장에서 나 혼자 내린 독단적인 결정이었다고 생각해?"

"누구를 끌어들이고 싶은 거지? 아, 그 사람?"

"지금 무슨 말을 하고 싶은 거야?"

"당신 때문에 내 인생이 어떻게 된 줄 알아? 하긴, 알고 있었으면 어떻게든 나를 찾아서 죽이려고 했겠지. 당신 같은 사람은 정보원으로서, 아니, 인간으로서도 자격 미달이야."

"이것 봐, 소냐. 나를 그런 인간으로 취급하려는 저의가 뭐야?"

"그걸 지금 몰라서 묻는 거야?"

문 선생이 자리에서 일어서려다 다시 앉았다.

"그래, 모든 게 사실이야. 나 혼자 내린 결정이었고, 그 결정에 따른 행동이었어. 나는 처음부터 너를 믿지 않았고, 기회만 되면 너를 죽이려고 마음먹었어. 그것이 우리 정보원들의 생리 아냐? 그래서, 이제 와서 뭘 어쩌겠다는 건데?"

"그 표정, 그 목소리. 이제야 당신답군."

"소냐, 말 돌리지 마! 참는 것도 한계가 있어."

소냐는 잠시 깔깔 웃더니 문 선생의 얼굴을 쏘아보았다.

"당신, 내가 한국에 온 이유가 뭐라고 생각해?"

소녀가 또 한 번 깔깔 웃더니 이어서 말했다.

"이종수가 교통사고 후유증으로 죽었다고 생각해? 진정 그렇게 생각하는 거야? 감각도 나이를 따라서 늙어가는 모양이군. 당신은 나를 따라오려면 아직 멀었어."

소녀가 비아냥조로 말했다. 문 선생은 거듭되는 충격으로 도무지 정신을 차릴 수 없었다.

"아니, 그럼 아직도 일선에서 뛰고 있는 것이야? 국정원은 아닐 테고. 어디 소속인가?"

"그건 당신 상상의 영역이야."

"내가 여기서 당신을 체포한다는 생각은 안 해봤나?"

"당신이 나를? 여기에서?"

소녀는 몹시 즐거운 표정을 지었다.

"내가 아는 당신은 절대 그렇게 못 해. 왜냐하면 당신의 목적에 내가 필요할지도 모르니까. 내 말이 틀렸나? 내 말이 틀렸다고 생각하면 체포해보시지."

잠시 소녀를 노려본 문 선생은 더 이상 대화의 진전이 없다고 판단했는지, 일어서서 걸음을 옮겼다. 한기를 머금은 저녁바람이 그의 몸을 훑고 지나갔다.

"당신, 그때 내 몸 상태를 모르고 있었지."

대문으로 나서던 문 선생의 몸이 순간 휘청거렸다. 소녀의 말이 무슨 뜻인지 알 수 있었기 때문이었다. 그는 제발 아니기를 빌면서 간신히 물었다.

"우리 아이는 태어났나? 그것도 상상의 영역인가?"

"아니, 내가 어떻게 당신의 씨를 나오게 할 수 있겠어. 그건 상상만 해도 끔찍한 일이야."

소냐가 문 선생의 뒷모습을 쏘아보며 말했다. 문 선생의 입에서 안도와 분노의 숨이 교차했다. 이내 밖으로 나온 문 선생은 양복 윗도리를 신경질적으로 벗었다. 그러더니 이미 찢어진 소매를 잡고 양복을 찢기 시작했다. 이종수의 얼굴이 떠오르더니, 그것을 밀어 내고 소냐의 비웃는 얼굴이 자리 잡았다.

"제길, 개 같은 년!"

욕설을 내뱉은 문 선생은 너덜너덜해진 양복을 발 앞에 팽개쳤다.

박정희로부터 이어지는 권력의 폐단

"선배, 이제 어디로 가죠?"

운전석에 앉은 세화가 물었다.

"좀, 생각해보자고."

잠시 침묵이 흘렀다. 세화는 도로 아래로 흐르는 소양강을 바라보다가, 시선을 돌려 인혁을 바라보았다. 지나가는 화물차의 경적소리가 크게 들렸다.

"선배, 우리 처음으로 돌아가서 생각해봐요."

인혁이 고개를 끄덕였다.

"아버지의 편지부터 짚어볼까?"

"그보다 먼저 왜 아버지가 어머님과 선배를 남겨두고 집을 떠나셨는지, 집을 떠날 수밖에 없었던 이유가 있었는지, 그것을 알아야 되지 않을까요? 문제의 발단이 거기서부터 시작된 것 같으니까."

말을 멈춘 세화가 인혁과 눈을 마주치면서 다시 말했다.

"아버님이 어떤 연구를 하고 계셨었는지 짐작되는 거라도 있어요?"

"전혀 없어. 어머니는 돌아가실 때까지도 아버지에 대한 얘기를 일체 안 했으니까. 어머니는 그저 몇 달에 한 번 아버지가 들어오시는 날에 맞춰 묵묵히 옷가지와 많은 음식을 준비하신 게 전부였고."

"오시면 얼마나 계시다가 가셨어요?"

"짧으면 일주일이나 길면 한 달 정도."

세화는 그런 아버지 얘기를 지금껏 한 번도 하지 않았냐고 물으려다가 그만두었다. 사건이 터지면서 선배의 아버지를 향한 원망과 증오를 알고 있었기 때문이었다.

"정민 아저씨는 기자의 본분을 다할 때 열쇠의 용도는 자연스럽게 풀린다고 했죠."

"분명히 그렇게 말씀하셨지."

"그리고 박정희 대통령으로부터 이어지는 권력도 말씀하셨고요."

세화가 덧붙였다.

"그럼, 다시 처음으로 돌아 가보자고."

두 사람의 얼굴에 생기가 돌았다. 동시에 떠오르는 목소리가 있었다.

"인혁아, 세상에 천벌이 존재한다고 생각하니? 세상에 천벌이란 존재하지 않아. 세상은 그래서 너무나 불공평해. 세상이 공평하려면, 인간이 심판하고 인간이 벌을 내려야 세상은 공평하게 돌아가는 법이지. 이 말을 명심하면 아빠가 왜 집을 떠나는지 알 수 있을 것이야."

"아버님의 말씀이 옳았어요. 세상에 천벌이 존재한다면, 민중을 핍박하고 억압하면서 자신의 이익을 위해 민중의 목숨을 희생시키는 권력자는 존재할 수 없어야 해요. 하지만 세상을 보세요. 어떤 권력자가 천벌을 받았는지. 역사를 보더라도 그런 권력자는 없었어요."

"그것은 근 20년간 절대 권력을 위해 자신들의 입맛에 맞는 반공 이데올로기를 만들어서 민중을 희생시킨 박정희도 마찬가지야. 아버지는 그것을 지적하고자 했던 것으로 생각해볼 수 있어."

"맞아요. 그리고 근대 역사상 가장 수치스러운 재판으로…."

세화가 뒷말을 흐렸다. 이유를 알아챈 인혁이 살며시 웃음 지었다. 자신의 이름 때문이었다. 세화의 세심한 배려가 느껴지면서 묘한 감정이 살며시 올라왔다.

"1974년 군사독재에 맞서 대학생들이 궐기한 인혁당(인민혁명단) 사건에 중앙정보부는 국가보안법 위반 혐의로 23명을 구속기소했지. 안타깝게도 법원은 8명에게 사형을 선고하고, 15명은 무기징역의 중형을 선고했어."

"그런데 사형 선고를 받은 8명은 대법원 상고가 기각된 지 불과 20여 시간 만에 형이 집행돼 형장의 이슬로 사라졌어요. 언론인의 한 사람으로서 통탄을 금치 못할 재판이었어요."

전, 현직 기자인 두 사람의 역사를 바라보는 인식에 분노가 묻어났다.

"거의 30여 년 가까운 2002년에 들어서야 유신정권의 용공 조작이라는 사실이 밝혀졌고, 결국 민주화 운동으로 인정했어요. 인혁당 사건은 당시 중앙정보부에 의해 박정희 대통령에게까지 보고된 것으로 드러났어요."

"박정희의 자의적 요구에 의해 수사 방향이 결정돼 집행된 것이었지. 결국 인혁당 사건은 역사상 가장 수치스러운 재판으로 이름을 올리게 됐어."

마티즈의 좁은 공간에 잠시 침묵이 드리웠다.

"정민 아저씨가 무소불위의 제왕적 대통령인 박정희로부터 이어지는 권력을 말했다고 했죠. 그럼 자신이 제왕이라고 생각하는 현 대통령을 의미한다고 볼 수 있겠네요."

인혁의 고개가 살며시 끄덕거렸다.

"선배, 그거 알아요?"

세화는 무엇이 생각난 듯 눈을 동그랗게 뜨고 인혁을 바라보며 물었다.

"뭐를?"

"아마 모를 거 같네요. 내가 〈민중일보〉에 입사해서 얼마 지나지 않아, 휴가를 내서 캐나다에 다녀온 적이 있어요. 엄마를 보러 갔었죠. 그런데 그때 집 앞 도로에서 믿을 수 없는 일이 일어났어요."

"믿을 수 없는 일?"

인혁의 두 눈이 의문을 던졌다.

"현 대통령이 캐나다를 순방했을 때, 현지 교민들이 대선 부정선거 진상규명을 외치며 시위를 벌인 적이 있었어요. 나는 집 안에 있다가 들려오는 소리에 창문을 열고 내다봤죠. 내가 보기에 시위대의 행렬은 결코 폭력적이지 않았어요. 그런데 거기서 믿을 수 없는 일이 벌어졌어요."

세화의 침 삼키는 소리가 들렸다.

"대통령 수행원들이 분주하게 움직이더라고요. 나는 뭔가 있겠구나 싶어 카메라를 들고 밖으로 뛰어나갔어요. 알고 보니 수행원들이 대형 버스와 트럭을 긴급 수배했던 거예요."

"우리나라에서처럼 차벽을 치려고?"

인혁은 '설마' 하는 마음으로 물었다. 그러나 그것은 그의 바람일 뿐이었다. 세화의 고개가 끄덕거렸다.

"차벽을 치려했고, 대통령의 경호원들이 시위대를 향해 위협적인 행동을 취하려고 했어요. 해외에서까지 시위대를 무력으로 진압한다는 그 믿을 수 없는 사실에 나는 카메라를 들고 있다는 것도 잊어버리고 그저 멍하니 서 있었어요."

"그래서 부상자가 발생하기라도 했어?"

인혁은 마치 자신이 시위 현장에 있는 것처럼 다급하게 물었다.

"천만다행으로 현지 경찰이 나서서 평화적인 시위대에게 손대지 말라고 엄중 경고했어요. 시위대의 행동이 결코 폭력적이지 않다고 판단한 현지 경찰의 적절한 대응이었죠."

"아니, 어떻게 해외에서까지 그런 행동을 취하려고 했을까. 오만함의 극치였군."

"자신이 제왕적 대통령의 바통을 이어받았다고 생각한 모양이죠."

세화의 목소리에 허탈함이 묻어났다.

"민중의 사상과 이념이 세상에 혼란을 가져오는 것이 아니라, 법과 제도라는 이름으로 포장된 권력자의 탐욕과 야심이 세상에 혼란을 야기한다는 생각이 드는 대목이군."

"한국의 어용 언론은 그 사건의 보도를 극도로 자제하고, 뻔뻔하게도 침묵으로 일관했죠."

"내가 그 사건을 모르고 있었던 이유가 있었네."

"당연하죠. 선배가 교도소에 있을 때 일어난 일이라 모를 수밖에 없었던 거예요."

"지금이 조선시대도 아니고, 어떻게 그런 생각과 행동을 할 수 있었는지 이해가 되지 않는군. 국민의 진정한 대통령이라면 최소한 그들이 왜 시위를 벌이고 있는지, 그들의 의견을 청취 수렴하는 모습이라도 보여야 하는 게 아닌가. 그런 모습이 국민이 뽑아준 성원에 보답하는 길이고, 진정한 대통령의 모습이 아닐까? 어떻게 국민이 뽑아준 대통령이란 사람이!"

갈수록 어투가 거칠어지는 것을 느낀 인혁은 세화 앞에서 자칫 실수할 것을 우려해 급히 입을 다물었다. 두 사람 사이에 잠시 어색한 침묵이 흘렀다.

"선배."

세화가 생긋 웃으며 어색한 침묵을 깨트렸다.

"나도 모르게 목소리가 커졌어."

"대통령을 비판하는 목소리가 작아야 하는 건 아니잖아요. 오히려 커질수록 헌법에 보장된 국민의 권익을 찾는 길이고, 그 길이 국민을 바라보는 위정자의 얼굴을 바꾸는 길이 아닐까요? 그 아름다운 얼굴들이 모일 때, 대한민국의 아름다움이 시작되겠죠."

세화의 얼굴이 아름답게 보였다.

"거북이의 꼬리를 찾아보라는 말은 무슨 뜻을 내포하고 있는 것일까. 그리고 열쇠가 나를 인도해준다니, 정민 아저씨는 왜 이렇게 어렵게 말씀하셨는지…."

인혁은 화제를 돌렸다. 끝없는 비판이 이어질 것 같았기 때문이었다.

"선배, 너무 조급하게 생각하지 말죠. 우리 천천히 풀어보기로 해요."

"잠깐."

"왜요?"

그러고 보니 뭔가 생각나는 게 있었다. 그것은 수도 없이 연습한 아버지의 서명이었다.

"나는 어릴 때부터 아버지의 서명을 수도 없이 연습했어."

세화가 눈으로 물었다.

"아버지는 언젠가 꼭 필요할 때가 있을 것이라면서, 아버지 자신의 서명을 나한테 연습시키셨어. 지금 생각해도 아버지의 복잡하면서도 특이한 서명은 누구도 흉내 낼 수 없는 것이라는 생각이 들어. 하지만 나는 눈 감고도 아버지의 서명을 똑같이 써넣을 수 있어."

볼펜을 꺼낸 인혁은 메모지에 몇 글자를 휘갈겨 썼다.

"세상에, 이게 아버지의 서명이에요?"

말 그대로 특이한 서명은 누구도 흉내 낼 수 없을 것만 같았다.

"그럼, 아버님의 서명이 이번 사건과 연관이 있을까요?"

"그거야 모르지."

잠시 생각한 세화가 창문을 열었다. 5월의 문턱으로 들어선 계절의 싱그러운 바람이 차 안으로 밀려 들어왔다. 잠시 눈을 감은 세화가 그 바람을 크게 들이켜더니 다시 눈을 들어 올렸다. 그녀의 갈색 눈동자가 인혁을 바라보았다.

"선배, 아버님은 박정희의 치부와 그 바통을 이어받은 현 정권의 무엇을 알리고 싶었던 거예요. 아버님은 처자식을 버린 게 아니었어요. 편지에서처럼 보호하려고 했던 거예요. 지금까지 우리가 걸어온 길이 그것을 말해주고 있잖아요."

인혁의 흔들리는 시선이 세화를 바라보았다. 이내 시선을 거둔 그는 차문을 열고 밖으로 나갔다. 살며시 미소를 머금은 세화가 그를 따라 밖으로 나가 나란히 섰다. 소양강의 잔잔한 너울이 두 사람의 눈동자 안에서 일렁거렸다.

"선배, 자신을 부정하지 말아요."

세화가 인혁의 어깨에 살며시 머리를 기댔다. 세화의 향기를 머금은 머리카락이 바람에 흩날리며 인혁의 얼굴을 간질였다. 인혁이 살며시 팔을 들어 그녀의 어깨를 감쌌다.

뱃고동 소리가 들렸다. 구릿빛 피부의 남자들이 어선 갑판에서 부두를 향해 손을 흔들었다. 활짝 웃는 표정으로 보아 만선의 기쁨을 전하는 듯 보였다. 새벽 조업을 끝낸 어선들이 잔잔한 파도를 타고 부두에 정박했다. 때를 맞춰 승용차 한 대가 항구에 도착하더니, 남자들이 차에서 내렸다. 태훈과 명대였다. 그들이 찾는 대상은 환전소를 운영하며 돈세탁을 주도한 것으로 보이는 홍세환이었다.

생선 비린내가 바람에 실려 왔다. 잠시 부둣가에 서서 비린내 나는 바람을 맞은 두 사람은 고개를 돌려 길 건너 2층 높이의 낡은 건물을 바라보았다. 문이 닫혀 있는 건물은 몹시 오래된 듯, 맨살을 드러낸 시멘트가 흉하게 깨져 군데군데 떨어진 타일 속으로 보였다. 제 색깔을 잃어버린 타일들은 누렇게 색이 변해 지저분했다.

"이 시간까지도 안 나오고 뭐하는 거야. 참 팔자 좋은 놈이군."

고개를 돌린 명대가 투덜거렸다.

"형님, 제 어릴 때 꿈이 뭔지 아세요?"

태훈이 눈으로 물었다.

"파이프를 입에 물고 마도로스가 돼서 전 세계를 누비는 게 꿈이었어요."

"그렇다면 비슷하게 이루어졌네."

"비슷하게요?"

"경찰이 돼서 범죄의 세계를 누비고 있으니까."

"참, 형님도. 그게 어떻게 비슷한 겁니까."

"긴장도 풀 겸 수산물 시장이나 돌고 다시 오자."

11시를 갓 넘긴 시장은 드나드는 사람들로 북적였다. 물이 담긴 커다란 고무통 안에서 싱싱한 활어들이 물을 첨벙거리며 지나가는 사람들의 옷을 적셨다. 명대가 튀어나오는 물을 피해 뒤로 한 걸음 물러났다. 상인과 관광객이 활어와 어패류를 놓고 값을 흥정하는 모습이 발을 옮길 때마다 눈앞으로 다가왔다.

"형님, 돈 세탁을 해준 홍세환은 엄청난 돈이 어디로 흘러들어 갔는지 분명히 알고 있겠죠?"

태훈은 대답 없이 정인혁을 떠올렸다.

"뜻하지 않게 아버지의 메시지를 접한 정인혁. 연결의 고리는 돈의 행방이겠죠?"

태훈은 여전히 대답이 없었다.

걷는 사이에 두 사람은 어느새 수산물 시장을 벗어나 있었다. 명대가 물에 젖은 신발을 메마른 아스팔트 바닥에 문지르며 환전소를 바라보았다. 아직까지도 문은 열려 있지 않았다.

"참, 진짜로 팔자 좋은 놈이네."

명대가 헛웃음을 흘렸다.

"형님, 어디 가서 점심이나 먹고 오죠. 아침을 안 먹어서 그런가, 배가 많이 고프네요."

한 시간 후, 다시 돌아온 두 사람은 수산물 시장 앞에서 환전소로 시선을 던졌다. 그러나 굳게 닫힌 문은 열려 있지 않았다.

"혹시, 그놈이 눈치를 채고 몸을 숨긴 게 아닐까요?"

"그럴 리는 없을 거야."

"어? 저놈들 환전소로 가는데요."

태훈이 명대를 따라 시선을 던지니, 세 명의 남자가 측면에 설치된 철제 계단 위로 올라가는 모습이 보였다. 곧바로 환전소의 문이 활짝 열렸다.

"형님, 가시죠."

환전소로 들어선 두 사람은 조금 전 들어선 불량기 가득한 세 명의 남자들 틈에서 홍세환을 찾았다. 그러나 그는 보이지 않았다. 아직 출근 전인 듯싶었다.

"환전하러 온 거 아닙니까?"

말없이 서 있는 두 사람을 바라보던 한 남자가 일어서서 물었다. 의심의 눈초리가 위아래를 훑었다. 곧바로 남자의 얼굴이 어딘지 모르게 주눅 드는 기색을 보였다. 뭔가 직감한 듯했다.

"사장님, 언제 나오세요?"

명대가 물었다.

"조금 있으면 나올 텐데…, 근데 어디에서…."

남자의 손이 전화기에 다가갔다.

"경찰입니다. 전화기에서 손 떼세요."

명대가 신분증을 내밀고 말했다.

같은 시각, 세환은 다방 아가씨의 어깨를 감싸고 환전소로 향하면서 입을 놀렸다.

"박 양아, 이 오빠가 한몫 단단히 잡았어."

"어머, 정말요? 어쩐지 요즘 오빠 모습이 예전 같지 않더니만."

박 양이 샐쭉 입술을 내밀고 웃었다. 그 웃음에 기대가 잔뜩 묻어 있었다.

"그래서 말인데…, 언제 줄 거야?"

세환의 손이 어깨에서 내려와 박 양의 탐스러운 엉덩이를 더듬었다.

"주긴 뭘 줘요."

세환의 손을 살며시 떼어내는 박 양은 싫지 않은 표정이었다.

"너 자꾸 이럴 거야?"

음흉한 눈빛을 머금은 세환은 박 양의 짧은 치마 밑으로 드러난 허벅지를 쓰다듬었다.

"어머, 왜 이래요. 사람들이 보면 어쩌려고."

박 양이 세환의 손을 뿌리치며 환전소를 향해 뛰었다. 세환이 그녀를 따라 걸어가다가 환전소에서 나오는 건장한 두 남자를 보고 걸음을 멈췄다. 욕정으로 가득 차 있던 그의 눈빛이 불안한 눈빛으로 바뀌더니, 이내 두 다리로 전해졌다. 세환을 발견한 태훈과 명대의 걸음이 빨라졌다. 이런 젠장. 급히 몸을 돌린 세환이 도로를 건너서 뛰었다. 토스트 장사의 가판대가 엎어지고, 이야기를 나누던 남자들이 뛰어드는 남자를 피해 옆으로 물러섰다.

"저 새끼, 야! 거기 서!"

명대가 소리쳤고, 태훈이 앞질러 뛰었다.

도로를 질주하던 자동차가 급정거를 하며 경적을 크게 울렸다. 자동차를 뛰어넘은 두 사람은 건어물 상점이 즐비한 거리로 들어섰다. 인도에 내놓은 건어물이 세환의 발에 걸려 엎어졌다. 건어물을 밟은 명대가 넘어지고, 그 옆을 지나치던 태훈이 기우뚱거리다 간신히 몸을 바로잡으며 말했다.

"명대야, 너는 저쪽으로 가."

급히 일어난 명대가 세환을 쫓았다.

"아이고, 이게 무슨 일이야."

상점 주인이 명대를 향해 소리쳤다. 눈을 돌리니 셔터가 내려진 상점 옆으로 세환이 사라지는 모습이 보였다. 옆을 돌아본 태훈이 골목으로 들어섰다. 그의 눈에 골목을 벗어나는 세환의 뒷모습이 잡혔다. 태훈이 발을 빠르게 움직였다. 그 소리가 너무 컸던지 뒤를 돌아본 세환이 다시 뛰기 시작했다. 하지만 그는 발을 멈춰야 했다.

"야, 홍세환. 이제 그만하자."

숨을 헐떡거리며 다가온 명대가 세환의 발목을 걸어차 쓰러뜨렸다.

"형사님, 제가 왜 잡혀가는지 정말 모르겠습니다."

세환은 무엇이 억울한지 끌려가면서도 입을 쉬지 않고 움직였다. 길게 펼쳐진 건어물 상점가로 나오자, 지나치는 관광객들이 힐끔힐끔 쳐다보았다. 고개를 숙인 세환은 낮게 중얼거렸다.

"아, 진짜 쪽팔려 죽겠네. 이거 좀 놓고 가요."

뒤로 팔이 꺾인 세환은 고통으로 얼굴을 심하게 찡그렸다.

"주둥이 그만 놀려라."

태훈이 세환의 옆구리를 손으로 찔렀다. 몰려드는 구름으로 화창

했던 하늘이 잿빛 하늘로 얼굴을 바꿨다.

"빨리 타."

태훈이 세환을 승용차 안으로 구기듯 밀어 넣었다.

"아, 진짜 제가 무슨 죄를 졌다고 수갑까지 채우고 그래요?"

세환의 왼손에 수갑을 채운 태훈은 남은 한 쪽을 승용차 손잡이에 걸었다.

"자, 이제부터 시작해볼까."

"형사님들, 대체 뭐 때문에 그러세요?"

"이제부터 묻는 말에만 대답해."

명대가 사납게 눈을 부라렸다.

"거두절미하고, 그 돈 어디로 흘러들어갔어?"

태훈이 물었다.

"무슨 돈이요?"

"이 새끼가 진짜."

명대가 주먹을 들어 위협을 가했다.

"대체 무슨 말씀을 하시는지 알아야 대답할 게 아닙니까?"

"너 정말 이렇게 나올 거야?"

"저는 형사님이 무슨 말씀을 하시는 건지 도무지 모르겠습니다."

세환이 몹시 억울한 표정을 지었다. 바로 그때 명대가 이상한 느낌에 전방으로 시선을 돌렸다. 세 사람의 눈동자가 크게 벌어졌다. 언덕을 내려오는 시커먼 물체는 대형 화물차였다. 천천히 내려오던 화물차는 탄력을 받았는지 점점 속도가 빨라졌다. 흐리게 보이는 운전석엔 사람이 타고 있지 않았다. 사이드 브레이크가 풀려 있는 게 확실했다.

"형님."

"피해야 돼!"

승용차를 움직여 피하기엔 시간이 너무 급박했다. 태훈이 급히 수갑 열쇠를 빼들었다. 세 사람의 얼굴이 동시에 크게 일그러졌다. 태훈의 손을 벗어난 열쇠가 의자 밑바닥으로 떨어졌다. 속도가 붙은 화물차가 무섭게 내려오고 있었다. 세환이 미친 듯이 팔을 흔들었다.

"형사님, 수갑이요! 수갑!"

세환의 얼굴이 사색이 됐다. 손잡이를 거머쥔 태훈이 있는 힘을 다했다. 그러나 손잡이는 조금 흔들릴 뿐 떨어지지 않았다. 태훈의 얼굴이 벌게졌다.

"명대야, 너 먼저 나가!"

"형님."

"빨리 나가!"

손을 뻗은 태훈이 차문을 열면서 명대를 밀쳤다. 명대가 차 밖으로 팅겨져 나갔다.

"형사님, 살려주세요."

세환이 울부짖었다. 화물차가 바로 눈앞까지 다가왔다. 손잡이를 잡은 태훈이 사력을 다했다. 으드득 소리와 함께 손잡이가 뽑혀 나왔다. 동시에 세환을 잡은 태훈이 밖으로 몸을 날렸다. 아스팔트에 맨살이 부딪치는 느낌이 전해졌고, 차체가 부서지는 요란한 소리가 귓전을 울렸다. 한동안 정신이 멍했다. 그때 뜨뜻한 감촉이 얼굴에 확 끼쳐오는 느낌이 전해졌다. 이내 뜨뜻한 감촉은 얼굴을 타고 목으로 흘렀다.

"형님."

태훈은 명대가 부르는 소리에 얼이 빠진 얼굴을 돌렸다. 그러면서 손을 들어 얼굴을 닦아 눈앞으로 가져갔다. 손바닥에 검붉은 피가 흥건했다. 순간 놀란 태훈은 시선을 천천히 떨어뜨렸다. 미처 차를 빠져나오지 못한 세환이 눈을 부릅뜨고 숨져 있었다. 심하게 꺾인 그의 목에서 흘러나오는 검붉은 피가 도로를 흥건히 적셨다. 태훈의 손에서 잘린 수갑이 흔들렸다.

도로 건너에서 현장을 바라보는 남자가 있었다. 눌러쓴 모자 사이로 맨살이 드러난 것으로 보아 머리카락이 없는 듯했다. 그의 입술에 기묘한 웃음이 드리웠다.

국민을 우롱하고 기만하는 행위

동해안 고속도로를 빠져나온 검은색 고급 세단이 한적한 어촌 마을을 지나 갯바위가 보이는 곳에서 멈췄다. 차문이 열리며 호리호리한 체구의 육십 중반으로 보이는 남자가 운전석에서 내렸다. 트렁크를 열어 낚시가방을 꺼내는 것으로 보아 바다낚시를 온 모양이었다. 남자는 화창한 하늘을 올려다보더니, 가방을 어깨에 둘러메고 갯바위가 보이는 곳으로 향했다. 그는 대통령 비서실장 김기준이었다. 긴 얼굴에 특유의 뱁새눈은 쉬지 않고 움직였다. 걸음을 옮길 때마다 축 늘어진 볼 살이 흔들렸다.

주말이었지만 오전 6시를 갓 넘긴 이른 시간이라 낚싯대를 드리우는 사람은 그리 많지 않았다. 갯바위에 내려선 그는 낚싯대를 드리우는 몇 사람을 지나쳐 병풍처럼 펼쳐진 절벽 안쪽으로 조심조심 발을 옮겼다. 그러면서도 무엇을 탐색하는 듯한 그의 눈동자는 부지런히 움직였다. 과거 중앙정보부 재직 시절 정보원으로서의 습관이 남아 있는 듯했다. 시종일관 쉬지 않고 움직이던 그의 눈동자가 무엇을 발견한 듯 움직임을 멈췄다.

"실장님, 어서 오십시오. 오시느라 수고 많으셨습니다."

미끼를 갈아 끼우려던 새나라당 당대표 김채무가 낚싯대를 놓고 인사했다.

"안녕하시오. 고기는 좀 잡았나요?"

마침내 채무 앞에 당도한 기준이 인사하며 물었다.

"저도 지금 막 도착했습니다."

채무의 손을 벗어난 낚싯바늘이 포물선을 그리며 갯바위를 조금 비켜 안착했다.

"김 대표님의 낚시 솜씨는 수준급이시네요."

"원, 별말씀을…."

기준의 칭찬에 미소 짓는 채무의 얼굴이 어딘지 모르게 어두워 보였다.

"제가 도와드리겠습니다."

기준이 가방을 열어 낚시도구를 펼치려 하자, 채무가 낚싯대를 바위에 걸치고 다가갔다. 낚싯대를 드리운 두 사람은 한동안 잔잔한 바다만 바라볼 뿐 입을 열지 않았다. 그들의 표정으로 보아 낚시가 목적은 아닌 듯했다. 그들의 불편한 침묵을 깨려는 지, 갈매기 한 쌍이 울며 지나갔다.

"이렇게 바닷가에 왔는데도 답답한 마음이 가시지 않는군요."

기준이 침묵을 깨고 말했다. 채무가 시선을 멀리 던졌다.

"겉으로는 잔잔한 듯 보이지만, 보이지 않는 물밑에는 치열한 싸움이 벌어지고 있는 이 잔잔한 바다가 지금 우리 정계의 현실을 대변해주고 있는 것 같습니다."

"맞는 말이군요."

기준이 채무의 말에 긍정하면서 또 말했다.

"대통령님의 심려가 이만저만이 아닙니다. 어떻게 그런 일이 일어날 수 있었는지, 나는 아직까지도 믿어지지 않습니다. 대통령님의 얼굴을 보기가 그저 죄스러울 뿐입니다."

"저도 실장님의 그 고충을 충분히 알고 있습니다. 모든 문제가 어서 빨리 제자리를 찾아야 하는데… 이런 치욕적인 일이 어디 있습니까. 창당 이래 최고의 치욕입니다. 계파 싸움이 이대로 지속되면 정권 재창출은커녕 당이 무너질 수도 있을 판국인데…"

채무는 끓어오르는 화를 삭이려는 듯 숨을 깊게 들이마시고 이어서 말했다.

"당의 재건과 정권 재창출을 위해서라도 어서 빨리 구심점을 찾아, 국민의 지지를 등에 업고 당의 이미지를 쇄신해야 합니다. 그렇지 않으면 국민의 회초리는 몽둥이로 변할 것이고, 그리되면 한때 새나라당 소속이었다는 그 자체만으로도 정치적인 생명이 위협받을 수도 있습니다."

"지난 총선 때 야당의 분열로 기대했던 압승이 상상하기도 부끄러울 지경의 결과를 가져왔습니다. 새나라당이 원내 제1당을 내주리라고 어느 누가 상상이나 했겠습니까. 세상 돌아가는 것 모르는 풋내기들이 선거에 대거 참여한 결과이기도 합니다. 심히 유감이지만, 이번 총선 패배로 대표님의 대권 도전에 적신호가 켜졌습니다."

낚싯대를 거머쥔 채무의 손이 미세하게 떨렸다. 채무는 총선 전 야당의 분열로 원내 의석수 180석 이상을 기대했다. 아니, 내심 그 숫자를 훨씬 뛰어넘을 것으로도 보았고, 그것을 믿어 의심치 않았다. 그것은 또한 국민이 자신을 차기 대통령으로 받아들인다는 신호로 생각했다. 그러나 민심은 가혹했다. 당내 계파 싸움과 앞뒤 모르는 대통령의 선거개입이 총선 패배의 원인으로 꼽혔다. 오만방 자한 새나라당을 심판했다는 말이 간혹 흘러나오기도 했다. 이것 으로 인해 채무는 바로 눈앞으로 다가왔던 대권이 한순간에 사라 져버린 느낌을 지울 수 없었다.

"지금에 와서 하는 얘기지만, 그때 풋내기들이 정치에 관심을 가 지지 못하도록 스타 연예인 사건을 만들어서 터트렸어야 하는데, 야당의 분열을 놓고 어부지리를 생각했던 우리가 너무 방심했던 탓 이 컸습니다. 민중의 관심사를 간과하고 지나친 게…."

채무가 말끝을 흐렸다.

"맞습니다. 매스컴은 민중을 규합하고 통합시키는 최상의 도구인 데, 그것을 제대로 이용하지 못한 게 크나큰 실수였습니다. 우리의 목적을 위해 만들어진 이슈가 매스컴을 통해 민중이 추구하는 쾌 락과 유희를 최대한 자극했어야 합니다. 그것이 너무 약했던 건 사 실입니다."

두 사람의 대화에서 변한 게 있었다. 그것은 '국민'이라는 용어 대 신에 피지배계급을 칭하는 '민중'이었다. 이들의 마음을 충분히 대 변해주고도 남을 만한 용어였다. 기준의 말은 계속 이어졌다.

"스타 연예인 사건은 우리 정치권의 바람을 잠재우는 아주 중요한 역할을 해주고 있습니다. 지금도 그렇고, 앞으로도 그럴 것입니다. 민중의 관심사가 정치로 쏠리게 해선 절대로 안 됩니다. 철저한 준 비만이 우리가 살길입니다."

채무가 긍정의 고개를 끄덕였다.

"정인혁이 어디까지 알고 있는 것 같습니까?"

기준이 드디어 본론을 꺼냈다.

"아직까진 아무것도 모르고 있는 듯합니다."

"하지만 정인혁은 기자 출신입니다. 자칫하다간 세상이 시끄러워질 수도 있다는 걸 아셔야 합니다. 놈을 언제까지 그렇게 돌아다니게 놔둘 수도 없는 일 아닙니까."

"그렇다고 이 시점에서 놈을 잡아들일 수도 없는 문제라…, 생각 좀 해봐야겠습니다."

"하긴, 놈을 잡아들여 해결될 문제 같으면 어떤 명분을 갖다 붙여서라도 잡아들이겠는데, 뜻대로 할 수도 없고 이거야 원. 대체 정진일이 그놈은 무엇 때문에 그런 일을 저질렀는지…. 우리가 관리를 소홀히 한 탓도 있습니다."

기준이 심하게 눈살을 찌푸리더니 한 마디를 덧붙였다.

"공격이 최선의 방어인 것만은 확실합니다."

"그 말씀 새겨듣겠습니다."

"그래서 드리는 말씀인데…, 돌아가는 상황을 봐서 조직을 가동시킬 생각입니다. 그때가 되면 대표님은 관망의 지혜를 발휘해서 감상하시면 됩니다."

기준의 입가에 기묘한 미소가 서렸다. 그것에 동의한 것일까. 채무의 표정에 변함이 없었다. 어느새 시간이 정오로 접어들면서 낚시꾼들이 삼삼오오 모여들기 시작했다.

"사람들이 많이 몰려들고 있군요. 얼굴을 알려서 좋을 건 없습니다. 그만 일어나시죠."

채무가 낚싯대를 접으며 말했다. 기준과 채무는 챙이 넓은 모자를 쓰고 낚시도구를 챙겨서 그 자리를 벗어났다.

경남 창원으로 들어선 세화의 마티즈가 교차로에서 멈췄다.

"선배, 여기는 왜 온 거예요?"

세화가 차를 출발시키며 물었다. 곧바로 자신의 바보 같은 질문에 아차하고 후회했다.

"우리는 후퇴하는 민주주의를 가만히 보고 있을 수 없었어."

정민 아저씨의 말이었다.

"우리 3.15 기념묘역에 가는 거 맞죠?"

"거기서 뭐를 얻을 수 있는지 모르겠지만, 우리가 분명히 거쳐야 할 장소인 것만은 확실해."

"나는 3.15 기념묘역엔 처음인데, 선배는 와봤어요?"

"나도 처음이야. 하지만 언젠가는 꼭 한 번 와보고 싶었어. 들은 얘기도 있고."

"들은 얘기요?"

인혁의 굳은 표정을 살핀 세화는 더 이상 묻지 않았다. 10여 분이 지나니 커다란 조형물이 눈앞으로 서서히 다가왔다. 3.15 기념묘역을 상징하는 '민주의 문'이었다. 차를 주차시킨 두 사람은 높은 계단을 올라 우뚝 서 있는 민주의 문 앞에 서서 눈을 감았다. 인혁은 자신도 모르게 숙연한 분위기 속에서 아버지의 얼굴이 그려졌다. 형언할 수 없는 감정이 또 일었다. 이내 눈을 들어 올린 그는 민주의 문 뒤편으로 이동했다. 낯선 남자가 자신을 바라보고 있었다. 유리벽 속에 갇혀 매우 낯설게 보이는 남자는 분명 자신이었다. 원망과 증오를 품은 자신은 유리벽 속에 갇혀 있는 게 틀림없었다. 민주화의 성지인 이곳에서 전혀 어울리지 않을 것 같은 느낌이었지만, 그렇다고 어울리지 않을 것도 아니었다. 왜냐하면 아버지의 메시지가 박정희로부터 이어지는 권력을 말하고 있기 때문이었다. 메시지를 파악하기 위해선 원망과 증오를 홀홀 털어버려야 할 것 같았다. 급기야 인혁은 남자를 노려보며 속으로 외쳤다.

정인혁, 이제 그만 거기에서 나와!

"선배, 왜 그래요?"

"아냐."

인혁이 생각에서 깨어나 말했다.

민주의 문을 내려선 두 사람은 부정선거에 항거하다 희생된 수많은 묘역을 지나 기념관을 향해 걸었다. 참배단과 함께 3.15 정신을 표현한 부조 벽에 조형된 역동적인 사람들의 모습에서 그날의 우렁찬 함성이 들리는 것 같은 착각이 들었다.

기념관 전시실로 들어서니 어린아이의 손을 잡고 관람하는 젊은 부부가 눈에 띄었고, 중년으로 보이는 사람들이 무리지어 전시실을 오가는 모습이 보였다. 아마도 단체 관람객인 듯싶었다.

"선배, 이쪽으로."

세화가 인혁의 팔을 잡아끌었다.

"이승만 정권의 부정선거와 그것에 항거하는 시민들의 표정을 봐요. 너무나 사실적으로 묘사됐네요. 그리고 총을 발포하는 경찰들의 얼굴은 마치 독립군을 향해 발포하는 일본군의 모습과 흡사해요."

다카키마사오, 일본 이름으로 창씨개명한 박정희도 일본군이었지. 인혁은 속으로 말했다. 관람하는 세화의 어두운 표정이 갑자기 울음을 머금었다. 그녀의 시선을 따라가던 인혁의 시선이 한 곳에서 멈췄다. 그것은 김주열 열사의 시신을 찍은 사진이었다. 마산 중앙 부두에 떠오른 김주열 열사의 시신은 너무나 참혹하고 처참했다. 세화는 차마 더 이상 볼 수 없었던지 고개를 돌렸다. 인혁이 그녀의 손을 찾아 쥐었다. 부정선거에 분노한 시민들의 얼굴이 차례로 지나갔다. 고개를 옆으로 돌리니 눈에 확 들어오는 전시물이 있었다.[총은 쏘라고 준 것이다?]

그날의 의거를 빨갱이 폭도로 규정하고 무력으로 진압하는 위정자들의 비인간적이고 짐승 같은 행위를 역설적으로 보여주는 전시물이었다.

"세상에, 어떻게 이럴 수가…"

세화의 목소리가 컸던지, 관람객들의 시선이 그녀를 향했다.

"왜 그래?"

세화의 손가락이 전방을 가리켰다. 세화의 손가락을 따라가던 인혁은 후두부를 심하게 얻어맞는 것처럼 강한 충격을 받았다.

"정 기자, 3.15 기념관에 가보면 상상도 못 할 게 있을 거야."

선배 기자의 말이 떠올랐다. 하지만 그것은 상상 이상이었다. 잠시 서 있던 인혁은 세화를 끌고 간신히 발을 옮겨 출구로 향했다.

"어떻게 이럴 수 있죠. 대체 누가 이런 짓을…"

출구 벽면을 거의 다 채울 만큼 커다란 박근혜 사진 아래로 빼곡히 쓰인 글자는 정말 누가 보기에도 부끄러울 지경이었다. 물론 현정권을 옹호하는 사람들이 보면 다르겠지만. 분노를 머금은 세화가 빼곡한 글자를 큰 소리로 천천히 읽기 시작했다. 그것은 지극히 의도적이었다. 그녀의 목소리가 관람객들의 눈과 귀를 붙잡았다.

"시대적인 변화를 바탕으로 박정희 정부는 1962년부터 경제개발 5개년 계획을 추진하여 한강의 기적이라는 신조어가 만들어질 정도로 우리 경제는 고도성장을 이룩하여 오늘날 경제발전의 밑거름이 되었으며, 여기에 더하여 파독 광부와 간호사, 베트남 파병으로 경제개발에 필요한 자금을 마련한 것도 큰 역할을 하였요.”

그때 기념관 관리원으로 보이는 남자가 뛰어 들어오며 말했다.

“지금 뭐하시는 겁니까? 여기서 이러시면 곤란합니다. 여기서 나가 주…”

하지만 세화의 목소리에 귀를 기울이고 있던 인혁이 관리원의 말을 막았다.

“부정부패와 독재의 상징인 박정희가 어떻게 부정부패와 독재에 항거한 이 기념관에 있을 수 있습니까. 억압과 부정에 맞선 정신이 담겨야 할 이곳에 그에 상반되는 저런 전시물이 어떻게 있을 수 있냐고요. 이는 곧 부정에 항거하다 희생된 분들의 정신을 모독하는 행위입니다. 세상에 이런 처사가 어디 있습니까. 이건 정말 잘못돼도 아주 잘못된 게 아닙니까.”

“저희도 알지만…, 그렇다고…”

관리원이 우물거렸다.

“여러분, 어떻게 생각하세요!”

인혁이 관람객의 호응을 이끌면서 세화에게 눈짓했다. 곧바로 두 사람 앞에 모여든 관람객들이 관리원을 향해 심한 눈총을 주었다. 낭패한 표정의 관리원이 뒤로 한 걸음 물러나서 밖으로 나가자, 세화의 목소리가 다시 울렸다.

“3.15 의거가 우리나라 민주 발전의 씨앗이 되어 오늘날의 민주주의를 꽃피웠으며, 박근혜정부를 맞아 튼튼한 안보를 바탕으로 단절과 갈등, 분단의 70년을 마감하고, 신뢰와 변화로 북한을 끌어내 실질적이고 구체적인 통일기반을 구축하게 될 것이다."

읽기를 마친 세화가 인혁을 바라보고 말했다.

"세상에 이런 망발이 어디에 있어요."

"대체 누구의 지시로 박정희와 박근혜정부를 3.15 의거에 연결시킬 수 있단 말입니까. 이것이야말로 숭고한 3.15 정신을 훼손시키는 것이고, 국민을 우롱하고 기만하는 행위입니다. 설령 현 정부 누군가의 지시가 없다손 치더라도, 이런 뻔뻔한 작태에 침묵으로 일관하는 정부 또한 국민의 비판에서 자유로울 수 없습니다."

분노를 머금은 인혁의 목소리가 멈췄다. 여기저기서 정부를 향한 야유와 욕설이 터졌다.

"니미럴, 진짜 이상하게 돌아가는구먼."

"대선 부정선거의 진상규명도 거부한 대통령이 어떻게 여기에 있을 수 있어."

"억압과 착취, 독재에 저항한 3.15 기념관에 박정희의 치적 홍보가 웬말이냐."

"여기서 이러시면 안 됩니다! 모두 나가주세요!"

큰 목소리가 전시실을 울렸다. 바라보니 관리원 복장의 수염이 덥수룩한 중년 남자가 관람객을 향해 소리쳤다.

"선배, 일단 나가요."

인혁은 마지못해 세화를 따라 3.15 기념관을 나왔다. 그때 한 남자가 바로 뒤에서 인혁과 세화를 지나쳤다. 무언가를 탐색하는 듯한 남자의 눈빛이 두 사람을 훑고 지나갔다. 그것은 지극히 의도된 행동처럼 보였다. 대수롭지 않게 남자의 뒷모습을 바라본 인혁과 세화는 발걸음을 옮겼다. 작게 보이던 남자의 모습이 이내 시야에서 완전히 사라졌다.

"이상하지 않아요?"

세화가 주차장으로 걸어가면서 말했다.

"뭐가?"

"생각해봐요. 이 사회는 아직도 억압과 착취와 독재의 상징인 박정희를 그리워하면서 사는 사람들이 많잖아요. 그러면서 자유와 인권을 운운하고 있으니, 너무나 아이러니하다는 생각이 들어서요."

"그건 박정희에 대한 과대포장이 벗겨지지 않아서 그런 것 아닐까?"

"그 말도 틀린 건 아닌데, 그것만으론 부족하다고 생각해요."

"그럼 어떤 생각을 갖고 있는 거야?"

걸음을 멈춘 세화가 벤치를 가리켰다.

"저기 앉아서 얘기 좀 하고 가죠."

옷소매로 벤치의 먼지를 닦은 인혁이 세화에게 앉으라고 손짓했다. 살짝 미소를 지은 세화가 벤치에 앉아 이마로 흘러내린 머리카락을 쓸어 올렸다. 그러더니 양팔을 번쩍 들어 기지개를 활짝 폈다. 그 모습에서 싱그러운 아름다움이 느껴졌다. 그녀의 머리에 살포시 내려앉은 얇은 머리핀이 햇살을 받아 반짝였다. 인혁이 옆에 앉자, 세화가 천천히 입을 열었다.

"선배 말처럼 과대포장이 박정희 효과를 가져 올 수 있지만, 중요한 건 박정희 효과를 만들어서 수혜를 받을 수 있는 사람들이 존재한다는 거예요. 그 증거로 현 정권은 박정희 효과를 톡톡히 받았다고 할 수 있겠죠. 국민은 은연중에 그들의 의도대로 움직이는 게 아닐까요?"

"예를 들면?"

"예를 들면, 지금 이 시간에도 착취와 무시되고 있는 인권은 수없이 많은데, 인권 회복을 부르짖는 목소리에 반대를 표명하는 목소리 또한 많은 게 사실이잖아요. 다소 비약이 크다는 생각이 들지만, 이런 현상이 박정희 효과와 연관돼 있는 게 아닐까요?"

세화의 유창한 언변은 계속 이어졌다.

"내 생각이 맞다면, 그들이 박정희 효과를 계속 만들어내는 목적은 쉽게 짐작할 수 있겠죠. 국민의 인권 침해는 곧 그들의 정치적인 안위로 이어지니까. 결과적으로, 그들이 존재하는 한, 이 나라에서 진정한 민주화를 기대하긴 힘들 것 같다는 생각이 들어요. 아버님의 메시지를 생각해보세요."

역시 세화는 언제나 자신보다 한 발 앞서갔다. 기쁨을 머금은 인혁은 세화를 끌어안고 싶은 충동을 간신히 억눌렀다. 두 사람 앞에서 노닐던 비둘기 떼가 푸드덕 날아올랐다.

"그럼 우리는 여기서 또 어디로 가야 할까?"

"그건 선배가 아까 얘기했잖아요."

세화는 인혁을 추켜세우는 화법을 구사했다.

"박정희의 과대포장을 풀어보자고. 그럼 뭔가가 있을 거야."

계속되던 4월 말의 구름 한 점 없던 날씨가 다가온 구름에게 자리를 내주고 있었다. 그 움직이는 구름의 속도에 맞춰 승용차 한 대가 남대문시장으로 들어서 멈췄다. 차에서 내린 건장한 남자가 아스팔트길에 우뚝 섰다. 순철이었다. 허름한 점퍼와 청바지 차림의 그는 몇 걸음을 옮겨, 4층 높이의 건물을 바라보고 몸을 돌려 꼬치

어묵을 파는 노점 가판대로 향했다. 약간 한기를 머금은 바람이 남대문시장을 오고가는 사람들을 훑고 지나갔다.

호객행위를 하는 상인들과 물건을 들고 가격흥정을 하는 사람들의 목소리가 어우러진 시장은 불경기가 실감나지 않을 정도로 활기에 넘쳐 있었다. 어묵 가판대에 자리 잡은 순철은 김이 모락모락 피어오르는 꼬치어묵을 입속으로 몰아넣었다. 그러는 와중에도 시선은 4층 건물에서 떨어지지 않았다. 종이컵에 담긴 국물을 한 모금 마시고 내려놓으려 할 때, 4층 건물에서 내려오는 남자의 모습이 보였다. 파랑색 야구모자와 검정 트레이닝복 차림의 남자는 자신이 찾고 있는 남자가 틀림없었다. 부모연합 사무총장 지선호의 운전기사 최승표였다. 곧바로 돈을 건넨 그는 거스름돈도 받지 않은 채 가판대를 벗어나 승표를 따라붙었다. 순철은 길게 자리 잡은 중앙의 노점상들을 사이에 두고 천천히 걸었다.

그렇게 얼마나 걸었을까. 승표가 갑자기 뛰기 시작했다. 들켰나? 그럴 리 없어. 순철은 고도로 숙달된 자신의 미행을 의심하지 않았다. 그러나 그것은 오산이었다. 순철의 발이 빨라졌다. 뒤를 돌아본 승표가 사람들을 밀치고 쏜살같이 달렸다. 순철이 가판대를 뛰어넘었다. 발에 걸린 가판대가 넘어지면서 뜨거운 국물과 어묵이 바닥에 쏟아졌다. 어묵을 밟은 순철의 발이 꼬이면서 넘어졌다. 사람들이 소리를 지르고, 근처 상인들이 몰려들었다. 재빠르게 일어난 순철이 승표를 쫓았다.

"비켜요! 비켜!"

순철이 사람과 사람 사이를 헤쳐 나가며 소리쳤다. 승표가 골목으로 꺾어 들어가면서 뒤를 돌아보았다. 거리는 한참 떨어져 있었다.

순철이 헐떡거리며 골목으로 들어섰을 때는 이미 승표의 모습이 보이지 않았다. 순철은 양 무릎에 손을 대고 가쁜 숨을 몰아쉬며 고개를 이리저리 돌렸다. 바로 그때 삐거덕거리는 소리가 들렸다. 발소리를 죽여 가며 계단을 오르는 소리였다. 그것을 알아챈 순철은 소리 나는 방향으로 발을 옮겼다. 바라보니 비어 있는 3층 높이의 낡은 건물은 목재가 앙상하게 드러나 있었고, 과거에 음식점이었는지 자리를 이탈한 싱크대와 조리대가 시멘트 바닥에 엎어져 있었다. 먼지가 잔뜩 묻어 있는 식기와 수저가 순철의 발에 걸려 요란한 소리를 냈다. 중앙 통로로 들어선 순철은 계단에 발을 올렸다. 놈은 독 안에 든 쥐였다. 3층에 이르니 닫혀 있는 철문이 보였다. 옥상으로 나가는 문이었다. 문 손잡이를 잡은 순철은 천천히 돌려보았다. 예상대로 문은 열리지 않았다. 그의 얼굴에 비웃음이 서렸다.

"이 새끼 봐라."

구석으로 고개를 돌리니 쌓아둔 물건 옆으로 두꺼운 프라이팬이 보였다. 프라이팬을 높이 쳐든 순철은 손잡이를 힘껏 내리쳤다. 부러진 손잡이가 계단을 굴렀다. 순철이 옥상 문을 밀치고 뛰어들었다.

"누구신데 저를⋯."

잔뜩 겁에 질린 승표가 물었다. 또 한 번 비웃음을 흘린 순철이 담배를 빼물면서 승표 앞으로 한 걸음 다가섰다. 승표는 마치 지옥의 신 같은 남자 앞에서 사시나무 떨듯 몸을 부들부들 떨었다.

"내가 왜 너를 쫓아왔는지 그 이유를 너는 알고 있을 거야. 그러니까 내가 알고 싶은 것들을 다 말해. 내가 자비를 베푸는 시간은 이 담배가 다 타들어갈 때까지야."

"무슨 말씀을 하시는 건지…."

순철이 껄껄 웃었다. 그의 입에서 나온 담배연기가 승표의 얼굴을 지나 하늘로 올랐다. 담배는 점점 타들어갔다. 담배를 바라보는 승표의 겁먹은 눈동자가 심하게 흔들렸다. 그것은 남자의 얼굴에서 죽음의 그림자가 묻어 있는 잔혹한 웃음을 보았기 때문이었다. 승표는 사지가 얼어붙은 듯 그 자리에서 꼼짝도 할 수 없었다. 어느새 길었던 담배가 절반 이상이나 타들어갔다. 잔혹한 웃음이 점점 더 짙어졌다. 마침내 담배연기를 깊게 들이마신 순철이 다 타들어간 담배꽁초를 발아래 떨어뜨려 짓밟았다. 공포를 머금은 승표의 두 눈이 크게 벌어졌다. 남자의 발밑에서 산산이 으깨진 담배꽁초가 자신의 모습처럼 보였다. 남자의 얼굴이 바로 앞까지 다가왔다. 숨이 막힐 것 같았다. 승표는 간신히 입을 열었다.

"지 선생님은 지금 칠곡에 은신해 계십니다."

"은신?"

"네."

"계속해."

승표가 모든 것을 체념한 듯 한숨을 길게 내뱉더니 다시 입을 열었다.

"어느 날이었습니다. 사무실로 한 통의 전화가 걸려왔습니다. 전화를 받은 선생님은 얼굴이 굳어지면서 저보고 퇴근해도 좋다고 말했습니다. 저는 뭔가 있겠구나 싶어 사무실을 나가는 척하며 옆방으로 몸을 숨겼습니다. 선생님의 그런 표정을 한 번도 본 적이 없었기 때문이죠. 저는 거기에 숨어서 모든 걸 지켜봤습니다."

승표는 그날의 기억을 최대한 끌어냈다.

양복을 잘 차려입은 중후한 남자가 사무실로 들어서더니 다짜고짜 소리를 질렀다.

"지 선생, 그 돈이 어떤 돈인지 아시오!"

선호의 얼굴이 벌게졌다. 잠시 고개를 숙이고 있던 그는 무엇을 말하려는 듯 입을 벌렸다. 하지만 남자의 이어지는 말에 다시 입을 다물어야 했다.

"지 선생, 당신은 지금 씻지 못할 죄를 범했소."

"용서하십시오."

선호가 남자 앞에 무릎을 꿇었다.

"어떻게 그 돈을 유용할 수 있소."

선호는 입이 열 개라도 할 말이 없었다.

"잔말 말고, 그 돈은 지금 어디에 있소?"

"제 조카 통장에 그대로 있습니다. 정말 한 푼도 쓰지 않았습니다. 믿어주십시오."

"정말이오?"

"어느 안전이라고 거짓을 말하겠습니까."

남자가 다소 안심이 되는 듯 숨을 깊게 내쉬었다.

"좋소, 그럼 이렇게 합시다. 어차피 조카 통장으로 들어간 돈이니 그대로 쓸 수는 없고, 세탁이 필요합니다. 조카는 지금 무슨 일을 하고 있소?"

"환전소를 운영하고 있습니다."

남자는 순간 욱하고 치밀어 오르는 감정을 간신히 억눌렀다. 교활한 지선호가 돈세탁을 노렸던 것을 알았기 때문이었다. 그러는 한편 오히려 잘됐다는 생각이 들기도 했다.

"그럼, 거기서 돈을 깨끗하게 처리할 수 있겠소?"

"그건 염려 마십시오. 깨끗하게 처리해서 병원으로 보내겠습니다."

"좋소. 그 돈을 어디에 쓰려고 했는지 묻지는 않겠소. 그만 일어나시오."

남자가 선호를 일으켜 세웠다.

"윗선까지 보고하지 않았으니 다행인 줄 아시오."

"감사합니다."

남자는 고개를 이리저리 움직여 사무실 구석구석을 훑어보았다.

"지 선생, 언제까지 이런 낡은 사무실에서 동원된 노인들에게 일당을 주고 있을 것이오? 이번 일만 깨끗이 해결된다면, 사무실 이전은 내가 책임지고 알아봐주겠소."

"감사합니다."

비굴한 표정의 선호는 '감사합니다'라는 말만 연거푸 말했다.

"그럼, 다음에는 웃는 얼굴로 만납시다."

남자가 나가자, 선호는 책상에 있던 재떨이를 집어던졌다.

승표의 말은 여기에서 그쳤다.

"그 남자는 뭐 하는 사람 같아?"

순철이 다시 빼든 담배에 불을 붙이며 물었다.

"그건 저도 잘 모르겠습니다. 하지만 인상과 말투로 보아 고위 공무원 같다는 느낌을 받았습니다. 그렇다고 대놓고 선생님한테 물어볼 수도 없는 일이라…."

"지선호가 돈을 병원에 보내겠다는 말이 무슨 말이야?"

"저도 그게 무슨 내용이고, 어떤 이유인지 잘 모릅니다."

"이 새끼가…."

"정말입니다. 믿어주세요."

승표가 겁먹은 얼굴로 한 걸음 뒤로 물러났다. 잠시 침묵이 흘렀다.

"그럼, 사무총장의 조카는 이름이 뭐고, 어디에 사는 사람이야?"

"홍세환이라는 사람인데, 찾아봐도 소용없습니다."

"무슨 말이야?"

"며칠 전에 교통사고로 죽었으니까요. 저도 뉴스를 통해 알았습니다."

순철은 단순한 교통사고가 아닐 것이라는 생각이 들었다.

"그런데 왜 사무총장이 거기에 숨어 있어?"

"다음 날 집에서 출근 준비를 하고 있는데, 선생님한테 전화가 걸려왔습니다. 집 앞에 와 있으니 빨리 내려오라고 하더라고요. 무엇엔가 쫓기는 표정이 역력했고요. 아마도 그 일로 인해서 쫓기는 것 같았습니다. 선생님은 차에 타자마자 경북 칠곡으로 가자고 해서, 거기까지 모셔다 드리고 왔습니다."

"칠곡에 누구라도 있는 거야?"

"거기가 선생님의 고향인데, 홀로 되신 사촌누님이 계신다는 말씀을 들었습니다."

승표는 할 말을 다했는지, 슬슬 남자의 눈치를 살폈다. 그는 남자가 무슨 일을 하는 사람인지 전혀 궁금하지 않았다. 그의 머릿속은 다시는 보고 싶지 않은 험악한 얼굴의 남자에게서 한시라도 빨리 벗어나고 싶은 생각만 가득했다.

"저, 이제 가도 되겠습니까."

승표가 곁눈질로 순철의 표정을 살폈다. 그때 순철이 갑자기 승표를 잡아채더니 그의 주머니를 뒤졌다. 지갑을 꺼낸 순철은 몇 장의 신용카드를 허공에다 날리고, 주민등록증을 찾아 눈앞으로 가져갔다. 그것은 자신의 신분을 감추고 상대의 공포심을 유발시켜 입을 다물게 만드는 계산된 속셈이었다. 지갑을 건넨 순철은 잔인한 표정으로 승표를 쳐다보았다. 승표가 몸을 부들부들 떨면서 입술을 움직였다.

"누구한테도 말하지 않겠습니다. 맹세합니다."

"가봐."

"감사합니다."

승표는 무엇이 감사하다는 것인지, 허리를 굽히더니 뒷걸음으로 남자를 벗어났다.

반신반인

다음 날 하나신으로 들어선 순철은 곧바로 10층에 올라 욕탕으로 들어섰다. 그는 준비된 맑은 물에 거대한 몸을 담그고 눈을 감았다. 지난 며칠간의 일들은 긴장과 분노의 연속이었다. 자신도 모르게 몸이 움찔거리더니, 깊은 숨이 크게 흘렀다. 그 바람에 출렁이던 물이 욕탕을 벗어나 하수구로 빨려 들어갔다. 곧이어 긴장과 분노를 밀어내고 평화와 안식이 그 자리를 차지하더니, 이내 분노를 머금었던 얼굴이 편안한 얼굴로 변했다. 그에게 이곳은 새로운 의지를 확고히 다지는 정신적인 고향이자, 자신의 몸과 마음을 깨끗이 정화시켜 환희를 머금고 새롭게 태어나게 하는 성소와 같았다.

욕탕을 빠져나와 정갈한 옷으로 갈아입은 그는 복도를 지나 은은한 향냄새가 새어나오는 방으로 들어섰다. 상석에 앉아 있던 부장이 들어서는 순철을 뒤로하고 앞서 걸었다. 박정희를 흉내 낸 듯 보이는 군모와 선글라스는 그의 몸에서 떨어지지 않고 있었다. 두 사람은 미닫이문을 열고 들어섰다. 양옆으로 꽃을 피운 난초가 줄을 맞춰 가지런하게 놓여 있었다.

그곳을 지나니 또 하나의 미닫이문이 나타났다. 두 손을 모은 부장은 지금까지와는 달리 공손하게 문을 열었다. 은은한 향냄새가 짙은 향냄새로 다가와 전신을 휘감았다. 순철을 돌아본 그는 자리를 비켜주었다. 군복 차림의 일본도를 차고 있는 거대한 남자가 방으로 들어서는 순철을 내려다보았다. 그것은 박정희의 초상화였다. 초상화 옆으로 '半神半人(반신반인)'의 붉은색 글자가 푸른색 비단에 궁서체로 수놓아져 있었다. 순철은 초상화 앞에 큰절을 올렸다.

"우리의 신이시여. 우리를 굽어 살피시어 우리가 갈 길을 인도해주소서."

마치 주술을 읊는 것 같은 순철의 목소리가 방을 울렸다.

"우리의 사업에 누가 되는 것, 그 어떤 것도 용납하지 않겠습니다."

초상화를 바라보는 순철은 비장하게 읊조렸다. 초상화에 다시 한 번 큰절을 올린 순철은 뒷걸음으로 방을 나와, 난초가 줄지어 놓여있는 방에서 기다리는 부장과 마주보고 앉았다. 언제 준비되었는지 향기로운 차(茶)가 테이블에서 김을 피워 올리고 있었다.

"어디까지 진행되고 있는가."

순철은 그동안의 진행사항을 빠짐없이 보고했다.

"음, 지선호 사무총장이 거기에 숨어 있다고?"

"네, 그런 거 같습니다."

"멍청한 놈들, 일을 그딴 식으로 처리하다니."

부장이 비웃음을 흘렸다.

"문 선생이 어디까지 파악한지 모르겠지만, 우린 그를 앞서가야 해."

"문 선생이 우리를 앞서갈 수 있습니까?"

"바보 같은 소리."

순철은 부장의 말뜻을 선뜻 이해하기 힘들었다.

"그렇게 내버려둬선 안 돼."

순철이 고개를 끄덕였다.

"이렇게 된 이상 계획을 변경한다. 내 말 잘 들어."

순철이 몸을 앞으로 숙였다. 부장의 손짓과 목소리에 따라 순철의 표정과 몸이 시시각각 변했다. 그 모습은 마치 사람에 의해 조종되는 목각인형 같았다.

"차질 없이 진행하도록."

"알겠습니다."

순철이 고개를 숙여 보이고 방을 나갔다. 그의 뒷모습을 가만히 응시하는 부장은 기묘한 웃음을 흘렸다.

해질 무렵 태훈과 명대가 들어선 곳은 경찰서 근방 순댓국집이었다. 퇴근 무렵 시간의 순댓국집은 비교적 한산했다.

"형님, 저쪽으로 가시죠."

명대가 창가 쪽을 가리키면서 태훈을 인도했다. 방석을 깔고 앉은 명대는 한동안 말없이 무의미한 동작을 되풀이하면서 태훈의 눈치를 살폈다. 허공을 주시한 태훈의 시선엔 초점이 잡혀 있지 않았다. 곧이어 소주와 순댓국이 테이블에 놓이자, 명대가 기다렸다는 듯이 소주병 마개를 비틀었다.

"형님, 한 잔 받으세요."

1개월의 정직 징계를 받은 태훈은 그때의 충격에서 벗어나지 못

한 듯, 굳은 표정으로 술잔만 기울일 뿐 쉽게 말을 꺼내지 않았다.

"홍세환은 바보 같은 나 때문에 죽은 거야."

연거푸 세 잔을 들이킨 태훈은 자조 섞인 목소리로 말했다.

"그렇지만 살해당한 게 확실해. 너도 알잖아."

"저도 그렇게 생각하지만, 누군가 트럭을 고의로 움직였다는 증거가 없잖아요."

"증거가 없으면 증거를 찾아야지. 그게 우리가 할 일이고."

잠시 정적이 흘렀다. 한산했던 식당에 손님들이 들어차기 시작했다.

"형님, 이렇게 된 이상 어디 가서 머리나 좀 식히고 오세요."

"내가 지금 이 상황에서 뭘 하면서 머리를 식혀."

"머리를 식히기 싫으면 계속 수사해야지. 그게 머리를 식히는 최선의 방법이야."

언제 식당에 들어왔는지 팀장이 바로 앞에 서 있었다.

"아니, 팀장님, 언제 오셨어요?"

"지금 청장님을 만나고 오는 중이야."

명대를 돌아본 문 선생이 자리에 앉으며 말했다.

"청장님이요?"

두 사람의 눈동자에 물음표가 만들어졌다.

"한 잔 줘봐."

"아, 네."

명대에게서 술잔을 받은 문 선생이 단숨에 술잔을 비우더니 태훈에게 술잔을 내밀었다.

"그럼, 혹시 제 징계가…"

"맞아, 지금 청장님 직권으로 정직이 취하됐어."

"취하요? 정말입니까. 안 그래도 많이 걱정됐는데, 잘됐네요."

웃음꽃을 피운 명대가 큼지막한 깍두기를 입으로 가져가 소리 나게 씹었다. 씹는 소리에 리듬이 묻어났다.

"이번 사건은 처음부터 의문투성이야. 그래서 정직 취하가 오히려 독이 될 수도 있어."

"팀장님, 우린 대한민국 경찰입니다. 그런 게 무서웠다면 경찰이 되지도 않았을 겁니다."

명대가 시원스럽게 말했다. 술손님으로 늘어나기 시작한 식당이 시끌벅적해졌다.

"우리, 자리 좀 옮겨서 얘기하지."

태훈과 명대가 팀장을 따라 일어섰다. 잠시 후 세 사람이 자리를 잡은 곳은 한강이 내려다보이는 강변이었다. 초승달이 검은 빛, 강물 속에서 소리 없이 일그러지고 있었다.

"이제 어디서부터 시작해야 됩니까?"

태훈이 물었다.

"처음, 처음부터."

문 선생은 무슨 생각인지 '처음'을 강조했다. 두 사람의 놀란 시선이 팀장에게 꽂혔다.

"처음부터라면…"

"설마 청장님을…"

태훈과 명대가 동시에 말했다. 이어서 두 사람의 입이 크게 벌어졌다.

"이 사건은 청장이 핵심 고리였어. 우린 처음부터 수사 방향을 잘

못 잡은 것이야. 핵심 고리를 파헤치는 게 순서였는데 말이지. 그래야 이면에 무엇이 도사리고 있는지, 어느 누가 연결돼 있는지, 이번 사건의 실체에 접근할 수 있을 것이라는 생각이 들어."

"그럼, 전에 말씀하셨던 소냐는 어떻게 되는 겁니까?"

명대는 어떻게든 수사 대상을 바꾸고 싶은 요량으로 물었다.

"이 시점에서 소냐의 행방을 찾는다는 건 불가능해. 설령 소냐를 찾아내서 체포한다고 하면, 소냐가 무엇 때문에 한국에 들어와서 이종수를 살해했는지 그 목적을 파악할 수 없을뿐더러, 핵심 고리를 끊어버리는 결과를 가져올 수 있어."

문 선생이 몸을 일으켰다. 검은 빛 강물은 소리 없이 계속 흘렀다.

경찰청장 김원세는 퇴근길에 이상한 전화를 받았다.

"지금 뭐라고 했습니까?"

휴대폰을 잡은 손이 미세하게 떨렸다. 그 영향인지 한 손으로 잡은 운전대가 왼쪽으로 쏠리면서 승용차가 중앙선을 침범했다. 강한 전조등 불빛과 승용차를 피한 트럭이 경적을 울리며 지나갔다. 급히 운전대를 꺾은 원세는 가까스로 사고를 면했다. 그러면서도 귀에 붙인 전화기를 떼지 않았다.

"신원을 밝히세요! 누구신데 그런 말을 하는 겁니까!"

원세의 외침에도 전화기의 목소리는 시종일관 차분함을 유지했다. 원세의 표정으로 보아 상대방의 말에 신빙성의 무게를 실어줘야겠다고 판단한 듯했다.

"거기가 어디요?"

원세가 장소를 물었다.

"알겠소."

U턴 차선으로 급히 차선을 바꾼 원세는 운전대를 힘 있게 꺾어 반대 차선으로 진입했다. 30여 분을 달린 원세의 승용차가 공장 지대로 들어서더니, 부서진 팔레트와 심하게 녹슨 쇳덩이들이 아무렇게나 버려진 공장 안으로 들어서 멈췄다. 주변에 어지럽게 흩어진 물건들로 보아 폐업한 지 오래된 공장 같았다. 주변이 완전히 어둠으로 물들면서 흙냄새를 실은 바람이 불어왔고, 곧이어 비가 내리기 시작했다. 내리던 비는 순식간에 굵은 빗줄기로 변해 차체를 심하게 두드렸다. 우르릉 쾅, 우르릉 쾅. 천둥번개를 동반한 세찬 비는 쉽게 그치지 않을 것처럼 보였다.

차에서 내린 원세는 비를 피해 너덜너덜하게 찢어진 천막 안으로 들어서 고개를 돌렸다. 그의 시선이 공장 중앙에 자리 잡은 조형물을 지나치는가 싶더니, 옆으로 흘렀다. 중앙 통로를 지나 계단 위를 바라보니, 반쯤 열린 문 사이로 희미한 불빛이 새어나오고 있었다. 과거 사무실로 사용된 듯 보였다. 희미한 불빛을 머금은 거대한 입속으로 들어선 원세는 주위를 두리번거리면서 비에 젖은 머리를 털었다. 엎어진 책상과 의자가 눈에 들어왔고, 한 쪽 벽으로 호랑이 형상의 대한민국 지도가 지저분하게 찢어져 바람에 흔들리고 있었다. 그때 오른쪽으로 나 있는 문이 열리면서 바람이 방향을 바꿨다.

"어서 오십시오, 청장님."

양복을 잘 차려입은 풍채 좋은 남자가 문을 나오면서 고개를 숙였다. 나이는 예순이 넘었을 것처럼 보였고, 두꺼운 안경알 너머로 옆으로 길게 째진 눈이 다소 사납게 느껴지는 인상이었다. 검게 보이는 큰 사마귀점이 오른쪽 귀밑으로 솟아 있었다.

"댁의 정체가 뭡니까?"

"일단 앉아서 얘기하시죠."

남자는 두 개의 의자를 끌어오더니, 손바닥을 조금 앞으로 내밀어 앉으라고 권했다. 남자의 그 모습에서 경찰청장인 자신을 압도하는 기운이 느껴졌다. 남자를 마주보고 앉은 원세는 자신도 모르게 긴장감이 흘렀다. 그것을 눈치 챈 것일까. 남자는 입가에 웃음을 머금고 손을 내밀어 악수를 청했다. 원세가 그의 손을 어정쩡하게 잡았다가 놓았다.

"청장님, 악수의 의미를 아시죠?"

그것을 왜 모르겠는가. 무기를 가지지 않아 적대감이 없음을 나타내는 의미로, 수렵 생활을 하던 고대사회에서 유래했다는 사실을. 원세는 자신의 마음을 들킨 것 같아, 순간 드러나는 불쾌한 기색을 간신히 억눌렀다.

"전화로 했던 말은 무슨 근거로 한 말이오?"

원세가 다리를 포개 얹으며 말했다. 긴장감을 감추기 위한 그의 무의식적 행동이었다. 세찬 빗줄기가 창문을 마구 때렸다.

"저는 중앙정보부를 거쳐 안기부에 근무했던 장귀석이라고 합니다."

"그렇다면 문 팀장과…."

"그렇습니다. 저는 안기부에서 문 팀장, 아니 문 선생과 같이 정보원으로 활동했던 사람입니다. 그 사람을 너무 믿어서는 안 됩니다. 그는 아주 약삭빠르고 계산적이며 교활한 자입니다. 사실 우리 조직에서도 이번 사건을 예의 주시하고 있었습니다."

"조직이라면 '양우공제회'를 말하는 겁니까?"

귀석이 살며시 미소 지었다. 그 미소는 긍정을 표하는 것인지, 부정을 표하는 것인지 의미를 파악하기 힘들었다. 귀석의 입에서 믿기 힘든 말이 흘렀다.

"제가 바로 양우공제회를 실질적으로 이끌어가는 사람입니다. 이 세상에서 저를 알고 있는 사람은 극소수에 불과 합니다."

원세가 '흑' 하고 숨을 들이켜면서 생각했다. 한편으로 귀석의 말을 어디까지 믿어야 할지 분명한 판단이 서지 않았다. 왜냐하면 양우공제회는 중앙정보부 시절 설립됐고, 국정원 전·현직 직원들의 친목 모임으로 알려져 있는 단체였다. 또한 법적 근거도 없는 이 단체는 한 언론에 의해 수천억 원대의 자금을 운용하고 있는 것으로 일부만 드러난 사실도 있었다. 하지만 양우공제회는 자금의 출처와 규모가 철저히 베일에 가려진 곳이었다. 그리고 표면상 드러난 지도자는 청장 자신도 익히 알고 있는 인물이었다. 그런데 장귀석이라고 이름을 밝힌 남자가 양우공제회의 실질적인 지도자라니. 도무지 믿기 힘들었다.

"청장님, 과거 안기부에서 활동했던 '소냐'라는 암호명을 사용하는 여자가 비밀리에 입국한 사실이 확인됐습니다. 그 당시 문 선생과 소냐는 파트너로 움직이면서 각국의 정보를 빼내 오는 임무를 맡았습니다. 그 과정에서 소냐는 사망한 것으로 드러났는데, 사실이 아니었습니다. 후에 공을 가로채기 위한 문 선생의 자작극이었다는 사실이 밝혀졌으니까요."

원세는 귀석의 말에 점점 빨려 들어갔다. 그의 의심은 차츰 신뢰로 방향을 틀고 있었다.

"그 사실을 눈치 챈 우리는 문 선생을 해고하고 소냐의 행방을 찾았지만, 그녀는 우리의 레이더망에서 완전히 사라진 후였습니다. 그런데 그 소녀가 얼마 전 한국으로 입국해, 어떤 목적인지 모르겠지만 문 선생과 접촉을 한 것 같습니다. 우리는 그것이 정진일의 아들 정인혁과 관계된 일이라고 판단했습니다. 청장님도 아시다시피, 이번 사건은 국가적인 대혼란을 가져올 수 있는 중차대한 사건이지 않습니까."

원세는 그제야 귀석의 출현을 이해할 수 있었다.

"그래서 이 사건을 양우공제회에서 가져가겠다는 말입니까?"

귀석이 천천히 고개를 끄덕였다.

"그건 안 될 말입니다."

원세가 단호하게 말했다.

"어허, 청장님. 그렇게 고집을 부릴 때가 아닙니다. 만약 일이 잘못되기라도 한다면, 국가적인 혼란과 그에 따른 후폭풍을 어떻게 감당하려고 하십니까. 이 시점에서 정인혁만 사라지면, 모든 게 제자리로 돌아갑니다. 그리고 청장님이 무엇을 걱정하고 계시는지 이미 알고 있습니다. 그것은 또한 청장님뿐 아니라 우리 모두의 걱정이지 않습니까."

귀석이 살며시 미소 지었다. 원세는 그 미소의 의미를 파악할 수 있었다.

"그럼…"

"우리에게 맡겨주십시오. 실수 없이 알아낼 수 있습니다."

원세의 얼굴이 조금 수그러졌다.

같은 시각, 공장 맞은편 건물 옥상에서 무언가 움직이고 있었다. 그것은 아주 느린 움직임이었다. 예외를 두지 않고 쏟아지는 강한 빗줄기 속에서도 움직임의 속도는 달라지지 않았다. 문 선생의 지시로 청장의 뒤를 밟은 태훈과 명대였다.

태훈은 명대가 받친 우산 속에서 망원경을 천천히 움직였다. 반쯤 열려 있는 창문 너머가 망원경의 표적이었다. 고성능의 망원경은 희미한 불빛에 의지하고 있는 남자들을 정확히 끌어당겨 태훈의 눈앞으로 가져왔다. 목소리는 들리지 않았지만, 표정으로 보아 무언가 심각한 대화가 이어지고 있는 것 같았다.

"형님, 목적을 달성했으니 이제 그만 내려가시죠. 잘못하면 한 방에 훅 갈 수도 있습니다."

맞는 말이었다. 태훈이 망원경에서 눈을 떼자, 순식간에 제자리로 돌아간 원세와 귀석이 입술을 움직였다.

"그럼 정인혁을 죽이기라도 하겠다는 말입니까?"

원세가 조심스럽게 물었다.

"그렇게 들렸나요? 그렇게 들으셨다면 그렇게 생각해도 좋습니다. 어차피 종국에 가서 정인혁은 이 세상에서 완전히 사라져야 할 사람이니까요. 하지만 아직은 그 때가 아닙니다. 두 마리 토끼를 한꺼번에 잡을 수 있는 절호의 기회를 최대한 살려야죠. 우리는 경찰력을 동원해서 정인혁을 잡아 문 선생을 유인할 생각입니다. 이 모든 일이 청장님의 적극적인 협조가 필요한 부분이죠. 그래서 연락드렸던 겁니다."

"정인혁은 아직까지 아무 죄도 없는 사람입니다."

귀석이 껄껄 웃었다.

"청장님 말씀대로 아직까진 죄가 없습니다. 그렇지만 죄는 얼마든지 만들어 넣을 수 있는 게 아닙니까. 청장님만 협조해주신다면, 정인혁은 우리 손을 빠져나갈 수 없습니다. 그런 다음 교도소 안에서 정인혁을 죽인다면, 어느 누가 그의 죽음에 신경이나 쓰겠습니까."

인혁을 잡아들이기 위한 치밀한 사전 작업이 이루어지고 있었다.

"또한 우리는 이 사건을 접한 문 선생의 거동이 매우 수상하다고 생각했습니다."

"어차피 그는 이용해먹고 버리기 딱 좋은 사람이죠."

원세가 동의를 표했다.

"문 선생은 속을 알 수 없는 인물이죠. 그가 어떤 의도로 움직이는지, 그것을 파악하기 전까지 그를 계속해서 지켜봐야 할 것 같습니다. 정인혁을 이용해서요. 문 선생은 눈치가 빠른 사람이니, 매우 조심해서 다뤄야 할 것입니다."

"전 경찰력이 움직인다면, 애가 타는 문 팀장이 그것의 의도를 알아내기 위해 두문불출하다가 허점을 보이겠군요. 그것을 바라시는 게 아닙니까."

"바로 그겁니다."

잠깐의 침묵이 두 사람 사이에서 흘렀다. 그 침묵을 깨려는 듯 천둥소리가 들리더니, 번개의 섬광이 창문을 지나갔다. 순간 어둑한 사무실이 대낮처럼 환해졌다가 다시 어두워졌다.

"정인혁의 행방을 알고 있는 겁니까?"

원세가 다리를 바꿔 꼬며 물었다.

"제가 서두에 말씀드렸죠. 이 사건을 예의 주시하고 있었다고. 곳곳에 배치된 우리 요원들에 의하면, 벌써부터 정인혁이 말썽을 부리고 다니나 봅니다."

원세는 자신도 모르는 양우공제회의 실체에 강한 의구심과 함께 걱정이 앞섰다.

"허허, 청장님. 양우공제회에서 직접 관여했다는 소문이라도 돌면, 대통령께 정치적인 부담을 안겨주는 역효과를 가져올 수도 있지 않을까, 그것을 걱정하고 계시는 거죠?"

귀석이 껄껄 소리 내어 웃었다. 원세는 마치 발가벗겨지는 느낌이었다.

"그것 또한 염려하지 않으셔도 됩니다. 과거와 현재와 미래에도 철저하게 베일에 가려져 있어야 할 우리가 전면에 나선다는 말이 아닙니다. 우리가 처리 못 할 일을 대신 처리해줄 녀석이 있습니다. 녀석은 이미 이 사건에 귀신처럼 아무도 모르게 투입돼 있었습니다."

자신의 질문에 자신이 대답한 귀석은 고개를 돌려 문을 바라보고 손가락을 튕겼다. 기다리고 있었다는 듯이 누군가 계단을 오르는 소리가 들렸다. 안으로 들어서는 남자를 보고 있는 원세는 자신의 입이 벌어지는지도 모르는 듯했다. 마침내 발을 멈춘 남자가 두 사람 앞에 허리를 깊이 숙였다. 원세는 눈앞에 선 남자를 바라보고, 이어서 귀석을 바라보았다. 원세의 얼굴에 믿을 수 없다는 표정이 담겨 있었다. 남자는 훤칠한 키에 수도승 같은 복장이었고, 면도날로 머리를 밀었는지 머리 표면이 아주 매끄러웠다. 거기에 나이를 가늠하기 힘들 정도로 아름다운 피부는 신비스럽기까지 느껴졌다. 머리만 길었다면 천상의 피리 부는 소년이 지상으로 내려와 사람으로 화신한 것 같은, 말로 표현할 수 없는 신비스런 모습이었다. 남자는 화물차를 이용해 홍세환을 살해한 바로 그 남자였다. 우르릉 쾅, 우르릉 쾅. 천둥번개가 잇달아 몰아쳤다. 그 소리에 귀석의 목소리가 실렸다.

"암호명 수도승입니다."

　3.15 기념관에서 다시 수도권으로 방향을 잡은 인혁과 세화는 한 고속도로 휴게소로 들어섰다. 막상 박정희의 과대포장을 벗기려고 하니, 어디서부터 시작해야 할 것인지 실로 막연했다. 아니, 정확히 말하면 세간에 박정희에 대한 과대포장은 너무나 많이 널려 있어서, 그것이 과연 자신들에게 어떤 도움을 줄 수 있는지, 그것에 대한 막연함이었다.

　햄버거와 음료수로 간단하게 배를 채운 두 사람은 벤치에 자리를 잡았다. 한동안 두 사람은 먼 산만 바라볼 뿐 누구도 말문을 열지 않았다. 그때 인혁이 무언가 생각난 듯 세화를 바라보았다.

　"왜요, 뭐라도 생각난 게 있어요?"

　"생각해봐. 종수 집으로 찾아왔던 그 경찰들. 그들은 서로 다른 목적으로 움직이는 게 아닐까? 지금까지 겪은 상황이 그것을 대변해주고 있잖아."

　"그래서요?"

　"일단 박정희의 과대포장을 최대한 많이 찾아서 언론을 통해 흘리는 거야. 우리가 무언가를 찾은 것처럼 위장하자는 거지. 그러면 우리를 통해서 무언가를 알고 싶은 자들이 접근해올 것이고, 우린 그걸 이용해서 그들이 원하는 게 뭔지 알아봐야 할 것 같아. 우린 지금까지 그자들이 쳐놓은 그물망 안에서 움직이고 있다는 생각이 들어."

　"그래서 그들을 그들이 쳐놓은 그물망 안으로 유인하자는 거예요?”

인혁이 고개를 끄덕였다.

“너무 위험하지 않을까요?”

“그럴 수도 있지만, 이렇게 다녀서 뭔가를 찾는다는 것 자체가 너무 막연하다는 생각이 들어.”

“그래서 어떻게 하겠다는 말이에요?”

“일단 너는 회사로 들어가. 거기서….”

인혁의 말이 끊겼다.

“선배, 또 그 얘기예요?”

“그게 아니라, 이성적으로 생각해보자고. 회사로 들어가서 어떻게 언론에 흘려야 효과적일 수 있는지 그걸 알아봐야 하잖아. 아무리 권력의 눈치를 안 보는 〈민중일보〉라 하더라도, 사설의 성격에 따라서 선택이 달라질 수 있어. 니가 우리에게 유리한 루트를 최대한 확보해서 나한테 알려줘야 우리의 목적을 살릴 수 있는 방법을 찾을 수 있지 않을까?”

이것은 세화를 보호하고 싶은 인혁에게 또 다시 발동한 거짓말이었다. 상황이 어찌됐든 자신이 감당해야 할 몫이었고, 자신이 풀어야 할 숙제였다. 거기에 사랑하는 여자를 끌어들이고 싶지 않았다. 돌아가는 상황으로 볼 때, 아직까진 어떤 위험이 없다고 판단했기 때문에 내린 결정이었다. 위험이 닥치기 전에 이 사건을 해결하고 말리라는 자신감도 포함돼 있었다. 세화가 무겁게 고개를 떨어뜨렸다.

“어차피 이 싸움은 처음부터 부딪쳐야만 해결될 수 있는 싸움이었어.”

“어찌 보면 선배의 선택도 다소 무모하다는 생각이 드네요.”

세화가 고개를 들어 올리며 말했다.

"달리 선택의 여지가 없어."

벤치에서 일어선 세화는 마티즈로 향하더니, 노트북을 꺼내 들고 다시 벤치에 앉았다.

"자, 이제 선배 말대로 세간에 떠도는 박정희의 과대포장을 벗겨서 일목요연하게 정리해보죠. 뭐부터 볼까요?"

세화의 목소리에 다소 격한 감정이 묻어났다.

"세화야."

"선배, 나는 정말 선배가 어떻게 될까봐…."

세화가 참았던 눈물을 왈칵 쏟았다. 인혁은 지나가는 사람들의 심한 눈총을 받아야만 했다.

"선배, 그러지 말고 안전한 방법을 찾아봐요. 네?"

인혁이 세화의 젖은 얼굴을 들어 올렸다.

"이 세상에 안전한 방법이란 존재하지 않아. 단지 안전하다고 믿는 마음이 존재할 뿐이야. 처음부터 위험하고 불가능하다고 생각하면, 어떤 일도 진행할 수 없어."

"난 선배를 도무지…."

인혁이 손가락을 세워 세화의 입술을 막았다.

"좋아, 그럼. 이렇게 하지."

세화의 얼굴이 기대감으로 금세 반색을 표했다.

"내가 위험하다고 판단되면 〈민중일보〉로 들어가겠어. 거기에서 동원할 수 있는 모든 방법과 수단을 이용해서 우리가 지금까지 겪은 일들을 알리는 거야."

자신이 생각해도 현실성이 떨어지는 변명에 급급한 말이었다. 반색을 표했던 세화의 얼굴이 조금 어두워졌다. 그녀는 더 이상의 기대는 무리일 것이라고 생각하는 듯했다. 인혁이 세화의 사랑스런 얼굴을 잠깐 바라보다가 시선을 내렸다.

"알았어요. 그럼, 이제 시작해보죠."

"민족문제연구소에서 제작한 프레이저(미국 케네디 정부 때 박정희 정부와 그의 생애를 조사한 국회의원) 보고서부터 찾아보자고."

"스네이크 박이요?"

인혁이 고개를 끄덕였다.

바로 그 시각, 관광버스를 따라서 검은색 승용차가 휴게소로 들어서고 있었다. 천천히 움직이는 모습이 어딘가 이상하게 보였다. 비어 있는 주차 공간을 계속 지나치는 것으로 보아, 주차 공간을 찾고 있는 게 아닌 것 같았다. 마침내 승용차가 무엇을 찾았는지 주차 공간을 무시하고 차를 멈췄다. 차문이 열리더니 검은 양복 차림의 세 명의 건장한 남자들이 주차장에 발을 내렸다.

"이 차가 맞습니다."

남자가 가리킨 차량은 세화의 마티즈였다. 앞을 지나치던 남자가 뒤로 돌아 손차양을 만들어 마티즈를 살피고 문을 열어보았다. 예상 외로 잠겨 있지 않은 문이 부드럽게 열렸다. 남자는 두 손을 부지런히 움직여 곳곳을 들추면서 살피기 시작했다.

남자들의 출현을 전혀 짐작도 못 한 인혁과 세화는 노트북에 시선을 집중하고 있었다. 인터넷을 실행시킨 세화는 입력창에 '프레이저 보고서'를 입력했다. 곧이어 정보의 바다라 불리는 인터넷이 박정희에 대한 정보를 한가득 쏟아놓았다. 그중에 하나를 클릭한 세화가 천천히 읽기 시작했다.

"케네디 정부는 박정희가 쿠데타를 성공시키자, 그에 대한 조사에 착수했다. 박정희에 대해 전혀 몰랐던 케네디 정부는 놀라운 사실을 발견했다. 그것은 박정희의 이상한 이력 때문이었다. 그는 일제 강점기시대 때 '다카키 마사오'로 개명했고, 독립군을 때려잡는 일본군이었다. 더욱 놀라운 사실은, 해방 후 박정희는 공산당이 우세할 것이라고 판단해 남로당에 입당해 활동했고, 그 후 공산 치하가 무너지자 동료들을 밀고하고, 자신은 사형을 면하는 파렴치한 짓을 저질렀다. 그래서 미국인들은 뱀 같은 인간이란 뜻으로 그를 가리켜 '스네이크 박'이라 불렀다."

인혁은 이미 알고 있는 내용이었지만, 그것을 아버지의 죽음과 연결시키려고 하니 평소의 감정에 분노가 묻어났다. 감정을 수습한 인혁은 머릿속으로 하나하나 정리했다. 세화의 목소리는 계속 이어졌다.

"전후 한국 경제가 걸음마를 떼려 할 때, 박정희의 조카사위 당시 중앙정보부장 김종필은 주가조작을 통해 9천억 원을 벌어들였다. 그중 일부가 박정희에게 상납됐고, 공화당 창당 자금으로 쓰였다고 김형욱이 증언했다."

'이 말이 사실이라면, 국가원수가 국민을 상대로 사기를 친 셈이군.'

인혁은 속으로 말했다.

마티즈를 나온 세 명의 남자들은 주차장에서 주위를 살피기 시작했다. 평일이었지만 휴게소를 드나드는 차량은 많았다. 주차장으로 들어선 대형 관광차에서 사람들이 무더기로 쏟아져 나와, 매점과 화장실로 바쁘게 들어가고 있었다. 앞서 있던 남자가 뒤를 돌아보더니, 손가락으로 두 지점을 가리켰다. 지시를 받은 남자들이 빠르게 발을 옮겼다. 시시각각 조여드는 위기를 전혀 감지하지 못한 인혁과 세화는 박정희의 과대포장을 벗기기에만 전념하고 있었다. 세화의 목소리는 계속 이어졌다.

"무력으로 정권을 탈취한 박정희는 일본으로 건너가 일본 극우파 앞에서 이런 말을 한다. '혁명을 했을 때, 저는 명치유신의 지사들을 떠올렸습니다. 저는 명치유신의 지사들을 존경하고 있습니다.' 여기서 명치유신의 지사들이란 조선 침략의 선봉장 '사이고 다카모리'와 '이토 히로부미'였다."

계속 읽어 내려가던 세화가 읽기를 멈추고 얼굴을 들었다. 큰 숨을 내쉬면서 동시에 흘러내린 머리카락을 신경질적으로 쓸어 올렸다.

"박정희는 뼛속까지 일본인이었다는 말을 새삼 떠오르게 만드는 대목이네요."

"한국의 국가원수가 한국을 침략한 침략자들을 존경한다? 이런 사람이 국가원수였다니…."

인혁의 목소리에 심한 조롱이 담겨 있었다. 볼펜을 꺼내든 인혁은 머릿속에 입력된 박정희에 대한 정보를 정리하기 시작했다. 그렇게 얼마의 시간이 흐르자, 세화는 다시 작은 노트북을 향해 고개를 숙였다. 박정희의 경제개발 신화가 속살을 드러내며 그녀의 목소리에 묻어 나오기 시작했다.

"또한 박정희는 사전조사도 제대로 하지 않은 채, 기존 화폐를 없애고 새 화폐를 발행하는 화폐개혁의 엄청난 사고를 쳤다. 여기서 그는 예금한 돈까지 자유롭게 인출하지 못하게 하는 정책을 펴서 돈의 유통을 멈추게 만들었다. 그 결과 경제 흐름의 피와 같은 돈이 멈추면서 경제가 마비되는 현상이 발생했다. 그 모습을 지켜본 '사무엘 버거' 미국 대사는 박정희에게 '믿을 수 없을 만큼 멍청한 짓을 저질렀다.'고 말했다. 그 후 삼성의 이병철 사장이 박정희에게 달려가 화폐개혁의 위험성을 설명하자, 박정희는 '경제인들 의견도 사전에 들을 걸 그랬군요.'라는 말을 남겨 심한 조롱을 샀다. 박정희는 사전조사도 제대로 하지 않은 화폐개혁으로 절반에 가까운 중소기업이 문을 닫아야 하는 어리석음을 범했다."

과연 박정희가 지도자의 자질을 갖추고 있었을까? 인혁이 생각하는 사이 비분함이 묻어 있는 세화의 목소리가 들렸다.

"왜 이런 내용들이 많이 알려지지 않았을까요?"

"그것은 박정희가 키워놓은 군인들이 재집권하면서, 박정희의 어리석은 정책을 공개하지 않고 차단했기 때문일 것이야. 그게 지금까지 내려오고 있었던 것이고."

인혁이 평소 알고 있던 내용을 말했다.

세화와 인혁을 찾고 있던 남자가 화장실에서 나와 매점으로 들어섰다. 남자는 식판을 들고 길게 줄지어 있는 곳으로 향하더니, 손을 뻗어 사람들을 다짜고짜 돌려세웠다.

"지금 뭐하는 거예요!"

바닥에 국물을 쏟은 긴 머리의 여자가 남자를 향해 소리를 질렀다. 그것에 아랑곳하지 않은 남자는 몇 사람을 더 돌려세워 확인하더니, 매점을 벗어나 벤치가 놓여 있는 곳으로 향했다. 거리가 가까워질수록 뒷모습을 보이고 있는 남녀가 점점 또렷해지기 시작했다. 남녀는 무엇을 보고 있는지, 숙인 고개가 연신 끄덕거렸다. 남자의 걸음이 점점 빨라졌다. 자신도 모르게 긴장감이 찾아왔다. 그것을 감지한 세포들이 근육조직으로 몰려들면서 온몸으로 팽팽하게 힘이 들어갔다. 남자는 직감적으로 등을 보이고 있는 남녀가 정인혁과 한세화라는 사실을 알아챘다. 남자는 귀에 꽂은 리시버를 잡으면서 말했다.

"여기 찾았습니다."

-우리가 갈 때까지 잘 보고 있어.

무전을 받은 두 남자가 사람들을 밀치고 뛰기 시작했다. 일촉즉발의 상황이 바로 코앞으로 다가오고 있었지만, 노트북에 시선을 박은 인혁과 세화는 마지막 남은 몇 줄에서 시선을 떼지 않고 있었다.

"미국 케네디 정부는 공산주의 국가가 가난한 나라에서 탄생한다고 분석하고, 상대적으로 북한에 비해 빈곤이 심한 한국이 북한을 동경해 공산주의를 택할 수 있다고 우려했다. 그렇게 되면 일본까지도 공산화를 막을 수 없어서, 미국의 아시아 정책이 실패한다고 최종 결론을 내렸다. 이에 케네디 정부는 박정희가 세워 실패만 거듭한 경제개발 5개년 계획을 전면 수정할 것을 요구한다. 박정희는 그것을 단호하게 거절했다. 그러자 케네디 정부는 박정희 정권 지지를 철회할 것을 표명했다. 박정희는 미국의 힘 앞에 무릎을 꿇고 만다. 이에 경제개발 5개년 계획이 미국의 요구로 전면 수정된다. 드디어 미국의 핵심 요구사항이 전부 들어간 새로운 경제개발 계획서가 모습을 드러냈다. 미국의 적극적인 개입과 지도를 받는 수출 주도형 개발 전략으로 전환된 것이었다."

읽기를 마친 세화가 얼굴을 들면서 가슴을 크게 내밀었다.

"이런데도 우리나라의 중장년층은 박정희에 의해서 우리나라가 눈부신 경제성장을 이룩했다고 굳게 믿고 있어요. 이건 어떻게 보면 대 국민 사기극이라고 볼 수 있지 않을까요?"

"역사를 제대로 알아야 그것에 대한 문제점을 직시하고 반성하면서 국가를 발전시킬 수 있는 거잖아. 역사는 미래를 비추는 거울이라고 했어. 곳곳이 흠집으로 지저분하고 깨진 거울을 보면서 어떻게 얼굴을 다듬을 수 있을까. 그의 딸 박근혜는 연설석상에서 빠트리지 않고 하는 말이 있어. 그건 '제대로'란 표현이야. 정책을 제대로, 경제를 제대로, 역사교육을 제대로… 대체 뭘 제대로 하자는 것인지, 대통령이 말하는 '제대로'란 게 무엇인지, 그 뜻이나 제대로 알고 사용하는 것인지 나는 도무지 모르겠어. 대체 국민을 어떻게 알고."

"지금 정부가 추진하고 있는 역사교과서 국정화는 국민을 위한 정책이 아니라, 자기 아버지의 명예를 보호하고, 실추된 명예를 회복시키는 정책이라는 생각이 드네요."

세화는 박근혜 정부가 집권 중반 추진 중인 역사교과서 국정화를 비판하고 나섰다.

"역사는 그렇게 어물쩍 덮는다고 해서 덮어지는 것도 아니고, 결코 덮어서도 안 되는 시대의 실상을 담은 국민적 기록이야. 역사는 이 땅에 살았던 모든 국민이 주인이라고 보아야 해. 마치 역사가 자기 자신의 소유인 것처럼 역사교과서 국정화를 추진하는 것은, 정부가 권력을 이용해 정치적인 치부를 감추고 왜곡시키는 것이고, 국민의 눈과 귀를 막으려는 정부의 지극히 몰지각한 행위야. 정부의 입맛대로 뜯어고친 역사가 어떻게 역사라고 볼 수 있겠어. 세화가 말했던 대로 역사교과서 국정화는 박정희 효과를 만들어 권력을 천 년 만 년 이어나가겠다는 현 정부의 속셈이고 정치적 치졸함이야.”

“거기에 대통령 자신의 치부를 감추기 위한 내용도 포함시키겠죠.”

세화가 헛웃음을 흘리더니 이어서 말했다.

“오죽했으면 김영삼 전 대통령이 그녀를 가리켜 칠푼이라고 말했겠어요. 그리고 박근혜 측근의 한 인사는 '박근혜는 대통령이 될 수도, 되어서도 안 된다. 정치적 식견도 부족하고, 무엇보다도 신문기사를 깊이 있게 이해하지 못하는 수준이다. 그녀는 이제 말 배우는 어린아이 수준에 불과하다.'고 말했어요. 또 어떤 인사는 박근혜는 '민주주의에 대한 개념과 사고의 유연성이 부족하다.'고 말했고요. 또⋯”

세화는 무엇을 직감했는지 쏟아지던 말을 멈추더니 뒤를 돌아보았다. 그녀의 눈 속으로 자신들을 향해 달려오는 남자들이 들어왔다.

“선배, 피해야 해요!”

세화가 겁에 질린 표정으로 일어섰고, 뒤를 돌아본 인혁이 급히 몸을 일으켰다. 남자들의 구둣발 소리가 크게 들렸다. 인혁이 빠르게 주위를 둘러보았다. 그의 시선이 휴게소 입구에서 멈췄다. 세화의 손을 잡은 인혁은 차량이 많이 들어오고 있는 휴게소 입구를 향해 뛰기 시작했다. 뒤를 돌아볼 겨를이 없었다. 남자들이 벤치를 뛰어넘었다. 사람들이 달려오는 남자들을 피해 길을 비키기에 바빴다. 그때 고속도로순찰대 순찰차가 휴게소로 들어서고 있었다. 무작정 앞으로 달린 인혁은 순찰차를 가로막았다. 급제동의 소음이 주위를 울렸다. 인혁이 순찰차의 창문을 마구 두드렸다. 경찰차의 양 문이 동시에 열렸다.

"지금 뭐하는 겁니까!"

"저 사람들이 우릴 쫓아옵니다!"

두 명의 경찰관이 순찰차에서 튕기듯 빠져나왔다.

"모두 제자리에 서시오!"

경찰관이 뛰어오는 남자들을 향해 소리치며 앞을 가로막았다. 남자들의 시선이 경찰관으로 향하는 사이 인혁은 세화의 손을 끌어 관광버스 뒤로 숨었다. 이어서 고개를 살며시 내밀어 남자들과 경찰관이 대치하는 모습을 지켜보았다. 그것을 보고 있는 두 사람의 시선이 이내 허물어져 내렸다. 신분증을 확인한 경찰이 남자들에게 거수경례를 올리는 것이 아닌가.

"저 사람들도 경찰인 거 같아요."

세화가 울먹였다. 설상가상으로 상대할 사람들이 다섯으로 늘었다. 빈틈없어 보이는 열 개의 시선이 사방을 탐색하면서 관광버스를 향해 움직였다. 급히 몸을 엎드린 두 사람은 남자들의 눈을 피해 관광버스 밑으로 들어가 반대편으로 나왔다. 그때 관광버스의 시동이 켜지더니 천천히 움직이기 시작했다. 두 사람은 그 속도에 맞춰 발을 움직였다. 관광버스의 속도가 점점 빨라졌다. 유일한 은폐물이 사라질 순간이었다. 다시 세화의 손을 잡은 인혁은 몸을 뒤로 돌리면서 눈짓했다. 의미를 알아챈 세화가 고개를 끄덕였다. 관광버스가 눈앞을 벗어나면서 남자들의 모습이 하나 둘 보이기 시작했다. 그와 동시에 두 사람은 순찰차를 향해 뛰었다.

"잡아!"

누구의 소린지 알 수 없었다. 남자들의 구둣발 소리가 천둥치는 소리를 내기 시작했다. 순찰차가 바로 코앞으로 다가왔다. 남자들이 바로 뒤까지 따라붙었다. 일촉즉발의 상황이었다. 순찰차의 양쪽 문이 열려 있는 게 천만다행이었다. 인혁과 세화는 맞잡은 손을 놓고 순찰차로 달려갔다. 이어서 재빠르게 차 안으로 뛰어들어 문을 잠갔다. 그것을 바라본 경찰관이 대경실색한 표정을 지었다. 운전대를 잡은 인혁은 가속 페달을 힘껏 밟았다. 순찰차가 괴성을 지르며 달려 나갔다. 빠르게 승용차로 향하는 남자들의 모습이 룸미러로 보였다.

"이제 어떡해요."

세화가 뒤를 돌아보며 물었다.

"어차피 이 차로는 얼마 못 가서 잡힐 수밖에 없어. 차를 버리고 가야지."

"차를 버려요? 어디다가요?"

"가면서 생각해보자고."

순찰차는 고속도로를 무서운 속도로 질주했다. 그렇게 십여 분을 달리니 졸음쉼터가 눈에 들어왔다. 서서히 속도를 줄인 인혁은 졸음쉼터로 들어서 차를 멈췄다. 차에서 내린 그는 정차된 화물차로 다가가 문을 두드렸다.

"누구세요?"

늙수그레한 남자가 창문을 내리며 물었다. 낯선 남자를 위아래로 훑어본 남자는 잠에서 덜 깼는지 눈을 비비적대더니 신경질적인 표정을 지었다. 인혁이 옆으로 고갯짓을 했다. 순찰차를 바라본 남자가 금세 표정을 바꾸면서 물었다.

"제가 뭘 잘못하기라도 한 겁니까?"

"아닙니다. 공무수행 중이니 우리를 서울 근교까지 태워주십시오."

인혁은 최대한 침착하게 경찰을 가장하고 말했다.

"네? 아, 그러세요."

잠시 후 인혁과 세화를 태운 화물차가 힘찬 소리를 지르며 고속도로를 질주했다.

극우단체 사무총장 그는 무엇을 알고 있나

도로를 점령하고 있던 잔잔한 연무가 자신의 자리를 떠오르는 아침 해에 내주고 어디론가 사라지고 있었다. 그 사라지는 연무 속에서 두 개의 노란 불빛이 어디선가 홀연히 나타났다. 빠르게 움직이던 그 노란 불빛이 갑자기 속도를 줄이더니 이내 완전히 멈췄다.

한적한 도로에 차를 세운 순철은 아스팔트에 발을 내렸다. 멀리 어렴풋이 시가지를 알리는 불빛들이 할 일을 다 했는지, 하나 둘 눈을 감고 있었다.

저런 불빛도 할 일을 다 하면 자리를 내줄 때를 알고 있어. 그런데 인간은 그렇지 않아. 자신이 자리를 내줄 때가 왔는지, 자신이 언제 자리를 떠나야 대다수의 사람들에게 이로운지 그것을 모르고 있어. 여기엔 그 누구도 예외로 둘 수 없어. 지선호, 너는 진작 자리를 내주고 떠나야 우리에게 이로운 인간이었어. 멍청하게 자신의 존재를 알려가며, 동원된 노인들에게 일당이나 주면서 관제데모의 몸통을 이 땅에 알린 멍청한 인간. 이 얼마나 멍청한 짓이고, 우리의 신과 신의 딸에게 씻지 못할 큰 죄를 범했는가. 순철은 사라지는 연무를 바라보며 생각하더니, 다시 차에 올라 노란 불에 의지한 채 지선호를 찾아 달렸다.

순철의 차가 한적한 도로를 벗어나 비포장도로로 들어섰다. 강한 흙냄새와 함께 축축한 기운이 열린 창문 사이로 들어왔다. 울퉁불퉁한 경사면으로 차체가 요란하게 흔들렸다. 그렇게 흔들리는 길을 따라 조금 더 달리니 작은 언덕이 나타났다. 순철의 차가 그 언덕을 가뿐하게 넘어섰다. 작은 마을이 한눈에 들어왔다. 마을로 들어선 순철의 차가 태극기와 녹색 깃발이 펄럭이는 마을회관을 지나 난간이 없는 작은 다리를 건너서 멈췄다. 지선호의 은신처를 찾는 일은 어렵지 않았다. 완전히 밝아진 하늘 아래로 시커먼 기와집이 눈에 들어왔다. 그 옛날 행세깨나 했을 것 같은 큰 기와집은 세월의 풍상을 피할 수 없었는지 곳곳이 깨져 있었고, 이름 모를 잡초가 깨진 틈 사이로 고개를 내밀고 있었다.

"지 영 옥"

차에서 내린 순철이 문패의 이름을 또박또박 읽었다.

"거기 누꼬?"

순철이 들려오는 심한 사투리에 몸을 돌렸다. 바라보니 허리가 몹시 굽은 노파가 몹시 경계하는 눈빛으로 쳐다보고 있었다. 아마도 지선호의 누나인 듯싶었다. 순철은 노파의 경계하는 눈빛에서 지선호가 이곳에 있을 것이라고 확신했다.

"지 선생님 좀 만나러 왔습니다."

"선호예, 집에 없습니더."

민완 형사인 순철이 노파의 흔들리는 눈빛을 읽었다.

"그런데 어데서 왔는교?"

"지 선생님과 같이 일하던 사람입니다. 선생님을 만나 뵙고 긴히 드릴 말씀이 있어서요."

"그래예?"

남자의 험악한 인상 때문인지 영옥은 경계심을 풀지 않았다. 잠시 고민한 순철은 노파의 경계심을 더욱 자극하기로 마음먹었다. 그것은 범인 취조 시 어리숙한 범인이 지레 겁을 먹고 스스로 입을 열게 만드는 일종의 유도심문 같은 것이었다.

"지금 지 선생님이 위험에 처해 있습니다. 여기서 피하지 않으면 어떤 사태가 닥칠지 장담할 수 없습니다. 여기에 안 계시다면 정말 큰일인데…. 그럼 다른 데로 가봐야겠네요."

말을 마친 순철이 노파의 얼굴을 살피며 몸을 돌리려 했다.

"아이고마, 이기 도통 무신 일인지 모르겠네."

역시 예상대로 효과는 즉각적으로 나타났다. 돌아서는 순철을 잡은 영옥의 앙상한 손이 부들부들 떨렸다. 몹시 주름진 얼굴이 심하게 일그러졌다.

"아까도 한 사람이 우리 선호를 찾는다면서 같은 말을 했었는디…."

"네? 언제 왔었습니까?"

순철은 순간 터져 나오려는 목소리를 간신히 억누르고 물었다.

"스님처럼 보였습니다."

스님? 순철은 순간 불길한 느낌을 받았다. 지선호를 누가 먼저 찾아왔단 말인가. 문 선생은 아닐 것이다. 그렇다면 스님은 대체 어디에서 나온 누구란 말인가. 일은 점점 더 이상한 방향으로 흐르고 있는 것 같았다.

"근디, 그 사람허고 같은 디서 온 거 아입니꺼?"

"네? 아…, 제가 깜빡했습니다. 네, 같이 온 사람입니다."

"저기 보이는 산을 쪼매 올라가믄 집이 나올 깁니더. 선호는 그기 있을 깁니더."

노파의 손가락이 어느새 푸르게 변한 야트막한 야산을 가리켰다.

"네, 감사합니다."

영옥은 돌아서는 남자에게 한 마디를 당부했다.

"우리 선호가 아무 탈 없게 살펴주이소."

놈보다 빨리 도착해야 한다. 승용차에 오른 순철은 빠르게 산으로 향했다.

바로 그 시각, 지선호를 찾아 산을 오르는 한 남자가 있었다. 암호명 수도승이었다. 수도승은 산을 오르면서 이마에 흐르는 땀을 닦았다. 수도승 같은 복장이 바람에 흔들렸다. 수도승은 좁은 길을 따라 쉬지 않고 산을 올랐다. 그렇게 얼마나 올랐을까. 산 중턱에 다다르니 영옥의 말대로 허름한 슬레이트집이 눈에 들어왔다. 집 앞을 흐르는 작은 개울이 침입자를 경계하듯 소리를 지르고 있었다. 작은 개울을 뛰어넘은 수도승은 몹시 녹이 슬어 있는 양철대문을 가만히 밀고 마당으로 들어서 집을 살폈다. ㄱ자 모양으로 지어진 집은 두 개의 방이 서로 마주보고 있었다. 수도승의 두 눈이 왼쪽 방에서 오른쪽 방으로 옮겨갔다. 툇마루 밑으로 몇 켤레의 운동화가 어지럽게 흩어져 있는 것으로 보아, 지선호는 거기에 있는 것 같았다. 툇마루로 올라선 수도승은 문고리를 잡아 살며시 당겼다. 바라보니 지선호로 보이는 남자가 이불을 절반만 덮은 채 깊이 잠들어 있었다. 방안으로 들어선 수도승은 자고 있는 남자를 가만히 내려다보았다. 좁은 이마에 알사탕처럼 툭 튀어나온 쌍꺼풀 진 두 눈과 뭉툭한 코가 우스꽝스런 모습이었다. 거기에 양 볼이 터질 듯 살찐 얼굴은 전체적으로 볼 때 개똥참외를 생각나게 했다. 사진으로 보았던 지선호가 확실했다. 바로 그때 선호가 무엇을 의식했는지 알사탕 같은 두 눈을 들어 올렸다.

"누…, 누구요?"

소스라치게 놀란 선호가 몸을 벽으로 붙였다. 잔인한 웃음을 머금은 수도승이 자신의 얼굴을 선호의 얼굴 가까이 바짝 디밀었다.

"사람은 떠날 때를 알아야 합니다."

"어디서 보내서 온 겁니까?"

선호가 떨리는 입술을 간신히 움직였다.

"내가 어디에서 왔는지 아실 텐데요."

수도승의 순간적인 유도심문이었다. 그것은 선호의 배후를 재확인하는 과정이기도 했다. 또한 혹시 발생할지 모르는 자신의 실수에 미리 대비한 것이기도 했다. 하지만 얍삽하게 돌아가는 머리를 가진 선호 또한 만만치 않았다. 그것은 수많은 관제데모를 주선했던 경험에서 나온 것이었다. 남자의 느닷없는 출현에 놀랐던 의식이 차츰 회복되고 있었다.

"나는 당신이 무슨 얘기를 하는지 전혀 모르겠습니다. 아무래도 사람을 잘못 찾아온 것 같은데, 경찰을 부르기 전에 이만 내 집에서 나가주시오."

수도승이 한 발 물러서더니 능글맞은 웃음을 지었다.

"경찰? 불러보시오."

"누가 보내서 왔는지 모르겠지만 나는 아무것도 모르오. 설령 안다고 해도 누군지도 모르는 당신 같은 사람한텐 아무 말도 해줄 수 없소. 그러니 어서 이 집에서 나가시오."

"그래요?"

수도승이 앞섶에서 비장의 무기를 빼들었다. 그것은 선호의 과거를 담은 여러 장의 사진이었다. 수도승이 그중에 한 장을 선호 앞으로 내밀었다. 남자의 손에서 사진을 받아든 선호는 소스라치게 놀랐다. 사진은 버스 내부를 찍은 사진이었다. 사진 속에서 자신은 옆에 앉아 졸고 있는 여자의 허벅지를 더듬고 있었다. 너무 놀란 선호는 5년 전에 찍힌 사진을 보면서 심하게 몸을 떨었다. 선호는 일거수일투족이 감시당하고 있었다는 사실을 알아챘다.

"이 사진을 어떻게…, 당신 도대체 누구요?"

목소리가 심하게 떨려 나왔다.

"그때 그 여자를 찾아서 이 사진을 보여주면 어떤 반응을 보일까요?"

수도승이 느물느물하게 웃었다.

"그때 나는 심하게 술에 취해 있었소. 정말이오. 그래서 나는 여자가 옆에 있었는지 전혀 기억이 없소."

선호는 변명에 급급했다.

"심하게 술에 취해 있었다고요? 그것도 대낮에? 5년 전에 술에 취한 것까지 기억하면서, 허벅지를 만지는 느낌은 기억을 못 한다고요? 뭐 그렇다고 칩시다. 그런데 선생 처자식이 이 사진을 보면 어떤 표정을 지을지 몹시 궁금하군요. 또 세상 사람들이 이 사실을 알면 선생에게 어떤 반응을 보일까요. 그리고 또 지금까지 선생을 믿고 따르던 회원들은 어떤…"

선호의 두 눈이 몹시 떨리더니 신음 섞인 목소리가 흘렀다.

"그만하시오."

"이제 내가 여기에 왜 찾아왔는지 그 이유를 알 것이오."

선호는 체념한 듯 고개를 숙였다. 수도승은 사진과 함께 붉은색의 알약 하나를 이불 위에 던졌다.

"선생이 그 사진을 없애고 갈 것인지, 아니면 이세상의 기념물로 남겨놓을 것인지, 그건 선생이 선택하시오. 그 사진을 어떻게 처리하든 우리는 아무 관심 없습니다."

그야말로 토사구팽이었다.

"사진은 얼마나 더 있소?"

"선생에 대한 더 이상의 사진은 없습니다. 그건 맹세합니다. 하지만 우리는 지난 십년간 선생에 대한 기록을 꼼꼼하게 기록해왔습니다. 그것을 공개하고 안 하고는 선생이 결정해야 합니다."

"인생을 정리할 시간을 줄 수 없겠소?"

"후후후, 어차피 인생이란 떠나는 순간에 모든 것이 정리되는 것이오. 거기에 시간은 인생을 정리하는 데 방해만 될 뿐이고, 그저 아쉬움과 후회만 키우는 개념일 뿐입니다."

선호가 무겁게 고개를 떨어뜨리고 알약을 집어 들었다.

"그 약은 선생을 고통 없이 극락의 세계로 인도해줄 것입니다."

그 시각, 슬레이트집 앞에 막 도착한 순철은 가쁜 숨을 몰아쉬며 개울을 건넜다. 잠시 숨을 고른 그는 양철대문을 밀고 들어서 문이 닫혀 있는 두 개의 방을 살폈다. 이어서 목소리가 들리는 방으로 조심조심 발을 옮겨 문에 귀를 갖다 댔다.

"내가 죽으면 이 사진과 함께 이 집을 불태워주시오."

"이것도 속세의 인연이니 그 부탁 들어주리다."

예상대로 목소리의 주인은 두 사람이었다. 순철이 문고리를 가만히 잡았다. 바로 그때였다. 문이 덜컥 열리더니 수도승 복장의 남자가 방에서 튀어나왔다. 그것을 간신히 피한 순철의 동물적인 감각이 믿을 수 없을 정도로 빨랐다. 툇마루에 선 순철과 마당으로 내려선 수도승이 서로를 노려보았다.

"웬놈이냐?"

수도승이 먼저 물었다. 공권력을 이용해보기로 마음먹은 순철이 신분증을 빼들었다.

"경찰이다. 네놈은 여기 무슨 일로 왔나."

"경찰?"

수도승이 코웃음 쳤다. 순간 비호같은 동작으로 툇마루로 올라선 수도승이 순철을 향해 주먹을 날렸다. 가까스로 주먹을 피한 순철이 수도승의 옷깃을 잡아 마당으로 던졌다. 민첩한 동작으로 몸을 구른 수도승이 땅을 박차고 일어섰다. 순철이 마당으로 뛰어내렸다. 기합과 함성이 오가는 난타전이 일었다. 콧등을 맞은 순철이 뒤로 한 발 물러나면서 수도승의 옷깃을 잡았다. 이어서 벽을 향해 던졌다. 실로 엄청난 괴력이었다. 벽에 머리를 찧은 수도승이 흘러내리는 피를 닦았다. 또 한 번 피가 튀는 난타전이 일었다. 수도승의 민첩한 동작과 순철의 괴력은 그야말로 용호상박이었다. 두 사람의 얼굴이 흘러내리는 핏물로 붉게 물들었다.

그때 순철이 무슨 소리를 들었는지 대문 밖으로 시선을 던졌다. 수도승이 그 시선을 따라갔다. 산을 오르고 있는 사람들은 마을 노인들인 듯싶었다. 앞장서서 산을 오르는 노파는 지선호의 누나였다. 노파의 얼굴은 울음을 머금고 있었다. 표정으로 보아 무언가 위험을 감지한 노파가 마을 사람들에게 도움을 요청한 것 같았다. 그것을 바라본 수도승이 비릿한 웃음을 흘리더니 고개를 돌려 방을 쳐다보았다. 순철은 순간 깨달았다. 이런 소란스러움에 움직임이 없는 지선호의 반응이 이상하다는 사실을.

"너는 한 발 늦었어."

급히 몸을 돌린 수도승은 집 뒤로 돌아가 담장을 뛰어넘었다. 방으로 들어선 순철은 눈을 감고 누워 있는 선호를 일으켜 세워 맥을 짚어보았다. 다행히 맥이 약하게 뛰고 있었다. 몸을 흔든 순철은 직접적으로 물었다.

"엄청난 돈이 어느 병원으로 흘러갔습니까?"

"다, 당신…."

선호의 고개가 밑으로 처지고 있었다. 이대로 포기할 수 없었다.

"돈이 어느 병원으로 갔습니까!"

선호가 큰 소리에 반응했다.

"돈은…, 삼…, 동병…."

이내 선호의 고개가 축 늘어졌다. 맥을 짚어보니 숨이 끊어졌다. 그때 발자국 소리가 아주 가깝게 들렸다. 바라보니 노파를 앞세운 노인들이 개울을 건너고 있었다. 급히 몸을 일으킨 순철은 뒤뜰로 나가는 문을 열고 방을 나섰다. 그는 수도승이 뛰어넘은 담장을 가까스로 넘었다.

밤늦은 시각, 턱에 손을 받친 문 선생은 거실을 서성거렸다. 그의 표정으로 보아 무언가 깊은 생각 속에 빠져 있는 듯했다. 식탁으로 향한 그는 양주병을 집어 병째 몇 모금을 삼키고 소리 나게 내려놓았다. 양주병 옆으로 놓여 있는 신문에 눈길을 한 번 주더니, 피식 웃음을 흘리면서 욕실로 들어섰다. 잠시 거울 앞에 선 그는 마치 타인을 바라보듯이 자신의 얼굴을 뚫어지게 응시했다. 수염이 덥수룩한 남자가 자신을 마주보았다.

"문 선생, 잘 될 거야. 너는 그만한 능력을 충분히 갖고 있어."

그는 면도 크림을 턱과 코밑에 듬뿍 발랐다. 그러더니 면도기를 집어 부드럽게 손을 움직였다. 면도기가 스르르 움직이며 덥수룩한 얼굴을 깔끔하게 바꿔놓았다.

"문 선생, 이제 뭔가 가닥이 잡히지?"

그는 거울 속 남자에게 질문을 던졌다. 남자의 고개가 살며시 끄덕였다. 남자를 향해 살짝 미소를 보낸 그는 욕실을 나와 식탁의자에 앉았다. 또 양주병을 들어 올려 몇 모금 마시고 내려놓았다. 조금 전 느끼지 못했던 양주 특유의 맛과 향이 느껴지면서, 답답했던 가슴이 조금은 시원해지는 것 같았다. 그 자그마한 만족스러움에 웃음을 머금은 그는 식탁의 신문을 들어 올려 다시 한 번 읽기 시작했다.

부모연합 사무총장 지선호. 그는 왜 자살했을까. 그는 과연 세간에 알려진 대로, 정부의 지시를 받으면서 데모를 주선했던 것일까. 그러나 본지 기자가 지 사무총장의 고향을 방문해 알아본 바로는, 세간에 알려진 사실과는 거리가 멀었다. 그는 육십 평생을 타인을 위해 살아왔고, 한눈 한 번 안 돌린 한 가정의 충실한 가장이었다. 또한 그는 회원들의 차비와 밥값을 전액 사비로 지출해 은행 빚이 수백만 원에 달한 것으로 드러났다. 그런데 왜 우리 사회는 그를 가리켜 관제데모의 아버지로 불렀을까. 그것은 아마도 앞길이 막힌 사회 인사들의 시기와 질투심이 그 발단으로 작용했을 것이다. 지선호와 같은 사람이 반드시 필요한 이때. 이 사회에 만연한 시기와 질투심이 그를 죽음으로 내몰았던 것이다. 따라서 우리 사회는 그의 죽음에 도덕적 책임을 통감해야 함은 물론이고. 그 누구도 여기서 자유로울 수 없다. 마지막으로 나 또한 그를 지켜주지 못한 이 사회의 일원으로서 고인에게 깊이 머리 숙여 사죄한다.

어용 언론의 대표주자 〈조중일보〉의 사설이었다.

"지선호를 토사구팽시키고, 그를 또 의인으로 만들고…. 참 대단해."

혼잣말을 마친 문 선생이 크게 웃음을 터트렸다. 이것은 국민의 눈과 귀를 속이기 위한 위정자의 전형적인 방법이야. 너무나 진부한 이 방법은 그러나 믿을 수 없게도 너무나 효과가 좋아 포기할 수 없는 방법이야. 그 옛날부터 지금까지도…. 청와대 정책기획관이 말했던 것처럼 민중을 개, 돼지로 취급하지 않고서는 절대로 할 수 없는 일이지.

신문을 내려놓은 그는 갑자기 표정이 급변했다. 장귀석, 이놈 드디어 만났구나. 나는 네놈이 무슨 작당을 꾸미고 있는지, 네놈의 움직임에 어떤 음모가 도사리고 있는지, 그것을 반드시 밝히고야 말겠어. 문 선생의 성난 시선이 거실 유리창을 넘어가 별빛 하나 없는 밤하늘을 응시했다. 그 거대한 스크린에 그날의 기억이 영화처럼 펼쳐졌다. 그날은 유래 없는 폭설로 파리를 깊은 잠에 빠트린 날이었다. 그러나 그날은 또한 문 선생이 잠에 빠져 있던 도시에서 자신이 깨어 있다는 사실에 저주를 퍼붓는 날이기도 했다.

"소냐는 잘 있나?"

그날 사전연락 없이 파리로 찾아온 귀석이 물었다.

"네, 잘 있습니다. 그런데 여긴 어떻게…."

문 선생이 대수롭지 않게 대답하고 물었다.

"문 선생, 소냐하고 파트너로 일한 지 얼마나 됐지?"

곁을 맴도는 것 같은 질문에 문 선생이 이상한 느낌을 받았는지, 고개를 갸웃했다.

"소냐가 대학을 졸업하고 난 이후니까, 한 4년 정도 된 것 같습니다.

"길다면 길고, 짧다면 짧은 시간이었군."

잠시 침묵이 감돌았다.

"그녀를 사랑하나?"

문 선생의 두 눈에 시선을 고정시킨 귀석이 직설적으로 물었다.

"무슨 말씀을 하시려고 사전연락 없이 여기까지 오신 겁니까?"

뭔가를 직감한 문 선생이 그의 시선을 피하지 않고 맞받았다.

"소냐를 제거하게."

문 선생은 순간 소스라치게 놀랐다. 아무래도 잘못 들은 것 같았다.

"문 선생, 오늘밤 안으로 소냐를 제거해."

그것은 결코 잘못 들은 게 아니었다.

"무슨 이유로 소냐를 제거해야 합니까?"

문 선생의 목소리가 떨려 나왔다.

"우리 일을 하는 데 있어서 이유가 필요했나? 자네는 지금까지 우리 일을 하는 데 이유를 알고 진행했던 것이야? 이유는 또 다른 이유를 만들 수 있어. 그건 곧 정보원으로서 자격이 없다는 반증이기도 해."

문 선생은 아무 말도 할 수 없었다.

"좋아, 굳이 이유를 알고 싶다면 이유를 말해주지."

귀석이 잠시 뜸을 들이더니 다시 입을 열었다.

"소냐는 너무 많은 사실을 알고 있어. 그게 그녀가 사라져야 할 이유야."

문 선생은 밤하늘을 응시하던 시선을 거두고 몇 모금 남지 않은 양주를 벌컥 들이켰다. 그때는 몰랐다. 장귀석이 말한 너무 많은 사실이 무엇을 말하는지. 하지만 지금은 알 것 같다. 소냐가 왜 한국에 들어왔는지, 왜 이종수를 살해했는지. 그리고 그것을 왜 나에게 알려주었는지. 또한 청장 김원세가 광수대에서 왜 두 명만 선발하라고 했는지. 토사구팽시키기 적당하지 않은가. 처음부터 토사구팽을 계획하고 있었던 것이야. 그날 저주를 품에 안고 나타난 장귀석. 그 저주는 지금까지도 이어지고 있다. 문 선생이 빈 양주병을 움켜쥐더니 벽을 향해 힘껏 던졌다. 벽을 타고 흐르는 누런 액체가 장귀석의 피로 보였다. 장귀석, 네놈을 반드시 응징해주마.

화창한 날씨는 여자들의 옷차림에 너무 관대한 계절로 접어들기 시작했다. 계절의 여왕 5월이었다. 길을 걷는 여자들은 무엇을 바라고 있는 것일까. 길을 걸으면서도 쇼윈도에 비친 옷매무새를 연신 살피면서 사람들을 지나쳤다. 그런데 오고가는 사람들의 옷차림에 전혀 어울리지 않는 옷차림의 여자가 바쁜 걸음으로 시내를 걷고 있었다.

　모자가 달린 트레이닝복 차림의 세화는 번화가를 지나서 한 아파트 단지로 들어섰다. 20여 개 동은 지어진 지 오래된 듯 모두 5층 높이였고, 승강기는 설치돼 있지 않았다. 계단을 올라 5층에 이른 그녀는 초인종을 두 번 누르더니, 잠시 쉬었다가 한 번을 더 눌렀다. 곧바로 현관문이 열렸다.

　"왜 이렇게 늦었어?"

　인혁이 신발을 벗는 세화에게 물었다. 세화가 팔을 들어 시계를 바라보았다.

　"늦지 않았는데…. 선배, 또 내 걱정 해주는구나."

　거실로 들어선 세화가 생긋 웃었다.

　"지금 이 상황에서 웃음이 나와?"

　"그럼 울어야 돼요?"

　"참."

　인혁이 어이없는 표정을 지었다. 우여곡절 끝에 서울 근교에 도착한 두 사람은 〈민중일보〉 편집부장 홍전수의 아파트에 몸을 숨기고 상황을 파악하고 있는 중이었다. 고속도로 휴게소에서 극적으로 탈출한 지 이틀이 지나 있는 시간이었다. 그때 초인종이 두 번과 한 번으로 나뉘어 울렸다.

　"일단 저녁이나 하면서 얘기하지."

　안으로 들어선 전수가 준비해 온 치킨과 햄버거를 식탁에 내려놓았다. 전수는 갓 쉰을 넘긴 나이였지만, 나이에 비해 훨씬 더 늙어 보이는 얼굴이었다. 이마에 패인 깊은 주름살과 쭈글쭈글한 피부, 거기에 심한 탈모로 옆과 뒷머리만 간신히 남은 머리는 어찌 보면

만화영화에서 로봇을 만드는 키 작은 박사의 이미지였다.

"이거 본의 아니게 신세를 끼치게 돼서 죄송합니다."

고개를 숙인 인혁이 햄버거 하나를 집어 들었다.

"아닐세, 무슨 말을…."

전수가 두꺼운 안경을 매만졌다.

"부장, 저는 부장이 이렇게 혼자 살고 계신지 몰랐어요."

세화가 치킨 조각을 하나 집어 입으로 가져가면서 말했다.

"이 나이에 이혼하고 사는 게 뭔 자랑이라고 얘기하겠나. 위자료로 전부 내주고, 남은 건 달랑 열다섯 평도 안 되는 이 아파트가 전부야."

전수의 얼굴이 조금 어두워졌다가 제자리를 찾았다. 세화는 무심결에 꺼낸 말에 후회했다. 세 사람은 잠시 동안 먹는 일에만 열중했다. 얼마 지나지 않아 식탁에는 속살을 한껏 벌린 햄버거 봉지가 창문 사이로 들어오는 바람에 몸을 살며시 떨었다.

"참, 독일에 취재 가셨다가 온 일은 잘됐어요? 제가 너무 늦게 물어봤죠?"

세화는 겸연쩍은지, 살짝 미소 짓더니 의자에서 일어섰다. 잠시 부장의 표정을 살핀 그녀는 바람에 흔들리는 햄버거 봉지를 쓰레기통에 집어넣었다. 전수는 독일의 지성 '괴테' 기념관 관장의 초청으로 독일을 방문하고 며칠 전 귀국했다. 세화는 그것을 물은 것이었다. 하지만 전수의 입에서 뜻밖의 대답이 흘렀다.

"참 공교롭게도 자네들이 찾아다니는 메시지와 일맥상통하는 일이 있었어."

두 사람의 눈이 반짝였다.

"우리 대한민국의 언론은 아직 멀었어."

"무슨 말씀이세요?"

"독일의 언론 〈타쯔(Taz)〉가 한국 언론을 향해 뭐라고 했는지 아나?"

"〈타쯔〉라면 독일의 진보언론을 말씀하시는 겁니까?"

인혁의 물음에 전수가 고개를 끄덕이고 말했다.

"한국의 언론은 박근혜의 애완견 노릇을 충실히 한다고 말했어. 한국이 언론 자유도 없는 민주주의의 끔찍한 상태라고 직격탄을 날리면서, 박근혜의 기자회견은 사전에 짜인 각본대로 진행된다고 심하게 조롱했지. 나는 그날 언론인의 한 사람으로서 심한 부끄러움에 쥐구멍이라도 있으면 숨고 싶은 심정이었네."

세화가 무심결에 인혁의 표정을 살폈다. 역시 인혁은 부끄러움으로 벌게진 얼굴을 숙이고 있었다. 그것은 한때 자신이 〈조중일보〉 기자였던 사실 때문이었으리라. 전수의 말은 계속 이어졌다.

"한국의 언론이 대통령의 무릎에서 노는 애완견 이라고 하면서, 권력의 '개'가 된 한국의 언론 상황을 꼬집었지. 〈타쯔〉는 대한민국의 주요 언론이 현 정권에 어느 때보다 우호적이라며, 박근혜의 부정선거 스캔들이 정권의 개 노릇이나 하는 언론에 의해 슬며시 감춰지고 있다고 보도했어. 거기에는 아마도 박근혜정부가 언론을 장악하고 통제하고 있기 때문이라고 볼 수 있겠지. 이 얼마나 부끄러운 일인가."

전수는 분노가 치미는지 벌떡 일어서 냉장고로 향했다. 물병을 꺼낸 그는 물을 벌컥벌컥 들이켜더니 다시 자리에 앉았다.

"〈타쯔〉는 또 대선 부정선거 진상규명 시위대를 대하는 정부의 태도에 일침을 가했지."

"어떻게요?"

〈타쯔〉는 대선 부정선거 진상규명을 외치는 시위들이 한국 방송 뉴스의 절대적인 우위를 점하고 있는 지상파 방송국에 의해 슬며시 은폐되고 있다고 전했어. 그리고 그 옛날 박정희가 했던 것처럼 정부 비평가들을 국가보안법으로 엮어, 비평가들이 북한을 도와 국가를 혼란에 빠트리려는 공산주의 세력인 양 매도하고 있다고 현대판 마녀사냥을 언급했고."

"도무지 믿기 힘드네요. 어떻게 그런 기사가…"

세화 역시 언론인의 한 사람으로서 심한 부끄러움에 그것을 감추고 싶은 마음이 작용한 듯했다.

"믿기 힘들다고?"

전수가 두 사람을 향해 손짓했다.

"자네들은 모르고 있을 테지만, 이 기사는 이미 인터넷에 올라와 있어."

세 사람이 들어서자 좁은 방이 꽉 차 보였다. 컴퓨터를 부팅시킨 전수가 'Daum 커뮤니티'를 실행해, 며칠 전 있었던 한국의 언론에 직격탄을 날린 〈타쯔〉의 기사를 찾아 클릭했다. 말 그대로 〈타쯔〉의 한국 언론을 향한 심한 조롱이 담긴 기사가 모니터를 꽉 채웠다. 이내 모니터에서 떨어진 세화와 인혁의 시선이 잠시 허공에서 마주쳤다.

"그러면서 언론에 비친 박근혜는 부정부패를 척결해야 한다고 입버릇처럼 말하는데, 대통령 자신이 부정부패의 선봉장 역할을 하고 있으면서 누구한테 말하는 것인지 도무지 모르겠네요. 대통령 자신은 사회적인 윤리와 도덕을 초월해 있다고 착각하고 있는 건 아닐까요?"

세화의 목소리에 조롱이 담겨 있었다.

"박근혜는 아버지인 박정희와 크게 다르지 않다는 생각이 들지 않나?"

"현대판 마녀사냥이 언제까지, 어디까지 계속될지 무서운 생각이 들기도 해요."

"거기에 침묵하는 언론이 있는 한 멈추지 않겠지."

인혁이 말했다.

"그러고 보니 생각나는 게 있네요."

무엇을 찾았는지 세화의 목소리에 가셨던 조롱이 다시 묻어났다.

"1979년 신년 기자회견에서 새마을운동 홍보 질문을 배정받은 한 기자가 이미 짜인 각본의 질문을 벗어나 새마을운동의 문제점을 지적했어요. 기자의 돌발적인 질문에 답변이 궁색한 박정희는 기자를 노려보기만 했죠. 한 달이 지난 후에 박정희는 출입기자 술자리에서 그 기자의 이마를 박치기해서 쓰러뜨렸다는 기사가 〈동아일보〉에 실렸었어요."

"그 기사, 나도 잘 알고 있지. 박근혜 또한 오바마 대통령과의 대담에서 질문 내용을 이해하지 못해 기자들에게 조롱받기도 했고, 그것도 모자라서 기자의 질문에 엉뚱한 내용으로 대답해 그녀의 무식함이 외국 언론에 조명되기도 했잖아."

인혁이 세화의 말에 맞장구쳤다.

"김영삼 대통령이 박근혜를 왜 칠푼이라고 말했는지 이해되는 대목인가?"

한 마디씩 날린 세 사람이 조롱 섞인 웃음을 터트렸다.

"미리 짜인 각본이 없으면 대답할 수 없다는 공통점이 있었네요."

좁은 방에서 나와 다시 식탁에 자리 잡은 그들은 한동안 아무도 입을 열지 않았다. 가끔 아이들이 뛰노는 소리가 창문 너머로 들려왔고, 그 소리가 사라지면 다시 침묵이 이어졌다. 전수는 두 사람이 처한 상황을 풀어보려고 노력했다.

"오늘 회사로 경찰이 또 왔다 갔어. 내일 또 온다고 하더군. 아주 질긴 놈들이야."

전수가 무겁게 말하고 질문했다.

"그러니까, 지금 경찰에 쫓기고 있는 분명한 이유를 전혀 모르는 거잖아."

"전에 말했던 그대로예요. 인혁 선배 아버지의 편지로 인해서 쫓기고 있는 것만은 확실한데, 이제 와서 경찰의 돌변한 태도를 도무지 이해 못 하겠어요. 우리가 무엇을 알아낸 것도 아닌데, 경찰은 우리가 무엇을 알아내기라도 한 것처럼 체포하려고 했으니까요."

세화가 의문을 표하면서 말했다.

"도무지 이해를 못 하겠군."

"그것을 알아낼 수 있는 좋은 방법이 없겠습니까?"

인혁이 물었다.

"방법이라…"

전수가 말끝을 흐렸다. 그 역시 뚜렷한 방법이 있는 건 아니었다. 그때 초인종이 울렸다.

"누구세요?"

전수가 현관을 향해 소리 높여 물었다.

"홍전수 씨, 댁이죠?"

굵직한 남자 목소리였다.

"네, 그런데요. 어디서 오셨습니까?"

"경찰입니다. 잠시 말씀 좀 나눌 수 있겠습니까. 협조 부탁합니다."

의자에서 벌떡 일어난 인혁이 소스라치게 놀란 세화에게 화장실로 들어가라고 손짓했다. 최대한 발소리를 죽인 그는 현관으로 향해 신발을 챙겨 들고 세화를 따라 화장실로 들어가 문을 잠갔다. 현관으로 향한 전수가 안전 고리를 걸어둔 채 현관문을 살짝 열었다. 바라보니 제복 차림의 순경과 경장이었다.

"경찰이 무슨 일로 오셨습니까?"

"알고 계실 텐데요. 잠시 집 안 좀 볼 수 있습니까?"

"지금 무슨 말을 하는 겁니까. 정식으로 수색영장을 발부받아 오세요."

"이렇게 나오시면 선생님도 의심받을 수 있습니다."

"난 아무 죄도 없으니 의심하려면 하세요. 하지만 그 대가는 각오해야 할 겁니다."

전수의 강한 모습에 경찰이 주춤하는 기색을 보였다.

"알겠습니다. 실례 많았습니다."

돌아서려던 경찰이 무엇을 보았는지 시선을 바닥에 떨어뜨렸다. 아뿔싸, 자신의 구두 위로 엎어져 있는 신발은 틀림없는 세화의 운동화였다. 당황한 인혁이 운동화 하나를 빠트린 게 분명했다. 식은 땀이 등줄기를 타고 흘렀다.

"여자 신발이 있네요. 혼자 사시는 게 아니었습니까?"

경찰의 의심의 촉수가 눈동자를 헤집고 들어오는 것 같았다. 여기서 어물쩍거리면 끝이다. 의심을 피하기 위해서라도 강하게 나가야 한다. 전수의 순간 판단이었다.

"사생활입니다. 이젠 경찰이 개인의 사생활까지 간섭하는 겁니까?"

"간섭이 아니라…, 알겠습니다."

몸을 돌린 경찰이 무슨 할 말이 남았는지 다시 몸을 돌렸다.

"정인혁 씨와 한세화 씨는 살인 용의자입니다. 도주 과정에서 연락이 올 수도 있으니, 그때는 지체하지 말고 가까운 경찰서나 112에 신고해주시기 바랍…"

"잠깐만요. 살인 용의자라니…"

전수는 후두부를 심하게 얻어맞는 느낌이었다.

"아, 모르고 계셨나요? 열흘 전 시신으로 발견된 정민 박사 옷에서 머리카락이 발견됐는데, 감식 결과 정인혁 씨와 한세화 씨 머리카락으로 밝혀졌습니다."

전수는 경찰이 계단을 다 내려갈 때까지도 마치 얼어붙은 듯 그 자리에서 움직일 수 없었다. 가까스로 정신을 차린 전수가 현관문을 급히 닫았다. 문 닫는 소리가 컸는지, 화장실 문이 살며시 열리며 인혁과 세화가 거실로 나왔다.

"부장, 왜 그래요?"

세화가 마치 얼이 빠져 있는 듯한 전수의 표정을 보고 물었다. 전수의 입에서 믿을 수 없는 말이 흘렀다.

"어떻게 그런 말도 안 되는 일이!"

인혁의 소리가 거실을 울렸다. 씩씩거리는 숨소리를 간신히 진정시킨 인혁이 눈물을 훔치고 있는 세화를 바라보았다. 모두 자신 때문에 벌어진 일이라고 생각하니 가슴이 미어졌다. 갈수록 꼬여가는 상황이 너무나 암담하게 다가왔다.

"두 사람, 내 말 잘 들어."

전수가 몸을 반듯하게 잡았다.

"이제부터 두 사람은 이 사건의 진짜 범인을 잡아야 해."

"정민 박사님을 살해한 범인은 그 경찰…."

"그 말이 아니라, 이 사건을 고의로 조작한 장본인. 거기에 모든 사건을 풀 수 있는 열쇠가 있겠다는 생각이 들어. 그 경찰을 잡아 넘긴다고 해서 해결될 문제가 아니야."

"어디서부터 시작해야 할지 실로 막연합니다."

인혁이 어둡게 말했다.

"자네 아버지가 국가권력의 위협을 말씀하셨다고 했는데, 그렇다면 아버지의 죽음이 어디까지 연결돼 있는지 그것을 알아보는 게 시급하다는 생각이 들어."

"부장, 현시점에서 그것을 알아보는 게 현실적으로 가능할까요?"

"내가 도와주지."

입국하는 쌍둥이 형제

인천국제공항.

공항을 오고가는 수많은 사람들의 눈길이 로비를 빠져나가는 두 남자를 바라보며 지나쳤다. 두 남자가 계단을 내려 지하 주차장에 이를 때까지도 주인이 바뀐 수많은 눈길은 계속해서 따라붙었다. 두 남자는 각진 얼굴에 탄탄한 체구였고, 어깨까지 내려오는 긴 머리를 뒤로 묶은 모습이 구분이 가지 않을 정도로 흡사했다. 파리에서 비밀리에 급히 입국한 쌍둥이 형제 진과 건이었다. 삼십대 후반으로 보이는 나이에 운동으로 단련된 것 같은 체구에서 어떤 위압감이 느껴졌다. 지하 주차장으로 들어선 승용차가 두 사람을 태우고 시내로 향했다.

"어서들 오게. 오랜만이야."

운전대를 잡은 민철이 룸미러를 보며 말했다. 주름진 얼굴과 달리 체격은 젊은 사람 못지않게 건장했다. 힘줄이 튀어나온 두 팔이 마치 통나무처럼 단단하게 보였다.

"숙부님도 그간 잘 계셨습니까?"

진이 말했다.

"잘 있었어. 완벽해. 내가 봐도 모를 정도군."

민철은 진과 건의 완벽한 변장에 감탄을 표했다.

"출입국 과정에서 문제될 건 없었나?"

"인터폴 데이터베이스만으로는 우리의 진짜 모습을 찾을 수 없을 겁니다."

민철의 노파심을 잠재운 건은 자신의 긴 머리를 움켜잡더니 살며시 잡아당겼다. 짧은 스포츠머리가 드러난 본 얼굴은 부드럽게 보이던 인상을 날카로운 인상으로 바꿔놓았다. 가발을 벗은 진과 건은 바다를 향해 그것을 던졌다.

"거기에는 무기가 얼마나 있습니까?"

진이 물었다.

"우리에게 매수된 조직원 말에 의하면, 우리가 쓰기에 충분한 양이야."

"매수된 조직원이라…. 치밀하게 준비하셨군요, 숙부님."

"한 치의 실수가 돌이킬 수 없는 사태를 가져올 수 있는 법이잖아."

"근데, 뭐하는 놈들입니까?"

"러시아에서 무기를 밀수입해서 주로 조폭들에게 파는 놈들이야."

승용차가 신호에 걸려 멈췄다.

"돈은 여기 있어."

신호를 확인한 민철이 옆자리에 있는 가방을 들어 뒤로 건넸다. 묵직한 무게를 가늠해본 진이 가방을 다시 앞자리에 놓으며 말했다.

"돈은 충분할 것 같군요."

월미도로 들어선 승용차는 바닷가 근처 술집 앞에서 멈췄다. 룸살롱이었다. 아직은 이른 시간이라 룸살롱의 문은 열려 있지 않았다. 차에서 내린 민철은 공중전화 부스로 들어갔다. 흔적을 남기지 않기 위한 치밀한 계산이었다. 통화를 끝낸 그는 다시 차에 올랐다.

"10분만 기다려달라는군."

잠시 후 룸살롱 문이 열리더니 커피 통을 손에 든 여자가 먼저 나오고, 바로 뒤에서 짧은 머리에 뱃살이 몹시 출렁이는 뚱뚱한 남자가 나오며 손짓했다. 승용차는 남자의 뒤뚱거리며 걷는 속도에 맞춰 스르르 움직였다.

"저 짓거리를 하려고 10분만 기다려달라고 했어?"

피식 웃음을 흘린 건이 이어서 말했다.

"저 자식, 그냥 타면 될 거 아냐. 건방지게."

건이 신경질적으로 말하자, 진이 그의 어깨를 툭 쳤다. 조금을 올라가니 헐린 집터가 나타났고, 남자는 그 집터를 돌아서 발을 멈추더니 손짓했다. 곧바로 세 사람이 차에서 내려 남자를 따라 걸었다. 왼쪽 골목으로 철조망이 나타났다. 열쇠가 걸려 있는 것으로 보아 지하실로 들어가는 통로인 것 같았다.

"일단 돈부터 보여주쇼."

남자가 껌을 질경질경 씹으며 말했다.

건이 남자 앞에 돈 가방을 던졌다. 비웃음을 머금은 남자가 돈 가방을 확인하고 열쇠를 꺼내 철조망을 열었다. 지하로 내려가는 계단은 몹시 오래된 듯 곳곳이 패여 있었고, 양쪽 벽면에선 심한 습기 때문인지 푸른곰팡이가 계단을 내려설 때까지도 이어지고 있었다. 남자는 눈앞에 나타난 또 하나의 철문에 열쇠를 꽂아 넣었다. 문 열리는 소리가 몹시 귀에 거슬렸다. 심한 곰팡이 냄새가 훅 끼쳐왔다. 남자는 냄새에 익숙한지 개의치 않고 어둠을 더듬어 스위치를 올렸다. 시커멓던 지하실이 순식간에 환해졌다.

"저건 손대지 말고, 저거만 갖고 나가면 됩니다."

남자가 손가락을 이리저리 옮기면서 나무상자를 가리켰다.

"자, 천천히 확인해보시오."

남자가 느물느물하게 말했다. 허리를 굽힌 민철이 나무상자를 뜰으려 했다. 바로 그때였다. 계단을 내려오는 발자국 소리가 크게 들렸다. 두 명 이상인 것 같았다. 그와 동시에 옆에 있던 남자가 문을 향해 뛰었다.

속았다. 민철이 놀란 얼굴로 건을 돌아보고, 즉각적으로 사태를 파악한 진이 남자를 향해 문으로 뛰었다. 계단을 내려오던 발자국 소리가 멈추더니 철문 닫히는 소리가 들렸다. 세 사람은 미친 듯이 닫히는 철문을 밀었다. 남자들의 힘겨루기가 철문을 사이에 두고 펼쳐졌다. 뒤로 조금 물러선 민철이 건장한 체격을 이용해 어깨로 철문을 들이받았다. 자그마한 틈이 벌어지면서 남자들의 팔이 보였다. 품안에서 단도를 꺼낸 민철은 남자들의 팔을 무차별적으로 내리찍었다. 피가 튀기면서 비명이 터졌다. 민철은 쉬지 않고 단도를 휘둘렀다. 두꺼운 철문이 벽에 부딪치면서 쿵 소리를 냈다. 재빠르게 계단을 오른 진과 건이 도망치는 남자들을 잡아 계단으로 밀었다.

"똑바로 말해!"

민철이 뚱뚱한 남자의 머리채를 잡아 올리며 말했다.

"정말입니다. 무기는 아까 그 룸살롱에 있습니다."

남자는 부러진 팔을 감싸고 간신히 대답했다.

"이 새끼가 죽으려고 환장했나."

몸을 굽힌 진이 남자의 부러진 팔을 우악스런 손으로 움켜잡았다. 남자의 비명이 좁은 지하실을 울렸다. 그 옆에서 무릎을 꿇고 있는 남자들은 피가 흐르는 머리를 감싸고 있었다.

"너, 이번에도 거짓말하면 그때는 정말 죽는다."

"정말입니다. 믿어주십시오."

잠시 후 남자들을 앞세운 세 사람이 룸살롱 안으로 들어섰다. 세 사람이 남자들을 따라 복도를 걸었다. 남자들이 '관계자 외 출입금지'라고 써 붙인 방 앞에서 멈추더니, 열쇠를 꺼내 문을 열었다. 오른쪽 옆으로 커다란 금고가 눈에 들어왔다. 아마도 무기는 금고 속에 있는 듯했다. 남자가 잠시 머뭇거렸다.

"빨리 열어."

민철이 남자의 등을 떠밀었다. 남자의 익숙한 손길을 느낀 금고가 조금도 저항을 보이지 않고 순순히 몸을 열었다. 세 사람은 잠시 벌어지는 입을 다물지 못했다. 금고 속에는 다연발 기관총과 저격용 소총이 가득했다. 그 사이로 시대가 오래된 리볼버 권총의 총신이 보였다. 저격용 소총을 꺼내든 건이 만족스런 웃음을 흘리며 총신을 쓰다듬었다.

"이놈이 마음에 드는군."

건이 잡은 소총은 22구경 자동소총이었다. 주로 외국에서 요인 암살용으로 사용되는 소총은 미국에서 제작된 '레밍턴 스피드 마스터 552'였다.

"그 정도 돈이면 충분할 거야."

가방을 둘러멘 진이 남자들을 향해 말했다. 그때 건이 민철의 귀에 대고 무엇인가 속삭였다.

"이놈들을 끌고 가지."

다시 지하실로 끌려온 남자들이 공포에 질려 몸을 부들부들 떨었다.

"살려주세요. 제발 살려주세요."

남자들의 애원이 귀에 들어올 리 없었다.

"인간은 말이지, 자신이 저지르려고 하는 일이 언젠가는 자신에게 돌아온다는 사실을 망각하고 세상을 살아가고 있어. 참으로 어리석고 한심한 작태라는 생각이 안 드나? 그러니까 너희들은 하나도 억울해할 것도 없고, 걱정할 필요도 없어. 왜냐면 너희들이 우리한테 하려고 했던, 그 이상 하지 않을 테니까."

건이 손에 든 열쇠를 눈앞에서 흔들었다.

"설마, 우리를 여기에 가두고…."

"그 돈 가지고 여기서 살아봐."

돈 가방을 연 민철이 거지 적선하듯 만 원권 지폐 한 다발을 툭던졌다. 비웃음을 날린 민철이 진과 건을 따라 밖으로 나갔다. 남자들의 얼굴이 사색이 됐다. 휴대폰도 안 터지는 꽉 막힌 사각 공간이 지옥으로 보였다.

"돌아와 제발…, 야, 이 개새끼들아!"

남자들은 목청이 터져라 외쳤다. 철문이 쿵 소리를 내며 닫혔다. 그 소리는 염라대왕의 목소리보다 더 무서운 소리였다.

민철의 승용차는 바닷길을 시원하게 질주했다.

"이모님의 숙원 사업이 바로 눈앞으로 다가왔어. 놈이 수면 위로 드러났으니까."

운전대를 잡은 민철이 룸미러를 바라보고 말했다.

"그러지 않아도 걱정하고 있었습니다. 우리가 나서지 않으면 안 될 상황인 것 같은데, 연락이 오지 않아 노심초사하고 있던 차였으니까요."

말을 마친 진이 시선을 다시 바다로 돌렸다. 어느새 인천을 벗어나 서울 근교로 들어선 승용차는 시내로 들어가더니, 상가 건물이 늘어선 도로에서 멈췄다.

"이모님은 이곳에 계시네."

세 사람이 상가 건물을 통과해서 들어갔다. 곧바로 사람들이 북적이는 큰 재래시장이 눈앞에 펼쳐졌다. 진과 건이 부지런히 걷는 민철을 따라 걸었다. 김이 피어오르는 가마솥에서 구수한 사골국물 냄새가 코를 자극했다. 도마 위에 놓인 생선이 지느러미를 퍼덕이며 마지막 몸부림을 치고 있었다. 뒤를 이어 생선을 내리치는 소리가 들렸다. 한복집을 뒤로 돌아 계단을 내려가니 흰색 타일로 몸을 감싼 3층 건물이 나타났다. 잠시 주위를 돌아본 민철은 계단에 발을 올렸다.

"어서들 오게."

뚱뚱한 여자가 소파에서 벌떡 일어섰다. 소냐였다. 그녀는 진과 건의 손을 반갑게 잡았다.

"이모님, 그동안 잘 계셨습니까."

진과 건이 허리를 깊이 숙였다.

"근데 왜 이렇게 늦었어?"

"그럴 일이 좀 있었지."

민철의 이야기가 끝나자, 소냐가 가소롭다는 투로 피식 웃으며 한 마디를 던졌다.

"큰일 날 뻔했구먼, 피라미 같은 놈들."

소냐가 혀를 끌끌 찼다.

"나도 이제 많이 늙었나봐, 그런 피라미들을 못 알아보고."

"참, 별말을…."

소냐가 민철의 손을 살며시 잡았다가 놓았다.

"이모님, 드디어 숙원 사업이…."

"오랜만에 만나서 딱딱한 분위기로 이 밤을 시작하고 싶지 않은데."

여유로운 미소를 되찾은 소냐가 진의 말을 잘랐다.

"자, 이리들 와. 내가 너희들을 위해서 만찬을 준비했어."

소냐는 몹시 기분이 좋은지 웃음이 가득 담긴 눈으로 눈짓했다. 방으로 들어서는 세 사람의 눈동자가 탄성을 머금었다. 식탁에 차려진 음식은 한눈에 보아도 최고급 양식 요리로 가득했다. 이모님의 정성이 피부 깊숙이 느껴졌다. 그 마음을 아는지 미리 밝혀놓은 향초에서 촛불이 덩실덩실 춤을 추고 있었다.

"바라만 보고 있지 말고, 어서 앉아서 먹자고."

나이프와 포크가 부지런히 움직였다.

"맛이 어떤가?"

"가히 최곱니다, 이모님."

건이 말했다. 그 옆에서 민철이 엄지를 치켜들었다. 소냐가 호쾌하게 웃었다. 소냐의 웃는 모습을 바라보는 진과 건의 눈동자가 어딘지 모르게 슬픔을 머금었다. 그것은 기억 저편에 숨어 있다가, 불현듯 얼굴을 내밀어 일상을 괴롭히는 광기의 표출이었다. 그 광기의 폭풍우가 지나가면 어김없이 자신들의 몸엔 끔찍한 자해의 흔적만이 남아 있을 뿐이었다. 그 광기에서 빠져나와 서로를 바라보았을 때, 믿을 수 없는 얼굴로 비명을 지르곤 했었다. 이제는 그 광기의 대상이 분명해졌다.

30년 전, 문 선생의 방화가 있던 날 한국 교민이었던 진과 건은 소냐와 같은 건물에 세 들어 살고 있었다.

"진, 건. 빨리 일어나!"

새벽시간에 느닷없이 방으로 들어온 엄마가 소리쳤다.

"엄마, 왜 그래?"

부스스한 얼굴의 진이 졸린 눈을 비비며 물었다.

"집에 불이 났어. 빨리 나가야 해!"

일곱 살 두 아들의 손을 꼭 잡은 엄마는 거실을 지나 문을 열어젖혔다. 뛰듯이 계단을 내려가던 엄마가 갑자기 발을 멈췄다. 사나운 불길이 시뻘건 혀를 날름거리며 계단을 오르고 있었다. 진과 건의 손을 꼭 잡은 엄마는 다시 집 안으로 들어섰다. 창문으로 뛰어내릴 생각이었다. 그러나 사나운 불길은 그들의 탈출을 용납하지 않으려는 심산인지, 매캐한 연기를 이끌고 거실을 점령한 상태였다. 다시 계단에 발을 디뎠을 때 이미 계단은 시뻘건 입 속으로 절반이나 들어가 있었다.

하지만 두 아이의 엄마는 포기할 수 없었다. 급히 발을 놀리던 엄마가 계단에 주저앉으며 고통의 비명을 질렀다. 홱 돌아간 발목을 잡으면서도 엄마의 눈동자는 아이들에게서 떨어지지 않았다. 부들

부들 떠는 아이들을 바라보는 엄마는 차라리 눈을 감고 싶었다. 바로 그때였다. 계단 밑에서 사람 소리가 들렸다.

"진아, 건아, 거기 있니?"

소녀의 외침이었다.

"이모, 살려주세요!"

건이 울부짖었다. 잠시 후 젖은 이불로 몸을 감싼 소녀가 계단으로 성큼 올라왔다.

"우리 애들 좀 부탁해요."

선택의 여지가 없었다.

"엄마는 왜 안 와? 같이 가."

소녀의 품에 안긴 진과 건이 미친 듯이 울부짖었다. 두 아이를 품에 안은 소녀가 불길을 헤치며 계단을 완전히 내려서자, 목재 가옥이 화마에게 몸을 내주지 않으려는 듯 마지막 몸부림을 치기 시작했다. 잠깐 동안 마지막 저항이 이어지더니, 이내 목재 가옥은 처절한 비명을 지르며 무너져 내렸다. 얼굴과 몸 곳곳에 심한 화상을 입은 소녀가 아이들을 품에 안은 채 그 자리에 쓰러졌다.

그 후 철저한 신분 위장을 거친 소녀는 진과 건의 양육을 맡았다. 교육은 물론 사격술과 격술을 비롯해, 정보원 이상의 강도 높은 훈련을 모두 전수했다. 그 과정에서 늘 해바라기처럼 자신을 흠모해오던 정보원 출신 민철이 합류했다. 머나먼 타국에서 이웃으로 만난 소녀의 존재는 진과 건에게 있어서 엄마였고, 이모였으며, 스승이었다.

부지런히 접시를 오가던 나이프와 포크가 테이블에 내려앉았다.

"지금쯤 테르트르 광장에는 화가들이 많이 나와 있겠지."

소냐가 와인 잔을 들어 한 모금 삼키면서 말했다.

"그럴 겁니다. 카페에서 차를 마시면서 그림을 구경하는 것도 재미있고, 특히 거기 화가들의 초상화 솜씨는 이모님의 음식 솜씨처럼 일품이죠. 따지고 보면 요리도 예술의 한 분야가 아니겠습니까."

건이 소냐의 말을 받았다.

"나는 몽마르트 언덕보다는 언덕의 꼭대기라는 뜻을 가진 테르트르가 더 맘에 들어. 왜 그런지 아나?"

"테르트르가 19세기 전 처형 장소로 사용됐기 때문이라고 언젠가 들었던 기억이 납니다."

건이 기억을 더듬어가며 말했다.

"나도 이제 많이 늙었어. 자네들에게 그 얘기를 했었는데, 그것을 기억 못 하고 묻다니…"

담배에 불을 붙인 소냐가 연기를 길게 뱉었다. 그 모습이 아주 능숙해 보였다.

"사실 누구나 피해갈 수 없는 죽음이라는 것은 결코 공포의 대상이 될 수 없어. 그런데 현대의 죽음은 그렇지 않아. 그것은 인간의 욕심이 만들어낸 문화적 산물에 지나지 않는다는 생각이 들어. 더 많이 소유하고 싶은 욕심이 지극히 자연스러운 죽음을 아주 부자연스럽게 바꿔놓은 것은 아닐까?"

소냐는 자연스럽게 분위기를 옮겨갔다.

"사람은 누구나 부자연스러운 죽음 앞에서 공포를 느끼는 법이지. 우리는 그 공포를 최대한으로 이용해서 우리가 필요한 것을 얻으면 되는 것이고. 문 선생과 장귀석이 그 대상이야. 이 또한 우리의 욕심이라고 생각할 수 있지만…"

소녀의 입술에 씁쓸한 웃음이 묻어났다.

"우리 형제가 이렇게 자라고 두 발로 걷고 있는 것도 다 이것을 위한 것이었고, 이모님의 후원과 보살핌이 있었기 때문에 가능한 것입니다."

건의 말에 소녀가 한 마디 덧붙였다.

"이 싸움에서 숙명적으로 빠져나갈 수 없는 정인혁이 불쌍하다는 생각이 드는군."

"최대한 자비를 베풀어서 죽음을 맞이할 수 있게 해줘야지."

민철이 말했다.

"자, 오늘밤은 기분 좋게 취해 보자고."

다시 즐거운 표정으로 돌아간 소녀가 와인 잔을 들어 건배를 제의했다.

소녀가 만찬을 즐기는 시각, 새나라당 대표 김채무는 자신의 집에서 한 남자와 마주 앉아 있었다. 경찰청장 김원세였다.

"청장님도 아시겠지만, 지선호의 죽음에 정부가 개입했다는 설이 조금씩 들리고 있는데, 언제 어떤 모습으로 확산될지 크게 염려되는 바요. 만약 이것이 표면으로 드러나면, 정권 재창출은 물론이고 우리 당의 존립 기반이 뿌리째 흔들릴 수 있소. 대통령님은 퇴임 후에도 자신의 영향력을 생각하는 분인데, 이것이 확산되면 퇴임 후 대통령님의 자리가 위태로울 수도 있겠다는 생각이 듭니다. 무언가 특단의 조치가 시급한 시점이라고 보는데, 청장님의 생각은 어떤가요?"

"국민의 관심사를 돌리는 방도 외에는 다른 방도가 없지 않나 싶습니다."

"국민의 관심사를 돌린다…, 어떻게 말이오?"

채무는 이미 그에 대한 해답을 알고 있었지만 모르는 척 물었다. 그것은 미리 알아서 몸을 사리는 것이었고, 계산된 정치 전술이었다. 차기 대권을 생각하고 있는 그로서는 한 마디의 말에도 심사숙고해야 했다. 그것을 모를 리 없는 원세는 자신도 모르게 얼굴에 나타나는 씁쓸한 표정을 애써 감췄다. 그러면서 채무의 교활한 의도에 호락호락하게 걸려들지 않겠다고 생각했다.

"국민의 관심사를 돌리기 위한 방도는 연예인 사건이나 정치권의 희생양이 가장 적절한 방도라고 생각합니다. 그때가 되면 당과 대표님의 고견을 심사숙고해서 결정하겠습니다."

채무는 자신의 의도를 파악한 원세의 교활함에 하마터면 헛웃음을 터트릴 뻔했다.

그 시각, 청장의 뒤를 밟은 태훈과 명대는 승용차 안으로 쏟아져 들어오는 불빛에 순간적으로 고개를 푹 숙였다. 불빛과 함께 순식간에 지나간 승용차가 거친 숨소리를 멈췄다. 고개를 살며시 내민 그들은 십여 미터 떨어진 곳에 주차한 승용차를 주시했다. 차에서 내리는 건장한 남자를 바라보는 두 사람의 눈동자가 휘둥그레졌다.

"형님, 저놈은 이종수의 집에서 봤던 인상 험악한 그 경찰 아닙니까?"

태훈과 명대가 전혀 예상 못 한 상황에 강한 의구심을 드러냈다.

"저놈이 여길 왜…. 가만, 저놈의 이름이 박 뭐였더라? 아, 박순철."

"박순철?"

"네, 여기서 이름이 중요하진 않지만, 제 기억이 맞다면 박순철이 확실합니다."

"가만, 저놈은 여기 한두 번 와본 게 아닌 것 같은데."

"그걸 어떻게 아세요?"

"보라고, 저놈이 서 있는 위치는 감시 카메라가 볼 수 없는 사각 지점이야. 들어올 때도 감시 카메라를 피해서 들어온 우리와 같은 길로 들어왔어."

"형님, 일이 아주 이상하게 돌아가는데요. 혹시 저놈이 정진일 씨의 사건을 계속해서 파헤치고 있는 거 아닙니까. 만약 그렇다면 의외의 복병인데요."

"설마 그런 건 아니겠지."

하지만 마음 한편에선 명대와 동일한 생각이 고개를 내밀고 있었다.

"형님, 어떻게 할까요? 팀장님한테 알려야 하지 않을까요?"

"일단 기다려봐. 저놈이 뭘 하는지 보고 나서 결정하자고."

어둠에 몸을 숨긴 태훈과 명대는 순철이 무엇을 하는지 지켜보았다. 하지만 30여 분이 흐르는 시간까지도 특이한 점을 찾을 수 없었다. 오히려 아무것도 하지 않는 그 모습이 특이하다고 볼 수 있었다. 그렇게 10여 분을 더 기다리니, 자신의 승용차에 다시 오른 순철이 차를 출발시켰다.

"형님."

"따라가야지."

거리를 유지하며 순철의 차를 쫓는 태훈의 운전 실력은 수준급이었다.

"경찰이 경찰을 미행하는 게 좀 이상하네요."

태훈의 무반응에 머쓱한 명대가 뒷머리를 긁적였다. 30여 분을 달린 순철의 차가 구로공단으로 들어서 멈췄다.

"어? 형님."

명대의 벌어진 눈동자가 순철의 뒷모습을 계속해서 따라붙었다. 순철이 향하는 곳은 놀랍게도 원세와 귀석이 비밀모의를 꾸몄던 바로 그 공장이었다.

"저 새끼, 저거 뭐하는 놈이야."

명대가 순철이 사라진 어둠을 노려보더니, 차를 내리려 했다.

"명대야, 가만있어."

태훈이 명대의 팔을 붙잡았다.

"저 새끼가 여길 어떻게 알고 왔는지, 저기에서 뭐를 하는지 지켜 봐야죠."

"저놈도 경찰이야. 어설프게 행동했다가 들키는 날엔 저놈이 여길 어떻게 알고 왔고, 여기에 온 목적을 알아낼 수 없을지도 몰라. 조금만 기다려보자고."

어둠의 농도가 더 진해질 무렵, 어둠을 뚫고 나온 순철이 승용차에 몸을 실었다.

"따라와."

급히 공장으로 들어선 태훈과 명대가 계단을 올라 사무실로 들어섰다. 벽을 타고 밑으로 흐르던 태훈의 손전등이 바닥에 놓인 쓰레기통에서 멈췄다. A4용지를 꺼내든 태훈은 붉은색으로 휘갈겨 쓴 글씨를 천천히 읽었다.

"거기서 멈춰라. 더 이상의 접근은 용납하지 않겠다."

"이런 개새끼를 봤나."

명대가 쓰레기통을 걷어찼다.

청와대 춘추관.

청와대 춘추관으로 들어선 전수는 습관처럼 주위를 둘러보았다. 그때 어깨에서 가벼운 손길이 느껴졌다. 뒤를 돌아본 전수는 표정 관리에 신경 써야 했다.

"홍 부장, 오랜만이오."

〈조중일보〉주간 서명준이었다. 이런 언론인이 존재하는 한 대한민국의 민주주의는 발전을 기대할 수 없는 것이다. 전수의 속말이었다. 그는 표정 관리에 신경 쓰면서 명준의 뾰족한 턱과 실처럼 가느다란 눈, 욕심으로 가득 차 툭 튀어나온 두꺼운 입술을 찬찬히 뜯어보았다.

"왜 그러오. 내 얼굴에 뭐라도 묻었소?"

명준은 곱지 않은 시선을 느꼈는지, 탐탁지 않은 표정으로 물었다.

"아닙니다."

살짝 고개를 숙인 전수는 제일 뒷자리로 자리를 옮겼다.

"일동 기립."

웅성거리던 춘추관이 침묵을 머금었다.

"대통령님께서 입장하십니다."

하늘색 정장으로 차려입은 대통령이 모습을 드러냈다. 언제나 패션에 신경 쓰는 그녀는 이날도 예외로 두지 않았다. 그러나 누구 하나 대통령의 옷차림에 신경 쓰는 이는 아무도 없었다. 기자들의 카메라 플래시 소리가 연이어 터지면서 질문 공세가 이어졌다.

"〈조중일보〉 김민기 기잡니다. 현재 우리나라는 민생경제가 갈수록 어려워지는 상황입니다. 따라서 그에 대한 대책이 시급하다고 생각합니다. 정부는 이에 대한 대책이 있는 것인지, 있다면 어떤 대책을 강구하고 있는지, 한 말씀 부탁합니다."

"그에 대한 대책이 왜 없겠습니까."

만족스런 웃음을 머금은 대통령의 시선이 기자를 향했다. 그러더니 마치 경제 전문가라도 되는 것처럼 막힘없이 자신의 생각과 정부의 방침을 줄줄이 쏟아놓았다. 그것을 바라보는 전수는 씁쓸한 표정을 감추기 어려웠다. 기자들의 질문은 어느 때와 다름없이 미리 짜인 각본에 의한 것이었기 때문이었다.

"다음 분, 질문하세요."

각본에 따라 대답한 대통령이 여유로운 표정으로 기자들을 향해 말했다.

"〈대한일보〉 서명호 기잡니다. 현재 우리나라는…."

전수는 하마터면 의자를 박차고 일어설 뻔했다. 기자의 질문과 대통령의 답변이 귀에서 맴돌며 왱왱거렸다. 마치 기계적으로 질문하고 기계적으로 대답하는 모습이 다른 세상에 와 있는 것처럼 흐릿한 영상으로 보이는 것도 같았다. 이미 예상하고 왔지만, 그렇다고 가슴속에서 치밀어 오르는 격한 감정까지 다스리고 온 것은 아니었다. 전수는 도저히 보고 있을 수 없었다. 그는 질문하기에 앞서 격한 감정을 최대한으로 다스렸다.

"질문 있습니다!"

전수는 기자들과 대통령 수행원들의 따가운 시선을 느꼈다. 질문자 명단에 자신은 포함돼 있지 않았기 때문이었다. 그것을 모르는 바는 아니었지만, 꼭 한 번은 짚고 넘어가고 싶은 사항이 있었다. 그것은 국가권력의 횡포로 예상되는 부모연합 관제데모에 관한 것이었다. 전수는 관제데모의 배후가 청와대라는 설에 대한 정부와 대통령의 입장을 묻고 싶었다.

"질문하세요."

대통령이 마지못해 허락했다.

"부모연합은 시민이 주도하는 각종 시위에 개입해온 것이 사실입니다. 그런데 이 시위를 바라보는 대다수의 국민은 부모연합이 벌이는 시위가 관제데모의 성격을 띠는 것은 아닌가 의심하고 있는 실정입니다. 왜냐하면 부모연합의 시위는 참 공교롭게도 현 정부의 입장을 대변하고 피력하는 시위였기 때문입니다. 그에 대한 정부와 대통령님의 입장은 어떠신지 말씀 부탁합니다."

누구도 예상 못 한 질문에 장내 분위기가 찬물을 끼얹은 듯 조용했다. 수많은 눈총과 무언가를 기대하는 시선이 장내의 무거운 분위기를 뚫고 바쁘게 움직였다.

"저도 그 얘기를 들어서 알고 있습니다. 그런데 왜 지금까지 입장을 밝히지 않았느냐고 생각할 수 있습니다. 그것은 괜한 오해를 불러오지 않을까, 그것에 대한 염려 때문이었습니다."

잠시 말을 끊은 대통령은 장내를 둘러보더니 카메라에 시선을 고정시켰다.

"이 자리에서 분명히 말씀드리는데, 청와대의 개입설은 있을 수 없는 일이고, 사실 무근이며, 정부를 음해하려는 불순세력의 유언비어에 불과합니다."

대통령은 단호하게 분명한 선을 그었다.

"그럼 국민의 오해를 불식시키기 위해서라도, 성역 없는 수사를 통해 한 점 의혹 없는 진상규명이 필요하다고 생각합니다. 이 점 어떻게 생각하시는지요."

전수의 무언가 작정한 듯한 발언에 장내의 무거운 분위기는 싸늘한 냉기까지 겹쳐졌다. 헛기침을 몇 번 뱉은 대통령이 여유로운 표정으로 돌아왔다.

"그리되면 국가의 혼란만 키우는 일이 될 수 있고, 무엇보다 이렇게 어려운 시기에 국민의 피와 같은 세금이 낭비될 수 있습니다. 그것이 과연 국민이 바라는 일일까요?"

국민의 세금이 낭비된다고! 전수는 순간 목구멍까지 치밀어 오르는 말을 삼켜야 했다. 그러면서 아버지 박정희의 기념관 건립에 무려 1,900억 원의, 국민의 피와 같은 엄청난 세금을 투입시키고 있단 말인가. 전수는 전국 지방자치 단체별로 진행 중인 박정희 기념사업이 14개에 달하고, 예산은 무려 1,900억 원이 쓰일 예정이라는 사실을 잘 알고 있었다. 박정희 생가 복원과 기념공원, 박정희 테마 공원, 박정희도서관 등…. 그것도 모자란다고 생각했는지 우상화 작업 같은 박정희 소나무와 동상까지. 이것이 과연 국민을 위하는 길인지, 아니면 아버지의 명예를 위한 길인지, 이것이 세금 낭비가 아니라면 과연 무엇인지. 대통령을 바라보는 전수는 소리라도 질러서 묻고 싶었다. 전수는 춘추관에 한시라도 머물고 싶지 않았지만 애써 억눌렀다. 미리 짜인 각본대로 움직이는 기자회견이 귀에 들어올리는 만무했다. 마치 바늘방석에 앉아 있는 것처럼 몸을 움직이던 전수는 기자회견이 끝남과 동시에 미리 챙겨둔 카메라와 노트북을 들고 제일 먼저 일어섰다.

복도로 나온 전수는 한편으로 자신의 질문이 큰 실수로 작용하는 것은 아닌지 우려스러웠다. 그것은 어떤 모습으로 숨어 있을지 모를 대상에게 자신의 존재를 각인시키는 것이었고, 이곳에 온 목적에 부합하지 않기 때문이었다. 하지만 후회하고 싶지는 않았다. 그때 대통령비서실장 김기준이 춘추관을 나오고 있었다. 전수는 급히 몸을 움직였다.

"실장님, 드릴 말씀이 있습니다."

전수를 향하는 기준의 얼굴이 벌레를 씹은 것처럼 일그러졌다. 아마도 느닷없는 질문 탓이리라.

"홍 부장, 그렇게 안 봤는데…, 할 말이 뭔가요?"

기준의 목소리가 몹시 퉁명스러웠다.

"실장님, 돌아가신 제 아버님이 정진일 박사님에 대해서 잠깐 언급한 적이 있었는데, 혹시 실장님은 정 박사님이 생전에 무슨 일을 했었는지 알고 계십니까?"

전수는 최대한 침착하게 지나가는 말처럼 툭 던지고 실장의 표정을 살폈다. 아주 잠깐이었지만, 실장의 날카로운 시선이 느껴졌다. 전수는 속으로 쾌재를 외쳤다. 이건 또 무슨 변수란 말인가. 기준은 전수의 눈빛이 자신의 가슴을 파고드는 느낌을 받았다.

"춘부장과 정진일 씨는 어떻게 되는 사이였나요?"

"아버님과 정 박사님은 때때로 만나 시국을 논하는 사이였다고 들었습니다."

시국을! 그렇다면…, 기준의 눈빛이 심하게 흔들리는가 싶더니, 이내 제자리를 찾았다.

"혹시 홍 부장은 춘부장께 어떤 말씀을 들었나요?"

기준은 자신도 모르게 목소리가 떨려 나오는 것까지는 통제하기 어려운 모양이었다.

"그게 좀⋯, 이상한 게 있어서⋯"

전수는 부러 여운을 남기며 실장의 표정을 예리하게 살폈다. 전수의 눈빛을 맞받은 기준은 불쾌한 표정을 지으려다가, 즉시 표정 관리에 들어갔다. 이자는 분명 나를 떠보는 것이다. 그런 줄도 모르고 바보처럼 끌려가다니⋯. 그렇다면 떠보는 이유가 무엇일까? 혹시? 기준은 그 이유를 알 것 같았다.

"그걸 왜 나한테 물어보는 것이오?"

"아닙니다. 그저 좀 궁금했을 뿐입니다."

"무엇이 그렇게 궁금하시오?"

기준의 목소리는 심히 격앙돼 있었다. 전수는 마지막 마무리를 해야겠다고 마음먹었다.

"실장님이 너무 예민하게 받아들이시니, 제가 괜한 말씀을 드린 것 같네요. 죄송합니다."

고개를 획 돌린 기준은 매우 바쁜 듯 두 발을 움직였다. 실장은 분명 무언가를 알고 있다. 정도 이상의 반응이 그것을 말해주지 않는가. 이제 미끼를 던져놓았으니, 기다리기만 하면 된다. 청와대를 나온 전수는 곧바로 전화기를 빼들었다. 10여 분간 누군가와 통화를 끝낸 전수는 자신의 근무지인 〈민중일보〉로 향했다.

"잘했어, 아주 잘했어."

부장이 호쾌한 웃음을 터트리며 순철의 우람한 어깨를 가볍게 두드렸다.

"지금쯤 문 선생은 제가 누구의 지시를 받고 움직이는지, 그것을 파악하기 위해 정신이 몹시 혼란스러울 겁니다. 어디에서도 그에 대한 답은 찾을 수 없겠죠."

"아마도 머리를 싸매고 있을 것이야."

부장은 연신 즐거운 웃음을 터트렸다.

"이제 정인혁을 생각해보자고. 놈에게 경찰력이 집중된 것으로 보아, 정인혁은 이제 이용할 가치가 없어졌다고 보아야 해. 따라서 놈이 잡히는 건 시간문제야. 그렇다면 지선호를 살해한 중놈이 열쇠인데, 그 중놈의 배후 세력이 과연 누구일까. 지선호는 죽으면서 엄청난 돈이 삼동병원으로 흘러들어갔다고 말했다고 했지?"

"네, 분명히 그렇게 말했습니다."

"뭔가 부족해."

부장이 선글라스를 매만졌다.

"그럼 이렇게 하자고."

순철이 몸을 앞으로 약간 내밀었다.

"너는 삼동병원으로 가서 알아볼 수 있는 데까지 알아봐. 나는 계속해서 청장의 일거수일투족을 밀착 감시하면서, 누구를 만나는지 알아볼 테니까."

순철이 몸을 일으키려 할 때, 부장이 한 마디 덧붙였다.

"이제 얼마 남지 않았어."

순철의 근육이 팽팽하게 불거졌다.

새벽으로 들어서는 시각, 우렁찬 숨소리를 뱉으며 도로를 달리는 오토바이가 있었다. 검은색의 육중한 오토바이는 '할리데이비슨

FLD 스위치백' 1,690cc 최고급 기종이었다. 이상하게도 당연히 모든 차량에 부착돼 있어야 할 번호판이 보이지 않았다. 오토바이의 두 사람은 가죽 재킷과 헬멧으로 온몸을 감싸 성별을 구분하기 어려웠다. 하지만 체격과 힘이 느껴지는 자세로 보아, 의심할 여지없이 남자들이었다.

1차선으로 들어선 오토바이가 좌회전을 받아 아파트 단지로 들어섰다. 마치 북을 두드리듯 두둥두둥 하던 오토바이의 숨소리가 멎었다. 곧바로 계단에 발을 디딘 그들은 단숨에 제일 위층인 5층에 다다랐다. 앞서 있는 남자가 품안에서 가느다란 철사를 꺼냈다. 그리고 철사를 구부려 현관문의 열쇠구멍에 꽂아 넣었다. 몇 번의 저항을 보이던 현관문이 지쳤는지 마침내 철컥 소리를 내며 스르르 몸을 열었다. 안으로 들어선 그들은 현관문을 닫았다.

가엾은 중생들, 이제 도망갈 길이 없어. 앞선 남자가 헬멧을 벗으며 회심의 미소를 흘렸다. 머리카락 하나 없는 남자의 민머리가 달빛을 받아 푸른빛을 머금었다. 암호명 수도승이었다. 정인혁, 한세화 그리고 지금 죽어야 할 홍전수. 단도를 꺼내든 수도승은 오른쪽 방으로 향하면서 눈짓했다. 두 사람이 방문을 살며시 열었다. 그와 동시에 두 사람의 눈이 얼어붙었다. 빈 침대만 텅 빈 방을 차지하고 있었다.

두 사람이 서로를 바라보고 있던 그때였다. 거실의 전등이 환하게 밝혀졌다. 베란다에서 뛰어나온 건장한 남자들이 총을 겨누었다.

"경찰이다. 무기를 버려라."

속았단 말인가. 수도승이 무기를 내려놓는 척하며 천천히 벽으로 붙었다.

"무기를 버리지 않으면 발포한다."

수갑을 빼든 경찰이 천천히 다가왔다. 수도승이 민첩하게 손을 올리더니 전기 차단기를 내렸다. 그와 동시에 경찰들의 비명이 터졌다. 수도승의 단도가 수갑을 쥐고 있는 경찰의 허벅지를 파고들었다. 곧바로 등을 돌린 수도승과 남자는 현관문을 밀치고 계단을 뛰어내렸다. 경찰들이 따라붙었다. 비호같은 동작으로 동을 빠져나온 두 사람은 오토바이에 올랐다. 오토바이의 요란한 북소리가 새벽을 갈랐다.

그때 새벽을 조용히 가르는, 그러나 아주 잔혹한 또 하나의 소리가 있었다. 푸슉. 건의 요인 암살용 라이플 '레밍턴 스피드 마스터 552'가 불을 뿜었다. 빗나간 총탄이 가로수에 박혔다. 깜짝 놀란 수도승이 급히 핸들을 꺾어 중앙선을 넘어갔다. 마주 오던 화물차가 오토바이를 피해 인도로 돌진하더니, 경계석에 걸려 전복됐다. 순간 뒤를 돌아본 수도승이 속도를 더욱 높였다. 푸슉, 푸슉. 총탄에 맞은 아스팔트가 불꽃 파편이 되어 공중으로 튀어 올랐다. 핸들을 거머쥔 수도승은 가속 장치를 끝까지 당겼다.

"그만하면 됐어. 빨리 여기서 빠져나가야 해."

진이 말했다.

"제길, 한 놈도 못 잡았어."

건이 매우 아쉬운 표정으로 일어서 라이플을 챙겼다.

"이제 시작이야, 기회는 얼마든지 있어."

옥상을 내려온 진과 건은 오토바이를 추적하는 경찰들의 눈을 피해 아파트를 빠져나갔다.

구급차와 경찰차들이 요란한 사이렌을 울리며 사건 현장에 도착했다. 머리와 얼굴이 피로 범벅된 화물차 기사가 구급차에 실리고 있었다.

"김 계장, 이제 내 말을 믿을 수 있겠나?"

전수가 문이 닫히는 구급차를 바라보며 말하더니, 몸을 돌려 강력계 수사계장 김영민을 똑바로 응시했다. 영민은 현장을 바라보고 있으면서도 믿기 힘든 표정을 지었다.

"홍 부장, 정인혁과 한세화는 지금 어디에 있는 건가?"

"아직 말해줄 수 없네."

전수가 분명하게 선을 그었다.

"그래? 그건 나중에 묻기로 하지."

고개를 돌린 영민은 형사들에게 지시했다.

"주변에 떨어져 있는 것들 하나도 놓치지 말고 전부 담아."

형사들은 작은 단서 하나도 놓치지 않으려는 듯 주변을 샅샅이 훑었다. 영민이 차에 타려다가 잠시 멈추고 반장 구정석에게 말했다.

"당분간, 입단속들 잘해."

"네? 아, 알겠습니다."

"홍 부장, 자네도 명심하고."

고개를 끄덕인 전수는 자신의 승용차에 올랐다. 총기 휴대가 금지된 이 나라에서 놈들에게 총질을 한 놈은 또 누구란 말인가. 전수는 도무지 현실 같지 않은 현실에 허공을 노려보더니, 차를 출발시켰다. 진한 농도 속에 한바탕 휘몰아친 잔혹한 현실을 전부 담고 있는 새벽은 그 기억을 지우려는 듯 서서히 옅어져가고 있었다.

산사로 피신한 남녀

산사의 아침은 단아하면서도 고요하게 시작됐다. 아침을 감싸고 있는 옅은 안개가 물 흐르듯 서서히 내려가면서, 평화로운 산사가 그 모습을 완전히 드러냈다. 추녀를 받치고 있는 두 개의 기둥이 이채롭게 보였다. 자연 그대로의 나무를 생긴 모습 그대로 껍질만 다듬어 사용한 기둥은 거칠면서도 아름답게 느껴졌다. 서울 근교 자그마한 산사에 머무르고 있는 인혁과 세화는 아침 공양을 마치고 방을 나와 대웅전 앞뜰을 서성이고 있었다.

"선배, 우리가 이 사건에서 빠져나올 수 있을까요?"

풀에 잠긴 세화의 목소리에 지친 기색이 역력했다. 인혁은 대답 대신 세화의 손을 가볍게 쥐었다. 그 손길에는 미안함과 안쓰러움, 그녀를 사지에 끌어들였다는 죄책감까지 담겨 있었다. 그것을 느꼈는지 세화가 인혁의 손을 끌어당겨 자신의 얼굴에 살며시 얹었다.

"선배, 언젠가 진실은 밝혀지겠죠."

그녀의 미소가 슬퍼 보였다. 손을 맞잡은 두 사람은 돌층계를 내려와 작은 개울 앞에서 멈췄다. 개울 건너 흐드러진 신록 속에서 갓 피어난 이름 모를 들꽃이 두 사람을 향해 반갑게 손짓하고 있었다. 인혁과 세화의 입에서 깊은 숨이 흘렀다. 그것은 마음의 정화 같은 것이었다.

"속세의 근심은 욕심에서 비롯된 자리다툼에서 시작되는 것이지요."

돌아보니 주지승이 평화롭게 웃으며 개울 앞으로 걸어오고 있었다. 인혁과 세화가 공손하게 합장했다.

"우리가 이 개울물을 의식하고 있는 것처럼, 이 개울물도 우리를 의식하고 있을까요?"

주지승의 화두와 같은 말이었다.

"몸을 흔들고 있는 풀과 손짓을 하고 있는 나무와 한눈 한 번 팔지 않는 바위. 이것들 또한 의식이 깃들어 있는 존재입니다. 우리 인간과 서로 떨어져 있는 것처럼 보이지만, 실상은 그렇지 않습니다. 우리는 모두 하나로 연결돼 있는 것이지요. 이것이 곧 부처의 마음입니다."

주지승의 인자한 모습이 그에 대한 해답을 가져다주는 것처럼 보였다. 산새 소리와 개울물 소리가 아름다운 연주처럼 들렸다.

"이 몸 또한 속세의 인연을 가졌던 사람으로서 많은 자리다툼을 경험했지요. 지금에 와서 생각해보면 다 부질없는 짓이었죠. 그때 중생을 구제할 수 있는 상생의 개념이 얼마나 아름다운 개념인지 제대로 이해하고 실천했어도…. 참, 〈민중일보〉 기자라고 했나요?"

"네, 그걸 어떻게…."

"허허, 이 몸도 한때 〈민중일보〉 기자였답니다. 홍 부장과 입사 동기였죠."

그제야 인혁과 세화는 홍전수가 왜 이 산사의 약도를 그려주었는지 이해할 수 있었다. 세화가 환하게 웃었다. 그녀의 하얀 치아가 햇살을 받아 반짝였다.

"선배님과 스님, 어떤 호칭이 편하세요?"

세화는 의외의 곳에서 선배를 만났다는 사실에 기쁨을 감추지 못했다. 그것이 원인이 됐는지, 원래의 쾌활한 모습으로 돌아간 그녀는 농담 섞인 목소리로 물었다.

"수양이 많이 부족한 사람이 어떻게 스님이라는 소리를 들을 수 있나요. 그냥 편하게 회사에서처럼 선배라고 불러주세요. 이렇게 아름다운 여성에게 선배 대접을 받을 수 있는 영광을 베풀어주시면, 깨달음의 세계를 굳이 이런 산 속에서 찾지 않아도 될 것 같다는 생각이 듭니다."

세화의 농담을 너그럽게 받은 주지승의 익살스런 농담이었다. 세 사람의 웃음소리가 흐드러진 신록 속으로 스며들었다. 인혁은 주지승이 왜 '스님'이라는 말을 들을 수 없다고 했는지 그 마음을 잘 알았다. 스님이라는 말은 원래 '중의 스승이라는 말로, 깨달음의 경지에 오른 스승을 가리키는 말이기 때문이었다. 진정으로 영적 세계를 추구하시는 분이라는 생각이 들었다. 실로 오랜만에 느껴보는 감미로운 평화에 마음을 뺏기고 있을 무렵, 인기척이 느껴졌다.

"이런, 땡중 같은 놈. 뭐? 깨달음의 세계를 여기서 구하지 않겠다고? 이제 술과 고기가 그리운 모양이지."

전수가 눈을 흘기며 개울 앞으로 다가왔다. 그 눈 흘김에 반가움이 듬뿍 담겨 있었다.

"이 사람, 전수. 이게 얼마만이야."

주지승과 전수가 반가움에 얼싸안았다.

"자네는 늘 이런 식이야. 예고도 없이 나타나서 예고도 없이 사라지고."

"속세의 인연은 찰나에 불과하다고 자네가 늘 말했잖아. 그 찰나에 얽매어 있는 것을 보니 아직 멀었어. 이제부터 내가 술과 고기에 굶주린 자네의 영혼을 구제하겠네."

전수의 능청스러운 농담에 다시 한 번 산중에 큰 웃음이 터졌다.

"자네 아직 식사 전이지, 올라가세."

주지승이 앞장섰다.

"맛있는 거라도 준비했나?"

"당연히 자넬 위해서 술과 고기를 준비했지."

"자넨 역시."

전수가 한 템포 쉬었다.

"역시 뭐?"

"역시 땡중이야."

뒤를 걷는 인혁과 세화가 두 사람의 허물없는 농담에 키득키득 웃었다. 언덕을 다 오른 그들은 산사 돌계단에 발을 디뎠다. 108번뇌를 상징하는 108계단이었다.

"이 계단을 밟으면서 몸과 마음을 괴롭히고 어지럽히는 번뇌를 하나씩 내려놓는다고 생각하면서 오르면 힘들지 않을 것입니다. 이 몸도 하루에 열 번씩 이 계단을 오르면서 마음의 짐을 내려놓는답니다."

주지승이 뒤를 돌아보며 말했다. 전수는 친구의 진지한 표정에 실룩거리던 입술을 다물었다.

"열 번이나요?"

세화가 물었다.

"거기에도 다 의미가 있지요. 중생의 삶과 이 우주의 이치가 108 계단에 아로새겨져 있답니다."

계단을 오르는 인혁은 눈 속으로 과거의 안개가 스며드는 것을 느꼈다.

"인혁아, 아빠가 재밌는 거 보여줄게."

초등학생의 인혁이 그림책을 들고 있는 아빠를 호기심 어린 눈으로 바라보았다.

"이 야구공의 실밥 수가 모두 몇 개인지 아니?"

아빠의 손가락이 야구공을 가리켰다.

"세어보면 알겠지만, 모두 108개란다."

진일은 이어서 골프장 그림을 펼쳤다.

"이 골프 홀의 지름을 보렴."

인혁의 호기심 어린 두 눈이 골프 홀의 지름 108mm를 확인했다.

"니가 읽었던 『수호지』에 등장하는 양산박의 영웅들이 몇 명인지 아니?"

"당연히 108명이겠지."

눈치 챈 인혁이 즉시 대답했다.

"그렇지, 세상에서 가장 아름다운 글인 훈민정음의 서문도 108자로 이루어졌어."

인혁이 놀라움을 표시했다. 그 놀라움은 계속됐다.

"태양의 직경은 지구의 108배이고."

"아빠, 또 있어?"

"그럼, 우주 만물의 근원이 되는 원소의 숫자도 108개로 확인됐지."

아빠의 웃음소리가 작아지더니, 세화의 목소리가 들렸다.

"선배, 무슨 생각을 그렇게 골똘히 해요?"

"어?"

"어서 들어가지 않고 뭐 하세요?"

선방으로 들어서니 소반에 차와 다과가 정갈하게 놓여 있었다. 금세 작은 선방이 향기로운 차향으로 가득 찼다. 두 손으로 공손하게 찻잔을 받친 전수가 향기를 음미하더니, 한 모금 삼키고 내려놓으며 말했다.

"이리 가까이 앉게."

그들에게 평화는 사치에 불과한 것일까. 전수의 모습이 사뭇 진지했다.

"미끼를 문 고기가 너무 커. 커도 너무 커서 도리어 우리가 잡혀먹힐 수도 있어."

"그럼 부장도 위험에 처해 있다는 말이잖아요."

세화가 진저리쳤다.

"이 정부가 무엇을 숨기려고 하는지 나 역시 궁금해. 그것이 국민을 위한 길이 아닌 것만은 분명해. 그래서 난 여기에 사활을 걸 생각이야. 언론인의 의무인 셈이지."

꼿꼿한 자세로 눈을 감고 있는 주지승은 미동도 없었다.

"그런데 아주 이상한 게 있어."

인혁이 몸을 조금 더 앞으로 당겼다.

"우리를 잡으러 온 놈에게 총질을 한 사람이 있었어."

"총질이요?"

인혁과 세화가 소스라치게 놀랐다.

"그럼 음지에 숨어서 우리를 보호하려는 세력이 아닐까요?"

전수와 인혁이 동시에 고개를 가로저었다.

"수사 진행을 보고 다시 올 테니까, 두 사람은 당분간 여기에 숨어 있는 게 좋을 거야."

"저 또한 같은 생각입니다. 어떤 위험이 도사리고 있는지도 모르는데 함부로 움직이다가 봉변을 당한다면, 지금까지의 노력이 수포로 돌아갈 수 있다고 생각합니다."

인혁이 보이지 않게 전수에게 눈짓했다. 전수가 그 눈짓을 받더니 주지승을 살짝 건드려 눈짓했다.

"우리, 산책이나 좀 할까요?"

주지승이 일어서면서 세화를 바라보았다.

"저하고요?"

"오랜만에 속세의 후배님과 속세의 얘기 좀 하고 싶은데, 어떤가요?"

세화가 잠깐 동안 전수와 인혁을 바라보더니, 주지승을 따라 일어섰다.

"나도 이만 가봐야겠네. 다음에 올 땐 술과 고기를 듬뿍 준비해 옴세."

"이런, 몹쓸 친구 같으니."

주지승이 껄껄 웃으며 선방을 나갔다.

"세화는 우릴 이해해줄 겁니다."

산사를 내려가던 인혁은 뒤로 몸을 돌렸다. 주지승을 따라 걷는 세화의 모습이 몹시 슬퍼 보였다. 이렇게 가면 세화를 다시 볼 수 있을까? 가슴이 뭉클하면서 코끝이 찡해졌다.

"그만 가지."

아무도 없는 산사에 고요함이 찾아들었다.

전수의 승용차가 먼지 날리는 비포장도로를 벗어나 아스팔트길로 들어섰다. 5월 초를 조금 지났을 뿐인데 고개를 내민 더운 날씨는 벌써부터 끈적끈적하게 느껴졌다. 멀리 보이는 들밭에서 머리에 수건을 동여맨 사람들이 마치 개미처럼 움직이고 있었다. 차창 밖으로 펼쳐지는 푸른 풍경이 인혁의 눈동자에 잠깐 머물다가 사라졌다.

세화를 거기에 남겨두고 왔어야만 했을까. 과연 옳은 판단이었을까. 끝까지 같이했어야 되는 건 아니었을까. 인혁은 두 눈을 감았다. 암울한 현실은 계속될 것만 같았다. 그런 생각이 의식을 지배하자, 급기야 가슴속 깊은 곳에서 참을 수 없는 분노가 치솟아 올랐다. 양보하라, 지금 가진 것에 만족하라? 대체 무엇을 양보하고, 무엇에 만족하란 말인가. 이런 말을 지어낸 사람들은 과연 자신의 말대로 인생을 살았단 말인가. 그렇다고 한다면, 그것은 패배주의에 입각한 삶이고, 그 인생은 실패와 패배로 얼룩진 인생이었을 것이다. 차창을 활짝 열어젖힌 인혁은 고개를 내밀었다. 끈적끈적한 바람이 머리를 감싸는 느낌에 다시 차창을 닫았다.

"왜, 속이 불편한가?"

"…아닙니다."

전수가 인혁의 손을 살며시 잡았다가 놓았다. 어느새 승용차가 목적지에 다다랐는지 조용히 멈췄다. 바라보니 산자락 밑으로 비교적 넓은 저수지가 푸른 신록을 가득 담고 있었고, 수문 밑으로 작은 양어장이 보였다. 전수의 두 발이 양어장으로 향했다. 뒤를 따르는 인혁은 무언가 이상하다는 생각이 들었다. 낚싯대를 잡고 있던 챙 넓은 모자를 쓰고 있던 건장한 남자들이 일어서 뚜벅뚜벅 걸어오고 있었기 때문이었다. 인혁이 순간 뒤로 몸을 돌렸다. 그와 동시에 전수가 팔을 잡았다.

"이 사람, 나까지 못 믿겠다는 건가? 이거 정말 서운하군."

전수가 인혁의 팔을 잡아끌었다.

"안심해, 우리 편이야."

"정인혁 씨, 서부경찰서 강력계 수사계장 김영민입니다."

다가온 영민이 손을 내밀어 악수를 청했다. 그는 우람한 풍채에 걸맞게 마치 솥뚜껑 같은 두꺼운 손을 가지고 있었고, 손아귀 힘이 상당했다. 퉁퉁한 얼굴에 귀를 약간 덮고 있는 숱 많은 머리는 거의 반 이상이 하얀 머리였다. 그를 보필하듯 뒤에 서 있는 여섯이나 되는 형사들은 모두 건장한 체격에 짧은 스포츠머리를 하고 있었다.

"정인혁 씨, 아직 혐의가 다 풀린 것은 아니지만 일단 믿어보기로 했소."

영민의 고개가 왼쪽으로 향했다.

"나는 홍 부장하고 할 얘기가 있으니 정인혁 씨를 안내해드려."

형사들의 안내로 양어장으로 내려간 인혁은 컨테이너로 들어섰다. 책상에는 두 대의 컴퓨터와 필기구 등 비교적 간단한 사무용품이 놓여 있었다. 가운데 서 있는 남자가 손을 내밀었다.

"반장 구정석입니다."

"정인혁입니다."

인혁이 완력이 느껴지는 반장의 손을 잡았다가 놓았다.

"정인혁 씨는 앞으로 우리와 같이 활동하게 될 겁니다. 철저한 비밀이 요구되는 수사이니만큼, 여기에 임시 수사본부를 차렸습니다. 여기 양어장은 수사 종결 시점까지 우리가 임대했으니, 그렇게 아시고 여기서 우리와 같이 활동하시면 됩니다. 기자 출신이시니 수사가 어떻게 진행될 것인지 대략 아실 거라 믿습니다."

정석의 강한 인상을 떡 벌어진 어깨가 받치고 있는 듯 보였다.

"자, 이제 처음부터 지금까지 겪었던 일들을 하나도 빠짐없이 얘기해주세요. 그래야 우리가 도와드릴 수 있습니다."

그 시각, 태훈과 명대를 대동한 문 선생은 지선호가 머물렀던 슬레이트집으로 향하고 있었다. 관제데모의 몸통이 보이려 하자 자살로 생을 마감한 지선호. 그러나 그것은 의심할 여지없는 토사구팽이었다. 거기에는 분명 누군가의 입김이 작용했으리라. 양팔을 들어 올린 문 선생은 양철대문을 때리듯 밀쳤다. 몹시 녹슨 양철대문이 소름끼치는 소리를 지르며 안으로 홱 제켜졌다.

"박순철이 그놈은 우리를 의도적으로 유인해 경고를 보냈습니다."

태훈이 대문을 들어서면서 말했다.

"여기서 박순철이 무엇을 했는지, 지선호의 죽음에 직접적으로 개입을 했는지. 만약 그렇다고 한다면 청장이 시킨 일일 것이야. 샅샅이 뒤져."

"팀장님, 방에는 아무것도 없습니다."

두 개의 방을 모두 조사한 태훈이 말했다.

"팀장님, 여기 뭔가 있습니다."

명대의 소리가 양철대문 쪽에서 들렸다.

"이걸 보세요."

명대의 장갑 낀 손이 무언가를 들어 올렸다. 목걸이였다.

"이렇게 으스스한 목걸이는 처음 보는데요."

문 선생과 태훈이 푸른 색깔을 띤 해골 모양의 목걸이를 유심히 살펴보았다.

"이건 보석 아닌가요?"

태훈의 손가락이 텅 비어 움푹 들어간 눈 위를 가리켰다. 깨알 크기의 보석으로 보이는 것은 이마 정중앙에서 조금 내려와 인당에 박혀 있었고, 햇빛을 받아 영롱한 빛을 발하고 있었다. 마치 부처의 이마에 붙어 있는 보석처럼 보였다. 그러나 해골에 보석이 박혀 있는 모습은 기이함을 넘어 어떤 섬뜩함까지 느껴질 정도였다.

"이게 과연 박순철의 것이냐, 아니면 지선호. 두 사람 모두 아닐 수도 있겠지."

문 선생이 혼잣말처럼 중얼거렸다.

"목걸이가 너무 작아서 지문 채취가 어려울 수도 있을 거야. 일단 해보는 데까지 해보고 성과가 없다 싶으면… 보석이 아주 정교한 것을 보니, 이 정도 세공 기술을 가지고 있는 사람은 그렇게 많지 않겠다는 생각이 들어. 일단 수도권을 중심으로 조사해보면, 어떤 단서를 잡을 수도 있을 거야."

문 선생은 목걸이가 예사 목걸이가 아니라는 것을 직감했다.

삼동병원으로 들어선 순철은 병원의 외관이 어디서 본 듯한 느낌을 받았다. 특이하게도 고딕 양식으로 지어진 병원은 하늘을 찌를 듯 뾰족한 지붕이 인상적이었고, 머릿돌에 양각된 거대한 손은 만인을 아우르듯 손바닥이 밑을 향하고 있었다. 잠시 고개를 갸웃한 순철은 생각을 지워야 했다. 병원을 들어섰지만 어디서부터 시작해야 할지 난감했기 때문이었다. 다짜고짜 병원장을 만날 수도 없는 일이었고, 그 전에 병원장은 일반인을 만나주지도 않을 것이다. 그렇다고 경찰이라고 밝힐 수도 없는 일이었다. 그리되면 병원장의 입은 절대 열리지 않을 것이기 때문이었다. 그리고 과연 병원장이 지선호와 직접적인 연관이 있는지도 모를 일이었다. 그렇다면 일단 병원장의 반응을 살펴서 지선호와의 관계를 파악하는 게 순서인 듯했다. 잠깐 생각한 순철은 좋은 생각이 떠올랐다. 순철은 곧바로 지하 매점으로 내려가 가장 비싼 음료수를 박스로 구입해 안내 데스크로 향했다. 그는 세 명의 안내원들 중 가장 순진해 보이는 둥근 얼굴의 여자에게 음료수를 내밀었다. 보이지 않는 치밀한 계산이었다.

"수고 많습니다. 이건 제가 드리는 거니까 그냥 드세요."

"이 비싼 음료수를 박스째로…, 감사합니다."

여자가 고개를 숙여 감사를 표시했다.

"그런데 무슨 볼일이 있어서 오신 거 아닌가요?"

"그게 좀…, 어려울 거 같아서…"

순철이 우물거렸다.

"뭔데요, 제가 도와드릴 수 있는 거라면 도와드릴게요."

"실은 아주 중요한 일로 병원장님을 만나야 하는데 방법이 없을까요?"

"원장님을 직접 만나 뵙기는 어려울 것 같습니다."

순철은 예상했던 대답을 기다렸다.

"당연히 그렇겠죠. 바쁘신 원장님이 아무나 만나주지는 않을 테고. 그럼, 이 부탁 정도는 들어주실 수 있죠."

메모지에다 무엇을 적은 순철은 아주 중요한 것처럼 반을 접어서 여자에게 건넸다.

"원장님이 안 계시면, 원장님과 아주 가까운 분에게라도 연락해서 그대로 읽어주실래요. 그 정도는 어렵지 않겠죠."

여자가 내키지 않는 표정으로 승낙했다. 상대방에게 무엇을 주어 빚진 상태로 만들고, 거기에 또 하나를 내주면서 목적한 바를 얻는 순철의 다중구속적인 심리전술이었다. 병원장이 지선호와 조금이라도 관계가 있다고 하면, 분명 어떤 반응을 보일 것이다. 이제 연락이 오기만을 기다리기만 하면 된다. 밖으로 나온 순철은 여유로운 표정으로 담배를 빼물었다.

10여 분 정도 흐른 것 같았다. 순철이 또 하나의 담배를 물려고 할 때, 전화가 걸려왔다. 모르는 전화번호였다. 그렇지! 속으로 외친 순철은 전화를 받았다.

"박순철입니다."

-지선호 씨가 뭐를 건네주던가요?

굵직한 남자의 음성이었다.

"병원장님이 아니면 말씀드릴 수 없습니다."

상대방을 옭아매는 순철의 순간 언변은 노련했다. 전화기 너머로 머뭇거리는 기색이 느껴졌다.

-그래요? 그럼 없던 일로 합시다.

상대방 또한 노련했다. 하지만 민완형사 순철이 그를 앞섰다. 지선호와 아무 관계가 없다면 머뭇거릴 이유가 없었다. 뿐만 아니라 전화를 걸어오지도 않았을 것이다. 순철은 이미 걸린 고기를 여유롭게 낚아채기로 마음먹었다.

"알겠습니다. 그럼 전 지선호 씨한테 건네받은 돈과 USB를 갖고 언론사로 가겠습니다. 전화 이만 끊겠습니다."

-잠깐만요. 우리 만나서 얘기합시다.

낚싯대에 끌려 나오는 고기가 묵직하게 느껴졌다. 실로 짜릿한 손맛이었다. 전화를 끊은 순철은 자신의 계략에 만세를 부르고 싶었다.

왕복 2차선 도로를 달리던 승용차가 속도를 줄이더니, 끝이 보이지 않을 정도로 길게 펼쳐진 수로로 들어섰다. 울퉁불퉁한 길에 올라선 승용차는 심하게 몸을 흔들면서 천천히 이동했다. 우거진 갈대와 잡풀 사이에서 날벌레들이 떼 지어 전조등 불빛으로 달려들었다. 승용차의 속도에 맞춘 날벌레들이 급기야 열린 차창으로 들어왔다. 순철은 신경질적으로 손바닥을 휘휘 저으면서 뚫어지게 앞을 바라보았다. 그러나 군데군데 움푹 들어간 갈대숲을 아무리 살펴봐도, 낚시꾼의 그림자도 찾을 수 없었다. 구불구불하게 펼쳐진 수로는 어디가 끝인지 모를 정도로 계속해서 이어지고 있었다.

"여기가 아닌가?"

혼잣말을 흘린 순철은 고개를 갸웃했다. 바로 그때였다. 승용차의 앞뒤에서 환한 빛이 승용차 안으로 쏟아져 들어왔다. 전조등을 켜지 않고 따라붙은 게 확실했다. 그제야 순철은 자신이 속았다는 사실을 깨달았다. 전조등 불빛은 눈이 부실 정도로 점점 강해졌다. 피할 길이 없었다. 차문 열리는 소리가 들렸다. 순철은 놀란 눈으로 앞뒤를 번갈아 쳐다보았다. 승용차를 내린 남자들은 총 여섯이었다. 정면승부는 승산이 없을 듯했다. 문을 박차고 나온 순철은 비탈을 내려가 갈대숲을 헤치고 물로 뛰어들었다.

"잡아!"

날카로운 외침이었다.

수심은 생각보다 깊었다. 뒤에서 첨벙거리는 소리가 연이어 들렸다. 남자들이 물로 뛰어든 것 같았다. 순철은 사력을 다해 팔다리를 움직였다. 달빛 하나 없는 밤이 그나마 다행이었다. 남자들의 첨벙거리는 소리와 풀벌레 소리가 한밤중의 수로를 잠식했다. 그때 위에서 첨벙거리는 소리가 들렸다. 길을 달리던 남자가 뛰어든 것 같았다. 순철이 무서운 기세로 돌진하더니, 머리를 이용해 남자의 얼굴을 힘껏 박았다. 남자가 비명을 지르며 허우적거렸다.

숨을 한껏 들이마신 순철은 수면 아래로 잠수해 내려가더니, 그대로 몸을 돌려 물 위에 떠 있는 남자들을 지나쳤다. 이를 악물고 숨을 참으면서 계속해서 내려갔다. 숨을 얼마나 참았는지, 악다문 이빨이 으드득거렸다. 더는 참을 수 없었다. '푸' 소리를 내며 수면으로 올라오니, 자신을 찾는 남자들이 뒤를 돌아보았다. 생각 외로 거리는 많이 벌어져 있었다. 남자들에게서 빠져나갈 수 있는 절호의 기회였다. 물을 나와 길에 올라선 순철은 도로를 향해 필사적으로 뛰었다.

퇴근 시간의 전철은 정차역마다 수많은 사람들을 토해내고 또 삼키면서 이동하고 있었다. 태훈과 명대는 밀려드는 사람들을 헤치고 문가에 자리를 잡았다. 종각역에 정차한 전철은 다시 거대한 몸을 움직여 종로3가로 향했다.

"형님, 팀장님이 뭔가 좀 이상하다는 생각이 계속해서 들어요."

태훈이 눈으로 물었다.

"아니, 정인혁에 집중해야 할 수사가 이상한 방향으로 흐르고 있는 것 같아서요. 감쪽같이 사라진 정인혁을 누가 보호하고 있다는 생각이 들지 않아요? 그리고 무엇보다도 정인혁이 갑자기 살인 용의자로 탈바꿈한 사실을 도무지 이해할 수 없습니다."

"그게 팀장님하고 무슨 관계가 있다는 말이야?"

"엄청난 돈이 어디로 흘러들어갔는지 돈의 행방을 찾다가, 느닷없이 청장님의 뒷조사를 지시하셨잖아요. 형사 생활 거의 십년 동안 이렇게 돌아가는 수사는 처음이라 이러는 거죠. 뭐가 어떻게 돌아가는 판국인지 도무지 모르겠습니다."

"발 담글 대로 담가놓고 이제 와서…; 또 쓸데없는 소리 한다."

"제가 이제 와서 빠진다는 게 아니라, 형님도 생각해보세요. 우리가 팀장님과 하루 이틀 호흡을 맞춘 것도 아닌데, 정진일 씨 사건이 터지면서 평소와 많이 다르잖아요. 알맹이는 놔두고 껍질만 파고든다는 생각이 들 때가 한두 번이 아니거든요."

전철이 흔들리면서 명대의 말이 잠깐 멈추더니 다시 이어졌다.

"그리고 그 폐 공장에서 청장님이 만난 사람. 팀장님이 알고 있는 사람처럼 느껴지던데, 우리는 그 사람이 누구이고 뭐하는 사람인지도 모르잖아요."

"우리가 굳이 알 필요가 없기 때문에 그러실 수도 있을 거야. 이 모든 게 정진일, 정인혁과 관계가 있는 것만은 너도 알잖아. 우리가 팀장님을 못 믿으면 누가 팀장님을 믿겠어."

"하여간 형님은 팀장님 얘기만 나오면…, 우리 팀장님은 형님 같은 사람을 후배로 둔 걸 크나큰 복으로 생각하셔야 될 것 같습니다."

종로3가에 도착한 전철이 거대한 입을 벌렸다. 사람들에 밀려 계단을 오른 그들은 길가에 위치한 한 보석상으로 들어갔다. 벌써 네 번째였고, 지나온 세 군데는 아무런 성과 없이 헛걸음만 친 셈이었다.

"잠깐만요."

목걸이를 받아든 주인이 현미경을 조정해 한참을 살폈다.

"이거 어디서 났습니까?"

"왜요, 거기서 뭐 좀 나왔습니까?"

태훈이 몸을 앞으로 숙이면서 물었다.

"그게 아니고…."

주인은 몸을 돌리더니 책상 서랍을 열어 작은 케이스를 꺼내 열었다.

"어?"

태훈과 명대의 눈이 휘둥그레졌다. 주인의 손에 들린 목걸이는 자신들이 가지고 온 해골 목걸이와 판박이처럼 닮아 있었다.

"어때요? 이거하고 똑같죠?"

"그럼 시중에 흔히 나왔던 제품입니까?"

태훈이 금방 실망스러운 표정을 지으면서 물었다.

"아닙니다. 이 목걸이는 2년 전에 특별 주문으로 제작된 것인데,

저는 이 정도 기술이 안 되고, 예전에 같이 일했던 후배가 만든 것입니다. 기념으로 똑같은 목걸이를 만들어서 저한테 줬죠. 그래서 지금까지 보관하고 있었습니다. 그놈 성질이 너무 고약해서, 지금은 아예 연락도 안 하고 산 지 1년이 넘었습니다."

주인은 묻지 않은 말까지 곁들였다.

"그럼 이 두 개의 목걸이가 아무 차이점 없이 똑같이 만들어졌다는 말씀입니까?"

"역시 형사님이시군요. 왜 차이점이 없겠습니까. 제 목걸이의 보석은 가짜고, 형사님들이 갖고 오신 목걸이는 진짜 보석입니다."

"목걸이가 특별 주문으로 만들어졌다면, 누가 주문했는지 아십니까?"

"그건 물어보지 않아서 모릅니다. 뭐 물어볼 필요도 없었고요. 잠깐만요."

볼펜을 잡은 주인은 메모지에 약도를 그리기 시작했다.

"다른 곳으로 이전하지 않았으면, 예전 그 자리에 있을 겁니다. 충정로에서 2번 출구로 나가시면…"

주인은 마치 자신의 일이라도 되는 양 약도까지 그려가며 자세하게 설명했다.

"이쪽으로 돌아가시면 전당포가 하나 있을 겁니다. 찾기는 그리 어렵지 않아요. 막다른 골목 제일 구석진 곳에 있으니까요. 그 전당포 주인이 바로 이 목걸이를 만든 사람입니다."

충정로에 가려면 시청으로 다시 돌아가서 2호선으로 갈아타는 길이 가장 빠른 길이었다.

"고맙습니다."

약도를 받아든 두 사람은 충정로로 향했다.

"형님, 저기가 맞는 것 같은데요."

주변의 건물과 보석상 주인이 그려준 약도는 거의 일치했다. 음식점과 네온사인이 반짝이는 건물을 돌아가니, 주인의 말대로 막다른 골목이 나타났다. 희미한 보안등에 모습을 드러낸 초저녁의 골목은 낮 시간에 시달렸는지, 벌써부터 지쳐 있는 것처럼 보였다. 제일 구석진 곳에 자리 잡은 전당포는 다행히도 이전하지 않고 그 자리에 있었다.

"이런 데서 전당포를 하면 손님들이 찾아올까요."

태훈도 같은 생각이었다. 두꺼운 쇠창살로 몸을 감싼 전당포는 마치 교도소와 같은 느낌이었다.

"계세요?"

태훈이 문을 두드렸다. 간신히 얼굴만 보이는 작은 문이 열리며 눈이 움푹 들어간 남자가 말없이 손만 내밀었다. 내민 손이 떨리는 것으로 보아 알코올 중독이나 병을 앓고 있는 환자처럼 보였다. 참 공교롭게도 남자의 몹시 마른 얼굴이 해골 목걸이와 많이 닮아 있었다.

"아, 경찰입니다. 이거 선생님이 만드신 목걸이 맞죠."

그와 동시에 텅 소리와 함께 문이 닫혔다.

"아니, 저 사람이…."

명대가 다시 문을 두드렸다.

"이봐요! 우린 경찰이라고요!"

하지만 닫힌 문은 열리지 않았다. 실로 난감한 상황이었다. 잠시 생각한 노련한 태훈은 남자를 사건에 끌어들이기로 했다.

"이봐요! 당신이 만든 목걸이 때문에 사람이 죽었어요. 이렇게 회피하면 당신도 경찰 수사를 받아야 할 겁니다. 괜한 의심 받기 싫으면 어서 문을 여세요."

태훈이 명대를 향해 한 쪽 눈을 찡긋했다.

"수색영장을 발부받아 다시 오겠습니다."

눈치 빠른 명대가 합류했다. 그때 빠끔히 문을 연 남자가 비웃듯 말했다.

"요즘 판사는 앞뒤 분간 모르고 설치는 경찰한테 수색영장을 발부해준답니까? 마음대로 하시오."

할 말이 없었다. 다시 텅 소리를 내며 닫힌 문은 다시는 열리지 않을 것 같았다. 낭패한 표정의 두 사람이 발을 옮기려 할 때였다. 골목으로 누군가 들어오고 있었다. 마치 히피족처럼 코와 입술에 피어싱을 한 남자는 붉게 염색한 머리를 만지며 다가오고 있었다. 서로의 눈이 마주쳤다. 남자가 순간 주춤하더니, 뒤로 몸을 돌렸다.

"잡아!"

남자가 달아나고 태훈과 명대가 따라붙었다. 골목을 벗어난 남자가 대로로 뛰어나갔다. 남자의 몸에 부딪친 리어카의 과일이 쏟아졌다. 마주 오던 자전거가 남자를 피하더니, 가로수를 들이받고 넘어졌다. 거리를 걷는 사람들이 돌진하는 남자를 피하기에 바빴다. 자전거를 뛰어넘은 태훈과 명대가 사람들을 헤치며 남자를 쫓았다. 거리는 점점 가까워졌다. 뒤를 돌아본 남자가 막 손님을 내려주고 출발하는 택시를 잡아탔다. 택시가 점점 멀어졌다. 택시를 향해 뛰는 태훈의 눈에 시동이 걸려 있는 배달 오토바이가 들어왔다. 지체없이 오토바이에 오른 그는 택시를 쫓았다. 조금을 달리니 신호에 걸린 택시가 멈춰서 있었다. 그때 적색신호가 녹색신호로 바뀌고 있었다. 속도를 높인 태훈은 막 출발하려는 택시를 오토바이로 막아섰다. 택시가 급정거의 소음을 지르며 멈췄다.

"내려."

태훈이 조용하지만 강한 어조로 말했다.

"아, 이 새끼…."

자전거를 타고 온 명대가 숨을 헐떡거리며 남자의 손목에 수갑을 채웠다.

"제가 무슨 죄가 있다고 수갑을 채우는 겁니까."

남자는 지나가는 사람들을 힐끔힐끔 쳐다보면서 억울한 듯 말했다. 이십대 초반 정도로 보이는 얼굴이 가로등 불빛에 새겨졌다. 명대는 남자를 끌어 가로수에다 수갑을 걸었다. 거리의 사람들이 매우 재미있는 표정으로 그들을 지나쳤다. 남자는 몹시 창피한 듯 고개를 푹 숙였다.

"자, 이제 여기서 니가 먼저 갈 것인지, 아니면 우리가 먼저 갈 것인지, 니 대답에 따라서 결정되는 거야."

명대가 험악한 얼굴을 만들면서 말했다.

"저를 이렇게 놓고 가신다고요?"

"그러니까 왜 도망쳤는지 말하면 되잖아."

"저는 형사님들이 돈을 뜯는 깡패인지 알았어요. 무서워서 도망친 거라고요."

"허, 이 새끼 둘러대는 거 봐라."

묵묵히 있던 태훈이 무슨 생각을 했는지, 남자의 주머니를 뒤지더니 휴대폰을 찾아 꺼냈다.

"패턴 풀어."

태훈의 강한 눈빛에 남자는 마지못해 패턴을 풀었다. 통화 목록을 확인한 태훈은 '꼰대'라고 표시된 통화 기록을 남자 앞으로 내밀었다.

"아버지한테 전화할까?"

"제발, 그것만은…. 아버지한테 걸리면 저 죽어요."

"그러니까 사실대로 말하면 되잖아."

얼굴을 한껏 일그러뜨린 남자는 순순히 털어놓기 시작했다.

"그러니까 그 전당포 주인이 장물아비란 말이지?"

명대가 물었다.

"네. 그 노친네가 카메라 값을 너무 후려쳐서 따지려고 갔던 겁니다. 그리고 형사님들 제발 믿어주세요. 진짜 딱 한 번이었어요. 그래서 카메라 값을 몰랐던 거고요. 맹세합니다."

"이제 니가 우릴 한 번만 도와주면, 니가 지금까지 저지른 일 없던 일로 해준다."

태훈은 차고 있던 손목시계를 풀어 남자에게 건넸다.

"무슨 뜻인지 알지?"

남자가 고개를 끄덕였다. 남자를 앞세우고 다시 전당포에 가깝게 접근한 태훈과 명대는 벽으로 바짝 붙어 남자의 행동을 살폈다. 손목시계를 보이며 흥정하던 남자가 소리를 지르더니, 자신들에게 고개를 돌려 한 쪽 눈을 찡긋했다. 잔뜩 인상을 찡그린 전당포 주인이 철문을 벌컥 열고 나오면서 남자의 멱살을 움켜잡았다. 자신의 죄를 탕감받기 위한 남자의 임기응변이 통하는 순간이었다. 그와 동시에 뛰어든 태훈이 전당포 주인을 잡아 수갑을 채웠다.

"제길, 내가 무슨 죄가 있다고 이러는 거야!"

전당포 주인의 발악에 주위 사람들이 몰려들기 시작했다.

"증거를 가져오라고, 증거를!"

그의 발악은 쉽게 그치지 않았다. 보다 못한 두 사람이 그를 끌고 전당포 안으로 들어갔다.

"허."

물건들을 바라보는 명대가 바람 빠지는 소리를 흘렸다. 넓지 않은 공간에는 5단 선반이 병풍처럼 둘러져 있었고, 고가의 시계와 카메라, 주인을 알 수 없는 스마트폰이 선반을 가득 메우고 있었다.

"판사님이 이걸 보면 수색영장이 아니라 구속영장을 발부해줄 것 같은데요."

스마트폰을 꺼낸 태훈이 카메라를 실행해 셔터를 계속 눌렀다. 전당포 주인이 체념한 얼굴로 고개를 숙이며 입을 열었다.

"형사님들, 제가 어떻게 도와드리면 될까요?"

비디오카메라에 찍힌 민머리의 남자

인천 월미도.

"야, 내가 여기서 저기 있는 문 맞히면 얼마 줄래?"

"저 문을 맞춘다고? 너무 멀잖아."

"그러니까 얼마 줄 거냐고."

초등학교 저학년으로 보이는 아이의 손에는 자그마한 돌멩이가 들려 있었다. 군데군데 벌어지고 휘어진 철조망 안으로 들어선 아이들은 지하로 내려가는 계단 밑의 철문을 목표로 내기를 하고 있는 중이었다. 아마도 헐린 집터에서의 놀이가 재미없는 모양이었다.

"저 문을 맞추면 졸업할 때까지 니 책가방 들어준다."

"너, 진짜지?"

돌멩이를 든 아이는 믿을 수 없는지, 옆에 서 있는 아이의 손목을 잡아끌었다.

"너, 들었지? 니가 증인이다."

한 쪽 눈을 감은 아이는 팔을 쭉 뻗어 거리를 재더니, 야구장의 투수처럼 돌을 힘껏 던졌다. 포물선을 그리며 날아간 돌멩이가 땅

소리를 내며 정확하게 철문에 명중했다.

"봤지! 너 이제 졸업할 때까지 내 책가방 들어줘야 한다."

한 쪽 팔을 치켜 올린 아이는 환호성을 질렀다.

"아, 씨팔, 나 그런 말 한 적 없어."

내기에 진 아이는 얼굴을 일그러뜨리며 부리나케 도망쳤다. 그러나 뾰족이 나와 있는 철조망에 옷이 걸리는 바람에 잡히고 말았다. 철문을 맞힌 아이는 화가 치밀었는지 눈을 부릅뜨더니 주먹을 치켜들었다.

"얘들아, 잠깐만!"

옆에 있던 아이가 소리쳤다.

"넌 또 왜 그래! 이제 보니 이것들이 서로 짜고서 나를…."

"방금 무슨 소리 못 들었어?"

아이의 손가락이 철문을 가리켰다.

"자세히 들어봐."

계단 아래서 철문 두드리는 소리가 미세하게 들리는 것 같았다. 계단을 내려간 아이들은 철문에 귀를 빠짝 기울였다. 서로를 바라보는 눈들이 휘둥그레졌다. 철문 안에서 금방이라도 숨넘어갈 것 같은 사람의 소리가 들렸기 때문이었다. 계단을 올라간 아이들은 파출소를 향해 뛰었다.

한 대의 승합차가 흙먼지를 날리며 양어장을 나오고 있었다. 승합차에서 나온 두 줄기의 강한 불빛은 앞을 가로막는 어둠에 심한 칼자국을 남기더니 아스팔트길에 올라섰다. 김영민의 수사팀이었다. 승합차 안의 인혁은 자신도 모르게 손이 또 얼굴로 향했다. 그의 불편한 동작은 차를 타기 전부터 계속해서 반복되고 있었다.

"정인혁 씨, 많이 불편한가요?"

앞자리에 앉은 영민이 고개를 뒤로 돌리면서 물었다.

"조금 불편하긴 한데, 괜찮습니다."

인혁은 쓰고 있는 가발과 코에 붙인 콧수염이 영 불편한지, 대답하면서도 손이 또 얼굴로 향했다. 처음 써보는 안경 또한 불편하기는 매한가지였다.

"우릴 이해해주세요. 철저한 비밀을 요하는 수사인지라, 당분간 인혁 씨는 그 모습으로 다녀야 할 겁니다. 인혁 씨는 현재 수배 중이란 사실을 절대 잊으면 안 됩니다."

반장 구정석이 옆에서 말했다.

"근데, 지금 어디로 가는 겁니까?"

"인천으로 갑니다."

"인천이요?"

"네, 가서 확인해봐야겠지만, 아무래도 총질한 놈들의 신원이 파악될 것 같습니다. 비서실장이 과연 이 일과 직접적인 관계가 있는지, 관계가 있다면 어디까지이고 어떤 목적인지, 놈들을 잡아봐야 어떤 윤곽이 잡히지 않을까요?"

현 시점에서 일개 경찰이 추측만으로 현직 대통령 비서실장을 수사하기란 사실상 불가능할 것이다. 사건에 개입했다는 명확한 증거를 찾기 위해선 총질한 놈의 체포가 우선일 것이다. 인혁의 생각이었다. 병원에 도착한 수사팀은 곧바로 입원실로 향했다.

"참, 이런 것들을 국민의 세금으로 살리고 있으니…."

정석이 입원실에 들어서며 들으라는 듯이 중얼거렸다. 앞에 서 있던 영민이 뒤로 고개를 돌리더니 심한 눈총을 주었다. 머쓱한 정석은 뒷머리를 긁적였다. 영민의 시선이 침상에 누워 있는 세 명의 남자들을 차례로 훑고 지나갔다. 지하실에 얼마나 갇혀 있었는지, 바싹 마른 입술은 심하게 갈라져 피가 맺혀 있었고, 머리 곳곳이 듬성듬성 빠져 있었다. 심한 몸부림에 의한 자해의 흔적인 듯했다. 영민은 그중에서 가장 뚱뚱한 남자에게 접근했다. 그나마 쳐다보는 눈빛에 어느 정도 초점이 잡혀 있기 때문이었다.

"총기를 구입해 간 놈들이 어떤 놈들이야?"

침상으로 몸을 굽힌 영민이 물었다.

"모릅니다."

남자가 몹시 힘겹게 말했다.

"몰라? 연락처라도 있을 거 아냐."

"연락처가 남아 있지만, 다 소용없는 일입니다."

영민은 남자의 말을 즉각 알아챘다.

"병원으로 오자마자 그놈한테 전화를 해봤는데, 이미 그 번호는…."

"알았어, 대포폰을 사용했다는 말이잖아."

영민이 남자의 말을 무질렀다. 형사들의 얼굴에 실망스런 기색이 나타나려고 할 때, 남자는 무엇이 생각났는지 머리맡의 전화기를 힘겹게 잡았다.

"참, 그놈하고 했던 통화는 여기에 전부 다 녹음돼 있습니다."

남자는 참을 수 없는 분노가 치미는지 이를 부드득 갈았다. 전화기를 빼앗듯 낚아챈 영민이 스피커폰을 실행했다. 인혁과 형사들이 전화기에서 나오는 목소리에 귀를 바짝 기울였다. 15분 정도가 흘렀을 때, 녹음된 통화는 끝이 났다. 그들은 모두 허탈한 표정을 지어야 했다. 처음으로 돌려 다시 또 들어보았지만, 마찬가지로 통화 속에서는 어떠한 단서도 찾을 수 없었다. 실로 낭패였다.

"잠깐만요."

"왜 그러시오?"

정석이 인혁을 향해 고개를 돌렸다.

"중간쯤에서 아주 작은 소리지만, 이질감이 느껴지는 소리를 들은 것 같습니다. 한 번 더 들어보죠."

형사들이 스마트폰을 뚫어져라 응시했다.

"여기요. 잘 들어보세요."

인혁이 같은 부분을 반복 재생했다.

"고기를 파는 소리 같지 않아요? 생선을 파는 것 같은 소리도 들리고요."

아주 작은 소리였지만, 두 사람 목소리에 섞여 들리는 소리는 분명 고기와 생선을 파는 상인의 외침처럼 들렸다.

"그렇다면 시장."

영민이 확신하듯 말했다.

"통화를 끝낸 남자가 인천으로 오는 데 시간이 얼마나 걸렸는지, 그 시간을 알아보면 대략적인 위치가 파악될 것 같습니다."

인혁이 말했다. 제법인 걸. 영민이 인혁을 향해 웃음 지었다.

"상인의 목소리가 겹치지 않으면서 바로 이어지고 있잖아."

이미 해답을 찾은 영민은 웃음을 머금고 후배들을 둘러보았다.

"그렇다면 한 사람이 한 가게에서 고기와 생선을 같이 팔고 있다고 봐야겠네요."

정석이 영민의 뒷말을 대신했다. 이로써 범위는 아주 좁아졌다. 곧바로 남자들의 증언을 토대로 몽타주가 그려졌다.

"정인혁 씨, 그건 어디서 났소?"

정석이 인혁의 손에 들려 있는 작은 비디오카메라를 바라보며 물었다. 곳곳이 벗겨지고 흠집이 많은 카메라는 몹시 오래된 것처럼 보였다.

"그건 제가 준 겁니다."

들리는 소리에 두 사람의 고개가 뒤로 향했다. 전수가 들고 있던 과자 부스러기를 양어장을 향해 던지며 다가왔다. 순식간에 몰려든 잉어들이 과자 부스러기를 낚아채 물속으로 사라졌다. 검고 칙칙한 색깔을 띠는 중국산 잉어들이었다. 잠깐 발을 멈춘 전수가 구두에 묻은 흙을 털더니 다시 발을 움직였다.

"카메라를 어디에 쓰려고요?"

정석은 탐탁지 않은 표정이었다.

"이제부터라도 벌어지는 일들을 이 카메라에 전부 담아야죠. 앞으로 여기에 어떤 영상이 담길지 모르지만, 그 영상은 늪에 빠진 정 기자와 한 기자를 구해줄 수 있겠죠."

"우리의 임무는 정인혁 씨를 보호하면서 사건을 해결하는 것이지, 취재 나온 기자를 보호하는 게 아닙니다. 사건 현장에서 기자의 움직임이 얼마나 큰 위험을 초래할 수 있는지, 그것을 모른단 말입니까. 허락할 수 없습니다. 카메라 이리 주세요."

정석의 큰 손이 인혁의 카메라를 잡았다.

"뭐 때문에 그러는가?"

영민이 컨테이너에서 나오며 말했다. 정석이 옆으로 붙어 섰다. 자초지종을 듣고 난 영민이 팔짱을 끼면서 잠시 생각했다.

“홍 부장, 자네의 철두철미함을 내가 모르는 바는 아니지만….”

말을 끊은 영민이 옆으로 고개를 돌려 인혁을 바라보았다.

“그렇게 하고 싶다면 그렇게 하시오.”

“아니, 계장님. 그러다가 어떤 사고라도 터지는 날엔….”

“됐어, 그만해.”

영민이 정석을 향해 손바닥을 들어 보이더니, 부르르 몸을 떠는 전화기를 잡았다.

“알았어.”

짧게 끊어서 말한 영민이 고개를 들었다.

“시장 위치가 파악됐어, 어서들 차에 타.”

차를 내린 형사들이 재래시장으로 뛰었다. 뒤를 따르는 인혁의 표정이 사뭇 비장했다. 그 비장함 속에는 자신과 세화의 결백이 녹아 있었고, 사명감과 열정이 묻어 있는 기자로서의 본분이 그 뒤를 따랐다. 그런데 아버지의 죽음은 마음속에서 일어나는 감정 저 밑바닥에서 간신히 고개만 내밀고 있었다. 이유야 어찌됐든 처자식을 버린 아버지를 아직까진 용서할 마음이 없기 때문이었다. 깊게 응어리 진 상처는 쉽게 아물 것 같지 않았다.

“계장님, 여깁니다!”

사람들 틈에서 모습을 보인 남자가 손을 높이 들었다. 그의 뚱뚱한 체격과 순진해 보이는 인상이 강력계 형사로선 어울리지 않게 보였다.

“저기 보이시죠.”

형사들의 시선이 그의 손가락을 따라가더니, 건어물 상점을 지나서 멈췄다. '철수네'였다. 마치 성냥갑처럼 층층이 쌓인 생선상자 옆으로 붉은빛의 큼지막한 고기들이 수북이 쌓여 있었다. 영민은 제자리에서 몇 번을 몸을 돌려 주변을 샅샅이 훑었다. 그의 칼날 같은 시선이 허공에 새겨지는 것 같았다.

"놈이 이 근처에서 전화를 했단 말이지."

혼잣말을 흘린 영민이 형사들을 향해 눈짓했다. 뿔뿔이 흩어지는 형사들의 손에는 몽타주가 들려 있었다. 인혁의 카메라가 부지런히 움직였다. 10분이 조금 넘을 무렵 정석이 뛰어왔다.

"계장님, 찾은 것 같습니다."

정석의 두 눈이 긴장감을 머금었다. 인혁의 가슴이 쿵쿵거리며 뛰었다. 날이 어두워지면서 상점 곳곳에서 불이 밝혀지기 시작했다.

"정인혁 씨는 위험하니 여기서 기다리시오."

"저도 같이 가겠습니다."

인혁이 정석을 똑바로 쳐다보았다.

"어차피 놈들은 독 안에 든 쥡니다. 연락할 때까지 여기서 기다리는 게 좋겠소."

영민이 다독이는 투로 말했다. 한복집을 지나 계단을 내려선 형사들은 흰색 타일로 몸을 감싼 건물에 붙었다. 영민은 형사들을 2개 조로 나눴다.

"혹여 모르니 너희들은 여기서 대기해."

영민은 손을 들어 진입 명령을 내렸다. 즉각 무기를 빼든 형사들이 건물 안으로 들어갔다. 감지등의 불빛을 받은 권총이 검붉은색으로 변했다. 형사들은 총구를 겨누면서 한 계단 한 계단을 아주 무겁게 올랐다.

같은 시각, 위기를 전혀 감지 못 한 소냐와 민철은 테이블에서 와인 잔을 부딪치고 있었다.

"소냐, 이 일만 해결되면 우리 아무도 모르는 곳으로 가서 여생을 조용히 보내야지."

"당신은 정말 못 말리는 사람이야. 내 모습이 이렇게 추하게 변했는데도…"

말과는 달리 그녀의 웃음 진 얼굴이 행복해 보였다.

"소냐, 나는 당신을 이렇게 만든 문 선생을 하루에도 수백 번씩 죽이고 싶지만, 한편으론 고맙다는 생각이 들 때가 있어. 그게 언제인지 아나?"

대답을 듣기 위한 질문이 아니었다.

"당신한테는 정말 미안한 말이야. 하지만 그 일로 인해서 당신은 내 곁에 있잖아."

소냐의 눈에 눈물이 그렁그렁 맺혔다. 그녀가 민철을 끌어안으려고 할 때였다.

"이모님, 형사들이 여기를 알아낸 것 같습니다. 빨리 피하셔야 됩니다."

얼굴이 사색으로 변한 진이 거실로 나오면서 급하게 말했다. 뒤따라 나오는 건의 손에 '완강기'(화재시 위층에서 아래층으로 내려갈 수 있는 도르래 모양의 소방용 기구)가 들려 있었다. 급히 일어선 민철이 얼빠진 표정의 소냐를 일으켜 세웠다. 예상했었지만 너무 빨랐다. 두 개뿐인 완강기, 두 사람은 정면 돌파를 해야 했다.

"시간이 없습니다. 빨리 피하세요."

다가간 건이 밧줄을 풀어 소냐와 민철의 몸에 채웠다. 창가로 다가간 소냐가 다시 몸을 돌려 진과 건에게 다가갔다. 그녀의 두 눈에 슬픔이 가득했다.

"이모님, 우리에겐 여기서 잡히면 안 되는 절대적인 이유가 있잖아요. 그 이유가 사라지지 않는 한 잡히지 않을 겁니다. 걱정 마세요."

진이 소냐를 창가로 살며시 밀었다. 3층에 다다른 형사들이 복도를 천천히 이동했다. 문 앞에 도착한 그들은 벽으로 바짝 붙었다. 영민이 수신호를 보내려 할 때였다. 문이 벌컥 열리면서 무언가 날아왔다.

"모두 엎드려!"

영민이 소리쳤다. 무언가 터지더니 짙은 안개가 복도를 휘감았다. 곧바로 눈이 심하게 따끔거리면서 숨쉬기가 어려웠다. 최루탄 가스가 형사들의 코와 눈을 파고들었다. 그와 동시에 방독면을 착용한 진과 건이 복도로 달려 나왔다. 형사들이 무차별적으로 날아드는 주먹과 발길질에 비명을 지르며 쓰러졌다. 쓰러진 형사들을 뛰어넘은 진과 건은 계단을 내려밟았다.

그 시각, 밑에서 대기하고 있던 정석은 계단을 뛰어 내려오는 소리에 순간 판단이 서지 않았다. 그때 최루탄 가스 냄새가 느껴지면서, 방독면을 착용한 두 남자의 모습이 보였다. 정석은 소리쳤다.

"저놈들이야!"

순간 멈칫한 진과 건이 앞을 가로막는 형사들을 향해 돌진했다. 진과 건의 비호같은 몸놀림에 형사들이 나가떨어졌다. 정석은 방독면의 남자를 향해 주먹을 휘둘렀다. 빗맞은 주먹에 방독면이 벗겨지면서 얼굴이 드러났다. 진이 떨어지는 방독면을 낚아챘다. 동시에 앞으로 달려드는 형사를 향해 방독면을 휘둘렀다. 가슴을 정통으로 맞은 정석이 순간 무릎을 굽혔다. 진의 송곳 같은 발차기가 정석의 옆구리를 파고들었다. 헉 소리를 흘린 정석이 그대로 쓰러졌다.

"진, 이제 곧 놈들이 내려올 것이야."

진과 건은 바닥을 나뒹구는 형사들을 뒤로하고 유유히 현장을 빠져나갔다.

그 시각, 인혁은 몹시 초조한 마음으로 주변을 서성거리고 있었다. 혹시 작전이 실패한 것일까? 더는 기다릴 수 없었다. 인혁은 뛰기 시작했다. 한복집을 지나 계단을 내려가니 두 눈 속으로 믿을 수 없는 현장이 들어왔다. 신음을 뱉으며 주춤주춤 일어나는 형사들 옆으로 옆구리를 부여잡고 무릎을 꿇고 있는 반장의 모습이 보였다.

"모두 괜찮습니까!"

부질없는 질문을 던진 인혁은 형사들을 향해 뛰었다. 순간 그의 고개가 옆으로 돌아갔다. 난간을 뛰어넘던 민머리의 남자와 눈이 마주쳤다. 민머리의 하얀 얼굴은 어떤 신비감이 느껴졌다. 그러나 아주 잠깐이었지만 눈에서 느껴지는 살기를 읽을 수 있었다. 그 눈빛은 자신을 향하고 있는 것처럼 느껴졌다. 인혁의 카메라가 남자의 얼굴을 담았다. 남자는 흡사 날랜 고양이처럼 난간을 뛰어넘더니 고개를 돌렸다. 저 사람은 분명 나를 알고 있는 사람이다. 잠시 생각하는 사이 계장이 이끄는 형사들이 계단을 내려오는 소리가 들렸다. 형사들을 본 민머리의 남자가 승용차에 오르더니 현장을 벗어났다.

"후후, 정인혁. 다음을 기약하자고."

수도승이었다. 현장을 벗어나는 그는 백미러를 바라보면서 중얼거렸다.

계단을 내려선 영민이 분노의 숨을 씩씩거리며 바닥을 뒹구는 후배들을 쳐다보았다.

"이런, 제길!"

영민이 허공에 대고 소리쳤다.

동대문에서 전철을 하차한 전수는 청계천으로 향했다. 때마침 도깨비 야시장이 열린 청계천은 몰려드는 인파로 몹시 붐비고 있었다. 푸른 물감으로 채색된 청계천은 도시를 흘러, 팔짱 낀 연인들의 마음속까지 스며드는 것처럼 보였다. 야시장의 시끌벅적한 목소리는 연인들의 속삭임이었고, 바닥을 울리는 발걸음은 설레는 가슴의 두근거림이었다. 그와 더불어 길가에 자리 잡은 '푸드 트럭'에서 군침 도는 음식 냄새가 진동했다. 젊음을 치장하는 액세서리의 노점상이 연인들의 발을 붙잡고 있었다. 그야말로 싱그러운 젊음의 거리였다.

젊음의 거리를 지나치는 전수는 자신과는 전혀 어울리지 않는 거리에 들어온 듯 발걸음을 재촉했다. 청계광장을 거의 벗어날 무렵, 오른쪽 가로수 밑으로 초라한 천막 하나가 눈에 들어왔다. 앞에 내놓은 가판대에는 골동품처럼 보이는 낡은 물건들이 진열돼 있었다. 낡은 의자에 앉아 졸고 있는 남자는 손님이 오는 줄도 모르고 꾸벅꾸벅 졸고 있었다. 천막 앞에 이른 전수가 반가운 웃음을 흘렸다.

"역시 나와주었구먼."

남자가 졸린 눈을 비비며 눈꺼풀을 들어 올렸다.

"요점만 말해."

남자는 귀찮은 듯 졸린 목소리로 말했다.

"성미하곤."

전수는 들고 온 카메라를 남자에게 건넸다. 카메라는 전수가 인혁에게 주었던 것이다.

"언제까지 가능하겠나?"

"이 골동품을 아직도 사용하고 있단 말인가? 자네도 참 어지간해. 이 물건이 아직까지 돌아가고 있다는 게 신통하기도 하고."

"나는 자네가 준 그 카메라로 무수한 특종을 잡아냈어. 아마 이번에도 예외는 아닐 것이야. 아니, 그 이상일 수도 있어. 내 말 무슨 뜻인지 알겠지?"

그것이 전수가 인혁에게 낡은 카메라를 건네준 이유인 듯했다.

"그것 때문에 나도 죽을 고비를 몇 번 넘겼지."

남자가 너털웃음을 터트렸다. 깊은 신뢰가 담겨 있는 웃음이었다.

"이번에는 또 무엇이 찍혀 있는지 몹시 궁금하군."

남자가 카메라를 이리저리 돌렸다.

"자네만 믿고 난 이만 가겠네."

선선한 바람이 천막을 맴돌아 지나갔다.

새벽을 달린 전수의 승용차가 산사에 도착한 시각은 새벽 4시에 가까운 시각이었다. 108계단에 발을 올린 그는 두 눈을 감고 한 계단, 한 계단을 천천히 올랐다. 무수히 떠오르는 생각에서 벗어나려고 했지만, 오히려 그럴수록 머리를 맴도는 생각들은 꼬리를 물고 이어졌다. 과연 무념무상의 상태가 존재하는 것일까. 존재한다면 그 상태는 어떤 상태이고, 어떤 의미가 있는 것일까. 어쩌면 이 모든 것들은 고달픈 인생을 회피하기 위한 수단이 아닐까? 전수는 108계단을 다 오를 때까지도 떠오르는 생각에서 벗어나지 못했다. 두 눈을 들어 올리니 선방에 불이 밝혀지면서 문이 열렸다.

"아니, 이 새벽에 웬일인가?"

주지승이 두 눈을 크게 뜨면서 물었다.

"왜, 내가 못 올 곳이라도 찾아왔나?"

전수가 환한 웃음을 지었다.

"사람 참. …일이 있어서 찾아온 건 아니고?"

"일은 무슨…, 그냥 한 번 와보고 싶었어. …한 기자는 자고 있겠지?"

주지승이 고개를 끄덕였다.

"한 기자는 자네들이 내려간 뒤로 며칠 동안 식음을 전폐하다시피 했어. 한 기자를 설득하기란 쉽지 않은 일이었지. 바로 어제부터 미음을 조금씩 입에 대기 시작했네. 한 사람의 마음도 설득하기가 이렇게 힘든 일인데, 대중을 설득하고 교화하신 석가모니의 마음은 어땠을지 조금은 알 것 같네."

주지승의 깊은 눈동자가 우수를 머금었다.

"한 기자는 염려 말게. 사건이 해결될 때까지 잘 보호하고 있겠네."

"나는 늘 자네 같은 친구가 내 곁에 있다는 사실을 아주 든든하게 생각하고 있어."

"그건 내가 할 소리야."

마주 본 두 사람이 작게 웃었다.

"자네를 봤으니, 이제 그만 가봐야겠네."

몸을 돌린 전수가 계단을 내려가려 할 때 주지승이 불렀다. 한 걸음 앞으로 다가선 주지승은 슬픈 눈동자를 머금더니, 전수를 와락 끌어안았다.

"이사람, 왜 이래. 이제 속세로 돌아가고 싶은 모양이지? 그럼 내 자리가 위험해지겠는 걸."

전수가 농담을 건넸다.

"여기서 나와 함께 지내볼 생각은 없나?"

주지승이 포옹을 풀면서 말했다.

"한 번 시작했으면 끝을 보고야 마는 내 성격 자네가 잘 알잖아."

"그래서 하는 말이네."

"좋아, 그러면 이 일이 끝나면 그때 가서 생각해봄세."

전수가 시원스럽게 대답했다.

"속세의 인연은 찰나에 불과하지만, 그 찰나를 벗어나고자 하는 시간은 영겁의 세월이 필요할지도 모르겠네."

주지승은 뜻 모를 말을 던졌다.

"이 사람, 왜 자꾸 이래."

"전수야, 잘 가라."

속세의 어조로 말한 주지승이 몸을 돌려 선방으로 들어갔다. 선방을 가만히 응시하던 전수는 한동안 그 자리에서 움직이기 힘들었다. 산사에 날이 밝아오기 시작했다. 하늘을 올려다본 전수가 문에 비친 친구의 그림자를 바라보더니, 108계단을 내려갔다.

"형님, 대체 비번 날만 되면 연락도 제대로 안 되고, 무슨 용무가 그렇게 바쁘세요?"

의자에서 턱을 괴고 있는 순철은 후배 형사의 소리를 듣지 못한 듯 반응이 없었다.

"야, 박순철. 뭐가 그리 바쁘냐고."

옆으로 다가온 반장이 어깨를 툭 쳤다.

"네?"

돌아보니 후배가 어이없는 표정으로 돌아앉았고, 반장이 의자를 더 끌어왔다.

"노파심에서 말하지만, 우린 경찰이야. 조금이라도 경찰에 누가되는 일을 해선 안 된다는 사실을 명심해. 가뜩이나 경찰을 바라보는 사회 시선이 좋지 않은 시기에, 개인의 일탈 행위는 전 경찰을 욕보일 수 있는 법이야."

순철의 다혈질적인 성격을 잘 알고 있는 반장이 다시 어깨를 툭 치면서 제자리로 돌아갔다. 밖으로 나온 순철은 담배를 빼 물었다. 그날 수로에서 죽을 수도 있지 않았던가. 순철은 생각할수록 화가 치밀었다. 그러나 화를 잠재우면서 고개를 드는 건 걱정이었다. 내가 왜 그때 병원장을 그렇게 호락호락한 인물로 봤을까. 내 모습이 드러난 이상, 놈들은 분명 나를 추적해올 것이다. 그제야 순철은 자신이 너무 경솔했다는 사실을 깨달았다. 이대로 있으면 잡히는 건 시간문제다. 멍청한 놈들, 그분은 영원히 신으로 남아 있어야 한다. 생각을 마친 순철이 몸을 돌리려 할 때였다. 경찰서로 들어선 승용차에서 네 명의 남자들이 내리더니 저벅저벅 걸어왔다.

"박순철 경사."

사십 초반 정도로 보이는 왜소한 남자가 걸어오면서 말했다. 순철은 드디어 올 것이 왔구나 하는 생각에 자신의 발등을 찍고 싶었다.

"우리와 같이 가시죠."

뒤에 서 있던 남자들이 순철의 팔을 양옆에서 붙들었다.

"어디서 오셨나요?"

순철은 최대한 시간을 벌고 싶었다.

"같이 가자고 하면 갈 것이지, 무슨 말이 그렇게 많아."

오른팔을 붙들고 있는 남자가 순철의 말을 신경질적으로 받았다.

"어디서 나왔는지, 먼저 신분을 밝히세요."

남자들이 껄껄 웃었다.

"이봐, 박순철. 생각해서 주위엔 알리지 않을 테니, 잔말 말고 좋게 따라와."

왜소한 남자가 눈짓하자 남자들이 순철을 승용차 안으로 구기듯 밀어 넣었다. 승용차가 도로를 차고 나갔다.

"어디까지 알고 있나?"

"뭘 말입니까."

룸미러로 보이는 왜소한 남자의 눈매가 날카롭게 보였다.

"내 질문이 그렇게 어려운 질문인가?"

"지극히 개인적인 일로 만나려고 했던 겁니다. 그게 무슨 죄가 되는 겁니까."

남자들이 비웃음을 날렸다.

"그래? 그럼 가서 얘기하자고."

어떻게든 부장님께 알려야 한다. 지금껏 부장님은 해결하지 못한 일이 없지 않았던가. 생각하는 사이, 승용차는 자동차 전용도로로 들어서기 위해 우측 차선으로 갈아탔다. 이대로 끌려가면 영영 빠져나올 수 없을지도 모른다. 어쩌면 지선호와 같이 개죽음을 당할 수도 있을 것이다. 순철은 탈출하기로 마음먹었다. 왜소한 남자와 호리호리한 세 명의 남자, 승산이 있을 것 같았다. 수갑을 채우지 않은 게 실수이리라. 순철의 근육이 팽팽하게 불거졌다.

"담배 좀 피게 창문 좀 열어주시오."

순철이 기회를 엿보면서 라이터를 꺼냈다.

"이 새끼가 보자보자 하니까."

양옆에 있는 남자들이 사납게 눈을 치켜떴다.

"그렇게 해."

왜소한 남자의 말에 옆에 있는 남자가 창문을 열기 위해 고개를 돌렸다. 그 순간 순철이 라이터를 휘둘렀다. 관자놀이를 정통으로 맞은 남자가 앞좌석에 얼굴을 박았다. 곧바로 몸을 돌린 순철은 남자의 얼굴을 머리로 힘껏 박았다. 이어서 남자의 머리채를 휘어잡아 창문에 내리찍었다. 유리창이 박살나면서 남자의 몸이 축 늘어졌다. 승용차가 심하게 요동쳤다.

"너 이 새끼, 뭐하는 거야!"

왜소한 남자의 외침은 그것으로 끝이었다. 순철의 손날에 목젖을 맞은 남자가 고개를 떨어뜨렸다. 순철이 운전대를 거머쥐었다. 얼이 빠진 남자는 가속 페달을 계속 밟고 있었다. 급기야 승용차는 중앙선을 치고 들어갔다. 마주 오던 차량들이 승용차를 피하면서 연쇄 추돌이 일어났다. 순철이 운전대를 우측으로 힘껏 꺾었다. 다시 중앙선을 넘어온 승용차가 급정거의 비명을 지르며 갓길에 멈췄다. 차문을 박차고 나온 순철은 내리막길을 무작정 달렸다.

다리가 풀린 순철은 바닥에 주저앉아 고개를 들었다. 순간 그는 자신의 두 눈을 의심했다. 내가 어떻게 여기를…. 믿을 수 없게도 자신이 도착한 곳은 하나신이었다. 어떻게 이곳까지 왔는지 모를 정도로 정신은 혼미했다. 그 와중에도 그는 공손하게 문을 열고 들어갔다.

"아니, 자매님. 어떻게 된 겁니까?"

남자는 기진맥진해서 들어서는 순철의 모습에 입이 벌어졌다.

"부장님, 부장님은 어디 계십니까?"

"이제 곧 도착하신다고 조금 전에 연락 왔습니다."

정수기로 이동한 순철은 몹시 갈증이 났는지, 물을 세 잔이나 연거푸 들이켰다. 물의 영향인지, 흐트러졌던 정신이 서서히 제자리를 찾고 있는 것 같았다. 내가 또 무슨 짓을 한 거지? 아니야, 어쩔 수 없는 선택이었어. 거기서 내가 잡혀갔다면…, 나는 아마도…. 순철은 수많은 합리화를 만들어내기에 바빴다.

"자매님, 대체 무슨 일이 있었나요?"

"무슨 일인가?"

남자의 목소리가 금방 들어선 부장의 목소리에 묻혔다.

"부장님."

무릎을 꿇은 순철은 자초지종을 차근차근 털어놓았다.

"음, 알았어. 일단 눈 좀 붙여. 자고 일어나서 상의해보자고."

방으로 들어선 순철은 몹시 무거운 눈꺼풀을 내려 감았다. 이내 깊은 잠 속으로 빠져들었다. 잠든 그의 얼굴은 마치 어린아이처럼 순수해 보였다. 그에게 있어서 이곳은 삶의 전부, 알파와 오메가였다.

서서히 드러나는 실체

형형색색의 도시를 수놓기 시작한 불꽃들은 밤이 깊어지면서 선명하게 제 모습을 드러내고 있었다. 제 시간을 만난 불꽃들은 행인들을 향해 유혹의 손짓을 보내면서 리듬 실린 유혹의 몸짓까지 곁들였다. 불꽃에 홀린 행인들은 불나방이 불을 찾아가듯, 불꽃이 벌린 문 안으로 속속 들어갔다. 불꽃이 주는 달콤함에 흠뻑 취한 젊은 남녀가 서로 부둥켜안고 비틀거리는 걸음으로 또 다른 불꽃을 향해 몸을 밀어 넣었다.

태훈과 명대를 대동한 문 선생이 나이트클럽 앞에 도착한 시각은 밤 10시를 조금 넘긴 시각이었다. 손님을 내려준 택시가 그들 앞을 가로막더니, 또 다른 손님을 태우고 지나갔다.

"태훈, 그 전당포 주인의 말을 그대로 믿어도 되는 건가?"

"현재로선 다른 방도가 없으니 일단 믿어봐야죠. 그리고 전당포 주인이 그 상황에서 자기가 거짓말을 하면 손해인 것을 뻔히 알 텐데, 거짓을 말했다고 생각하지 않습니다."

나이트클럽의 호화로운 네온사인이 리듬에 맞춰 춤을 추고 있었다.

"그런 놈이 여기 나이트클럽 사장이라…."

전당포 주인의 말이 전적으로 맞다면, 놈은 살인 청부업자일 가능성이 높다. 일단 그것을 확인해야 한다. 문 선생의 생각이었다. 능숙하게 거래를 제안한 전당포 주인은 그날의 기억을 소상히 말했다.

"그 남자가 나를 찾아온 날은 비가 많이 내리던 날이었소. 직접 설계한 도안을 보여주면서 목걸이를 만들어달라고 했소. 돈은 얼마가 들어가도 좋으니, 두 개만 만들어달라고 하더군요. 그런데 그 남자의 분위기가 조금 이상했어요."

"이상해요?"

명대가 물었다.

"도를 닦다가 금방 산에서 내려온 사람처럼 너덜너덜한 승복 차림에 머리카락 하나 없는 민머리였는데, 눈빛은 뭐랄까…. 아, 그 옛날 사형을 집행하던 망나니의 눈빛이었다고나 할까. 하여간 이상했소."

"도를 닦는다는 사람이 망나니의 눈빛을 하고 있었다고요?"

"그런데 2년이나 지난 지금까지도 그 눈빛을 기억하고 있단 말입니까."

명대에 이어 태훈이 물었다.

"지금도 비만 오면 그 눈빛이 생각날 정도라면 믿겠소?"

"그럼 그 얼굴을 기억할 수 있겠습니까?"

"이상하게도 그 눈빛만 남아 있고, 얼굴은 기억이 잘 안 납니다. 아, 한 가지 기억나는 건, 마치 여자처럼 고운 피부에 아주 잘생긴 얼굴이었습니다."

너무 막연한 대답이었다. 태훈이 실망스런 표정을 지었다.

"하지만 걱정 마세요. 완성된 목걸이를 내가 직접 배달했으니까요."

안으로 들어서니 나이트클럽의 음악소리가 귀청이 울릴 정도로 요란했다. 바로 이어서 음악이 바뀌더니, 신나게 몸을 흔들던 남녀가 서로 부둥켜안고 조용한 음악에 발을 맞췄다. 중년으로 보이는 한 쌍의 남녀가 서로의 몸을 탐닉하듯 몸을 더욱 밀착시키고 있었다. 세 사람 앞으로 금방 달려온 웨이터는 표정 관리를 하는지, 얼굴이 부자연스럽게 보였다. 아마도 심한 탈모에 나이가 지긋해 보이는 문 선생 때문이리라. 그것을 눈치 챈 문 선생이 떨떠름한 표정을 짓더니, 웨이터를 따라가 자리에 앉았다.

"여기, 사장님 계세요?"

태훈이 물었다.

"사장님이요? 출타 중이신데…, 어디서 오셨나요?"

웨이터는 무엇을 느꼈는지, 경계하는 표정을 지었다. 즉시 지갑을 꺼낸 문 선생은 만 원권 지폐 다섯 장을 웨이터의 손에 쥐어주었다. 돈을 받아든 웨이터가 허리를 깊이 숙였다.

"사장님한테 말씀드리면 알 겁니다. 부탁할 일이 있어서 왔다고요."

문 선생은 부러 막연하게 말했다. 놈이 의뢰를 받는 청부업자라면 분명 어떤 반응을 보일 것이라는 계산이 깔려 있었다. 10분 정도가 지나고 웨이터가 다시 돌아왔다.

"사장님께서 올라오시랍니다."

승강기에 몸을 실은 그들은 5층에서 내려 복도에 발을 디뎠다. 붉은색의 조명을 받은 복도는 흡사 사창가를 연상시키는 묘한 분위기였다. 어디서부터 시작됐는지, 처음 느껴보는 향기가 코를 간질였다. 벽에 붙어 정면을 보고 서 있는 사람 크기만 한 인디언 인형이 방문자들을 노려보고 있었다. 손을 뻗은 명대가 인디언 인형의 코를 잡아 살며시 비틀었다.

-남의 물건에 함부로 손을 대는 게 아닙니다.

스피커에서 들려오는 목소리였다. 아마도 감시 카메라가 곳곳에 설치돼 있는 모양이었다. 명대가 머쓱한 표정으로 뒷머리를 긁었다.

멜로디와 함께 현관문이 부드럽게 열렸다. 거실을 가운데에 두고 있는 집은 대여섯 개의 방이 보였고, 어림잡아 50여 평이 넘을 듯했다.

"어서들 오시오."

어깨를 덮는 긴 머리의 남자가 소파에 앉아 핏빛 와인 잔을 입으로 가져갔다. 대략 삼십 중반으로 보이는 남자는 전당포 주인이 말했던 인상과는 거리가 멀었다. 남자의 등 뒤로 휘황찬란한 도시의 야경이 한눈에 들어왔다.

"앉으시오."

서로를 탐색하는 눈빛이 침묵과 함께 거실을 맴돌았다.

"얼마면 되겠소?"

침묵을 깨는 남자의 물음은 더 큰 침묵을 가져왔다. 문 선생은 전혀 예상 못 한 질문에 태훈과 명대를 번갈아보았다.

"돈을 빌리러 온 게 아니오?"

허면, 사채업자? 속단은 금물이다. 노련한 문 선생은 남자의 환심을 사기로 마음먹었다.

"아, 당연히 돈을 빌리러 온 것이지요. 액수가 크다 보니, 그만한 돈이 있을 것 같은가 해서 잠시 망설였던 겁니다. 그리고 필요한 서류가 무엇인지 알려주시겠소?"

문 선생은 남자의 시선을 흩뜨리면서 태훈을 향해 연신 눈짓을 보냈다.

"잠시 화장실 좀 갈 수 있습니까?"

"저쪽으로 가시오."

일어선 태훈은 남자가 가리키는 방향으로 향했다. 잠깐 고개를 돌린 태훈은 남자가 무엇을 꺼내는 사이에 옆으로 보이는 방문을 슬며시 밀었다. 움직이지 않는 문은 잠겨 있는 듯 열리지 않았다. 만일 방문이 다 잠겨 있다면…. 태훈은 아니기를 바라면서 맞은편 방문을 밀어보았다. 마치 방문자를 환영하듯 방문은 부드럽게 열렸다. 잽싸게 안으로 들어서니 여러 대의 CCTV가 한눈에 들어왔다. 제대로 들어온 듯싶었다. 지체 없이 검색 프로그램을 실행한 그는 8배속으로 빠르게 돌렸다. 5분도 지나지 않아 복도를 걸어오는 남자가 CCTV에 찍혀 있었다. 정지 버튼을 클릭하는 그의 손가락이 미세하게 떨렸다. 민머리의 남자였다. 화질이 다소 좋지 않아 확실한 판단을 내리기 어려웠지만, 전당포 주인이 말했던 남자와 비슷한 것 같았다. 스마트폰을 꺼낸 태훈은 CCTV의 동영상을 전부 담았다. 그가 방에서 나왔을 땐 노련한 팀장이 남자의 시선을 계속해서 붙잡고 있었다.

"알겠소, 그럼 필요한 서류를 준비해서 다시 오겠소."

그들이 밖으로 나가자, 잠겨 있던 방문이 스르르 열리며 민머리의 남자가 모습을 드러냈다. 수도승이었다. 후후, 문 선생. 여기까지 알아낸 건 놀랍지만, 당신은 우리 손아귀에 있어. 수도승이 비웃음을 날렸다.

 그 시각, 컨테이너에서 나온 인혁은 돌을 주워 양어장을 향해 던졌다. 퍼뜩 스치는 생각이 있었다. 그것은 무심코 던진 돌멩이에서 비롯된 생각이었다. 무심코 던진 돌멩이에 작은 동물은 맞아죽을 수 있는 것이다. 그럼 어떤 목적을 가진 권력의 돌멩이는 어떠하겠는가. 힘없는 국민이 정교하게 날아드는 권력의 돌멩이를 피할 수 있을까? 법과 제도가 그것을 막아줄 수 있을까? 인혁은 고개를 가로저었다. 법과 제도의 잣대는 힘없는 국민에겐 엄격하게 적용되지만, 권력을 손에 쥔 위정자에겐 한없이 관대하지 않은가. 아버지는 분명 권력의 돌멩이를 피하지 못한 힘없는 국민인 것이다. '모든 국민은 법 앞에 평등하다'라는 말은 국민의 반발심을 사전에 차단하는 정치적인 수단이지 않을까? 그렇다면 법과 제도는 위정자를 보호하기 위해 국민을 옭아매는 권력적 장치라고 볼 수 있지 않은가. 인혁이 쓴웃음을 머금으려 할 때, 양어장으로 밝은 빛이 쏟아져 들어왔다. 승합차에서 내린 정석이 인혁의 어깨를 살며시 잡았다.
 "지금 전국적으로 검문검색을 강화하고 있으니, 조만간 어떤 단서라도 잡을 수 있을 것이오. 놈들이 잡히는 대로 철저한 조사를 통해 누명을 벗을 수 있게 도와주겠소."
 말을 마친 정석이 옆구리를 만졌다. 그러더니 인상을 한껏 찡그렸다. 그것은 결코 진에게 맞은 옆구리의 통증 때문만은 아니었다. 어이없이 당한 자신을 탓하는 자책이 함께 담긴 표정이었다.
 "계장님, 브리핑 준비됐습니다."
 컨테이너 안에서 들려오는 소리였다.

"정 기자, 안으로 들어가지."

영민의 존대는 어느새 하대로 바뀌어 있었다. 인혁이 계장 옆자리에 자리를 잡고 앉았다.

"시작해."

컨테이너의 불이 꺼지면서 벽에 걸린 스크린이 환해졌다. 뚱뚱한 여자의 사진이 먼저 모습을 드러냈고, 차례로 남자들의 사진이 간격을 맞추면서 밑으로 자리를 잡았다.

"이름 김미숙. 나이는 예순. 과거 안기부에서 비밀정보원으로 활동했던 여자로, 당시 암호명은 소냐로 확인됐습니다. 죽었다가 다시 살아난 여잡니다."

"알기 쉽게 설명해봐."

"네, 우리가 알아본 바로는, 프랑스 작전 당시 원인 모를 화재로 사망처리 됐었는데, 화재 현장에서 극적으로 탈출한 모양입니다. 그 후 어디서 무엇을 했는지 기록은 없습니다."

영민이 숨을 길게 뱉었다. 브리핑의 목소리는 계속 이어졌다.

"이름 김민철. 나이는 소냐와 동갑 나이로 확인됐고, 이자 역시 안기부 비밀요원 출신입니다. 소냐의 공식 사망발표가 있던 날 사직서를 제출하고 안기부를 떠난 것으로 확인됐습니다. 그 후 어떻게 소냐와 연결됐는지 현재로선 알 길이 없습니다."

"알 길이 없단 말이지…"

영민이 혼잣말을 흘렸다.

"문제는 쌍둥이로 보이는 이 남자들입니다."

브리핑을 하던 형사가 잠시 말을 끊었다가 이었다.

"이 남자들에 대해선 어떤 기록도 없습니다. 인터폴 데이터베이스와 주민정보 데이터베이스에도 이 남자들에 대한 기록은 전혀 없습니다. 어디에도 기록이 없는 유령 같은 사람들입니다. 그리고 인천 국제공항으로 입국 당시, 이 남자들은 보시는 바와 같이 긴 머리를 하고 있었습니다. 얼굴 인식 프로그램으로 간신히 찾을 수 있었습니다."

스크린 오른편으로 긴 머리의 남자들이 나타났다.

"이들이 사용한 여권 또한 위조여권으로 확인됐습니다. 이들이 프랑스 국민인지, 아니면 우리 대한민국 국민인지, 그 어떤 것도 알 길이 없습니다. 또한 놈들이 무엇 때문에 킬러로 예상되는 놈들에게 총질을 했는지, 현재로선 밝혀진 게 하나도 없습니다."

영민은 계속 이어지는 브리핑 내용이 귀에 들어오지 않았다. 마침내 컨테이너에 불이 밝혀지면서 브리핑이 끝났다. 결과적으로 소냐와 민철의 신원파악 외엔 얻은 소득이 없었다. 영민이 고개를 숙였다.

"잠깐만요."

영민이 인혁을 향해 고개를 들었다.

"제 생각인데, 그 사람들 또한 아버지의 메시지를 통해 무엇을 얻고자 하는 목적이 있는 게 아닐까요?"

"일리 있는 말이지만 또 의문이 가는 건, 그놈들은 어떻게 킬러의 행방을 알고 옥상에 숨어 있었을까, 그것 또한 이해하기 힘든 부분이야. 놈들은 킬러가 올 것이란 사실을 미리 알고 있었다고 보아야 해."

의문을 품은 인혁의 두 눈이 날카롭게 변했다. 그의 고개가 형사들을 향했다.

"너희들은 잠깐 나가 있어."

영민이 말했다.

"네? 계장님, 우리도…."

"나가 있으라니까."

영민이 정석의 말을 무질렀다. 컨테이너의 문이 열리더니 풀벌레 몇 마리가 기다렸다는 듯이 들어와 형광등 주위를 맴돌았다.

"계장님, 현재까지 이 비밀수사의 내막은 서부경찰서 외에 다른 경찰서는 전혀 모르고 있다고 말씀하셨죠? 누군가 정보를 흘리지 않고서는 불가능한 일 아닙니까?"

영민이 곤혹스런 표정을 지었다.

"나도 그렇게 생각해. 분명 누군가 정보를 흘린 게 확실해."

"경찰서 내부에 그들과 접촉하는 경찰이 있을 수 있다는 말씀입니까? 그렇다면 지금 여기에도 그들과 내통하는 경찰이 없다고 장담할 수도 없지 않습니까."

인혁이 최대한 목소리를 죽이며 말했다.

"그건 아니야. 내가 보장하지. 내가 후배들에게 나가 있으라고 한 이유는 혹여 염탐꾼이 있지 않을까, 그것 때문이었어. 지금 이 시간에도 어디에 숨어 있는지 모를 놈들의 촉수가 어떤 얼굴을 하고 우리에게 다가올 수도 있다는 사실을 명심해야 해."

맞는 말이었다. 끈적끈적한 촉수가 어디에 붙어 있는지 짐작도 못 할 일이었다. 인혁은 과연 이 사건에서 빠져나올 수 있을지, 가슴이 답답했다. 아버지의 열쇠가 어떤 목적을 갖고 있는지, 그것이 풀리면 과연 이 사건의 내막이 풀릴 것인지, 그것 또한 의문이었다. 그때 영민의 전화기가 부르르 떨었다.

"홍 부장, 이 밤에 무슨 일인가?"

-드디어 알아냈어.

무언가 직감한 영민이 전화기를 귀에 바짝 붙였다.

-놀라지 말게.

전수는 무언가 중요한 말을 할 것처럼 잠시 말을 끊었다.

-그놈이 타고 간 승용차 번호를 알아냈네.

"그게 정말인가?"

영민이 의자에서 튕기듯 일어섰다. 그게 사실이라면 사건은 의외로 쉽게 풀릴 수도 있다.

-밤인 데다가 너무 멀리 찍혀 있어서 판독이 불가능할 것이라고 말했지.

영민은 사실 인혁의 카메라에 찍힌 영상에 별 기대를 하지 않았다. 카메라는 너무 오래된 기종이었고, 그에 따라 화질도 형편없는 상태였다. 전수가 왜 그 카메라를 주었는지 이해하기조차 힘들었다. 그런 카메라에 찍힌, 한밤중에 너무 멀리 잡힌 검은색 승용차의 번호를 알아내기란 사실상 불가능할 것이라 생각했다. 게다가 철저한 비밀수사이니만큼 정보 유출의 우려를 생각하지 않을 수 없었던 그는 별 기대 없이 전수에게 부탁했던 것이다. 전수가 그것을 알아낸 모양이었다. 별 기대를 하지 않았던 터라 기쁨은 배가 되었다.

"알겠네, 지금 출발할 테니, 절대로 누구에게도 이 사실을 입 밖에 내선 안 되네."

다짐을 받은 영민은 후배들을 불렀다.

영민의 수사팀이 전수의 아파트에 도착한 시간은 그로부터 30여 분 흐른 후였다. 오후 들어서 찌푸리기 시작한 날씨의 영향인지 비가 내리기 시작했다. 가늘게 내리던 비는 금세 굵은 빗줄기로 변하면서 강풍을 동반했다. 승합차를 내린 형사들은 심하게 흔들리는 조경수를 지나서 동 현관 입구로 들어섰다. 짧은 거리였지만 옷이 흠뻑 젖었다. 인혁이 비에 젖은 머리카락을 털었다. 그때 바로 앞 주차장에서 승용차의 문이 열리더니, 두 명의 남자가 내리는 모습이 보였다. 전수를 경호하는 사복형사들이었다.

"계장님, 이상 없습니다."

"홍 부장이 올라간 지 얼마나 됐나?"

"네? 홍 부장님이요? 올라가시는 거 못 봤는데요."

영민이 한심한 표정으로 손가락질을 하며 말했다.

"졸고 있었던 거 아니야? 이런 바보 같은 놈들. 서에 들어가서 당장 시말서 제출해."

손을 내린 영민은 계단을 오르기 시작했다. 그 뒤를 인혁과 형사들이 따랐다. 인혁은 아파트의 계단이 갑자기 산사의 108계단으로 보이는 착각이 들었다. 그것은 인생의 번뇌와 역경이 끝없이 펼쳐져 있는 것 같은 느낌이었다. 급기야 인혁은 형사들을 제치고 계단을 뛰어올랐다. 5층이 이렇게도 높게 느껴진 적은 처음이었다.

"빨리 올라가!"

영민이 갑자기 소리쳤다. 쿵쿵거리는 발소리가 낡은 아파트를 울렸다. 인혁은 계장의 갑작스러운 외침에 불안감이 엄습했다. 5층에 다다르니 열린 계단 창으로 빗물이 쏟아져 들어오고 있었다. 제일 먼저 오른 인혁이 현관문 손잡이를 잡아 돌렸다.

"정 기자, 위험할 수 있소!"

정석이 외쳤다. 하지만 들리지 않았다. 인혁은 지체 없이 현관문을 열어젖혔다. 인혁은 그 자리에서 얼어붙은 듯 꼼짝할 수가 없었다. 인혁을 제치고 안으로 들어선 정석이 무릎을 꿇고 있는 전수의 경동맥을 짚어보았다.

"어떻게 됐나?"

뒤따라 들어온 영민이 다급하게 물었다. 정석의 고개가 좌우로 흔들렸다.

"이런, 개 같은!"

영민이 벽을 후려쳤다.

"세화, 세화가 걱정됩니다."

인혁의 표정이 울음을 머금었다.

"정 기자, 따라오시오."

인혁이 정석을 따라 나갔다.

승합차는 빗길을 무서운 속도로 달렸다. 인혁은 마음이 몹시 조급했다. 달리는 차 안에서도 뛰고 싶은 심정이었다. 제발 세화에게 아무 일 없기를 바라고 또 바랐다.

"정 기자, 너무 걱정하지 마시오. 설마 놈들이 그 산사의 위치까지 알고 있을 거라고는 생각하지 않소."

운전대를 잡은 정석이 전방을 주시한 채 말했다. 인혁은 한동안 멍하게 있다가 차창을 열었다. 거센 빗줄기가 얼굴로 날아들었다.

"부장님은 저 때문에 죽은 겁니다."

인혁은 금방이라도 울음을 터트릴 것처럼 보였다. 어쩌면 흐르는 빗물에 눈물을 감추고 있는 것인지도 몰랐다. 어깨가 살짝 들썩거리는 것처럼 느껴졌다. 정석은 그 어떤 말도 해줄 수 없었다. 날이 서서히 밝아오기 시작하면서, 굵은 빗줄기는 가늘게 변하고 있었다.

산사에 도착한 인혁은 108계단을 오르면서 세화를 불렀다. 선방의 문이 열리더니 세화가 모습을 드러냈다. 두 눈이 크게 벌어진 세화는 맨발로 뛰어나와 인혁을 끌어안았다. 그러더니 어린아이처럼 울음을 터트렸다.

"세화야, 어디 다친 데 없지?"

세화의 얼굴을 받쳐 든 인혁은 그녀의 얼굴 곳곳을 살폈다.

"나는 괜찮은데, 스님이 이상해요."

그리고 보니 이상했다. 이 소란에 주지승이 모습을 보이지 않고 있기 때문이었다. 인혁은 주지승의 선방 문을 가만히 잡아당겼다. '헉' 하고 짧은 숨소리를 뱉은 인혁은 공손하게 무릎을 꿇었다. 순식간에 굵은 눈물이 얼굴을 타고 주르르 흘렀다. 좌선하듯 눈을 감고 있는 주지승은 미동도 하지 않았다. 벽에 붙어 있는 한지가 바람에 날리면서 떨어졌다. 인혁은 눈물어린 눈으로 한지에 쓰인 한문을 바라보았다. 붓글씨로 크게 쓰인 단 한 글자는 모든 것을 닫는다는 의미인 '닫을 폐(閉)'자였다. 주지승은 친구의 죽음을 예견했던 것이다. 인혁은 차마 입이 떨어지지 않았다.

"벌써 며칠째 저렇게 계시는 거예요."

세화의 울먹이는 목소리가 바람에 실려 왔다. 주지승을 향해 공손하게 절을 올린 인혁은 세화와 함께 승합차에 올랐다. 두 사람은 종착지를 알 수 없는 번뇌의 길을 다시 걸어야만 했다.

한편, 시장을 극적으로 탈출한 소냐 일행이 도착한 곳은 공교롭게도 원세와 귀석이 비밀모의를 작당했던 버려진 공장이었다. 진과 건이 공장 안으로 들어섰다.

"이모님, 문 선생의 움직임에 무언가 있는 것 같은데, 도무지 짐작할 수 없습니다."

진이 말했다. 소파에서 일어선 소냐는 팔짱을 끼더니 주위를 서성거렸다. 내가 문 선생을 너무 우습게 본 것은 아닐까? 모든 것을 종합해봤을 때, 문 선생의 움직임에는 일관성이 없었다. 강으로 달리다가 갑자기 방향을 바꿔 산으로 오르기도 하는 예측 불허의 상황이 연이어 펼쳐지지 않는가. 혹시 문 선생이 실수하고 있는 것은 아닐까? 그러나 그것은 가당치도 않은 일이었다. 자신이 알고 있는 문 선생은 빈틈을 허용하지 않으면서 간계와 모략을 철저히 이용할 수 있는 사람이기 때문이었다. 그의 속셈을 판단하기 전까진 얼마 남지 않았다는 생각을 지워야 했다. 자칫 문 선생이 깔아놓은 함정에 걸릴 수도 있기 때문이었다. 여하튼 문 선생의 최종 목적은 정진일의 연구기록인 것만은 분명했다.

"우린 문 선생에 앞서 정진일의 연구기록을 손에 넣어야 해. 그것이 철저한 복수이고, 동시에 문 선생과 장귀석의 파멸을 가져오는 것이야."

"그 파멸을 지켜보고 나서 이 나라를 떠야겠군."

민철이 소냐의 뒷말을 대신했다.

"우리를 쫓았던 그 형사들을 혼란에 빠지게 만드는 방법이 있습니다."

모두의 시선이 건에게 향했다.

"수사의 초점을 흐리게 만든다는 말인가?"

민철이 물었다.

"그렇습니다. 이 일은 문 선생의 팀을 겨냥해서 진행돼야 합니다.

그리되면 위기에 빠진 문 선생이 자신의 목적 달성을 위해 속전속결의 방향으로 선회할 수도 있을 겁니다. 수사의 초점은 그쪽으로 기울겠죠. 우린 그것을 기다리고 있다가 선수를 치면 되는 것이고요."

"어떤 방법인가?"

소녀가 두 눈을 빛냈다.

"방법은 의외로 아주 간단합니다."

그들 외에 아무도 없는 곳이었지만, 건의 목소리는 작아졌다.

"너무 위험한 방법이지 않을까?"

건의 계획을 다 듣고 난 소녀가 걱정 어린 눈빛으로 물었다.

"건의 말이 옳아. 지금 상황에서 더 이상 기다리다간 모두가 위험해질 수 있어."

민철이 소녀의 눈망울을 지그시 바라보면서 말했다. 소녀가 마지못해 고개를 끄덕였다.

"그럼, 다녀오겠습니다."

공장을 나간 진과 건이 어디론가 향했다.

사건은 바로 다음 날 일어났다. 태훈과 명대를 대동한 문 선생이 근무지인 광역 수사대로 출근하고 있었다. 교차로에서 신호에 걸린 문 선생의 승용차가 막 출발하려고 할 때였다. 문 선생은 하마터면 갑자기 앞을 막아서는 승용차를 추돌할 뻔했다.

"어떤 새낀데 운전을 저따위로 하는 거야?"

화가 치민 명대가 앞을 막아선 승용차를 향해 욕설을 내뱉었다. 그러나 그것은 의도된 것이었다. 승용차의 문이 열리더니 다섯 명의 남자가 저벅저벅 걸어왔다. 명대와 태훈이 의아한 눈으로 남자들을 쳐다보았다. 흰머리에 얼굴이 몹시 푸석해 보이는 남자가 신분중을 내밀었다.

"문 경정님, 먼저 결례를 범해서 죄송합니다. 서부경찰서 강력계 수사계장 김영민입니다."

강력계 수사계장? 운전대를 잡은 문 선생이 영민을 올려다보았다.

"강력계에서 어쩐 일이오?"

"중대한 사안이라고 판단돼 결례를 무릅쓰고 앞을 막아섰습니다."

영민은 최대한 예의를 갖춰 말하면서 태훈을 쳐다보았다.

"강 경사, 우리와 같이 가줘야겠네."

"무슨 일인지 말씀을 하셔야 되는 게 아닙니까?"

"같은 국가 공무원끼리 예의를 생각해서 좋게 말하고 있는데, 어디서 언성을 높이는 건가."

정석이 명대의 말을 무질렀다.

"일단 차를 옆으로 빼고 나서 얘기하시죠."

영민이 정석을 향해 눈을 흘겼다.

"아니, 팀장님."

문 선생은 명대에게 손을 들어 보이고 승용차를 도로 가장자리로 붙였다.

"이게 자네의 서랍에서 발견됐어. 설명이 필요해."

영민이 내민 투명 비닐봉투에는 탄피가 담겨 있었다. 그것은 건이 소지한 저격용 라이플의 탄피였다. 그것이 어떻게 태훈의 서랍에 들어가 있었을까.

"이게 뭡니까?"

태훈이 영문을 모르겠다는 표정을 지었다.

"그렇게 말하면 수갑을 채울 수밖에 없어."

"이게 무슨 탄피인지 얘기를 해줘야 알 수 있는 일 아니오."

문 선생의 언성이 높아졌다.

"그건 말씀드리기 곤란합니다. 다만 강 경사가 이 일과 연관돼 있다는 점만 말씀드릴 수 있습니다. 양해 부탁합니다."

문 선생은 일이 이상하게 꼬이고 있다는 사실에 머리가 아파왔다.

"저는 이 탄피가 무슨 탄피인지도 모르고, 제가 만약 이 탄피와 연관돼 있다고 한다면, 이렇게 중요한 증거를 서랍에 넣어둘 리가 있겠습니까. 말이 안 되지 않습니까. 누군가 저를 죽이기 위해 모함하고 있는 겁니다!"

태훈이 몹시 억울한 얼굴로 항변했다. 이 일을 어찌해야 된단 말인가. 이 시점에서 태훈이 경찰조사를 받다 보면, 내가 세운 계획이 수포로 돌아갈 수 있다. 절대로 그리돼선 안 된다. 문 선생은 일단 급한 불부터 끄고 봐야겠다고 생각했다.

"강 경사가 어떤 사건에 연관돼 있다고 말할 수 없다고요? 그럼 정식 절차를 밟아서 다시 오시오. 탄피가 어떤 용도로 쓰였는지 모르지만, 이 탄피에서 강 경사의 지문이라도 발견됐다는 말이오? 추측이 혐의를 입증할 순 없는 일이지 않소. 그리고 정식 절차 없이 서랍을 뒤졌다는 건 명백한 불법행위에 해당되는 것이오. 법에 따라 움직여야 되는 사람이 그것도 모르고 있소?"

영민을 몰아세운 문 선생은 승용차를 출발시켰다. 영민은 할 말이 없었다. 혐의를 입증해서 정식 절차를 밟기까지 시간이 얼마나 소요될지도 모르는 판국이었다. 한편으로 강 경사의 말이 옳았다. 바보가 아닌 이상, 탄피를 버젓이 서랍에 넣어둘 리는 없을 것이다.

상식적으로 생각해도 맞지 않았다. 그렇다 하더라도, 강 경사의 혐의를 전면 배제할 순 없는 일이었다. 누군가 탄피를 가져다놓았다면 직간접적으로나마 연관이 있을 수도 있기 때문이었다. 영민은 현 시점에서 그 어떤 판단도 내리기 어려웠다. 이로써 영민은 또 하나의 짐을 떠맡게 됐다. 인혁과 세화, 소냐 일행, 거기에 강태훈까지. 어깨가 아주 무겁게 느껴졌다. 멀어지는 승용차를 바라보는 영민은 전수의 웃음 진 얼굴이 떠올랐다.

서로 들어선 문 선생은 가만히 있을 수 없었다. 누군지 모르지만 우리를 내분시키려는 공작임에 틀림없다. 놈들은 내가 세운 계획을 어느 정도 파악하고 있을 것이다. 아니, 그 이상일 수도 있다. 허면… 문 선생의 비상한 머리가 빠르게 회전했다.

그 시각, 하나신에 머물고 있는 순철은 실로 처음으로 자유를 만끽하고 있었다. 비록 육신의 자유가 아닌 정신의 자유에 한정됐지만, 그것은 중요하지 않았다. 지금까지의 삶은 정신과 육신 모두 구속된 삶이었기 때문이었다. 어릴 적부터 시작된 계모의 학대는 얼마든지 견딜 수 있었다. 하지만 아버지의 학대는 도저히 참을 수 없었다. 도망치듯 의무경찰에 지원했고, 타고난 힘과 운동신경을 바탕으로 경찰이 될 수 있었다. 하지만 경찰이 돼서도 자신이 원하는 자유는 찾을 수 없었다. 그것을 보상받기 위한 심리였을까. 마약상의 뒤를 봐주며 돈을 챙기기 시작했다. 그러나 그것도 뜻대로 되지 않고 지금에 이르렀다. 자신에게 있어서 부장은 구세주와 같은 존재였다. 부장이 하는 말은 언제나 옳았다. 아니, 옳아야만 했다. 내 행동의 정당성이 그것과 결부돼 있기 때문이었다. 이번 일도 부장이 해결해줄 것이다. 침대에 누운 순철은 기분 좋게 기지개를 펴더니 몸을 일으켰다. 그때 부장이 문을 열고 들어섰다.

"뭔가 이상해."

순철은 긴장했다.

"이상하다니요?"

부장이 의자에 걸터앉았다.

"이상하게도 수배령이 떨어지지 않았어. 마치 아무 일도 없었던 것처럼 너무 조용해."

"그럴 리가 있습니까."

순철이 강한 의문을 표했다.

"너를 잡으러 왔던 놈들, 그놈들은 경찰이 아닐 것이야. 그렇지 않고서야 이렇게 조용할 수가 없어. 상식적으로 생각해도 납득이 가질 않아."

"그렇다면 국정원…"

부장은 고개를 흔들었다.

"양우공제회에서 개입한 게 틀림없어."

부장이 버릇처럼 선글라스를 매만졌다.

"철저한 베일에 가려져 있다는 양우공제회요?"

순철이 다소 놀란 표정을 지었다. 수많은 사건 사고에 그들이 암암리에 개입했을 것이라는 설은 이미 널리 알려져 있었다. 하지만 그것이 자신의 피부로 와 닿을 줄은 꿈에도 몰랐다.

"정권유지를 위해서라면 수단과 방법을 안 가리는 놈들이지."

순철은 긴장감이 최고조로 달리는 것을 느꼈다.

"거기서 개입했다는 건, 의심할 여지없는 신의 사업이야. 비록 우리와 상충되긴 하지만."

"무슨 일이 있어도 우린 그것을 막아야 합니다."

"그것이 우리의 존재 이유지."

부장의 입가에 미소가 서렸다. 그 미소는 잔혹함과 흡족함을 동시에 갖춘 미소였다. 부장은 어떻게 이 모든 일들을 알고 있는 것일까. 순철은 부장의 위대함에 절로 고개가 숙여졌다. 사실 순철은 부장의 위대함에 궁금증을 품었던 적이 없었던 것은 아니다. 그때마다 순철은 곧바로 그 생각을 지웠다. 그것은 부장만의 영역이었고, 감히 그 영역에 흠집을 내고 싶지 않았기 때문이었다. 또한 거기에는 자신의 안위가 걸려 있기 때문이기도 했다.

"놈들은 뭘 몰라도 한참을 모르고 있어. 이 나라가 이만큼 발전할 수 있었던 건 그 일을 입 밖에 내지 않고 묵인했던 결과야. 그 일이 자칫해서 표면으로 드러나는 날엔 국가적인 혼란이 어디까지 미칠지 아무도 장담할 수 없어."

몸을 일으킨 부장은 무엇을 생각하는 듯 잠시 방안을 서성이더니, 다시 의자에 앉았다.

"멍청한 문 선생은 우리가 유도하는 대로 아주 잘 따라와 주고 있어. 이 얼마나 고마운 일인가. 종국에 가서 승리의 깃발은 우리의 손에 주어질 것이야."

부장과 순철의 입가에 비웃음이 서렸다.

"지금 당장 구미로 내려가."

"구미요?"

"아직도 모르겠나?"

부장이 꺼낸 사진을 바라보는 순철의 두 눈이 휘둥그레졌다. 사진 속의 손은 삼동병원 머릿돌에 양각된 거대한 손과 모양이 일치했다. 이로써 모든 게 명확해졌다.

"그렇다면…"

"거기서 기다리고 있어."

"부장님은 언제 오시겠습니까?"

"나는 나대로 할 일이 있어. 그러니 먼저 가서 기다리고 있어. 문 선생을 비롯해서 거기에 얽혀 있는 놈들은 반드시 거기로 갈 것이야. 절호의 기회가 찾아왔어. 이 기회를 최대한 살려야지. 그래야만 우리의 목적을 달성할 수 있지 않겠나. 이대로 있다간 쥐도 새도 모르게 우리가 당할 수도 있다는 사실을 명심해."

부장은 언제나 정확하다. 놈들이 움직이기 전에 우리가 먼저 움직여야 한다. 그게 우리가 살길이다. 이미 주사위는 던져졌다. 순철은 온몸의 근육이 팽팽하게 솟는 것을 느꼈다.

느린 템포의 음악이 실내를 잔잔하게 울리고 있었다. 희뿌연 담배 연기는 부둥켜안은 남녀의 관계를 알고 있는 것일까. 어두컴컴한 조명 아래서 마치 안개처럼 피어오르는 담배연기는 서로의 몸을 탐닉하는 게슴츠레한 눈빛의 남녀를 감춰주는 것처럼 보였다. 그중에 몸을 밀착시키고 있던 남녀가 서로의 눈빛을 교환하더니 밖으로 나갔다.

카바레로 들어선 명대는 밖으로 나가는 남녀를 잠시 쳐다보더니, 춤을 추고 있는 스테이지로 눈을 돌렸다. 두리번거리는 것으로 보아 누군가를 찾아온 듯했다. 어둠에 눈이 익은 그의 시선이 한 곳에서 멈췄다. 피식 웃음을 흘린 그는 비어 있는 테이블로 이동했다.

잠시 기다리니 나이 지긋해 보이는 여자를 안고 있던 남자가 쏜 살같이 스테이지를 내려왔다. 하얀 양복이 머릿기름을 발라 넘긴 머리와 잘 어울려 보이는 남자였다. 훤칠한 키에 단단해 보이는 체구, 뚜렷한 이목구비를 갖춘 남자는 한눈에 보기에도 상당한 미남이었다.

"아니, 형님. 여긴 어떻게 오셨어요?"

"왜, 내가 못 올 곳에라도 왔나?"

"그건 아니고…."

명대의 시선이 남자가 안고 있던 여자를 쳐다보더니, 다시 남자로 옮겨갔다.

"저 여자요? 얼마 전 남편과 사별한 과분데, 이게 좀 많거든요."

남자는 여자가 보이지 않게 엄지와 검지를 맞붙여 동그라미를 만들었다.

"너 언제까지 이렇게 살 거냐?"

"인생 뭐 있습니까. 한 판 크게 벌어서 편하게 살면 장땡이죠."

명대가 피식 웃음을 흘리더니, 테이블에 놓인 맥주를 한 모금 마시고 내려놓았다.

"제가 뭐 할 일이라도 있어요?"

남자가 양복에 묻은 먼지를 털어내며 물었다.

"니가 내 정보원 노릇한 지 몇 년이나 됐지?"

"글쎄요…, 한 5년은 넘은 것 같은데…. 근데 왜요?"

"5년이라…, 그러면 반 형사는 다 됐구먼."

"아따 형님. 뜸들이지 말고 제가 할 일을 얘기하세요."

명대가 남아 있는 맥주를 마저 들이켰다. 그러더니 남자의 눈을 똑바로 쳐다보았다.

"상태야."

"네, 형님."

"나 좀 도와줘야겠다."

상태는 명대의 시선에서 어떤 중압감을 읽었다.

"내가 하는 말 잘 들어."

상태가 의자를 끌어당겼다. 명대의 입술이 움직일 때마다 상태의 표정이 시시각각 변했다.

"어때, 할 수 있겠어, 없겠어? 니가 판단해서 결정해."

상태가 심각한 표정을 짓더니, 맥주를 가득 따라 단숨에 들이 켰다.

"그러니까, 김일순은 새나라당 대표 김채무의 이종사촌인데, 김일 순이 어편네를 꼬시란 말이죠."

명대가 고개를 끄덕였다.

"언제까지요?"

"니 솜씨면 오래 걸리지 않을 것 같은데."

"빠를수록 좋다는 말이죠?"

"강요는 하지 않을 테니까, 잘 판단해서 결정해."

"그 여자는 여기 서울에 있는 겁니까?"

"아니, 구미."

"구미요?"

상태는 맥주를 연거푸 따라 마셨다. 그는 마침내 결정한 듯 맥주 잔을 소리 나게 내려놓으면서 벌떡 일어섰다.

"까짓 거, 한 번 해보죠 뭐. 인생 뭐 있습니까. 대신 오늘 술은 형님이 사시는 겁니다."

명대가 상태를 만나고 있는 그 시간, 공중전화 부스로 들어선 태훈은 지나온 공원을 예리하게 살폈다. 벤치에 앉아 졸고 있는 여자를 향해 무언가를 열심히 말하는 남자가 화난 표정으로 돌아서고 있었고, 자전거를 탄 남자가 그들 앞을 지나치는 모습이 보였다. 시선을 거둔 태훈은 도로를 건넜다. 근처를 지나는 차량의 불빛이 태훈의 굳은 얼굴을 스치고 지나갔다. 포장마차로 들어서니 오이 토막을 안주 삼아 소주잔을 기울이던 남자가 자리를 조금 비켰다.

"여기, 우동 하나 주세요."

순식간에 우동을 비운 그는 포장마차를 나가 다시 공중전화 부스로 들어갔다. 몇 번의 신호음이 울리더니, 굵직한 남자의 음성이 전화기를 타고 흘렀다.

-미행은 없었나?

전화기 속의 남자는 태훈이란 사실을 알고 있기라도 한 듯 물었다.

"네, 없었습니다."

-항상 뒤를 조심해야 할 것이야.

"예기치 않은 일이 발생할 것 같습니다."

-전에 말했던 그 일인가?

"…네."

-사전에 막을 수 없나?

"유감이지만, 그리할 순 없습니다."

태훈의 입술이 미세하게 떨렸다.

"어차피 제가 감당해야 할 몫입니다."

전화 부스에 무거운 침묵이 내려앉았다

-좋아, 당분간 그대로 진행하도록.

전화 부스를 나서는 태훈은 자신도 모르게 어깨가 밑으로 처지는 것을 느꼈다.

국민이 원하는 대통령

한 줄기 바람이 저수지 표면을 스치고 지나갔다. 바람의 영향인지, 잔잔했던 저수지가 작은 너울을 만들면서 말없이 서 있는 두 사람의 눈동자 속으로 스며들었다. 너울에 실려 온 나뭇가지가 안간힘을 쓰며 뭍으로 오르려고 하는 것처럼 보였다. 인혁은 세화의 시선을 좇고 있었다. 하지만 세화의 멍한 시선은 어디를 향해 있는 것인지 알 수 없었다. 퉁퉁 부어 있는 그녀의 두 눈에 눈물이 맺혀 있었다.

"선배, 부장이 계신 곳은 행복할까요?"

그녀의 물기를 머금은 목소리는 물음인지 혼잣말인지 구분이 되지 않았다. 인혁이 팔을 들어 그녀의 어깨를 감쌌다.

"스님은 그대로 계시다가 입적하시겠죠?"

머릿속으로 스며드는 세화의 목소리가 한 글자를 만들었다. 닫을 폐(閉)였다. 친구의 죽음으로 모든 것을 닫으신 스님은 아마도 그대로 입적할 것이 분명했다. 스님의 자애로운 미소가 망막에 그려졌다. 눈물이 핑 돌면서 가슴이 아려왔다.

"어쩔 땐 원시적인 생명력만 느끼고 사는 존재가 부러울 때가 있어요."

공교롭게도 옆에 서 있는 소나무에 몸부림의 결정체인 솔방울이 많이 맺혀 있었다. 인혁은 솔방울이 세화의 눈물을 닮았다고 생각했다. 뒤에서 인기척이 느껴졌다.

"정 기자, 열쇠는 잘 갖고 있겠지?"

다가온 계장이 물었다.

주머니로 손을 가져간 인혁은 딱딱한 열쇠를 쥐었다. 그 순간 차라리 열쇠를 저수지로 던져버리고 싶은 강한 충동을 느꼈다. 모든 것은 이 열쇠로 인해서 비롯된 게 아닌가. 아버지에 대한 원망이 파도처럼 밀려왔다.

"열쇠를 보관하고 계시겠습니까?"

영민은 고개를 저었다.

"그 열쇠의 비밀은 자네만이 풀 수 있잖아. 그러니 자네가 보관하고 있어야지."

어디선가 날아온 새 한 마리가 저수지 표면을 낮게 날더니 신록 속으로 빨려 들어갔다.

"그 일도 내부자 소행입니까?"

인혁은 태훈의 탄피를 묻는 것이었다.

"감시 카메라를 아무리 돌려봐도 외부 침입의 흔적이 없어. 귀신이 곡할 노릇이지. 십여 명이 넘는 광수대 형사들을 전부 조사한다는 것도 현실적으로 어려운 문제이고…."

영민이 뒷말을 흐리면서 먼 산을 응시하더니 덧붙여 말했다.

"어디서부터 시작해야 될지 도통 감이 잡히지 않아."

"그 제보자는 어떻게 강태훈 경사 서랍에 탄피가 들어 있는지 알았을까요?"

묵묵히 있던 세화가 고개만 돌리면서 물었다.

"나도 그게 이상해. 추측인데, 그 익명의 제보자가 강 경사의 서랍에 탄피를 넣었다고 보아야 해. 그게 사실이라면, 광수대에서 누군가 놈들과 연결돼 있는 것이지. 그래서 광수대 형사들을 전부 조사해야 할 판국인데, 그게 쉽지 않다는 것이야."

영민은 몹시 혼란스러운지 하늘을 올려다보면서 깊은 숨을 뱉었다.

"계장님."

바라보니 정석이 저수지로 걸어오고 있었다.

"뭔가?"

"사이버 수사대에서 연락이 왔습니다."

"사이버 수사대?"

"네, 지금 대학생들의 움직임이 심상치 않습니다."

"이 사람아, 요점을 말해야 될 게 아냐."

영민의 말투에 짜증이 묻어났다. 정석은 어디서부터 말해야 할지 난감했다. 너무나 포괄적이기 때문이었다.

"혹시 어제부터 SNS를 타고 급격하게 번지고 있는 동영상을 말씀하시는 건가요?"

영민의 고개가 세화를 향했다.

"어떻게 촬영됐는지 모르지만, 어제부터 박정희기념관 건립을 반대하는 대학생들을 경찰이 폭행하는 동영상이 SNS를 타고 번지고 있어요."

"박정희기념관 건립을 반대하는 시위는 어제 오늘의 얘기가 아니잖아. 그런데 갑자기 경찰이 대학생들을 폭행했다고? 혹시 과격 시위라든가 다른 이유가 있었던 게 아니야?"

"맞습니다. 시위의 시초는 박근혜에게 있습니다."

"그건 또 무슨 얘기야?"

영민의 고개가 인혁을 향했다.

"박근혜는 공식석상에서 '요즘 들어 대통령을 욕하는 국민들이 아주 많아요. 한 나라의 국가원수를 이렇게 욕해도 되는 겁니까.'라고 말하면서 불편한 심기를 드러냈습니다. 그게 시위의 시초가 되면서 때마침 다가온 박정희기념관 건립을 들고 일어선 겁니다. 그 과정에서 경찰이 대학생들을 폭행한 듯합니다."

인혁은 청와대의 하수인을 자처하는 경찰이라고 말하려다, 차마 경찰 앞에서 그 말까지는 할 수 없었다. 하지만 짚고 넘어갈 말이 있었다.

"우리는 국민의 훈계를 욕으로 받아들이는 대통령을 원하는 게 아니라, 국민의 욕을 훈계로 받아들일 줄 아는 대통령을 원하는 것입니다. 자신의 뜻만 옳다고 여기며 무조건 따라오라고 하는 제왕적 대통령을 원하는 게 아니란 말입니다. 자신의 주의에 반대되는 주의를 포용하지 못하고, 오히려 그것을 좌파로 규정하고 매도하는 대통령이 어떻게 국민의 대통령이란 말입니까. 정신적 협심증에 걸린 것처럼, 사고의 유연성과 포용력이 결여된 대통령을 반대하는 시위는 지극히 자연스러운 행동입니다."

인혁의 말이 계속되는 동안 정석은 몹시 불편한 듯 얼굴을 점점 일그러뜨리기 시작했다.

"내가 옳으니 무조건 따라오라는 독선적인 주장은 과거 국민을 노예로 생각하는 봉건왕조 시대와 크게 다를 바 없습니다. 우리 국민은 거기에 제동을 걸 절대적인 이유가 있습니다. 이 나라는 국민의 나라인 것이지, 대통령의 나라가 아니기 때문입니다."

세화는 인혁이 말하는 동안 연신 영민과 정석의 눈치를 살폈다. 한 걸음 다가간 세화는 인혁의 손을 살며시 쥐었다가 놓았다. 여기서 멈추라는 뜻이었다. 그러나 인혁의 입술은 멈추지 않았다.

"대한민국의 민주주의가 어떻게 이렇게 급속도로 퇴보할 수 있는 것인지, 왜 UN인권위원회에서 대한민국을 민주주의가 위협받고 있는 나라로 규정하고 있는지, 현 정권은 여기에서 결코 자유로울 수 없습니다. 우리 대한민국은…."

"정 기자, 그만하시오!"

참다못한 정석이 곰 같은 얼굴을 인혁 앞으로 바짝 디밀었다.

"정 기자, 지금 뭔가 착각하고 있나 본데, 당신은 경찰로부터 보호받고 있는 상태야. 그것은 국가권력으로부터 보호받고 있다는 증거인 셈이고. 어디서 건방지게 입을 함부로 놀리고 있어. 우리가 보호해주고 있지 않았다면, 당신이 지금까지 무사했을 것 같아!"

"우리가 처한 상황을 두고 어떻게 국가권력이 보호해주고 있다고 말할 수 있습니까."

"그만들 해!"

영민이 두 사람을 떼어놓았다.

"선배, 일로 와요."

세화가 인혁을 끌어 소나무 밑으로 들어갔다.

"정 기자, 좀 있다 내려오게."

정석의 팔을 잡은 영민이 저수지를 내려가면서 말했다. 정석의 씩 씩거리는 숨소리가 바람을 타고 들려오는 것 같았다.

"선배."

인혁의 얼굴을 바라보던 세화가 갑자기 깔깔거리며 웃기 시작했다.

"내심 걱정했지만, 정말 속 시원했어요. 아까 구 반장님의 곰 같은 얼굴 봤죠?"

솔향기가 세화의 웃음소리에 녹아 있는 것 같았다. 한 줄기 바람이 그녀의 웃음 진 얼굴을 스쳐지나갔다. 손을 뻗은 인혁은 세화의 흘러내린 머리카락을 쓸어 올려주었다. 그 순간 두 사람의 눈이 마주쳤다. 무엇을 느낀 세화가 서서히 웃음을 멈췄다. 그들은 한동안 아무 말 없이 서로의 시선만 응시했다. 두 손으로 세화의 얼굴을 받쳐 든 인혁은 자신의 얼굴을 가깝게 가져갔다. 파르르 떨리는 세화의 두 눈이 살며시 감겼다. 두 사람의 입술이 포개졌다. 세화가 미세하게 몸을 떨었다. 바람에 실려 온 들꽃 향기가 두 사람의 입술에서 느껴졌다.

저수지를 내려선 세화는 인혁과 몇 걸음 뒤처져서 걸었다. 그녀는 부끄러움이 남아 있는 듯, 흘러내린 머리카락을 쓸어 올리면서 발그레한 얼굴을 매만졌다. 인혁의 넓은 등이 바로 앞에서 멈췄다. 뜻을 알아챈 세화가 잠시 멈칫하더니 발을 놀려 나란히 걸었다.

"세상에 신비가 남아 있을까요?"

인혁은 세화의 질문이 무엇을 묻는 것인지 다소 아리송했다.

"대학을 졸업하고 사회에 첫 발을 내딛던 날, 세상은 온통 신비감으로 가득 차 있었지. 하지만 언제부턴가 그 신비감이란 게 탐욕과 위선과 배신의 이름으로 다가오더라고."

자신의 대답이 잘못된 것 같다고 생각한 인혁은 세화의 표정을 살폈다.

"사랑의 영역은 신비가 아닐까요?"

그제야 뜻을 알아챈 인혁은 머쓱한 표정을 지었다.

"선배는 사랑하는 사이에서 가장 슬픈 일이 뭐라고 생각해요?"

"…신비감의 상실이지 않을까?"

"무슨 말이죠?"

"사랑하는 사이에서 더 이상 신비감이 느껴지지 않는다면, 사랑이라는 개념은 신기루에 지나지 않는다는 생각이 들어. 그것이 가장 슬픈 일이겠지. 그래서 나는 신비감을 상실하지 않기 위해서 어떤 노력도 마다하지 않을 생각이야. 신비감이 사라지지 않는 사랑이 진정한 사랑인 것이고, 서로에게 슬픔을 주지 않는 길이니까."

"그 마음 변치 않을 수 있나요?"

세화의 눈망울에 살며시 이슬이 맺혔다. 인혁이 눈물을 닦아주며 고개를 끄덕였다. 어느새 두 사람은 컨테이너에 도착했다.

"정 기자, 아깐 미안했소."

금세 화가 풀어진 정석이 솥뚜껑 같은 손을 내밀었다.

"아닙니다. 저도…"

"그 얘기는 나중에 하고, 어서들 들어와."

영민이 두 사람을 잡아끌었다.

"혹시 지금 벌어지고 있는 시위가 박정희의 탄생일을 겨냥하고 있는 것은 아닐까?"

"그건 너무 막연하지 않을까요?"

모두의 시선이 세화를 향했다.

"박정희의 탄생일은 아직도 5개월 이상이나 남았어요. 그보다 먼저 거북이의 꼬리가 무슨 뜻인지, 열쇠가 선배를 인도해줄 것이란 말이 무슨 말인지, 그것을 알아내야 사건의 본질에 접근할 수 있다는 생각이 드네요."

영민의 얼굴이 떫은 감을 씹은 듯 찡그려졌다. 대체 거북이의 꼬리와 열쇠가 정 기자를 인도해줄 것이란 말이 무슨 뜻이란 말인가. 그것이 풀리면 일련의 사건은 자연스럽게 풀릴 것이다. 하지만, 하지만…, 그것은 어쩌면 영원히 풀리지 않을 것 같은 미스터리한 메시지로 남을 것 같았다.

그때 영민의 전화기가 부르르 떨었다.

"뭐라고!"

영민의 목소리가 컨테이너를 울렸다.

"알았어."

영민은 전화기를 무겁게 내려놓았다. 그의 심각한 표정에 누구 하나 말을 꺼내지 못했다.

"대학생을 폭행한 경찰은 경찰이 아니었다는군."

"그럼 누군가 경찰을 사칭했다는 말입니까. 어떤 놈이 감히."

정석의 큰 얼굴이 붉게 변했다.

"동영상을 최초로 유포한 사람의 IP 주소는 어디로 나왔답니까."

인혁이 다급하게 물었다.

"지금 시급한 건 세대 간의 격돌을 막는 일이야. 부모연합 회원들이 젊은이들의 반정부 시위에 개입하면서, 세대 간의 격돌이 예상된다는 군. 양측 간의 선동세력이 있을 것이라는 분석이야. 시위가 이대로 나가면서 지속된다면 큰 불상사가 발생할 수 있어."

"어차피 부모연합 회원들은 일당을 받고 움직이는 세력이 아닙니까."

인혁을 쳐다보는 형사들의 시선이 곱지 않았다.

"정 기자, 지금 여기서 그 얘기를 꺼내는 이유가 뭐요."

"또 왜들 그래."

영민이 정석의 팔을 잡아끌었다.

"선배, 자꾸 왜 그래요."

"내가 틀린 말 한 거 아니잖아."

세화가 인혁을 끌고 밖으로 나왔다. 잠시 후 형사들이 뒤따라 나왔다.

"동영상을 최초로 유포한 사람의 IP 주소가 확보됐어. 우리가 올 때까지 절대로 여기를 벗어나면 안 돼. 두 사람은 현재 수배 중이란 사실을 명심하고."

영민이 승합차에 오르면서 말했다.

"그게 무슨 말씀입니까. 우린 우리 사건에 전념해야 되는 게 아닙니까."

"정 기자, 기자란 사람이 왜 그렇게 앞뒤가 막혔소. 사건의 연결고리를 찾아야 될 게 아니오. 늦어도 저녁까진 들어올 테니, 갔다 와서 얘기합시다."

정석이 승합차의 문을 신경질적으로 닫았다.

서울 시내로 들어선 승합차가 가다, 서다를 반복했다. 시위가 급속도로 확산되면서 곳곳에서 통제가 이어지고 있었다. 다소 평화적인 시위가 과격 시위로 변했는지, 중무장한 경찰 병력이 청년 시위대와 노인들로 구성된 부모연합 회원들을 막고 있었다.

"어떤 새끼인지 잡히기만 해봐. 사지를 찢어버릴 테니."

정석이 으르렁거렸다.

"계장님, 여기서부턴 이동이 불가능할 것 같습니다."

꽉 막힌 도로는 대형 주차장을 보는 듯했다. 욕설을 내뱉는 시민들과 무심하게 바라보는 시민들의 표정이 시위대와 겹치면서 이색 풍경이 연출됐다.

"모두 내려."

승합차를 내린 영민과 형사들이 도로를 뛰었다. 10층에서 승강기를 내린 형사들은 헉헉대는 숨소리를 죽이며 하나신으로 천천히 이동했다. 영민의 손가락 지시에 건장한 형사들이 문을 박차고 안으로 들어갔다. 순간 그들의 눈이 휘둥그레졌다. 실내를 가득 메우고 있던 짙은 안개가 밖으로 나가면서, 대형 그림이 천천히 모습을 드러냈다. 완전히 모습을 드러낸 그림 속의 남자가 침입자들을 노려보고 있었다. 오싹한 기운이 훅 끼쳐왔다.

"박정희야!"

정석이 소리쳤다. 정신을 차린 형사들이 닫혀 있는 방문을 열어젖히며 뛰어들었다. 다다미방으로 들어선 영민은 양옆으로 줄지어 늘어선 난초 화분을 지나 여닫이문을 살며시 열었다. 그의 입에서 바람 빠지는 소리가 들렸다. 이곳을 떠난 지 얼마 되지 않은 듯, 차려 놓은 제사상에서 향이 피어오르고 있었다. 뒤따라 들어선 정석이 제사상을 바라보며 한 마디를 흘렸다.

"이 새끼들, 이거 뭐하는 새끼들이야."

"계장님, 큰일 났습니다!"

후배 형사의 다급한 외침에 영민과 정석이 다다미방을 급하게 뛰어나갔다. 바라보니 손에 몽둥이를 든 노인들이 후배들과 대치하고 있었다.

"당신들이 뭔데 이 성지에 함부로 들어와서 성지를 더럽히고 있는 것이오."

앞서 있는 노인이 사납게 눈을 치켜뜨며 말했다. 금방이라도 몽둥이로 내려칠 기세였다.

"아, 우리는 경찰입니다. 여기서 이러시면 안 됩니다."

영민이 앞으로 걸어가면서 말했다.

"뭐? 경찰? 경찰이 대통령의 아버지보다 더 높단 말이오?"

도무지 말이 통할 것 같지 않았다.

"이것보세요, 어르신. 우리는 공무 집행 중입니다. 그러니 어서 여기를 나가주세요. 안 그러면 법대로 처벌할 수밖에 없습니다. 빨리 여기를 나가세요."

다혈질의 정석이 후배들을 밀치고 나오면서 언성을 조금 높였다. 그것이 화근이었다.

"뭐? 법대로 처벌?"

노인의 두 눈에 불이 켜졌다. 노인의 몽둥이가 정석의 머리로 내리꽂혔다. 엉겁결에 머리를 맞은 정석이 피를 흘리며 쓰러졌다. 그와 동시에 십여 명이나 되는 노인들이 경찰을 향해 몽둥이를 마구 휘둘렀다. 팔을 맞은 영민이 뒤로 물러나면서 소리쳤다.

"저항하지 마!"

좁은 공간에서 형사들은 노인들의 몽둥이를 피하기엔 역부족이었다. 곳곳에서 둔탁한 소음과 비명이 터졌고, 한 번 불붙은 노인들의 몽둥이는 멈추지 않았다. 순간 영민은 머리로 번갯불이 떨어지는 것을 보았다. 잠시 멍하게 있던 그는 고목 쓰러지듯 바닥으로 쓰러졌다. 의식이 가물가물해지면서 흐릿한 세상이 점점 검은 세상으로 변해갔다. 노인들이 쓰러진 형사들을 뒤로하고 하나신을 내려갔다.

한편, 하나신의 상가에 도착한 수도승은 계단을 오르기 시작했다. 비호처럼 빠르게 움직이던 발이 순간 멈췄다. 딱딱거리며 들려오는 소리는 계단을 내려오는 구둣발 소리였다. 수도승은 킬러로서의 감각을 최대한 집중했다. 말로 표현할 수 없는 잔혹한 기운이 느껴졌기 때문이었다. 품안으로 손을 집어넣은 수도승은 단도를 움켜잡으면서 계단을 천천히 올랐다. 구둣발 소리가 점점 가까워지고 있었다. 수도승이 단도를 잡은 손에 힘을 주었다. 계단을 내려오는 사람의 다리가 난간 사이로 보였다. 남자인 듯싶었다. 수도승이 남자의 다리를 낚아채려고 손을 뻗었다. 그러더니 급히 손을 내렸다. 모습을 완전히 드러낸 남자는 군모와 선글라스 차림의 왜소한 남자였다. 계단을 오르고 내리는 두 사람이 서로를 힐끗 쳐다보면서 지나쳤다. 남자의 뒷모습을 바라보는 수도승은 고개를 갸웃했다. 내가 너무 예민하게 느낀 것일까?

수도승은 10층에 다다를 때까지도 이상한 느낌을 지울 수 없었다. 하나신으로 들어선 수도승은 의식을 잃고 쓰러져 있는 형사들을 지그시 바라보았다. 그의 입술에 조소가 드리웠다. 그때 뇌리를 무언가 강하게 스치고 지나갔다. 군모에 선글라스. 그놈이었어! 속으로 외친 그는 쏜살같이 계단을 내려 달렸다. 건물을 나선 그는 빠르게 주위를 살폈다. 경찰과 대치중인 시위대에서 구호가 터지더니, 어디선가 날아온 돌멩이가 발 앞으로 떨어졌다. 시위는 점점 과격해지고 있었다. 수도승의 예리한 눈동자가 수많은 피켓 아래서 움직이는 군모를 발견했다. 수도승이 시위대의 행렬 속으로 뛰어들었다. 뒤를 돌아본 부장이 도망치기 시작했다. 사람과 사람 사이를 빠져나가는 일은 결코 쉬운 일이 아니었다. 부장과 수도승의 거리가 점점 가까워졌다. 무지막지한 기세로 사람들을 밀친 수도승이 전진하면서 손을 뻗었다.

그때 구호가 크게 터지더니 시위대가 경찰을 향해 앞으로 내달렸다. 부장의 왜소한 몸이 내달리는 시위대 속으로 빨려 들어갔다. 수도승의 빠른 발이 내달리는 부장의 발을 걸었다. 발에 걸린 부장이 공중으로 떠오르더니, 마치 다이빙하듯 아스팔트로 떨어졌다. 회심의 미소를 흘린 수도승이 몸을 기울이려 할 때였다. 경찰 장갑차에서 물대포가 작렬했다. 여기저기서 비명이 터지면서 물대포에 맞은 사람들이 쓰러지기 시작했다. 한 무리의 사람들이 쏟아지는 물대포를 피해 수도승을 밀면서 지나갔다.

"저리 가! 저리 가란 말이야!"

뒤로 밀리는 수도승이 미친 듯이 소리치며 사람들을 밀쳐냈다. 이내 그의 시선이 허물어져 내렸다. 쓰러져 있던 군모는 어디로 갔는지 모습이 보이지 않았다.

"이런, 제길!"

수도승이 시위대를 향해 일갈했다. 장갑차 밑에 숨어 있던 부장이 천천히 몸을 빼냈다. 그는 수도승의 뒷모습을 뚫어져라 응시하면서 뒷걸음으로 도로를 벗어났다. 내가 너무 방심했군. 목적지를 바로 앞에 두고 하마터면 큰일 날 뻔했어. 하지만 어차피 네놈도 독 안에 든 쥐야. 그때 가서 깨끗이 처리해주마. 부장이 심하게 깨져 금이 간 선글라스를 매만졌다.

청와대.

청와대에선 김기준 비서실장 주재로 비상시국회의가 진행되고 있었다.

"이번 시위의 목적이 뭐라고 생각하시오?"

기준이 무겁게 입을 열었다. 기준은 정인혁으로 인해 노심초사하며 골머리를 앓고 있는 시점에 난데없이 터진 시위를 생각하니, 머리가 터질 것만 같았다.

"아직은 더 파악해봐야 알겠지만, 단순히 경찰과 시민들의 적대감 조성은 아닌 듯합니다."

치안부서의 수장인 원세는 벌어지고 있는 시위가 마치 자신의 잘못이라도 되는 듯 몹시 곤혹스런 표정으로 말했다.

"경찰과 시민들의 적대감 조성이 아니라면, 그놈들이 무엇 때문에 경찰을 사칭했겠소?"

정무수석 하명훈이 물었다.

"그게 좀 이상합니다."

"뭐가 이상하단 말이오?"

"지금까지 알아낸 정보에 의하면, 시위 선동세력으로 추정되는 사람들은 박정희 대통령님의 영령을 모시고 있던 자들이었습니다. 그런 자들이 무슨 목적으로 시위를 선동했는지, 현재로선 명확하게 밝혀진 게 없습니다."

여기저기서 수군거리는 소리가 들렸다.

"자, 조용히들 하세요."

기준이 팔을 들어 흔들더니 다시 입을 열었다.

"박정희 대통령님의 영령을 모시고 있던 자들이라면 부모연합과 연결된 사람들이 아닐까요?"

기준은 자신이 말하고도 이상했다. 그런 자들이라면 경찰을 사칭해 반정부 시위를 유발시킬 이유가 없겠다는 생각 때문이었다. 하지만 과거 중앙정보부 시절로 돌아가서 봤을 때, 섣부른 판단은 자칫 돌이킬 수 없는 큰 실수로 돌아온다는 사실을 잘 알고 있었다.

"그것은 상식적으로 생각해도 아닌 듯합니다."

"언제나 그 상식이 문제인 것이오. 지금 시위를 보더라도, 상식을 벗어난 시위이지 않소?"

"놈들의 거처에선 아무것도 건진 게 없단 말이오?"

원세는 누구의 질문인지 알고 싶지 않았다. 어서 빨리 자리를 뜨고 싶은 심정이었다.

비상시국회의가 진행되고 있는 그 시각, 구미로 접어든 순철은 잠시 차를 내려, 바삐 움직이는 시민들의 행렬을 지켜보았다. 서울에서 시작된 시위는 이곳 구미에도 영향을 미치고 있는지, 피켓을 들고 거리를 활보하는 시민들이 곳곳에서 목격됐다. 아마도 시위는 전국적으로 확산될 듯 보였다.

"거기, 차 빼세요."

경찰차에서 내린 순경이 순철을 향해 말했다. 뒤를 이어 세 대의 경찰 트럭이 다가오더니, 짐칸에서 바리게이트가 내려졌다.

"아저씨, 뭐 하세요, 차 안 빼고."

경장 계급의 젊은 경찰이 순철을 향해 손가락을 움직였다. 순철은 자신을 향해 있는 손가락을 부러뜨리고 싶은 충동을 간신히 억눌렀다. 다시 차에 오른 그는 외곽도로로 빠져나가 산길로 올라 차를 세웠다. 차를 내린 그는 주변의 나뭇가지를 꺾어 차를 가리더니,

고개를 높이 들었다. 그의 시선이 신록이 우거진 산 능선에 머물렀다. 우리를 방해하는 사업이 저기에 있다. 언제나 정확한 부장이 잘못 판단했을 리는 없다. 순철은 김채무가 다녀간 산을 오르기 시작했다.

10분여를 오르니 땀이 비 오듯 쏟아졌다. 순철은 땀에 젖은 겉옷을 벗어 팔에 걸었다. 가벼운 옷을 들었을 뿐인데도, 툭 불거져 나온 굵은 심줄은 통나무 같은 팔뚝을 뱀처럼 휘감고 있었다. 그때 산 위에서 인기척이 느껴졌다. 순철은 급히 풀숲으로 들어가 몸을 숨겼다. 산을 내려오는 남자들은 어울리지 않게 모두 양복 차림의 새나라당 의원들이었다. 양복 깃에 매달린 의원 배지가 햇빛을 받아 반짝거렸다. 한 달 전 자신이 미행했던 김채무 역시 같은 차림이었다. 순철은 남자들이 내려온 길을 올랐다.

그렇게 얼마나 올랐을까. 사유지라고 쓰인 표지판이 굵은 철조망에 걸려 있었다. 철조망 너머의 세상을 보여주지 않으려는 듯 빽빽하게 심어져 있는 아름드리나무는 수백 개의 팔을 들어 침입자를 막고 있는 것처럼 보였다. 철조망 가까이 접근한 순철은 수백 개의 팔 사이로 희미하게 보이는 조형물을 발견했다. 거대한 손 모양의 조형물은 삼동병원 머릿돌에 양각된 손과 일치했다. 순철은 자신이 놓친 부분을 파악하고 있는 부장의 세심함에 감탄을 표했다. 그때 전화기가 부르르 떨었다.

"도착했습니다, 부장님."

순철은 목소리를 최대한 낮추면서 말했다.

-거기서 대기하라.

"오시는 겁니까?"

잠시 침묵이 이어졌다.

-문제가 생겼다.

"심각한 문젭니까. 제가 다시 올라가야 되는 건 아닙니까?"

-다시 연락할 때까지 대기하도록.

무슨 일일까? 순철은 부장의 목소리가 약간 떨리는 것을 느꼈다.

어용 언론의 실태

컨테이너에 어둠이 몰려들고 있었다.

"무슨 일이 생긴 게 아닐까?"

인혁이 창가로 스며드는 어둠을 바라보면서 말했다. 그는 몹시 불안한지, 앉아 있던 의자에서 일어서더니 컨테이너를 서성거렸다. 그러더니 밖으로 나가 도로를 지나가는 차량들을 응시했다. 스멀스멀 기어드는 어둠이 끈적끈적하게 몸에 달라붙는 것 같았다.

"나도 이상한 생각이 들어요."

따라 나온 세화 역시 불안한 표정이었다.

"늦어도 저녁까진 들어온다고 했잖아. 연락도 없고, 무슨 일이 생긴 게 분명해."

인혁은 자신의 직감이 틀리기를 바랐지만, 밀려드는 불안감을 떨칠 수 없었다.

"그래서 어떡하려고요?"

막상 나오긴 했지만 어디로 가야 할지, 어디서 알아봐야 할지 방향을 정할 수 없었다.

그 시각, 도로를 질주하던 승용차가 속도를 줄이더니, 양어장이 보이는 곳에서 급히 멈췄다. 차를 내린 수상한 그림자는 양어장으로 천천히 이동했다. 그림자는 재빠른 몸놀림으로 경사로를 올라 몸을 바짝 엎드렸다. 그림자의 날카로운 시선 속으로 주변을 서성거리는 인혁과 세화가 들어왔다. 흔들리지 않는 눈빛은 마치 사격장의 타깃을 조준하고 있는 것처럼 보였다. 민머리의 아름다운 남자 수도승이었다. 두 사람에게 붙어 있던 그의 시선이 불이 밝혀진 컨테이너로 옮겨갔다. 열려 있는 문 사이로 사람의 움직임은 보이지 않았다.

이 작전은 처음부터 잘못됐어. 속으로 읊조린 수도승은 품안에서 가발과 안경을 꺼내 착용했다. 그의 변한 얼굴은 전혀 다른 사람처럼 보였다. 설익었던 어둠은 시간이 흐르면서 완전히 농익은 상태로 변해 있었다. 경사로를 오른 수도승은 주위를 살피면서 두 사람에게 접근했다.

"정인혁 씨."

인혁과 세화가 놀란 시선으로 어디선가 홀연히 나타난 남자를 주시했다.

"두 분을 여기서 대피시키라는 지시를 받고 왔습니다."

수도승이 위조 신분증을 내밀었다.

"대피요?"

인혁의 두 눈이 강한 의문을 표했다.

"처음 보는 형사님이신데, 어디서 오셨습니까?"

"네, 저는…."

"혹시 계장님이 보내서 오신 겁니까?"

"네, 계장님의 지시를 받고 왔습니다."

자칫 들킬 수도 있었던 상황을 인혁이 도와준 셈이었다.

"계장님과 형사님들은 지금 어디에 계시는 겁니까?"

"일이 이상하게 돌아가고 있습니다."

"이상하게 돌아가다니요? 무슨 말씀이세요?"

듣고 있던 세화가 물었다.

"시간 관계상 일일이 설명드릴 순 없고, 계장님이 계시는 곳까지 안내해드리겠습니다."

인혁과 세화가 그를 따라 양어장을 내려가기 시작했다.

병원 응급실에 누워 있던 영민은 몸을 벌떡 일으켰다. 그 바람에 팔목에 꽂혀 있던 링거의 주사바늘이 빠지면서 흘러나온 피가 침상으로 떨어졌다. 밀려드는 통증에 얼굴이 심하게 일그러졌다.

"그렇게 막 움직이시면 안 됩니다."

곱지 않은 시선으로 다가온 간호사가 주사바늘을 다시 찔러 넣고 돌아섰다. 영민이 링거를 꽂은 채 누워 있는 후배들을 둘러보았다. 한숨이 크게 터졌다.

"계장님, 몸은 좀 괜찮으세요?"

힘겹게 일어나는 정석이 머리에 칭칭 감긴 붕대를 만지면서 물었다.

"멍청하게 당했어."

영민의 목소리에서 분노와 수치심이 동시에 느껴졌다. 그 순간 영민은 몹시 놀란 듯 두 눈이 크게 벌어졌다. 벌어진 두 눈이 빠르게 정석으로 옮겨갔다.

"왜 그러세요?"

"정 기자와 한 기자."

"정 기자와 한 기자가 왜요?"

의식이 꺼져가던 순간이 그려지면서, 망막으로 한 남자가 스며들었다. 그는 정 기자의 카메라에 찍혀 있던 민머리의 사내였다. 영민은 링거의 주사바늘을 뽑아 던졌다.

"두 사람이 위험해!"

"아니, 왜 자꾸…"

다가가던 간호사가 영민의 서슬에 뒤로 물러났다. 정석이 영민을 따라 일어섰다. 급히 응급실을 나간 두 사람은 주위를 살폈다. 빠르게 이동할 차량이 필요했다. 그때 마침 녹색 경광등이 달린 구급차가 막 들어서고 있었다.

"공무 집행 중입니다. 차 좀 빌리겠습니다."

신분증을 빼든 정석이 구급차를 막아섰다. 도로로 나온 구급차가 굉음을 발하며 양어장을 향해 질주했다.

"구 반장, 더 빨리 밟을 수 없나."

영민은 몹시 초조한 표정으로 말했다. 이미 속도는 130을 넘어섰는데도, 지나가는 가로수는 매우 느리게 느껴졌다. 그렇게 얼마나 달렸을까. 시위의 영향인지, 속도가 점점 줄어들기 시작했다. 얼마 가지 않아 도로에는 차량들의 붉은색 미등이 뱀처럼 길게 늘어져 있었다.

"구 반장, 경광등 켜."

뜻을 알아챈 정석이 경광등을 밝히고 중앙선을 넘어갔다. 질주 본능을 되찾은 구급차가 거친 숨소리를 뱉으며 도로를 차고 나갔다.

"이 차에 타시면 됩니다."

수도승이 차문을 열었다.

"선배, 잠깐만요."

차에 오르려던 인혁이 고개를 돌렸다.

"우리, 저기서 안 가져온 게 있지 않나요?"

무언가를 직감한 세화가 인혁을 향해 두 눈을 빠르게 깜빡였다.

"중요한 게 아니면 제가 나중에 챙겨다 드리겠습니다. 일단 타세요. 빨리 가야 합니다."

텅 소리와 함께 운전석의 문이 닫혔다. 세화의 눈짓을 감지한 인혁은 운전대를 잡고 있는 형사의 얼굴이 어디선가 본 듯했다. 하지만 머릿속을 맴도는 기억은 표면으로 떠오르지 않았다. 그 대신 형사의 의심스러운 행동이 그려지기 시작했다. 대피 지시를 받고 온 형사가 차를 이렇게나 멀리 떨어진 곳에 세워두었다는 사실이 석연치 않았고, 어디서 나왔느냐는 물음에 우물거린 표정이 수상했다. 대피 지시를 받고 온 형사가 우물거릴 이유가 없지 않은가. 혹시 내가 잘못 판단하는 것은 아닐까? 인혁은 형사의 정체를 파악해봐야겠다고 생각했다.

"형사님, 하재명 계장님과 도형진 반장님은 아무 일 없으신 거죠?"

"네, 하 계장님과 도 반장님 모두 아무 일 없습니다."

세화의 두 눈이 크게 벌어졌고, 인혁은 뭔가 잘못돼간다는 생각에 가슴이 심하게 쿵쿵거렸다. 저 사람이 누구인지 모르지만, 여기서 벗어나야 한다. 인혁은 숨을 크게 들이마시고 내쉬었다.

"뭐 하십니까, 어서 타지 않고."

수도승이 재촉했다.

"형사님, 잠깐 컨테이너에 갔다 오겠습니다. 아주 중요한 물건이라…"

"그럼 당신 혼자만 갔다 와, 잔머리 굴리지 말고."

비웃음을 머금은 수도승이 운전석의 문을 벌컥 열고 나오려 할 때, 인혁과 세화가 도망치기 시작했다. 뛰어봤자 벼룩이지. 비웃음을 풀지 않은 수도승은 천천히 발을 움직이더니 표정이 급변했다. 그 모습은 마치 사냥감을 쫓는 맹수와도 같았다. 땅을 박차면서 질주하는 두 발이 비호처럼 움직였다. 세화의 손을 잡은 인혁은 농로를 지나 양어장으로 향했다. 컨테이너에 들어가기 위해선 앞에 보이는 경사로를 넘어야 했다. 경사로를 박차고 올라간 인혁은 반동을 이용해 세화를 힘껏 끌더니 경사로 위로 올렸다.

"먼저 들어가 있어."

"선배는요?"

"빨리 들어가."

뒤를 돌아본 인혁은 소스라치게 놀랐다. 쫓아오던 형사는 어디로 갔는지 모습이 보이지 않았다. 하늘로 솟아올랐는지, 이리저리 둘러보아도 사라진 형사는 찾을 수 없었다. 내리는 시선에 무언가 걸렸다. 깨진 안경 뒤로 벗겨진 가발이 바람에 흔들리고 있었다. 그제야 인혁은 어디선가 보았던 형사의 얼굴이 확연히 떠올랐다. 형사는 다름 아닌 카메라에 찍혀 있던 민머리의 남자였다. 그때 세화의 놀란 목소리가 크게 들렸다.

"선배!"

한달음에 경사로를 넘어선 인혁은 컨테이너로 질주했다. 민머리의 남자에게 잡힌 세화가 버둥거리며 눈물을 흘리고 있었다. 달빛을 받은 남자의 손에 들린 서슬 퍼런 칼날이 음산한 기운을 내뿜고 있었다.

"이 여자를 살리고 싶으면 순순히 따라와."

"알겠소, 순순히 따라갈 테니 그 여자를 놔주시오."

인혁은 남자가 총이라도 겨눈 듯 두 손을 높이 들었다.

"건방진 놈, 어디서 허튼수작이야. 앞장서."

앞선 인혁은 걸음을 옮기면서도 자꾸만 뒤를 돌아보았다. 이렇게 끌려가면 또 어디로 갈 것인가. 순간 인혁은 분노가 치밀었다. 하지만 세화의 목숨을 담보로 분노를 표출할 순 없는 일이었다.

"차문 열어."

남자의 목소리는 얼음처럼 차가웠다.

"어디로 가는 겁니까."

"건방진 놈."

다가간 수도승이 인혁을 발로 차, 차 안으로 밀어 넣었다. 휴지 조각처럼 처박힌 인혁은 만약 지옥의 문이 존재한다면, 지금 들리는 차문 닫히는 소리와 다를 바 없겠다는 생각이 들었다. 공포에 질린 세화가 조수석으로 빨려 들어갔다. 승용차의 시동 소리가 지축을 울리는 것처럼 느껴졌다. 바로 그때였다. 앞 유리로 벼락이 내리꽂혔다. 세화가 비명을 질렀고, 수도승이 급히 고개를 숙였다. 앞 유리를 통과한 돌멩이가 운전대를 건드리면서 수도승의 발밑으로 떨어졌다. 긴장된 표정으로 차를 내린 수도승이 어둠을 노려보았다. 어둠속에서 탄탄한 체형의 두 남자가 모습을 드러냈다. 두 남자를 바라보는 인혁의 눈동자가 크게 벌어졌다. 두 남자는 수배 중인 소냐 일당이었다. 저 사람들이 어떻게 여기를. 인혁은 도무지 정신을 차릴 수 없었다. 의자에 납작 엎드린 세화가 사시나무 떨듯 몸을 떨었다.

"웬 놈들이냐."

뚜벅뚜벅 걸어온 진과 건이 비웃음을 흘렸다. 수도승의 얼굴이 모욕감으로 크게 일그러졌다. 동시에 서슬 퍼런 칼날이 어둠을 갈랐다. 건의 발차기에 수도승의 단도가 어둠속으로 사라졌다. 난타전이 일었다. 뼈와 뼈가 부딪치는 소리가 어둠을 찢었다. 진의 주먹이 수도승의 콧잔등에 정확히 명중했다. 일격을 맞은 수도승이 쓰러지면서 흙을 잡아 뿌렸다. 접근하던 진이 눈을 부여잡고 비명을 질렀다. 재빠르게 일어난 수도승이 무릎으로 진의 복부를 걸어 올렸다. 실로 번개 같은 동작이었다. 진이 쓰러졌고, 건이 달려들었다. 용호상박의 난타전이 어둠에 짙게 새겨졌다. 피가 튀기는 결투를 지켜보던 인혁은 차문을 열어젖혔다. 벗어날 수 있는 절호의 기회였다.

"세화야."

그때까지도 세화는 고개를 들지 못하고 있었다.

"지금이 기회야."

세화가 천천히 고개를 들었다. 인혁은 순간 판단했다. 소냐 일당 역시 우리를 잡으러 온 것임에 틀림없을 것이다. 그렇다면 형사들이 없는 컨테이너는 더 이상 안전지대가 될 수 없다. 혹시 형사들이 저놈들에게 당한 건 아닐까. 머릿속을 맴도는 온갖 상상들은 지워지지 않았다. 분명한 건, 이곳을 벗어나야 무엇이든 할 수 있을 것 같았다.

세화의 손을 잡은 인혁은 차량들이 오가는 도로를 향해 전력으로 뛰었다. 차량들의 불빛이 가깝게 보이면서 안도의 숨이 흘렀다.

인혁은 지나가는 차를 향해 무작정 손을 들었다. 하지만 선뜻 멈추는 차는 없었다. 오히려 차량들은 한밤중에 도로를 막은 낯선 남녀를 피해 가기에 바빴다. 만약 소냐 일당이 킬러를 제압한다면, 더 큰 화가 닥칠 수도 있겠다는 생각에 마음은 조급했다. 그때 경광등을 밝힌 구급차가 언덕을 내려오고 있었다. 놓치지 말아야 한다. 도로한가운데로 나간 인혁은 세차게 손을 흔들었다.

"정 기자."

계장의 목소리가 천상의 소리처럼 들렸다. 세화가 울음을 터트렸다.

"놈들이 저기서 서로 싸우고 있다고!"

영민의 두 눈이 크게 벌어졌다. 곧바로 권총을 빼들었다. 두 사람을 태운 구급차가 쏜살같이 언덕을 내려가 비포장 길로 들어서 멈췄다.

"이런, 젠장!"

영민이 아무도 없는 어둠을 향해 내뱉었다.

왜 이렇게 연락이 없단 말인가. 순철은 마음이 조급해지기 시작해지면서 하나신으로 돌아가고 싶다는 생각이 들었다. 부장의 목소리가 떨렸던 이유는 무엇일까. 혹시 하나신이 위협받고 있는 것은 아닐까. 그것은 있을 수 없는 일이고, 절대 있어서도 안 되는 일이었다. 그런데 이 불길함은 무엇이란 말인가. 순철이 승용차에서 나오려고 할 때, 전화기가 부르르 떨었다. 부장이었다.

-이제부터 시작이야.

"알겠습니다. 그런데, 하나신은 무사합니까?"

침묵이 흘렀다. 순철은 그 침묵의 시간이 영원처럼 느껴졌다.

-무슨 대답을 원하는가?

부장의 목소리가 세상 저편에서 들려오는 소리처럼 들렸다.

-하나신은 언제나 우리와 함께한다는 사실을 모르고 있는가?

"그렇다면…"

순철의 목소리가 떨리면서 굵은 눈물이 주르르 흘렀다.

-하나신은 우리를 위해 희생하셨다. 하지만 하나신은 우리와 영원히 함께 할 것이다. 순철의 눈물은 쉽게 그치지 않았다.

-울지 마라, 이제 곧 우리의 목적이 눈앞으로 다가왔지 않은가.

"알겠습니다, 분부를 내려주십시오."

순철이 감정을 수습하고 말했다.

-거기와 가까운 거리에 전에 말했던 김일순이 살고 있다. 거기서…

순철은 전화기를 귀에다 밀착시켰다.

하나신으로 들어선 문 선생은 곳곳에 묻어 있는 혈흔을 쳐다보면서 심하게 인상을 찡그렸다. 그러더니 무릎을 굽혀 채 마르지 않은 혈흔을 손가락으로 찍어 눈앞으로 들어 올렸다. 그의 얼굴에 기묘한 표정이 드리웠다.

"팀장님, 이것 좀 보세요."

다다미방에서 나온 태훈은 손에 들린 푸른색 비단을 활짝 펼쳤다. 푸른색 비단에 수놓아져 있는 글자는 핏물처럼 선명한 붉은색의 '半神半人(반신반인)'이었다. 이 글자는 어떤 생명력을 가진 듯, 꿈틀꿈틀 움직이며 침입자들을 노려보는 것처럼 보였다. 글자를 바라보는 문 선생의 눈빛에서 어떤 광채가 발했다.

"여긴 아무것도 없습니다. 너무 깨끗합니다."

명대가 목욕탕에서 나오면서 말했다. '반신반인'의 글자를 바라본 그는 헛웃음을 흘렸다.

"아직도 이런 사람들이 있는 걸 보면 참…. 과연 박순철은 여기서 혼자 있었을까요?"

"어림도 없는 소리. 놈은 반드시 누군가와 같이 있었어. 아마도 그 놈이 동영상을 유포시킨 장본인일 것이야. 여기 있던 놈들과 해골 목걸이의 민머리 남자와 연관이 있겠지. 박순철과 민머리 남자가 무엇을 감추기 위해 지선호를 죽였는지, 놈들을 잡아봐야 알 수 있겠지만."

애석하게도 이곳에서 발견된 지문은 박순철의 지문 하나뿐이었다. 지문은 너무나 깨끗하게 지워져 있었다. 하지만 완벽할 수는 없었는지, 침대 모서리에 지워지지 않은 지문이 하나 남아 있었다. 조회 결과 박순철의 지문으로 확인됐다. 박순철은 지금 전국적으로 수배령이 내려져 있는 상태였다. 하지만 박순철의 행방은 묘연했고, 곳곳에서 벌어지고 있는, 공권력 남용을 부르짖는 반정부 시위가 박순철의 잠적을 도와주고 있는 형국이었다.

문 선생의 시선이 벽에 걸린 박정희의 초상화에 잠시 머물다가 옆으로 옮겨갔다. 그는 의식을 집중하려는 듯 눈을 지그시 감았다. 그의 모습을 가만히 바라보던 태훈의 두 눈이 점점 벌어졌다. 벌어진 그의 눈빛에 확신이 담겨 있었다.

"팀장님."

"뭔가?"

문 선생의 두 눈은 여전히 감겨 있었다.

"환전소를 운영하던 홍세환은 죽었습니다."

뭔가를 감지한 문 선생이 감았던 두 눈을 들어 올렸다.

"이어서 지선호도 죽었습니다. 두 사람 모두 출처를 알 수 없는 엄청난 돈과 연관이 있었던 자들이었습니다. 정인혁을 제외하고, 남아 있는 사람은 한 사람뿐입니다."

명대가 앞으로 한 걸음 옮겼다.

"그렇지! 김일순!"

문 선생의 목소리가 하나신을 울렸다.

"우리가 왜 지금까지 그 생각을 못 했는지 이해할 수 없군."

문 선생이 태훈의 어깨를 철썩 때렸다.

"김일순은 지금 어디에 있나?"

"구미에 있습니다."

명대가 대답했다.

"구미까지 내려가야 되긴 하는데…"

문 선생은 교통수단을 염려하고 있었다.

"승용차는 너무 오래 걸립니다. 시위로 곳곳이 길이 막힌 상황에서 승용차로 움직이다간, 자칫 낭패를 볼 수도 있습니다. 지금 상황에선 열차가 가장 빠른 교통수단인 듯합니다."

태훈이 말했다.

"그렇겠지."

문 선생이 이를 부드득 갈았다. 그들은 서울역으로 향했다. 그러나 그들은 자신들을 따라붙는 그림자가 있는 줄은 꿈에도 모르고 있었다. 바로 수도승이었다. 수도승의 옆에는 건장한 남자가 서 있었다. 전수의 집을 침입했던 그 남자, 수도승이 기른 기술자였다. 수도승은 소냐 일당과의 불리한 결투에서 간신히 벗어날 수 있었다. 제때 형사들이 도착하지 않았다면, 아마도 목숨을 잃었을지도 모를 일이었다. 두 남자의 격술은 상상을 초월했다. 두 남자에게서 두려움이란 게 어떤 느낌이란 것을 수도승은 난생처음 알았다. 기술자와의 동행이 바로 그런 이유였다. 햇빛을 받은 기술자의 해골 목걸이가 핏빛을 머금었다.

한편, 위기를 느낀 정부는 대통령 주재의 대국민 담화문을 발표했다. 대통령은 대국민 담화문에서 국민의 단합이 시위를 극복할 수 있고, 국민의 나라 사랑이 시위를 근절시킬 수 있으며, 국민이 본분을 다할 때 그 어떤 불순 세력의 달콤한 유혹에도 흔들리지 않을 것이라고 열변을 토했다. 이것이 곧 위기에 처한 나라를 구하는 길임과 동시에, 꺼져만 가는 경제를 살릴 수 있는 길이라고 덧붙였다. 또한 대통령은 시위의 근원을 파악하기도 전에, 시위대를 향해 어떤 이유든지 공권력에 대한 도전은 용납하지 않겠다고, 강경 대응을 천명하고 나섰다. 특히 복면을 착용한 시위자는 이유를 불문하고 테러범으로 규정해 엄중 처벌하겠다는 내용을 포함시켰다. 이것이 도화선으로 작용한 것일까. 다소 수그러졌던 시위의 양상이 과격해지면서, 경찰과 시위대의 무력충돌이 곳곳에서 발생했다. 무력행사만이 시위를 진압할 수 있다고 생각한 정부의 계산 착오였다. 다가오는 여름의 뜨거운 열기와 정부를 향한 시위대의 분노의 열기가 어우러진 대한민국은 혼란정국으로 치닫고 있었다. 이에 지상파 방송은 시위를 정면으로 비판하고 나서기 시작했다. 아마도 정부의 입김이 작용한 듯했다.

"과연 국민의 자유가 어디까지 보장돼야 하며, 보장된 자유가 이 사회에 꽃을 피울 수 있는 것인지, 그것이 아니면 이미 핀 꽃을 시들게 할 수 있는 것은 아닌지, 이번 시위를 통해 다시 한 번 생각해 봐야 할 것 같습니다."

여자 아나운서의 또렷한 발음이 광화문 광장의 대형 TV에서 흘렀다.

"타인의 자유를 침해하는 인권은 인권의 가치를 심하게 훼손시키는 것이며, 정의로운 대한민국 건설에 반드시 사라져야 할 폐단입니다. 따라서 이 사회는 타인의 자유를 침해하는 인권에 국민적 철퇴를 가할 필요성이 있다고 생각합니다. 어서 빨리 시위가 잠잠해지는 그날이 올 수 있기를 기대합니다."

또 다른 지상파 방송에서 흘러나오는 목소리였다. 지상파 방송들은 한 목소리를 내기 시작하면서, 사실상 정부의 입장만 표명함과 동시에, 강경 대응을 옹호하고 나선 것이었다.

세화는 어젯밤의 충격에서 벗어나지 못한 듯 얼굴이 몹시 초췌해 보였고, 연속되는 긴장으로 화장실을 연신 들락거렸다. 그녀는 걸어오면서도 쉬지 않고 배를 문질렀다. 인혁의 표정이 안쓰러움을 머금었다.

"선배, 나 잠깐만 눈 좀 붙일게요."

세화가 컨테이너 옆 작은 정자로 올랐다.

"뭐라도 좀 먹어야지."

하지만 정자에서 돌아누운 세화는 대답이 없었다.

"세화야…."

인혁이 무슨 말을 할까 하다, 몸을 돌려 컨테이너로 들어갔다.

병원에서 퇴원한 형사들이 수사에 합류하면서 비밀 수사본부는 다시 활기를 띠기 시작했다. 정석이 준비해온 간단한 식사를 끝낸 영민은 사건의 시작부터 하나, 하나 짚어보기로 했다.

"구 반장."

하지만 정석은 듣지 못했는지, 의자에서 일어서더니 고개를 숙였다. 무언가 깊은 생각 속에 잠겨 있는 그의 모습은 어딘지 모르게 평소와 많이 달라 보였다.

"반장님."

옆에 있던 후배가 정석의 팔을 건드렸다.

"계장님이 부르시잖아요."

"구 반장, 무슨 생각을 그렇게 하나?"

"네? 아, 아닙니다."

말까지 더듬는 그의 이상한 모습에 의자에 앉아 있던 인혁이 고개를 들었다.

"이 사람, 갑자기 왜 그래. 어디 불편한 거야?"

일어선 영민이 정석의 등을 찰싹 때렸다.

"어? 이게 뭔가?"

영민은 정석의 뒤춤에서 무언가 딱딱한 느낌을 느끼고 내렸던 팔을 다시 뻗으려 했다. 그때 놀란 정석이 황급히 뒤로 몸을 빼더니 가쁜 숨을 몰아쉬었다. 그의 갑작스러운 이상한 행동에 영민과 형사들이 벌떡 일어섰다.

"구 반장, 뒤로 돌아봐. 어서!"

영민이 엄하게 말했다.

"그럴 수 없습니다."

그와 동시에 정석이 의자를 걷어차더니 문 쪽으로 몸을 날렸다. 하지만 그때 마침 컨테이너로 들어서는 후배와 정면으로 몸이 부딪치면서 넘어졌다.

"잡아!"

영민이 소리쳤다.

잽싸게 일어난 정석이 뒤춤에 숨겼던 칼을 꺼내더니 후배들을 겨눴다. 칼을 바라보던 인혁이 소스라치게 놀랐다. 푸른빛의 음산한 기운을 내뿜고 있는 칼은 킬러가 세화를 위협하던 칼이었다. 의심할 여지가 없었다.

"구 반장, 우리 차분하게 말로 하자."

영민이 타이르듯 말했다.

"계장님!"

소리친 정석이 다가오는 후배들을 향해 위협적으로 칼을 휘둘렀다. 그러더니 잽싸게 몸을 돌려 컨테이너를 빠져나가 쏜살같이 달렸다. 마치 성난 불곰이 초원을 달리는 것 같았다. 영민과 형사들이 정석을 쫓았다. 놀라운 속도로 정석을 앞지른 인혁이 정석의 앞을 막아섰다. 하지만 정석의 가속도가 붙은 몸이 인혁을 심하게 밀치면서 지나갔다. 인혁이 쓰러졌고, 정석의 뛰는 속도는 믿기 어려울 정도로 빨랐다. 형사들이 일으키는 흙먼지가 바람에 흩날렸다. 그때 도로를 내려오는 승용차가 있었다. 도로로 뛰어든 정석이 승용차를 가로막았다. 급정거의 소음이 크게 울리더니, 운전석의 남자가 휘둥그레진 눈으로 차를 내렸다.

"반장님."

후배 형사였다.

"이 형사! 구 반장을 잡아!"

영민이 뛰면서 크게 소리쳤다.

"저리 비켜!"

정석이 후배를 향해 무섭게 눈을 치켜떴다.

"저리 비키라고, 새끼야!"

잠시 어리둥절해 하던 이 형사가 정석의 서슬에 길을 비켰다. 차에 오른 정석이 가속 페달을 힘껏 밟았다. 승용차가 괴성을 지르며 도로를 차고 나갔다. 갑자기 몸을 돌린 인혁이 세화를 향해 뛰었다. 혹여 무슨 일이 벌어질지 알 수 없기 때문이었다.

"정 기자, 나 좀 보게."

인혁과 세화가 영민을 따라 양어장을 조금 내려가 멈췄다.

"전부터 구 반장이 이상하다고 느꼈는데, 설마, 설마 했지. 그런데 그 설마가 현실로 나타나리라곤 꿈에도 몰랐어. 구 반장은 내가 가장 신임하고 아끼던 후배였는데, 내통자가 구 반장이었다니…. 어찌 됐든 내 불찰이야."

영민의 목소리는 몹시 지쳐 있었다. 세화의 시선은 어디를 향해 있는지 초점이 잡혀 있지 않았다.

"우리가 여기서 벗어날 수 있을까요?"

세화가 계장을 향해 천천히 고개를 돌리면서 물었다. 축 늘어진 어깨가 가늘게 떨렸다.

"이제부터 두 사람은 가급적 나와 떨어지지 마. 그리고 단독 행동은 무조건 금물이야. 또 명심할 건, 구 반장이 어디까지 연결돼 있는지 모르니까, 내가 물어보는 말 외엔 말을 아껴야 할 것이야. 내 말 무슨 뜻인지 알겠지?"

"저한테도 권총을 지급해주실 수 있습니까?"

인혁의 두 눈이 비장함을 넘어 활활 타올랐다.

"권총을?"

영민의 두 눈이 휘둥그레졌다.

"물론 어려운 부탁이겠지요. 하지만 생각해보세요. 위장된 놈들의 촉수가 어떤 얼굴로 변해 언제, 어느 때, 어디서 접근해 올지 알 수 없습니다. 솔직히 말씀드리면, 저기 보이는 낚시꾼도, 도로를 지나는 차들도 믿을 수 없고, 계장님 또한 믿을 수 없습니다. 서운하게 생각하셔도 어쩔 수 없습니다."

영민이 곤혹스런 표정을 지었고, 인혁의 말은 계속 이어졌다.

"구 반장님이 그 킬러와 내통했다고 하면, 강태훈 형사의 탄피는 여전히 의문으로 남습니다. 이런 상황에서 저에게 권총을 지급해주시지 않는다면, 우린 당장이라도 여길 떠나겠습니다."

"여길 떠나면 아마 한 시간도 안 돼서 경찰의 손에, 아니면 놈들의 손에 잡히고 말 것이야. 그걸 생각하고 말하는 건가?"

"한 시간도 안 돼서 잡힐지, 아니면 한 달이 지나서 잡힐지, 그것도 아니면 1년이 지나도 잡히지 않을지 알 수 없습니다. 저는 진실이 밝혀지는 그날까지 쉬지 않고 움직일 겁니다."

인혁의 결심은 확고해 보였다.

"진실이 밝혀지는 그 날까지 쉬지 않고 움직인다…, 참 순진한 발상이군."

영민의 고개가 세화를 향했다.

"저도 선배와 같은 생각이에요."

어느새 초점을 잃었던 세화의 눈망울이 생기를 되찾았다.

"선배에 이어 죄송한 말씀이지만, 계장님의 불찰이 한 번으로 끝난다는 보장이 없잖아요. 계장님 옆에 붙어 다녀야 한다는 것도 현실성이 없고요. 그리고 선배의 열쇠가 어떤 정보를 갖고 있는지 모르지만, 우리는 육신의 안전과 열쇠가 가진 정보의 안전을 동시에 지켜야 해요. 그 길이 저와 선배가 누명을 벗을 수 있는 유일한 길이고, 계장님이 지금껏 저희를 보호해준 명분을 세우는 길이라고 생각해요."

"그래서, 권총을 지급해주지 않는다면 여기를 정말 떠나겠나?"

"네, 떠나겠습니다."

인혁의 대답은 잠간의 틈도 허용하지 않았다. 영민이 길게 숨을 내쉬었다. 짧지 않은 시간 동안 침묵이 흘렀다.

"좋아, 뜻이 정 그렇다면 들어주지."

영민이 잠깐 말을 끊었다가 다시 이었다.

"하지만 어떤 이유로라도 민간인에게 실탄을 사용할 수 있는 권총은 절대로 줄 수 없어. 이건 내가 아니라 경찰청장이라도 안 되는 일이야. 대신 고무탄을 사용할 수 있는 권총을 주겠네. 고무탄이라고 해서 우습게 생각하면 안 돼. 가까운 거리에서 사용하면 기절까지도 시킬 수 있는 위력을 갖고 있으니까. 그런 위험한 무기를 민간인인 자네가 항상 휴대할 순 없어. 대신 총기 보관함의 열쇠를 주겠네. 물론 내 허락 없인 그 총을 만질 수 없다는 걸 알아야 해. 내가 허락할 수 있는 선은 여기까지야."

인혁은 더 이상의 요구는 무리일 것이라고 판단했다.

"알겠습니다. 계장님을 믿지 못하겠다고 말씀드린 점 사과하겠습니다."

"이 사람, 아까 활활 타오르던 그 눈빛은 어디가고…"

영민이 껄껄 웃으면서 무거웠던 분위기가 한결 가벼워졌다.

"이 사건이 해결되는 날, 얼큰한 국물에 소주나 한 잔 하지."

영민의 입술에 푸짐한 미소가 드리웠다.

"계장님, 2차로 노래방은 필수예요."

세화가 거들었다.

"그럼, 도우미 아가씨도 불러주는 건가?"

영민의 능청에 인혁과 세화가 웃음을 터트렸다.

미로 속으로 빠져드는 사람들

그 시각, 문 선생은 열차 안에서 창밖을 바라보고 있었다. 고개를 돌린 그는 마주보고 앉은 태훈과 명대를 바라보더니 다시 창밖으로 시선을 돌렸다. 아까부터 따라붙은 붉은 노을은 자신의 품을 벗어나려고 하는 열차를 놓아주지 않으려는 듯, 뒤처지지 않으면서 끈질기게 따라붙고 있었다. 하지만 그것은 어쩌면 노을을 바라보는 문 선생만의 생각일 수도 있었다. 시위로 인해 대중교통 수단인 열차 이용도 수월하지 않았다. KTX는 물론이고 새마을호까지도 예약하지 않으면 이용할 수 없는 상태였다. 문 선생과 태훈과 명대가 이용하고 있는 열차는 간신히 표를 구한 무궁화호였다. 어느새 열차는 김천을 지나 구미로 접어들고 있었다. 구미까진 20여 분 정도 남은 거리였다. 문 선생이 몸을 일으켰다.

"어디 가시게요?"

명대가 물었다.

"화장실."

객실을 걷는 팀장의 발걸음이 무겁게 느껴졌다.

"형님."

태훈이 고개를 돌렸다.

"아닙니다."

명대가 무언가를 말하려다 입을 다물었다.

"왜 그래, 나한테 뭐 숨기는 거라도 있어?"

명대가 잠시 태훈의 얼굴을 지그시 바라보았다.

"형님, 저는 어떠한 경우에도 형님을 믿습니다. 형님도 그래주실 수 있죠?"

"서두가 왜 그렇게 거창해? 무슨 말을 하고 싶은 거야?"

"김일순이 건인데요. 조만간에 어떤 윤곽이 잡힐 것 같습니다."

"내가 너를 믿는 거 하고 김일순이하고, 무슨 상관인데."

"상관이 있을 것 같으니까 그러는 겁니다."

명대의 말은 주변을 맴돌았다.

"우리가 우릴 믿지 않으면 누가 우릴 믿겠어. 무슨 일인지나 얘기해봐."

"아직은 확실하지 않은 거라 말씀드리기가 좀 그렇고요. 일단 김일순부터 만나보고 나서 말씀드릴게요. 저도 그놈의 비중이 이렇게 커질 줄은 미처 몰랐으니까요."

태훈과 명대가 얘기를 나누고 있는 그때, 다른 칸 객실에서 몸을 일으키는 남자가 있었다. 그들을 따라붙은 수도승이었다. 가발과 수염으로 얼굴을 감춘 그의 모습은 패션모델 같은 이미지에 가까웠다. 태훈과 명대가 있는 객실로 이동한 그는 먼발치에서 두 사람을 예리하게 쳐다보더니 화장실로 향했다. 열차는 곧 구미에 도착할 시간이었다.

"형님, 팀장님이 왜 이렇게 안 오시는 거죠?"

명대의 표정이 불안해 보였다.

"전화해봐."

대답은 그렇게 했지만, 태훈 역시 무언가 불길함이 엄습하는 것을 느꼈다.

"전화기가 꺼져 있는데요."

지금 같은 촉박한 상황에 전화기가 꺼져 있다니, 있을 수 없는 일이었다.

"이제 조금만 가면 구미에 도착합니다."

일어선 명대는 불안한 표정으로 태훈을 바라보더니 몸을 돌렸다.

"제가 화장실에 가보고 오겠습니다."

"같이 가보자."

태훈은 앉아 있을 수가 없었다. 화장실로 이동하는 태훈은 움직이는 두 발에 의식이 쏠리는 것을 느꼈다. 이유는 분명했다. 불길함. 실체를 확인해보고 싶지 않은 강한 저항이 두 다리로 전해지고 있었다. 태훈은 그 불길함을 떨쳐내려는 듯 걸음을 빨리했다. 그때 구미 도착을 알리는 안내방송이 흘렀다. 손을 올린 태훈이 화장실 문을 급하게 노크했다. 화장실 안에서 노크에 답하는 소리가 들렸다. 태훈과 명대가 안도의 숨을 내쉬었다.

"팀장님, 구미에 도착했습니다."

명대가 말했다. 그러나 안에서는 팀장의 목소리가 들리지 않았다.

"팀장님."

명대의 뒤를 이어 태훈이 연신 문을 두드리며 말했다. 그때 화장실문이 덜컥 열리면서 건장한 남자가 모습을 드러냈다. 태훈과 명대의 얼굴이 크게 일그러졌다.

"거 누군데 볼일도 제대로 못 보게 하시오?"

얼굴을 잔뜩 찡그린 남자가 신경질적으로 말하면서 두 사람을 밀치고 객실로 향했다. 잠시 두 사람이 멍한 얼굴로 서로를 바라보았다.

"형님, 이게 어떻게 된 거죠?"

대답할 시간이 없었다.

"너는 저쪽으로 가."

태훈은 명대와 반대편으로 뛰었다. 자신에게 쏠리는 승객들의 시선을 느낄 겨를도 없이 화장실 문을 열어젖혔다. 두 번째, 세 번째에도 팀장의 모습은 보이지 않았다. 이게 대체 무슨 일이란 말인가! 다른 칸으로 넘어가는 태훈은 달리는 열차를 세우고 싶었다. 네 번째 화장실을 지나 다섯 번째로 이동할 때, 구미 도착을 알리는 안내방송이 흘렀다. 이렇게 멀리 가지는 않았을 것이다. 그럼 대체 팀장님은 어디로 가셨단 말인가. 생각하는 사이 전화기가 몸을 떨었다. 명대였다.

-형님, 팀장님을 찾았어요?

태훈은 힘없이 팔을 떨어뜨렸다. 아주 느리게 움직이던 열차는 이내 완전히 멈춰 섰다. 열차를 내리는 승객들을 멍하게 바라보던 태훈이 누군가를 발견한 듯 급히 발을 움직였다.

"명대야, 너는 열차를 계속 수색해봐. 팀장님한테 무슨 일이 생겼을지 모르니까, 특히 구석진 곳을 유심히 살펴봐. 이따 통화하자."

열차를 내린 태훈은 대합실로 들어가는 건장한 남자를 따라 붙었다. 처음 화장실에서 자신들을 밀치고 나온 남자였다. 매표소를 빠르게 지나친 태훈은 대합실을 막 나가는 남자를 가로막았다. 남자가 얼굴을 심하게 찡그렸다.

"당신들 대체 뭐하는 사람들이오?"

태훈이 신분증을 남자 앞으로 내밀었다.

"아까 화장실에서 얼마나 있었나요?"

남자가 다소 어이없는 표정을 지었다.

"왜요, 화장실에서 오래 있었던 것도 죄가 됩니까?"

"시간 관계상 이유는 설명드릴 수 없는 점 양해 바랍니다. 화장실에서 얼마나 있었는지, 그것만 얘기해주세요."

"참 나, 한 이십분 이상은 될 겁니다. 이제 가도 됩니까?"

어깨를 늘어뜨린 태훈이 길을 비켰다. 후후, 강태훈. 머저리 같은 놈. 기술자가 조금 떨어진 곳에서 몸을 돌리는 태훈을 한심한 얼굴로 쳐다보았다. 이십분이라면 팀장은 다른 화장실을 이용했거나, 그것이 아니라면…, 그것이 아니라면… 태훈은 머릿속에 그려지는 수많은 불길한 생각들을 애써 지웠다. 태훈은 몸을 떠는 전화기를 급히 빼들었다.

"팀장님은 찾았어?"

-아무리 찾아봐도 보이지 않습니다. 어떻게 할까요?

귀신이 곡할 노릇이다. 어떻게 감쪽같이 사라질 수 있는가. 태훈은 도무지 믿어지지 않았다. 혹시 납치를 당한 건 아닐까. 설령 납치를 당했다 해도 그 한정된 공간에서 어디로 어떻게 열차를 빠져나갔단 말인가. 의문에 의문은 꼬리를 물고 이어졌다.

"형님."

생각에서 깨어난 태훈이 전화기를 귀에 붙였다.

"기다리고 있을 테니까, 다음 역에서 내려서 이쪽으로 와."

길고도 초조한 시간은 계속해서 흘렀다. 대합실을 나와 벤치에 앉은 태훈은 점점 밝아지는 보안등을 노려보았다. 하지만 태훈은 자신을 노려보는 잔혹한 눈빛을 알아채지 못했다. 도로 건너에서 한참 동안 태훈을 노려본 수도승과 기술자가 몸을 돌려 불빛 속으로 사라졌다. 시간이 얼마나 흘렀을까. 명대가 대합실을 나오는 모습이 보였다.

"형님, 한참 찾았습니다."

명대가 가쁜 숨을 몰아쉬었다.

"형님, 팀장님은…"

명대의 말이 마침 걸려온 전화에 끊어졌다. 자신의 정보원 상태의 전화였다.

"형님, 잠깐 전화 좀 받고 올게요."

태훈은 그 소리를 듣지 못했는지, 보안등을 노려보는 표정에 변화가 없었다.

-형님, 저 지금 쫓기고 있어요.

상태의 목소리는 심하게 떨리고 있었다.

"차근차근 말해봐, 무슨 일인데 그래?"

-아, 증말. 처음부터 하지 말았어야 했는데, 이게 대체 뭐냐고요.

"너, 지금 어디에 있는 거야?"

-어디긴요, 김일순이 집 앞이지. 그 여편네를 꼬시긴 했는데.

"꼬시긴 했는데, 뭐가 잘못된 거야?"

-아, 진짜. 어떤 새끼들인지… 어? 저 새끼들이…, 제가 다시 걸게요.

상태는 누군가를 발견한 듯 급히 전화를 끊었다. 돌아선 명대는 막 움직이려던 발을 급히 멈췄다.

"너, 나 모르게 무슨 일 하는 거 있지?"

바짝 앞으로 다가온 태훈이 명대를 내려다보았다.

"형님, 그게 저…; 갔다 와서 설명 드릴게요."

"어디를 간다는 거야?"

하지만 이미 몸을 돌린 명대는 손님을 기다리고 있는 택시를 향해 뛰었다. 몹시 불안한 표정으로 멀어지는 택시를 바라보던 태훈은 택시를 잡아타고 명대를 뒤쫓았다. 거리로 쏟아져 내린 어둠은 시위의 흔적을 감추려는 듯 점점 기세를 높이고 있었다. 그와 반대로 도로에 흩날리는 유인물은 곳곳으로 날아다니며, 자신의 목적을 달성하려는 듯 부지런히 몸을 움직였다. 어디선가 날아온 유인물이 택시 앞 유리에 달라붙더니 요란한 소리를 질렀다. 택시기사가 무덤덤한 표정으로 와이퍼를 작동시켰다. 차체를 두드리는 소리가 들리기 시작하더니 굵은 빗줄기가 도로로 세차게 쏟아져 내렸다. 예보에 없던 폭우였다. 한 무리의 사람들이 갑자기 내리는 비를 피해 도로를 무단횡단했다. 택시가 급히 멈췄다. 화염병과 각목이 들려 있는 것으로 보아 시위대인 듯했다.

"제길, 앞이 안 보이잖아."

시위대를 향해 신경질적으로 말한 택시기사가 경적을 크게 울렸다.

"손님, 택시가 보이지 않습니다."

택시기사의 난감한 표정이 룸미러로 보였다. 무단횡단하는 시위대로 인해 쫓던 택시를 놓친 것이다. 어디로 갔단 말인가. 태훈은 사거리 교차로에서 방향을 정할 수 없었다. 태훈은 손에 든 전화기를 바라보더니 주머니로 집어넣었다.

"손님, 정말 죄송합니다. 저놈들이 무단횡단만 안 했어도…."

택시기사가 몹시 미안한지 뒷머리를 긁적였다. 그때 태훈이 택시기사에게 물었다.

"여기 번지수가 어떻게 됩니까?"

"번지수요? …잠깐만요."

내비게이션을 실행시킨 택시기사가 번지수를 말했다. 그렇지, 여긴 김일순이 집 근처야. 택시에서 내린 태훈은 김일순의 집을 향해 뛰었다. 굵은 빗줄기는 쉽게 그치지 않을 것처럼 기세를 더욱 높이고 있었다. 태훈은 곳곳이 침수된 인도를 첨벙거리며 빠르게 지나갔다. 빗줄기에 옷이 흠뻑 젖었다. 셔터가 내려진 상점을 지나 골목으로 들어선 태훈은 숨을 헐떡거리며 발을 멈췄다. 무언가 희끄무레한 검은색 물체가 강한 빗줄기 속을 지나 골목 안쪽으로 보였다. 보안등과 조금 떨어져 있는 거리였다. 그곳으로 다가가는 태훈은 자신도 모르게 가슴이 심하게 쿵쿵거렸다. 순간 그의 두 눈이 크게 벌어졌다. 벽에 가려져 쓰러져 있는 사람은 흡사 몸과 머리가 분리된 것처럼 보였다. 흘러내린 핏물이 발아래로 흘렀다. 흥건한 핏물과 미동이 없는 것으로 보아 아마도 죽은 것 같았다. 태훈은 발을 옮기는 그 짧은 순간에 수도 없이 떠오르는 온갖 불길한 상상들을 계속해서 지워나갔다.

"어?"

태훈의 두 발이 순간 멈췄다. 죽은 줄 알았던 사람이 몸을 움직였다. 결코 잘못 본 게 아니었다. 태훈의 발이 빨라졌다. 마침내 보안등 앞에 다다른 태훈은 소스라치게 놀랐다. 거대한 남자가 쓰러진 남자의 몸을 뒤지고 있었다. 인기척을 느낀 남자가 급히 몸을 일으켰다. 순철이었다. 그의 두 손에서 붉은 핏물이 뚝뚝 떨어졌다. 그역시 놀란 시선으로 태훈을 쳐다보았다. 급히 시선을 내린 태훈이 시신의 얼굴을 살폈다. 명대가 아니었다.

"박순철!"

태훈이 고개를 들면서 소리쳤다.

"내가 죽이지 않았다."

들리지 않았다. 태훈의 주먹이 순철의 면상을 후려쳤다. 엉겁결에 주먹을 맞은 순철이 벽에 부딪쳤다.

"이 새끼야, 내가 죽이지 않았다고!"

튕기듯 벽에서 떨어진 순철이 태훈의 멱살을 잡아 던졌다. 물웅덩이에 떨어진 태훈이 어깨를 부여잡고 일어섰다. 그때 사람들의 비명 소리가 골목을 울렸다. 바라보니 파마머리의 여자들이 몸을 부들부들 떨고 있었다. 태훈이 시선을 돌렸을 때, 순철의 모습은 보이지 않았다. 낭패한 표정으로 여자들을 향해 신분증을 보여준 태훈이 시신의 품에서 지갑을 찾아 펼쳤다. 연예인처럼 잘생긴 사진 밑으로 김상태라는 이름이 보였다. 다시 지갑을 집어넣으려던 그의 손이 순간 멈칫했다. 시신 밑으로 조금 빠져나와 있는 사각형의 흰색 물체는 분명 전화기였다. 전화기를 잡은 손이 미세하게 떨렸다. 믿을 수 없게도 눈에 익은 전화기였다. 아닐 거야, 분명 아닐 거야. 태훈은 떨리는 손으로 명대에게 전화를 걸었다. 그의 얼굴이 크게 일그러졌다. 전화기가 손 안에서 심하게 몸을 떨었다.

예보를 빗나간 폭우는 전국적으로 쏟아지고 있었다. 그 쏟아지는 빗속을 뚫고나온 강한 전조등 빛이 고속도로를 무섭게 질주했다. 영민의 수사팀이었다. 그들의 행선지는 구미였다. 빠르게 움직이는 와이퍼가 사나운 기세로 돌진하는 빗물을 연신 몰아내기에 바빴다.

가장 뒷자리에 앉은 인혁과 세화는 무슨 일이 있어도 영원히 떨어지지 않을 것처럼 서로의 손을 꼭 잡고 있었다. 고개를 돌린 세화가 차창으로 보이는 자신의 얼굴을 가만히 응시했다. 사라졌다가 다시 나타나는 윤곽이 흐릿한 얼굴은 허상처럼 느껴졌다. 어쩌면 이 모든 게 허상인 건 아닐까. 차라리 허상이었으면 좋겠다는 생각이 들었다. 세화를 바라보는 인혁의 표정 또한 그와 다르지 않았다.

"박순철을 조종하는 인간, 그놈이 누구인지 모르지만, 그놈이 사건의 핵심고리일 것이야."

조수석에 앉은 영민이 말했다. 그들이 구미로 향하는 이유였다.

"그럼 그놈이 아버지를 살해한 살인범일 수도 있는 겁니까?"

인혁이 물었다.

"그렇게 추측할 수도 있지만, 내가 보기엔 그놈 또한 누구의 사주를 받았을 것이야. 여하튼 박순철과 그놈이 사건의 핵심고리인 것만은 분명해."

듣고 있던 세화가 몸서리쳤다. 홍전수의 죽음이 떠오른 듯했다.

"저는 반장님이 그 킬러와 한 패였다는 게 지금도 믿어지지 않습니다."

운전대를 잡은 이 형사의 얼굴에 의문이 짙게 드리워 있었다.

"그건 나도 마찬가지야. 하지만 믿음이 진실을 이길 순 없는 법이잖아."

"그럼 계장님은 박순철을 조종하는 사람과 그 킬러와 구 반장님 모두 한통속으로 움직인다고 생각하시는 건가요?"

세화가 고개를 들면서 물었다.

"이 사건에는 동일한 목적으로 움직이는 여러 세력이 하나의 틀 안으로 들어와 있어. 생각해봐, 홍 부장의 얘기가 맞다면, 대통령비서실장 또한 이 사건에서 자유로울 수 없어. 거기에 광수대 문 팀장과 소냐 일당, 박순철과 그놈까지. 정 기자 아버님이 누구의 손에 살해됐는지, 그것이 밝혀지기까지는 오랜 시간이 필요할 수도 있겠지."

영민이 몹시 복잡한 수수께끼를 만난 어린아이 같은 표정을 지었다.

"정민 아저씨는 박정희로부터 이어지는 권력을 말씀하셨는데, 여기에 얽혀 있는 세력이 선배 아버지의 열쇠를 통해서 권력을 유지하려 하고, 그것을 용납하지 않으려는 또 다른 세력의 싸움에서 어느 한 쪽이 승리하든, 우리는 평생을 쫓기면서 살 수도 있겠네요."

영민은 세화의 말에 어떤 대답도 하기 어려웠다. 낯간지러운 대답이 될 수 있기 때문이었다. 승합차가 커브 길로 들어섰는지, 몸이 좌측으로 쏠렸다.

"우리의 안전은 우리가 지키는 수밖에 없어."

인혁이 속삭이듯 말했다. 구미로 들어선 승합차는 다시 외곽도로로 방향을 틀어 달렸다.

"예상했던 대로 여기도 아주 난리군."

영민이 바닥에 떨어진 유인물들을 보며 말했다. 차에 밟혀 빗물에 내려가는 유인물이 하수구에 걸려 있었다. 쏟아지는 폭우 탓인지, 격렬했던 시위는 잠시 소강상태를 보이고 있었다.

"아마도 박정희나 전두환이었으면 탱크를 들이댔을 겁니다."

인혁의 목소리에 가시가 돋쳐 있었다. 누구 하나 대꾸하는 사람은 없었다. 승합차가 커브 길을 돌아서 완전히 멈췄다. 쉬지 않고 달려온 탓인지, 승합차 보닛에서 김이 피어오르는 모습이 가로등 불빛에 보였다.

"계장님, 이 근처인 것 같습니다."

운전석의 형사가 말하면서 전조등을 상향등으로 조종했다. 멀리 비친 불빛에 우거진 신록이 쏟아지는 빗줄기 사이로 흐릿하게 보였다.

"박순철이 이곳까지 자신의 승용차를 끌고 왔다는 건 자신의 아지트가 발각되기 전이라고 보아야해. 그놈이 그 긴 시간 동안 여기서 뭘 했는지, 그것을 찾아봐. 단순히 몸을 숨기기 위해 그 긴 시간 동안 이곳에 있었다고 보기엔 무리가 있어. 이곳에 뭔가 있는 게 분명해."

영민의 관록이 묻어났다. 우비를 걸친 인혁과 세화가 형사들을 따라 밖으로 나갔다. 비 내리는 한밤중에 수색이 시작됐다. 세차게 내리는 빗줄기는 자신을 쳐다보는 것조차 허용하지 않으려는 듯, 쳐든 얼굴을 마구 때리면서 떨어졌다. 우거진 신록 사이에서 손전등의 불빛이 뱀처럼 이리저리 움직였다. 사방으로 흩어진 그들은 점점 능선을 타고 올랐다. 바쁘게 움직이던 인혁의 손전등이 한 지점에서 멈췄다. 옆에 있던 세화가 손전등의 불빛을 따라 고개를 내밀었다. 두 사람의 눈동자에 튼튼하게 설치된 녹색 철조망이 들어왔다.

"사유지라고 쓰여 있네요."

두 사람이 철조망에 거의 다다랐을 때, 뒤에서 인기척이 느껴졌다. 돌아보니 형사들이었다.

"이런 곳에 사유지라니."

다가간 영민이 철조망을 손으로 잡으면서 고개를 쑥 내밀었다. 아름드리나무들 사이로 무언가 희미하게 보였다. 하지만 쏟아지는 빗줄기 때문에 잘 보이지 않았다.

"열쇠가 안으로 걸려 있는 것으로 봤을 때, 저 안에 사람이 있나 본데요!"

빗소리를 의식한 인혁이 큰 소리로 말했다.

"계장님, 저 안에 뭐가 있는지 들어가 봐야 될 것 같은데요."

뒤에 있던 건장한 체격의 형사가 앞으로 나가더니, 철조망을 움켜잡았다. 바로 그때였다. 하늘이 갈라지는 소리가 크게 들렸다. 어디선가 갑자기 들리기 시작한 굉음은 빗소리를 집어삼켰다. 그들의 놀란 시선이 하늘을 향했다. 검은색 헬기가 철조망 너머에서 떠오르고 있었다.

"랜턴 꺼!"

영민이 몸을 숙이며 소리쳤다. 그들이 다시 몸을 일으켰을 때 헬기의 모습은 보이지 않았다.

"우리 모두 저 안으로 들어가야 합니다."

인혁의 두 눈에 광채가 일었다.

"헬기가 불빛 없이 운행한다는 건 있을 수 없는 일입니다. 아까 그 헬기는 이륙할 때 분명 라이트를 켜지 않았습니다. 산등성이를 넘어가서야 불빛이 들어오는 걸 제 눈으로 똑똑히 봤습니다. 저 안에 알려지면 안 되는 뭔가가 있는 게 분명합니다."

"그렇다고 사유지를 함부로 들어갈 수도 없는 일이잖아요. 이 사건과 관계있을 거라고 단정 지을 수도 없는 일이고요. 들어갔다가 무슨 일이라도 생기는 날엔…."

세화는 내키지 않는 표정이었다.

"사후 책임은 내가 지지. 우리 모두 안으로 들어간다."

영민의 판단은 빨랐다. 철조망을 넘어선 그들은 마치 감시병처럼 서 있는 아름드리나무들을 지나 천천히 발을 옮겼다. 순간 인혁이 발을 멈췄다.

"잠깐만요."

인혁은 앞에 보이는 거대한 조형물을 응시하더니, 자신의 목걸이를 들어 올려 살폈다. 사람 손 모양의 조형물과 목걸이에 양각된 손은 한눈에 보기에도 거의 똑같은 모양이었다.

"우리가 제대로 찾아왔어."

다가간 영민이 인혁의 목걸이를 유심히 살피면서 말했다.

"구미(龜尾), 거북이의 꼬리. 우리는 지금까지 너무 어렵게 생각했어요. 정민 아저씨는 구미를 한자 그대로 얘기했던 겁니다. 일종의 위트였던 것이죠."

줄에 걸린 거북이의 꼬리를 찾아보라 말하고 껄껄 웃던 정민 아저씨의 해맑은 얼굴이 빗물에 그려졌다. 동시에 또 하나의 얼굴이 그려지면서 코끝이 찡했다. 아버지였다.

"선배, 그 목걸이에 여기를 안내하는 지도 같은 게 있겠네요."

세화가 말했다. 인혁이 몹시 닳은 가족사진을 들어 올리자, 예상대로 둘둘 말린 흰색의 얇은 종이가 모습을 드러냈다. 지금까지 열쇠에만 머물러 있던 생각에 시간만 허비했던 셈이었다. 비를 피해 거대한 손 밑으로 들어간 인혁은 얇은 종이를 들어 올렸다. 그의 손이 미세하게 떨렸다. 이게 풀리면 나와 세화는 일상으로 돌아갈 수 있을까. 아니면 여기에 또 어떤 난관이 기다리고 있는 것은 아닐까. 순간 떠오르는 생각들이었다. 형사들의 긴장된 시선이 펼쳐지는 종이에 일제히 집중됐다. 종이를 펼치는 인혁은 시간이 멈춘 것 같은 착각이 들었다. 마침내 종이가 속살을 완전히 드러냈다. 예상대로 얇은 종이에는 이곳을 알리는 약도가 그려져 있었고, 그 밑으로 건물의 설계도 같은 복잡한 그림 속에 붉은 점이 찍혀 있었다. 아마도 붉은 점은 위치를 알려주는 듯했다.

"저 안쪽에 건물이 있겠군."

영민의 수신호에 두 명의 형사들이 빠르게 어둠속으로 빨려 들어갔다. 뒤를 따라 걷는 인혁은 심하게 뛰는 가슴을 진정시키기 어려웠다. 세화의 걷는 모습이 어딘지 모르게 불편하게 보였다.

"세화야, 어디 불편한 거야?"

"아니에요, 발목이 조금 시큰거려서요. 참을 만해요."

세화가 얼른 형사들을 따라붙었다. 이제 제발, 여기서 끝나야 한다. 인혁은 두 주먹에 힘을 주었다.

철조망 안은 마치 다른 세상으로 들어가는 입구처럼 느껴졌다. 정확히 표현하면 무덤 속으로 들어가는 느낌이었다. 길게 늘어진 나무와 나무 사이에 세워진 인간 형상의 석상에는 이끼가 잔뜩 달라붙어 있었다. 침입자들이 움직일 때마다 석상들의 음산한 눈동자가 계속해서 따라붙었다. 눈동자를 바라보는 세화가 소름이 돋는 듯 진저리쳤다. 인혁과 바짝 붙어 있던 영민이 앞으로 내달렸다. 그와 동시에 급히 발을 멈췄다. 하늘을 가를 것 같은 굉음이 다시 찾아오더니, 심한 바람에 빗줄기가 휘어졌다.

"모두, 숨어!"

영민이 소리쳤다. 나무와 조형물에 몸을 숨긴 그들은 착륙하는 헬기를 주시했다. 영민이 조심스럽게 몸을 빼내려고 할 때였다. 무엇을 느꼈는지 헬기에서 내린 두 명의 남자가 손전등을 빼들었다. 땅에 몸을 완전히 밀착시킨 세화는 순간 터지려던 비명에 급히 손을 들어 입을 막았다. 굵은 지렁이가 얼굴 가까이 접근하고 있었다. 손을 뻗은 인혁이 지렁이를 집어 던졌다. 그것이 실수였다. 소리 나는 방향으로 빠르게 따라가던 손전등의 불빛이 속도를 줄이더니, 곳곳을 핥으면서 이동했다.

"저기서 분명 무슨 소리가 들렸지?"

"네, 분명 빗소리는 아니었습니다."

"너는 저쪽으로 가봐. 무슨 일이 있으면 호출 버튼 누르고."

"알겠습니다."

매우 절도 있는 남자들의 목소리가 빗소리에 실려 왔다. 마침내 가깝게 접근한 불빛은 석상을 핥기 시작했다. 이대로 있다간 들키는 건 시간 문제다. 선택의 여지가 없다. 옆으로 고개를 돌린 영민은 후배들을 향해 눈으로 지시했다. 바닥에 납작 엎드린 형사들이 남자들을 향해 이동하려는 순간이었다. 영민의 입이 크게 벌어졌다. 어디선가 날아온 서치라이트 불빛이 주위를 환하게 밝히면서 다가오고 있었다.

남자들이 달려오는지, 첨벙거리는 소리가 빗소리와 함께 들렸다. 일단 여기를 벗어나야 한다. 영민의 수신호에 급히 몸을 일으킨 그들은 입구를 향해 달렸다. 아름드리나무와 곳곳에 설치된 조형물들이 불빛을 막아주고 있었다. 그때 돌부리에 발이 걸린 세화가 넘어졌다. 손전등의 불빛이 가깝게 접근하면서 한 남자가 빗줄기 사이에서 나타났다. 몸을 날린 인혁이 남자의 면상을 후려쳤다. 남자의 비명이 빗소리에 묻혔다. 쓰러진 남자를 나무 뒤에 숨긴 그들은 입구를 향해 전력으로 뛰었다.

외곽도로로 들어선 순철은 부장의 전화를 받고 있었다.

-아직도 멀었나?

"거의 다 도착했습니다."

-그 일은 어떻게 됐나?

"김일순은 제 손으로 처리했습니다."

잠시 침묵이 흘렀다.

-이제 모든 것이 자명해졌어. 그래서 그 일을 알고 있는 놈들은 모두 사라져야 해.

"네, 정인혁과 문 선생만 사라지면, 신의 역사는 영원히 지속될 겁니다."

전화기 너머에서 웃음소리가 들렸다.

"그런데 예상치 않은 일이 발생했습니다."

-예상치 않은 일?

"네, 확인해본 결과 김상태라는 자였는데, 그놈이 김일순을 통해서 뭘 알아내려고 했던 것 같습니다."

-그래서 어떻게 됐나?

부장의 목소리가 다급하게 들렸다.

"하지만 그놈은 지선호를 살해했던 놈에게 쫓기고 있던 도중에,

어디선가 날아온 총에 맞아 사망했습니다. 그때 문 선생의 수하 강태훈이 나타나는 바람에 더 이상 알아낼 순 없었습니다."

-그놈이 총에 맞아 죽었다고?

"네, 분명 총이었습니다."

전화기 너머에서 침 삼키는 소리가 들렸다.

-그놈이 총에 맞아 죽었다는 건 이제 여기에 얽힌 놈들이 모두 거기로 향하고 있다는 증거야. 어쩌면 일이 아주 쉬울 수도 있고, 그와 반대로 아주 어려울 수도 있어.

순간, 시커먼 도로가 대낮처럼 밝아졌다가, 다시 어둠속에 묻혔다. 이어서 요란한 천둥이 세상을 흔들었다. 순철은 자신도 모르게 몸이 부르르 떨렸다. 커브 길로 들어선 순철은 빗줄기 사이로 서서히 모습을 드러내는 승합차를 주시하면서 속도를 줄였다. 놈들은 이미 와 있어. 온몸의 근육이 팽팽하게 솟아올랐다. 긴장한 표정으로 차를 내린 순철은 흙탕물이 흐르는 산을 오르기 시작했다. 하지만 순철은 자신을 지켜보고 있는 사나운 눈동자들을 전혀 의식 못하고 지나쳤다. 시커먼 어둠속에서 네 사람이 모습을 드러냈다.

"저놈을 여기서 처리하는 게 좋지 않을까요?"

진이 속삭이듯 물었다.

"아직까지 저놈의 배후가 누구인지 전혀 밝혀지지 않았어. 섣부른 행동이 위기를 초래할 수 있는 법이야. 자칫하다가 우린 이 나라에서 빠져나갈 수 없을지도 몰라."

민철이 대답하면서 소나를 향해 고개를 돌렸다. 비에 흠뻑 젖은 소나는 한기가 드는 듯, 푸르스름한 입술이 몹시 떨리고 있었다. 그녀가 민철을 향해 희미한 미소를 지었다.

"나는 괜찮아, 우리가 이 날을 얼마나 기다렸는지 다들 알고 있잖아."

"이모님."

건이 애처로운 표정으로 소녀의 손을 잡았다.

"우리의 작전이 효과를 발휘하는 것인지, 아니면 우리가 오히려 덫에 걸리는 것인지 알 수 없지만, 지금이 아니면 다시는 이런 기회가 찾아오지 않을 거야."

소녀가 푸르스름한 입술을 잘근 깨물었다.

"지금 시간이면 헬기에서 내린 물품이 안으로 들어갈 시간입니다. 저희가 들어가 있다가 그것을 빼앗아 오겠습니다. 이모님과 숙부님은 위험하니, 차에 가서 기다리세요."

고개를 숙인 진이 산악용 오토바이에 오르면서 등에 매달린 장검을 매만졌다. 그들은 이미 사전답사를 마친 듯, 산을 응시하는 방향이 일치했다.

"부디 몸조심해."

"이모님, 우린 여기서 죽으면 안 되는 절대적인 이유가 있잖아요."

해맑게 웃은 진이 헬멧을 눌러썼다. 소녀의 눈망울에 눈물이 맺혔다. 진과 건의 오토바이가 도로를 건너 산으로 올랐다. 전화기를 빼든 민철이 어디론가 전화를 걸었다.

"여기로 오게."

민철의 통화는 단 한 마디로 끝났다.

입구에 다다른 영민은 아름드리나무에 몸을 숨기고 전방을 주시했다. 따라오던 서치라이트 불빛이 사라졌기 때문이었다. 하지만 발각되는 건 시간 문제였다.

"계장님, 지금 들리는 소리를 들어보세요."

세화가 산 아래를 향해 귀를 기울였다.

"누군가 올라오고 있어요."

세화가 금세 겁먹은 표정을 짓더니, 나무에 찰싹 달라붙었다.

"아니, 저 사람은!"

인혁은 자신도 모르게 입이 크게 벌어졌다. 검은색 우비를 걸친 남자는 믿을 수 없게도 구 반장이었다. 빗물을 뚝뚝 흘리며 다가오는 그의 곰 같은 덩치가 살벌하게 보였다.

"구 반장, 이놈"

영민이 몸을 일으키려고 할 때였다.

"잠깐만요."

앞에 있던 후배 형사가 작지만 강하게 외쳤다.

"오토바이 소리 같습니…."

인혁의 말이 끝나기도 전에 두 대의 오토바이가 순식간에 입구를 지나쳐 안으로 들어갔다. 남자의 비명이 어둠을 찢었다. 자신들을 쫓아왔던 남자인 듯했다. 일단 저놈들을 먼저 잡아야 한다. 순간 판단한 영민이 외쳤다.

"오토바이를 쫓아가!"

일제히 권총을 빼든 형사들이 오토바이를 쫓아 안으로 달렸다. 오토바이 소리에 급히 몸을 피했던 정석의 곰 같은 덩치가 입구를 지나갔다. 갑작스런 오토바이 소리에 깜짝 놀란 순철은 급히 발을 움직였다. 대체 여기에 얽혀 있는 놈들이 얼마나 있단 말인가. 얼마든지 좋다. 오늘 반드시 네놈들의 손에서 그것을 빼앗아주마. 순철의 두 눈에 파란 광채가 일었다. 몽둥이를 움켜쥔 그는 성난 황소처럼 땅을 박차고 뛰어올랐다.

느닷없는 침입자를 발견한 감시 카메라가 부지런히 움직이더니, 열려 있던 건물의 육중한 문이 스르르 닫히기 시작했다. 진과 건의 오토바이가 흙탕물을 튀기며 무섭게 질주했다. 물품을 운반하던 남자들이 닫히는 문으로 돌진하는 오토바이를 향해 달려들었다. 하지만 진과 건의 전기 충격기에 몸을 부르르 떨더니, 물이 고인 흙바닥으로 쓰러졌다.

그 사이에도 육중한 문은 침입자들을 막으려는 듯, 움직임을 멈추지 않았다. 무슨 일이 있어도 안으로 들어가야 한다. 핸들을 좌측으로 힘껏 꺾은 진이 오토바이에서 뛰어내렸다. 옆으로 넘어진 오토바이가 흙바닥을 심하게 긁으며 닫히는 문으로 돌진했다. 땅에서 몇 바퀴를 구른 진이 헬멧을 움켜잡으면서 일어섰다. 바라보니 닫히던 문이 오토바이에 걸려 멈춰 있었다. 건의 오토바이가 바로 앞에서 멈췄다. 서로를 바라보면서 고개를 끄덕인 두 사람이 안으로 뛰어 들어갔다.

마침내 건물에 거의 도착한 영민은 몹시 숨이 차는지 헉헉대면서 허리를 숙였다.

"계장님, 문이 닫히고 있습니다."

후배 형사의 목소리가 다급했다. 문에 끼인 오토바이가 점점 찌그러지면서 입구가 좁아지고 있었다. 조금만 지체하면 안으로 들어가지 못할 것 같았다. 급하게 주위를 둘러본 영민은 건물 옆으로 우뚝 서 있는 전신주를 향해 권총을 난사했다. 전신주에서 마치 폭죽이 터지듯 파란 불꽃이 일더니, 땅으로 떨어져 내렸다. 닫히던 문이 쿵 소리를 내며 움직임을 멈췄다. 그들이 심하게 찌그러진 오토바이를 뛰어넘어 안으로 빨려 들어갔다.

빗속에서 나온 또 하나의 눈빛이 있었다. 두꺼운 안경알 너머로 철조망을 바라보는 눈빛은 슬픔이 드리워 있었다. 하지만 입구로 발을 움직이면서 슬픔의 눈빛이 사라지고, 비장함이 그 자리를 차지했다. 정민이었다. 순철의 총에 맞은 정민은 놀랍게도 살아 있었다. 안경알을 닦는 그의 손이 미세하게 떨렸다.

권력의 탐욕을 먹고 사는 인간들

김상태의 사건 현장에서 막 벗어나던 태훈은 몸을 떠는 전화기를 급히 빼들었다. 발신자 표시 제한으로 걸려온 전화였다. 이 전화는 누구란 말인가. 혹시 팀장님이 납치됐다면 납치범일까. 전화기만 두고 감쪽같이 사라진 명대 역시 납치된 건 아닐까. 전화기를 귀로 가져가는 그 짧은 순간에 무수한 생각들이 떠올랐다.

"여보세요."

자신도 모르게 목소리가 약간 떨려나왔다. 전화기 너머에선 아무 소리도 흘러나오지 않았다.

"당신 누구야."

-팀장을 살리고 싶나? 살리고 싶으면 내가 있는 곳으로….

"당신이 팀장님을 납치한…."

-내가 있는 곳은….

어딘지 모르게 목소리가 이상했다. 태훈은 온 신경을 귀에 집중했다. 곧바로 그의 얼굴이 크게 일그러졌다. 들려오는 목소리는 녹음된 목소리였다.

"이런 개 같은…."

태훈은 전화기를 집어던지고 싶은 충동을 간신히 억눌렀다. 전화가 끊기면서 메시지가 들어왔다. 메시지로 들어온 약도를 확인하는 태훈의 두 눈이 심하게 흔들렸다. 그때 또다시 걸려온 전화는 처음 보는 전화번호였다. 태훈은 상대방이 먼저 말하길 기다렸다.

"형님, 저 명댑니다."

"아니, 명대야. 대체 무슨 일이 있는 거야? 그리고 이 전화는 또 뭐고?"

"길게 설명드릴 시간이 없습니다. 지금 상상도 할 수 없는 일이 벌어지고 있으니, 일단 제가 알려주는 곳으로 빨리 오세요."

태훈의 승용차가 굉음을 발하며 빗속을 질주했다.

한편, 건물로 들어선 수도승과 기술자는 미로처럼 뻗어 있는 길을 주시하고 있었다.

"선생님, 놈들의 종착지가 여기였군요. 스스로 무덤 속으로 뛰어든 가여운 영혼들."

기술자가 말했다. 그는 손에 들린 푸르스름한 빛을 뿜어내는 장검을 쓰다듬더니 천천히 들어 올렸다. 눈높이에서 일직선으로 멈춘 장검에서 음산한 기운이 느껴졌다. 만족한 눈빛으로 장검을 바라보던 그는 다시 두꺼운 입술을 움직였다.

"죽을 줄도 모르고 불 속으로 뛰어드는 불나방 같은 놈들. 믿을 수 없게도 아직도 세상은 영화보다 더 영화 같은 일들이 아주 많이 벌어지고 있습니다."

기술자가 들고 있는 장검을 허공에 휘둘렀다.

"권력에 탐욕이 깃들지 않았다면, 아마도 세상엔 영화 같은 일들이 벌어지지 않을 것이야. 우리가 존재해야 할 이유도 사라지겠지. 권력의 탐욕을 먹고사는 우리는 이 재미있는 영화에서 영원히 죽지 않는 주인공으로 남아야 되지 않겠나?"

"영원히 죽지 않는 주인공이라…. 그래야죠. 준비해야겠습니다."

장검을 거머쥔 기술자가 몸을 돌렸다.

"이제부터 인간 사냥이야."

기술자를 바라본 수도승이 옆길로 들어갔다.

영민과 형사들의 손전등이 쉬지 않고 움직였다. 벽과 벽 사이로 나 있는 복도는 미로처럼 이리저리 뻗어 있었다. 오토바이 놈들과 건물 안으로 들어왔을 것으로 보이는 구 반장은 어디로 갔는지 보이지 않았다. 그들은 들려오는 기계음에 귀를 집중했다. 소리는 발 아래 지하층에서 들려오는 듯했다.

"비상 발전기 돌아가는 소리 같습니다."

뒤에 있던 후배 형사가 귀를 바닥으로 향하면서 말했다.

"비상 발전기가 돌아간다는 건, 가동을 멈추면 안 되는 무언가가 있다는 증거야."

그것을 증명하듯 정전 시 작동되는 전구가 천장에서 희미한 빛을 밑으로 뿌렸다. 무엇을 탐색하는 영민의 눈동자가 쉬지 않고 움직였다.

"우리가 있는 위치가 여깁니다."

인혁이 손바닥의 종이에 볼펜을 가져갔다. 영민은 오늘밤이 생애 가장 긴 밤이 될 것이란 걸 알았다. 손전등과 희미한 불빛에 의지해 걷는 그들은 약도의 붉은 점을 향해 부지런히 발을 옮겼다. 세화는 금방이라도 누군가 벽을 뚫고 나올 것만 같아 몸을 부르르 떨었다.

여기는 대체 뭐 하는 곳이란 말인가. 인혁은 창문 하나 보이지 않는 건물의 특이함에서 무수한 비밀을 간직하고 있는 현 대통령의 정치적 폐쇄성을 보는 듯했다. 아마 현 대통령은 역대 대통령 중에서 공개돼선 안 되는 비밀을 가장 많이 갖고 있을 것이다. 이것이 과연 국민이 뽑은 대통령의 모습이란 말인가. 인혁의 손전등이 그것을 찾으려는 듯 구석구석을 살피면서 움직였다. 복도를 꺾어 들어갈 때마다 좌우로 나타나는 회색의 육중한 철문들에서 음산함이 느껴졌다. 철문에 붙은 '반공방첩'의 붉은 글씨에서 그 옛날 폭압정치시절로 돌아간 것 같은 착각이 들었다.

　"저기 계단으로 올라가야 합니다."

　인혁의 손가락이 왼쪽으로 나 있는 복도 끝을 가리켰다.

　"잠깐만요."

　세화의 목소리가 시커먼 어둠을 울렸다.

　"어떻게 이런 건물에 경비가 이렇게 허술할 수가 있죠? 이해할 수 없어요."

　"지금은 그걸 따질 상황이 아니야. 어서 빨리 약도에 표시된 위치로 가서 열쇠의 비밀을 알아내야 하지 않겠나. 빨리들 움직여."

　영민이 앞장섰다. 발을 멈춘 인혁은 문득 이상한 생각이 들었다. 세화의 말대로 경비가 너무 허술했다. 단순한 철조망으로 입구를 표시한 것 자체부터 납득이 가지 않았다. 이건 함정일 수 있다. 순간 생각한 인혁이 뒤로 고개를 돌렸다. 아니나 다를까. 수많은 발소리가 들리더니 한 무리의 남자들이 복도 저편에서 나타났다.

　"계장님!"

　형사들이 일제히 고개를 돌렸다.

"이런, 제길. 일로 따라와!"

영민이 소리쳤다. 미친 듯이 복도를 달린 그들은 계단을 올라 납작 엎드렸다. 이어서 영민과 형사들의 권총이 불을 뿜었다. 총에 맞은 남자들이 비명을 지르며 쓰러졌다. 하지만 형사들의 6연발 권총은 금세 작동을 멈췄다. 실탄을 재장전할 겨를이 없었다. 형사들과 남자들의 육박전이 벌어졌다. 인혁은 달려드는 남자의 정강이를 걸어챘다. 남자가 계단 아래로 굴러 떨어졌다. 영민의 격투 실력은 상당했다. 영민의 솥뚜껑 같은 손에 잡힌 남자가 허공을 날아 바닥으로 널브러졌다. 남자들의 고통스런 신음이 이어졌다.

"다친 사람 없나?"

영민이 후배들을 둘러보면서 물었다.

"이 형사가 좀 다친 것 같습니다."

바라보니 머리에서 흘러내린 피가 얼굴을 적시고 있었다.

"괜찮습니다, 계장님."

영민은 지체 없이 와이셔츠를 벗어 찢었다. 머리를 감싼 흰 와이셔츠가 금세 붉게 물들었지만, 다행히 큰 부상은 아닌듯했다. 영민이 일어서자, 우람한 근육이 러닝셔츠를 비집고 나올 것처럼 보였다. 숨을 몰아쉰 인혁이 형사들을 따라 다시 계단을 올랐다.

그 시각, 찌그러진 오토바이를 뛰어넘어 건물로 들어선 태훈은 명대를 찾았다. 하지만 그의 모습은 보이지 않았다. 사방을 주시하면서 계단을 내려가 조금 걸어가니, 오른쪽으로 '연구실'이라고 쓰여 있는 커다란 철문이 보였다. 문손잡이를 잡은 태훈은 조심스럽게 돌려보았다. 문은 열리지 않았다. 다시 힘을 주자, 철문은 오래 사용하지 않은 듯 소름끼치는 비명을 지르며 간신히 작은 틈을 보였다. 안으로 들어선 태훈은 눈 속으로 들어오는 광경에 입이 벌어졌다. 대형 수족관처럼 보이는 엄청난 크기의 투명유리 안에는 개와 고양이의 사체와 원숭이가 물속에 잠겨 있었다. 더욱 놀라운 것은, 원숭이 머리에서 나온 전선이 개의 머리로 연결되면서, 전선은 다시 고양이로 연결돼 있었다. 수족관을 향해 발을 움직이려던 태훈은 그 자리에 우뚝 섰다. 뒤에서 느껴지는 인기척에 살기가 느껴졌다.

"후후, 강태훈. 그것들이 죽은 것처럼 보이나? 그렇게 봤다면 여길 들어올 자격이 없어."

기술자가 손에 든 장검을 높이 쳐들었다. 저놈은 누군데 나를 알고 있단 말인가. 허면 저놈이 팀장님을 납치한 놈인가. 순간 생각한 태훈이 급히 몸을 돌렸다. 동시에 장검이 칼바람을 일으켰다. 칼날이 스친 가슴에서 핏물이 흘렀다. 가슴을 잡은 태훈이 뒷걸음질 쳤다. 수족관이 그의 몸을 막았다. 웃음을 흘린 기술자가 다시 장검을 치켜들더니 무섭게 돌진했다. 수족관을 짚은 태훈의 손이 미끄러지면서 무엇인가 걸렸다. 유리병이었다. 태훈은 생각할 겨를도 없이 돌진해 오는 남자를 향해 유리병을 던지면서 옆으로 몸을 피했다. 장검이 또 한 번의 칼바람을 일으켰다. 칼날에 깨진 유리병이 파편이 되어 남자의 얼굴로 떨어졌다. 남자의 입에서 비명이 터졌다. 태훈의 교과서적인 발차기가 작렬했다. 높이 튀어 오른 장검이 수족관으로 떨어졌다. 뒤로 물러났던 기술자가 무섭게 돌진했다. 살짝 피한 태훈은 발을 들어 남자의 등을 힘껏 밀었다. 머리로 수족관을 정통으로 들이받은 남자가 쓰러졌다.

태훈이 발을 옮기려 할 때였다. 쩍쩍거리는 소리가 몹시 귀에 거슬렸다. 바라보니 수족관에 수많은 실금이 뻗어나가더니, 갈라지는 틈 사이로 물이 쏟아지기 시작했다. 태훈이 입구를 향해 달렸다. 하지만 그는 쏟아지는 물에 미끄러지면서 책상에 손을 짚었다. 발에 쩍쩍 달라붙는 물은 물이 아니라, 기름에 가까웠다. 이어서 펑 소리와 함께 기름 같은 물이 폭포수가 되어 사납게 쏟아졌다. 책상과 선반이 엎어지면서 요란한 소리를 질렀고, 수족관을 빠져나온 동물의 사체가 물에 떠올랐다가 가라앉았다. 끈적거리는 물은 순식간에 가슴 높이까지 차올랐다.

태훈은 문을 향해 몸을 움직였다. 설상가상으로 물의 압력 때문인지, 닫힌 문은 꿈쩍도 하지 않았다. 물은 계속해서 차오르고 있었다. 급히 주위를 둘러본 태훈은 엎어진 책상으로 이동했다. 차오르는 물은 급기야 목을 넘어 얼굴 가까이까지 올라왔다. 간신히 책상을 붙잡은 태훈이 위로 올라서려 할 때였다. 무언가 건드리는 감각이 발을 타고 전해졌다. 미친 듯이 손을 허우적거리는 기술자는 태훈의 발을 붙잡고 선반 위로 오르려 했다. 발을 빼낸 태훈이 남자의 가슴을 힘껏 떠밀었다. 물속으로 떨어진 남자가 위로 몇 번 솟구쳐 오르더니, 힘을 다했는지 마침내 서서히 물속으로 빨려 들어갔다. 남자의 부릅뜬 눈이 물속으로 보였다.

수족관이 바닥을 보이면서 차오르던 물은 멈춰 있었다. 하지만 빠져나가는 게 문제였다. 천장을 둘러보던 태훈의 시선이 한 곳에서 멈췄다. 시커먼 입을 벌리고 있는 환기구는 공교롭게도 바로 머리 위에 있었다. 뚜껑을 빼낸 그는 환기구 안으로 몸을 집어넣었다.

환기구 안에서 뜨거운 열기가 훅 끼쳐왔다. 낮은 포복으로 이동하는 태훈은 철판을 뚫고 나온 나사에 몇 번이나 팔과 얼굴을 긁히면서 미끄러운 몸을 움직였다. 10여 분 정도가 흐른 듯했다. 새어

들어오는 불빛에 먼지가 떠다니고 있었다. 아마도 다른 연구실로 들어온 듯싶었다. 그렇다면 누군가 있을지 모른다, 생각한 태훈은 최대한 소리를 죽이며 천천히 이동했다. 미끄러운 몸이 도움을 주고 있었다.

불빛 앞에 당도한 태훈은 머리를 살짝 내밀어 밑을 바라보았다. 가운데에 자리 잡은 커다란 테이블에 약품이 담긴 수많은 유리병과 현미경이 아무렇게나 놓여 있었다. 먼지가 두껍게 내려앉은 서적들이 바닥에 뒹구는 것으로 보아, 오래 사용하지 않은 연구실인 듯싶었다. 사방을 둘러보아도 사람은 보이지 않았다. 철재 뚜껑을 잡은 태훈이 팔에 힘을 주려고 할 때였다. 연구실의 문이 열리며 누군가 들어오고 있었다. 해골 목걸이의 주인 민머리의 남자였다. 팀장님을 납치한 놈, 용서하지 않겠다. 태훈은 남자가 환기구 밑으로 오기만을 기다렸다. 그러나 남자는 연구실을 둘러보고 나가려는지 문으로 향했다. 저놈을 놓쳐서는 안 된다. 태훈은 환기구를 툭툭 건드렸다. 재빨리 몸을 돌린 남자가 사방을 훑어보더니 고개를 위로 들면서 걸어왔다. 기회를 노린 태훈이 환기구 뚜껑을 세차게 밀어 떨어뜨렸다. 하지만 살짝 빗나간 뚜껑은 남자의 얼굴을 스치면서 떨어졌다. 하얀 얼굴에서 붉은 핏물이 흘렀다. 남자가 급히 뒤로 물러났다. 태훈이 뛰어내렸다. 두 남자가 긴 테이블을 사이에 두고 서로를 노려보았다.

"강태훈, 오랜만이다."

"팀장님은 어디 있나?"

비웃음을 흘린 수도승이 번개 같은 동작으로 테이블로 올랐다. 그러더니 발을 쭉 뻗었다. 발을 미처 피하지 못한 태훈이 책장에 몸을 부딪쳤다. 두꺼운 책들이 쏟아지면서 심한 먼지를 일으켰다. 재빨리 몸을 세운 태훈이 옆으로 뛰었다. 하지만 책에 발이 걸려 넘어졌다. 수도승의 높이 쳐든 발이 태훈의 얼굴을 향해 무섭게 내려갔다. 태훈이 팔을 들어 내려오는 발을 잡아당겼다. 수도승이 넘어졌고, 재빨리 일어난 태훈이 테이블로 뛰어올랐다. 다시 서로 대치하는 상황이 펼쳐졌다.

무엇을 보았는지 수도승이 갑자기 옆으로 뛰었다. 테이블 끝에서 입을 벌리고 있는 가방에는 유리 재질의 주사기가 가득 들어 있었다. 주사기를 한 움큼 잡은 수도승은 태훈을 향해 사납게 던졌다. 태훈이 비명을 질렀다. 날아온 주사기가 팔과 다리에 꽂히면서 극심한 통증이 밀려왔다. 쉴 새 없이 날아드는 주사기는 얼굴을 막으려고 쳐든 팔을 피해서 가슴을 파고들었다. 테이블로 뛰어오른 수도승은 태훈의 멱살을 잡았다. 그것이 실수였다. 끈적이는 액체에 수도승의 손이 미끄러지면서 몸이 기우뚱했다. 가슴에서 주사기를 뽑은 태훈이 남자의 목에 찔러 넣었다. 입이 벌어진 수도승이 서서히 밑으로 떨어졌다. 그의 고개가 심하게 뒤로 꺾였다. 몸에 꽂힌 여러 개의 주사기를 빼낸 태훈이 숨이 끊어진 남자를 잠시 쳐다보더니 연구실을 나갔다.

"모두 일어나."

형사들과 격투를 벌인 남자들이 신음을 뱉으며 일어났다.

"우리 임무 상 어쩔 수 없는 일이다."

지휘자로 보이는 남자의 목소리에 권위가 느껴졌다.

"엄살 피우지 말고 빨리 이동들 해."

대열을 갖춘 남자들이 벽을 타고 이동했다. 명령에 복종하는 남자들의 절도 있는 동작과 민첩한 발걸음으로 보아, 고도의 훈련을 거친 정부기관원인 듯싶었다.

"제자리!"

앞서 걷던 지휘자가 작지만 엄하게 말하면서 팔을 들었다.

"누군가 있다."

벽에 달라붙은 남자들이 들려오는 소리에 희미하게 비치는 복도를 노려보았다. 그들이 옆에서 천천히 빠져나오는 그림자를 긴장된 표정으로 주시할 때, 나오던 그림자가 갑자기 쑥 들어가더니 없어졌다.

"쫓아가!"

튀어나온 남자들이 옆으로 돌아 뛰었다. 그림자의 실체를 확인한 그들이 허탈한 표정으로 발을 멈췄다. 커다란 고양이가 빠르게 뛰어가더니 옆길로 사라졌다. 그들이 다시 몸을 돌리려고 할 때였다. 사라졌던 고양이가 날카로운 소리를 지르면서 뒷걸음으로 나왔다. 민첩하게 몸을 돌린 고양이는 길을 바꿔 도망쳤다. 순간 보였던 그림자가 쑥 들어가더니 다시 나타났다.

"이번엔 사람이다."

양쪽 벽에 붙어 걷는 그들의 늘어진 그림자가 옆에서 나온 그림자와 마주쳤다.

"이런, 제길. 쫓아가!"

진과 건이 지나온 길을 뛰었다. 건이 도망치면서 뒤를 돌아보았다. 자신들을 쫓는 남자들은 네댓 명 정도로 보였고, 그들의 손에는 전부 권총이 들려 있었다. 남자들과의 거리가 점점 좁혀졌다. 이

대로 도망치다간 힘만 빠질 것이다. 승부를 걸어야 한다, 생각한 진이 건을 세웠다.

"건, 준비해."

장검을 빼든 진이 위로 몸을 솟구쳤다. 칼에 맞은 전구가 파편이 되어 떨어지면서, 칠흑 같은 어둠이 복도를 덮었다. 순간 발을 멈춘 남자들이 손전등을 빼들었다.

"교활한 놈들, 길은 여기저기 뻗어 있다. 조심해."

남자들의 권총이 손전등을 따라 움직였다. 진과 건의 칼바람이 어둠을 찢었다. 비명이 터지면서 총소리가 복도를 울렸다. 한 번 시작된 칼바람은 기세를 더해가면서 폭풍 치듯 몰아쳤다. 불빛이 지나가는 벽면에서 검붉은 피가 흘렀고, 팔과 얼굴로 뿌려지는 선혈이 뜨듯하게 느껴졌다. 진과 건의 칼바람은 차츰 잦아들었다. 빠르게 움직이던 손전등의 불빛이 바닥으로 떨어지면서 마침내 움직임을 멈췄다. 칼을 내린 건이 손전등을 주워 사방을 비췄다. 남자들의 처참한 모습에 고개를 돌렸다.

"하마터면 큰일 날 뻔했어. 빨리 움직여."

건이 진의 뒤를 따랐다.

약도를 따라 발을 부지런히 움직이는 인혁은 몇 번이나 뒤를 돌아보았다.

"어? 계장님, 막다른 길인데요?"

이 형사가 머리에 감긴 와이셔츠를 만지면서 말했다.

"그럴 리가 없어요. 약도는 분명 이 길로 가라고 나와 있어요."

세화가 항변했다. 약도와 막힌 길을 번갈아 바라보는 인혁의 두 눈이 허물어져 내렸다.

"정 기자님, 길을 잘못 든 게 아닙니까?"

"계장님, 길을 잘못 든 게 분명합니다. 다시 돌아가야 합니다."

인혁은 형사들의 지친 목소리가 고문처럼 들렸다.

"정 기자, 이리 줘보게."

"잠깐만요."

약도를 건넨 인혁은 벽을 향해 뛰었다. 이어서 주먹으로 가로막은 벽을 두드리더니, 옆으로 돌아 다른 벽을 두드려보았다. 고개를 갸웃한 그는 다시 돌아서 막힌 벽을 두드렸다. 손을 타고 전해지는 희미한 느낌은 분명 공간의 소리였다. 일제히 다가온 형사들이 벽을 두드렸다. 지쳐 있던 눈들이 생기를 되찾았다.

"어딘가 벽을 여는 장치가 있을 것이야. 잘 찾아봐."

이 형사가 벽에 붙어 있는 소화전 함을 열었다. 둘둘 말린 소방호스를 꺼낸 그는 나사가 채워진 철판을 발로 걷어찼다. 쿵쿵거리는 소리가 복도를 울렸다.

"문을 여는 장치가 그런 곳에 있을 리가 없지 않나."

영민의 목소리에 질책이 묻어났다.

"우리는 또 너무 어렵게 생각했습니다."

"그게 무슨 말인가?"

한 걸음 다가선 영민이 무언가 알고 있는 듯한 인혁의 얼굴을 응시했다.

"줄에 걸린 거북이의 꼬리를 찾았을 때, 열쇠가 길을 인도해줄 것이다."

인혁이 중얼거리면서 오벨리스크 모양의 열쇠를 꺼냈다.

"선배, 맞았어요, 열쇠구멍을 찾아야 해요."

"열쇠구멍을 찾아봐."

영민의 목소리는 다급하게 들렸다.

"그러실 필요 없습니다."

인혁의 손전등이 오른쪽 벽면을 가리켰다. 무릎 높이 정도에 작은 구멍이 보였다. 예상대로 열쇠는 구멍에 딱 들어맞았다. 열쇠를 돌리는 그 짧은 순간에 지나온 시간이 망막에 그려지면서 만감이 교차했다. 이 열쇠가 과연 세화와 나를 구해낼 수 있을 것인가. 가슴이 심하게 쿵쿵거렸다. 형사들의 침 삼키는 소리가 들렸다. 돌아가던 열쇠가 마침내 움직임을 멈췄다. 그러나 아무 일도 일어나지 않았다.

"이게 어떻게 된 거지?"

영민이 인혁을 돌아보려고 할 때였다. 발바닥으로 울림이 느껴졌다. 가로막혀 있던 벽체가 서서히 뒤로 물러나기 시작하면서 환한 불빛이 복도로 쏟아져 나왔다. 안으로 뛰어든 그들은 벌어지는 입을 다물지 못했다. 투명유리로 만들어진 커다란 원통형의 구조물은 천장을 통과해 있었고, 끝이 어디인지 보이지 않았다.

"승강기가 내려옵니다."

구조물로 들어간 그들은 한 치의 망설임도 없이 승강기에 몸을 실었다. 부드럽게 떠오른 승강기가 갑자기 속도를 높이더니, 층과 층 사이를 인식할 틈도 없이 위로 솟구쳤다. 하지만 진동과 소음은 전혀 느껴지지 않았다. 짧은 시간 전력으로 올랐던 승강기가 서서히 속도를 줄이는 것으로 보아 멈추려는 것 같았다.

승강기에서 내린 그들은 다시 한 번 입이 벌어졌다. 50평이 넘을 것 같은 실내에는 원탁 테이블을 중심으로 대형 컴퓨터가 사방을 채우고 있었다. 가장 커다란 컴퓨터로 다가간 인혁이 작동 레버를 위로 올렸다. 부팅 시간이 잠시 흘렀고, 밝아진 모니터에서 암호 형식의 영문과 숫자가 위로 올라가더니 멈췄다. 모니터를 바라보는 인혁은 그제야 아버지의 의도를 알 수 있었다. 화살표가 표시된 밑부분은 서명을 하라는 신호였다. 당연히 아버지의 서명일 것이다. 어릴 때 수도 없이 연습한 서명이 눈앞에 그려졌다.

"선배, 아버님이 연습시킨 서명이 여기서 필요한 거였네요."

"무슨 말이지?"

영민이 물었다.

"이 컴퓨터는 아버지의 서명을 기다리는 겁니다."

"서명? 자네가 아버지의 서명을 쓸 수 있나?"

"걱정 마십시오."

인혁이 계장을 향해 고개를 끄덕이더니, 인식기에 손가락을 올렸다. 심호흡을 들이킨 그는 손가락을 천천히 움직였다. 손가락을 바라보는 형사들의 눈동자가 몹시 긴장했다. 잠시 아무 일도 일어나지 않았다. 이내 모니터에 집중한 눈동자들이 허물어져 내렸다.

서명이 올바르지 않습니다. 또 한 번 올바르지 않을 시 컴퓨터는 자동으로 폐쇄됩니다.

"정 기자님, 어떻게 된 겁니까? 아버님의 서명이…"

"가만히 있어봐."

영민이 손을 들어 후배의 말을 막았다.

"선배, 이 컴퓨터는 아주 예민한 컴퓨터일 거예요. 그러니 긴장을 풀고 다시 해봐요."

세화가 인혁의 손을 살며시 잡았다가 놓았다. 만약 여기서 또 틀린다면 세화는…, 나는…. 생각을 멈춘 인혁은 다시 날숨을 크게 내쉬면서 인식기에 손가락을 올렸다. 그는 수도 없이 연습한 아버지의 서명을 마음의 손가락으로 아주 빠르게, 아주 천천히, 그리고 자세히 그려보았다. 마침내 인식기의 손가락과 마음의 손가락이 일치되면서, 아버지의 서명이 인식기에 그려졌다.

정 박사님. 환영합니다. 이 내용을 외부 입력장치에 저장하시겠습니까.

"잘했네!"

영민의 즐거운 외침이었다. 마우스를 잡은 인혁은 자막 밑으로 떠 있는 박스에서 '예'를 클릭했다. 곧바로 '전송 중'이라는 메시지와 함께 남은 시간이 표시됐다. 인혁은 감격적인 마지막 순간을 모두 기억하려는 듯, 두 눈을 크게 뜨고 컴퓨터에 꽂힌 얇은 '칩'의 짧고 긴 불빛의 깜빡거림을 하나도 놓치지 않고 쳐다보았다.

"이제 다 됐습니다."

인혁이 컴퓨터에서 칩을 빼냈다.

"놈들이 올지 모르니까 빨리 여기를 벗어나야 해."

원통형의 구조물로 향한 그들은 승강기에 몸을 실었다. 빠르게 내려가던 승강기가 갑자기 속도가 줄더니 소름끼치는 소리를 지르며 멈췄다. 이어서 승강기 안에 칠흑 같은 어둠이 찾아왔다. 비상 발전기가 멈춘 듯했다.

"계장님, 누군가 발전기를 멈췄다면, 이대로 있다간 어떤 봉변을 당할지도 모릅니다."

후배의 다급한 말이 어둠속에서 들렸다. 영민의 손전등이 밑으로 향했다. 다행히 그리 높지는 않았다.

"여기서 뛰어 내린다. 모두 귀를 막아."

권총을 장전한 영민이 투명유리를 향해 방아쇠를 당겼다. 유리 파편이 밑으로 떨어지면서 요란한 소리를 질렀다. 승강기를 뛰어내린 그들은 열렸던 벽체를 통과해 복도로 나왔다.

"열쇠가 없습니다."

"이젠 열쇠가 필요 없지 않나. 빨리 여기를 빠져나가야 해."

영민이 인혁의 팔을 끌었다. 그들의 뛰는 소리가 어둠에 새겨졌다. 놈들은 어디에 숨어서 기회를 노리고 있는지, 1층에 다다르는 동안 모습을 보이지 않았다. 오히려 그것이 불안감을 더욱 가중시켰다. 오토바이로 인해 간신히 입을 조금 벌리고 있는 출구가 바로 눈앞으로 다가왔다.

"정 기자, 지금까지 아주 수고 많았어."

영민이 뛰면서 말했다.

"아닙니다. 계장님과 여기 계신 형사님들이 아니었다면 해내지 못했을 겁니다. 드디어 우리는 누명을 벗을 수 있을 것 같습니다. 그동안 감사했습니다."

"내 말이 무슨 말인지 모르겠나?"

인혁은 이상한 느낌을 받았다. 계장의 말투에 위협이 느껴졌기 때문이었다. 발을 멈춘 인혁은 뒤통수의 따끔거림에 뒤로 몸을 돌렸다. 그러더니 믿을 수 없는 표정으로 뒤로 한 걸음 물러났다. 계장의 총구가 자신을 향해 있었다.

"계장님, 지금 무슨…."

"너와 한 기자의 역할은 여기까지야."

입이 벌어진 세화가 계장을 바라보더니 웃음 진 형사들의 얼굴로 옮겨갔다.

"이런, 비열한…"

세화의 두 눈에서 눈물이 흘렀다. 성난 인혁이 앞에 있는 형사의 팔을 잡아챘다. 그 순간 영민의 권총이 불을 뿜었다. 벽에 맞은 탄환이 불꽃을 일으키면서 떨어졌다. 그 자리에 얼어붙은 인혁은 현실 같지 않은 현실에 어깨를 늘어뜨렸다.

"정 기자, 이제야 알겠나? 너는 처음부터 빠져나갈 길이 없었어."

"그럼 홍 부장님을 죽이라고 시킨 사람이 당신…, 당신이에요?"

세화는 도저히 믿을 수 없는지 말을 더듬었다.

"그건 내가 시켰지."

낯익은 목소리였다. 인혁은 거듭되는 충격으로 도무지 정신을 차릴 수 없었다. 걸어오는 남자는 놀랍게도 구 반장이었다.

"우린 당신과 한 기자의 의심을 피하기 위해 철저하게 준비했어. 그 덕에 여기까지 올 수 있었지. 어떤가, 우리의 완벽한 계획이. 정 기자, 국가권력은 이런 것이야."

인혁과 세화를 잡은 형사들이 출구를 나왔다. 비가 그친 하늘에서 초승달이 고개를 내밀고 있었다. 달을 바라보는 인혁은 지금까지 철저하게 속았다는 사실에 자신이 너무나 한심하게 느껴졌다. 그와 동시에 분노가 치솟았다.

"그럼 우리와 싸웠던 사람들은 대체 누구였습니까?"

"정 기자, 아직도 모르겠어?"

비웃음을 흘린 영민은 총알을 인혁의 발밑으로 하나씩 던졌다. 공포탄이었다.

"그들은 모두 너와 한 기자를 속이기 위해 투입된 정보부요원들이었어."

"대체 이 정부는 무엇을 숨기기 위해…."

"칩을 가져와."

영민의 말에 앞으로 다가간 정석이 인혁의 주머니에 손을 넣으려고 할 때였다. 거대한 석상 뒤에서 무언가 움직이는 소리가 들렸다. 인혁이 뒤로 몸을 뺐고, 긴장한 형사들이 석상을 향해 발을 움직였다. 그때였다. 갑자기 튀어나온 거대한 그림자가 무섭게 돌진해왔다. 순철이었다. 순철의 몽둥이에 맞은 형사들이 비명을 지르며 쓰러졌다.

오늘 네놈들을 전부 다 끝장내주마. 순철은 미친 듯이 몽둥이를 휘둘렀다. 앞으로 튀어나온 정석이 주먹을 뻗었다. 하지만 그는 이미 광기에 눈이 뒤집힌 순철의 상대가 아니었다. 정통으로 머리를 맞은 정석이 잠시 그대로 있더니, 고목 쓰러지듯 땅으로 무너져 내렸다. 영민의 총구가 불을 뿜었다. 몸을 날린 순철은 영민의 머리를 내려치면서 땅에 착지했다.

"세화야, 일로 와!"

세화의 손을 잡은 인혁은 다시 건물 안으로 들어섰다. 주위를 둘러볼 겨를도 없이 무작정 계단을 내려가면서 복도를 달렸다. 광기를 드러낸 망나니 같은 박순철을 피해야 했다. 또한 형사들의 정체가 파악된 시점에서 한시라도 긴장을 늦출 수 없었다.

"선배, 더는 못 가겠어요."

세화가 심하게 숨을 몰아쉬면서 그 자리에 주저앉았다. 바라보니 연구실이라는 표지판이 육중한 철문에 붙어 있었다. 연구실로 들어서는 두 사람이 순간 발을 멈췄다. 커다란 테이블 밑으로 사람의 다리가 보였기 때문이었다. 세화의 입에서 비명이 터졌다.

"죽었어요."

목에 주사기가 꽂힌 민머리의 남자는 이미 숨이 끊어진 듯 입이 크게 벌어져 있었고, 목이 심하게 뒤로 꺾여 있었다. 천장을 향해 있는 남자의 부릅뜬 눈이 소름끼치도록 무섭게 다가왔다.

"선배, 여기서 나가요."

두 사람이 복도를 나왔을 때 어디선가 발자국 소리가 들려왔다. 희미한 전등불에 모습을 드러낸 남자가 천천히 걸어왔다.

"선배."

인혁과 세화는 꼼짝할 수가 없었다. 군모와 선글라스를 착용한 남자의 손에는 권총이 들려 있었다.

"칩을 가져와!"

인혁이 뒤로 한 발 물러섰다.

"칩을 내놓지 않으면 이 여자는 죽는다."

남자의 총구가 세화를 향했다. 칩을 건네는 인혁의 손이 심하게 떨렸다. 칩을 손에 넣은 부장이 회심의 미소를 짓더니, 뒤에서 들려오는 소리에 급히 고개를 돌렸다. 선글라스 밑으로 드러난 부장의 얼굴이 실룩거렸다.

"안으로 들어가."

두 사람을 연구실로 들여보낸 부장은 조용히 그 자리를 벗어났다.

"저 사람은 강태훈이에요."

세화가 문틈 사이로, 지나가는 태훈을 쳐다보면서 말했다. 하지만 칩을 빼앗긴 인혁은 그 소리가 들리지 않았다. 풀린 듯 싶었던 실타래는 다시 엉켜가고 있었다.

"선배, 일단 여기를 나가야 하지 않을까요?"

"그래야지, 반드시 칩을 되찾아야지."

인혁이 주먹에 힘을 주었다. 태훈의 그림자가 완전히 사라지기를 기다린 두 사람은 연구실을 빠져나와, 기억을 더듬어가며 지나온 길을 걸었다. 군데군데 밝혀진 천장의 전등은 그들의 마음을 대변하듯 느리게 깜빡거리고 있었다.

"선배, 저 길이 맞는 것 같아요."

계단을 내려가 좌측 길로 꺾었을 때였다. 소스라치게 놀란 두 사람은 발을 움직일 수가 없었다. 자신들을 덮는 시커먼 그림자는 쌍둥이 형제였다. 그들의 장검에서 채 마르지 않은 피가 바닥으로 떨어졌다.

"여기서 만났군."

진이 웃음을 흘렸다.

"부장님, 여깁니다."

쓰러진 오토바이를 세운 순철이 시동을 걸었다.

"출발해."

부장이 드럼통 같은 순철의 허리를 꽉 잡았다.

"움직이지 마!"

어둠속에서 들리는 날카로운 목소리였다. 명대의 총구가 순철을 향했다.

"오토바이에서 내려."

다가간 명대가 순철의 손에 수갑을 채웠다. 부장이 두 손을 치켜올렸다. 권총을 잡은 명대의 손이 점점 떨렸다. 그는 누군가를 기다리는 듯 어둠에 농익은 사방을 계속해서 곁눈질했다. 이내 그의 얼굴에 안도감이 번졌다.

"형님."

건물을 걸어 나오는 태훈은 몹시 지친 얼굴이었다. 주사기가 꽂혔던 자리에는 핏물이 말라붙어 있었다.

"형님, 저 사람의 모자와 선글라스를 벗겨보세요."

다가간 태훈이 남자의 모자를 잡았다. 남자가 팔을 들어 막았다.

"움직이지 마!"

명대가 사납게 소리쳤다.

"내 손으로 벗지."

부장이 모자와 선글라스를 천천히 벗었다. 그 자리에서 얼어붙은 태훈과 명대는 잠시 동안 얼이 빠진 얼굴로 어떤 말도 나오지 않았다. 남자는 믿을 수 없게도 팀장이었다.

"팀장님."

너무 놀란 태훈은 무슨 말을 해야 할지 판단이 서지 않았다. 팀장이라면 문 선생? 그 순간 순철은 모든 걸 알 수 있었다. 이놈은 지금까지 나를 이용했어! 성난 곰처럼 몸을 일으킨 순철은 머리로 문 선생의 얼굴을 들이받았다. 문 선생의 얼굴에서 피가 주르르 흘렀다.

"움직이지 마, 이 새끼야!"

태훈이 순철을 걷어찼다.

"형님, 팀장님을 체포하세요. 우린 지금까지 이용당했던 겁니다. 저는 팀장님이 김상태를 죽인 현장을 목격하고 따라붙어서 여기까지 온 거고요. 어서 팀장님을 체포하세요."

명대의 손에서 권총을 낚아챈 태훈이 팀장을 거누었다.

“아니, 형님. 팀장님을 쏘시게요?”

“명대야 정말 미안하다.”

“형님이 왜...”

“다음 생에서는 니가 나를 죽여 다오.”

“형님, 지금 무슨 말을...”

태훈의 총구가 불을 뿜었다. 총에 맞은 명대가 영문을 모르겠다는 얼굴로 태훈을 바라보다가 고개를 떨어뜨렸다. 재빨리 태훈의 손에서 권총을 낚아챈 문 선생이 순철의 머리를 향해 방아쇠를 당겼다. 순철의 거대한 몸이 옆으로 쓰러졌다.

“강태훈, 왜 나를 죽이지 않고 명대를 죽였나?”

문 선생이 태훈을 향해 총구를 겨누면서 천천히 앞으로 걸어갔다.

“명대 말대로 나는 너희들을 이용했어. 어차피 너희들은 처음부터 나를 위한 희생물에 불과했으니까. 결과적으론 잘됐지만, 나는 니가 저기서 살아나왔다는 사실이 믿어지지 않아. 대단해. 나는 이 칩을 얻기 위해 내 인생을 모두 걸었어. 생각이 단순한 박정희의 추종자 박순철을 이용하기는 아주 쉬운 일이었지.”

문 선생은 숨진 순철을 잠시 내려다보더니, 다시 고개를 들었다.

“나는 안기부에 근무할 때, 박정희의 죽음의 비밀을 알고 있었어. 그래서 나는 새나라당 대표 김채무와 청장이 나를 이용하려는 음모를 알게 됐지. 그들은 내가 어디까지 연결돼 그 비밀을 발설한 것은 아닌지, 그것을 알아내기 위해 나를 이용하려고 했던 것이야. 하지만 나는 그 비밀을 누구에게도 입 밖에 내지 않았어. 그것으로 인해 내 목숨이 위태로워질 수 있기 때문이지.”

문 선생이 권총을 고쳐 잡았다.

"국민을 대하는 정부여당과 쓰레기 같은 극우단체, 부모연합의 움직임을 보고 나는 알았지. 그 프로젝트가 이미 상당히 진행되고 있었다는 사실을. 이제 나는 이것을 세상에 공개해서, 나를 이용했던 놈들에게 멋있는 복수를 할 생각이야. 어차피 언론은 서민의 편이돼주지 않아. 그래서 나는 철저하게 나 자신을 위장해 시위를 조장하고 유발시킨 것이야. 이제야 알겠나? 그런데 너는 왜 명대를 죽였나?"

태훈은 팀장의 눈만 노려볼 뿐, 입을 열지 않았다.

"대답하기 싫은가?"

"그 대답은 내가 하지."

문 선생의 두 눈이 휘둥그레졌다. 바라보니 소냐였다.

"문 선생, 이런 모습으로 다시 봐서 매우 유감이야. 총 내려."

다가간 민철이 문 선생의 머리에 총구를 붙였다.

"태훈, 그동안 아주 잘해주었어."

소냐가 말했다.

"아닙니다, 어머니."

문 선생은 순간 머리를 호되게 얻어맞은 것처럼 정신이 아찔했다.

"문 선생, 내가 말했지. 나를 따라오려면 아직 멀었다고."

가까스로 정신을 차린 문 선생은 태훈의 나이와 소냐를 죽이려했던 자신의 방화시점을 따져보았다. 입이 점점 크게 벌어지면서 몸이 심하게 떨렸다.

"이제 와서 아버지 행세를 할 생각은 추호도 하지 마."

너무 큰 충격을 받은 문 선생은 소냐의 목소리가 들리지 않았다. 태훈을 바라본 그는 힘 빠진 고개를 천천히 떨어뜨렸다.

"그때 태훈은 나한테 의도적으로 접근한 것이었군."

"이제서라도 그것을 깨달은 것을 보니, 생각만큼 머리가 나쁘지 않은 모양이야."

소냐가 빈정거렸다.

"당신 말대로 나는 당신에게 태훈을 의도적으로 접근시켰어. 복수를 위해서는 그 방법이 가장 확실하다고 생각했으니까. 그리고 당신이 쫓기듯 움직인 원인이 뭐라고 생각하나? 그것은 바로 태훈이 갖고 간 탄피가 원인이야."

"내가 철저하게 속았군."

문 선생이 허탈하게 웃었다. 민철이 문 선생의 주머니에서 칩을 꺼냈다.

"그걸 어떻게 할 텐가?"

힘 빠진 문 선생의 목소리에 비애가 담겨 있었다.

"나는 당신을 포함해서 나를 이렇게 만든 놈들에게 당신보다 더 심한 증오를 갖고 있어. 그러니 이것은 당신이 아니라 내가 세상에 공개해야 돼. 그리고 우린 이 나라를 떠나서 다시는 돌아오지 않을 생각이야. 어떤가, 패배의 쓴맛이? 당신은…"

소냐는 급히 말을 멈춰야 했다.

"어머니의 원수! 절대로 용서할 수 없어."

언제 나왔는지 바로 옆에 선 진과 건이 동시에 외치면서 문 선생을 향해 장검을 높이 치켜 올렸다. 태훈이 급히 두 사람을 막아섰다.

"형님들, 제발 그것만은…"

"여기서 문 선생을 죽인들 무슨 의미가 있겠나? 그렇다고 문 선생을 용서하란 말은 아니야. 어떤 인생이 문 선생을 더 비참한 인생으로 만드는 것인지, 어떤 복수가 더 의미 있는 복수가 되는 것인지 자네들도 알고 있잖아. 문 선생은 여기서 체포될 것이니, 이제 끝난 인생이야. 태훈을 봐서라도 칼을 내리게."

타이르듯 말한 민철이 문 선생의 두 손을 꽁꽁 묶었다. 태훈을 바라본 진과 건이 칼을 내렸다.

"소냐, 염치없는 부탁이지만, 그 내용을 한 번만이라도 볼 수 있나? 내 마지막 소원이야."

문 선생이 애원했다.

"마지막 소원? 뭐, 당신도 이미 알고 있는 내용이지만, 마지막 소원이라 하니 못 들어줄 것도 없지."

손바닥 크기의 전자기기를 꺼낸 소냐가 칩을 끼워 넣었다. 문 선생이 밝아지는 작은 화면을 뚫어지게 응시했다. 잠깐 동안 그의 두 눈이 의문을 표하더니, 이내 허물어져 내렸다. 그의 입에서 허탈한 웃음이 터졌다.

"여기엔, 아무것도 없어."

"아무것도 없다고? 그럴 리가 없어!"

전자기기를 들어 올린 소냐가 미친 듯이 회색 영상을 반복 재생했다. 그러나 반복되는 회색 영상은 어떤 이미지도 보여주지 않았다.

"한세화, 이게 어떻게 된 일이지?"

소냐가 세화를 향해 고개를 돌리면서 물었다.

"그럴 리가 없어요. 제가 정인혁과 처음부터 끝까지 함께한 거 잘 아시잖아요."

세화가 강하게 항변했다. 이게 지금 뭐란 말인가? 그렇다면 세화가 소냐 일당과 한 패? 인혁은 너무 큰 충격에 세화의 옆얼굴만 쳐다보았다. 그럴 리가 없어! 하지만 모든 게 맞아떨어졌다.

"한세화, 이 전화 한 통이면 니 엄마는 죽어. 이래도 말 안 할 테야?"

소냐가 전화기를 들어 올렸다.

"제발 그것만은…. 전 정말 모르는 일이에요. 제가 왜 거짓말을 하겠어요?"

세화가 울부짖었다.

"저놈을 샅샅이 뒤져봐."

민철의 지시에 진과 건이 인혁의 머리부터 발끝까지 샅샅이 훑기 시작했다. 전부 분해된 목걸이가 땅에 떨어졌고, 끈이 풀린 운동화가 속을 보이면서 발 앞으로 굴렀다. 그 어디에서도 의심할 만한 물건은 나오지 않았다.

"어머니, 빨리 여기를 벗어나야 합니다."

천천히 드러나는 새벽안개 속에 섞여 다가오는 불빛은 경찰차의 경광등 불빛이었다.

"이렇게 된 이상 저놈을 여기서 처리할 수밖에 없어."

민철이 인혁을 향해 총구를 겨누면서 눈짓했다.

"이렇게 그냥 갈 순 없잖아!"

진과 건의 손에 억지로 끌려 내려가는 소냐가 발악했다. 인혁은 믿을 수 없는 현실에 눈을 감고 싶었다. 허리춤에서 권총을 빼든 세화가 자신을 향해 사납게 총구를 겨누는 게 아닌가. 인혁은 차라리 그녀의 손에 죽고 싶었다.

"우리 엄마는 당신 때문에 죽을지도 몰라. 바른 대로 말해!"

치켜뜬 세화의 눈에서 눈물이 흘렀다.

"세화야. 니가 어떻게 나를…."

"그렇게 이름 부르지 마, 그런 동정어린 눈으로 쳐다보지 말라고! 나는 처음부터 당신을 좋아하지 않았고, 좋아한 적도 없어. 그러니 나한테 알량한 동정심 따위는 기대하지도 마. 나는 인질로 잡혀 있는 엄마를 살리기 위해 마음에도 없는 당신한테 접근했던 것이야. 그런 줄도 모르고 착각하는 당신을 내가 속으로 얼마나 비웃었는지 알아?"

세화가 머리핀을 빼더니 인혁 앞으로 던졌다. 뒤집힌 머리핀에서 푸른빛이 깜빡거렸다. 인혁은 소냐 일당이 어떻게 자신의 주위를 맴돌 수 있었는지 모든 것을 알 수 있었다.

"그날 나는 당신을 여기까지 오게 하기 위해, 내 목숨을 걸고 교통사고를 일으켰어. 이종수를 죽이기 위해서였지. 나에겐 선택의 여지가 없었어. 블랙박스 영상? 그런 건 얼마든지 조작이 가능해. 알겠어? 정인혁, 이제 모든 게 끝났어."

듣고 있던 문 선생이 이들의 치밀한 계략에 혀를 내둘렀다. 흔들리는 눈빛을 다잡은 세화가 주저 없이 방아쇠를 당겼다. 총에 맞은 인혁이 옆으로 천천히 쓰러졌다. 이내 그의 두 눈이 스르르 감기면서 눈물이 주르르 흘렀다. 인혁의 시신을 바라본 세화가 눈물을 흘리면서 자신의 가슴에 총구를 들이댔다.

"제발 우리 엄마는 건드리지 마세요."

'탕!'

세화가 가슴을 부여잡으면서 쓰러졌다.

"경찰들이 올라오고 있어. 빨리 내려가지."

인혁과 세화의 시신을 바라본 민철이 몸을 돌렸다.

"태훈, 정말 미안했어. 마지막으로 손 좀 잡아볼 수 있나?"

문 선생이 눈물을 주르르 흘렸다. 태훈의 눈동자가 잠시 흔들렸다. 힘겹게 몸을 돌린 그는 산을 내려갔다. 문 선생의 입술에 경련이 이는가 싶더니, 이내 어깨가 들썩거렸다. 그는 어린아이처럼 소리 내어 울었다.

신의 정체

이틀 후.

시내를 질주하던 승용차가 한 건물 앞에서 멈췄다. 승용차를 내린 남자들은 상가 건물로 들어서 10층에서 승강기를 내렸다. 하나신이었다.

"저길 두드려봐."

영민의 지시를 받은 형사들이 들고 있던 파이프로 목욕탕 벽면을 두드리면서 이동했다.

"여긴 것 같습니다."

정석이 말하면서 들고 있던 해머로 벽면을 후려쳤다. 벽이 깨지면서 백골만 앙상하게 남은 시신이 드러났다.

"빨리 수습해."

시신은 3년 전 실종된 마약상의 시신이었다. 시신을 수습한 형사들이 하나신을 나갔다.

거리 곳곳에서 벌어지는 반정부 시위는 아스팔트를 녹일 것처럼 일찍 찾아온 무더위와 더불어 그 열기를 더해가고 있었다. 급기야 정부는 시위대를 향해 국가전복 세력으로 규정하고 국가 비상사태를 선포했다. 경찰과 시민들의 무력충돌이 이어지면서 유혈사태가 곳곳에서 목격됐다.

아까부터 시위 현장의 주변을 맴도는 남자가 있었다. 모자를 눌러쓴 그는 시위대 틈으로 들어가더니, 사람들을 헤집고 반대편으로 나왔다. 그때 시위대가 일사분란하게 움직이기 시작했다. 대규모 경찰병력이 시위대로 투입된 것이었다. 경찰의 강경 진압에 순식간에 무너진 시위대는 비명을 지르며 사방으로 뛰었다.

"한눈팔지 말고 잘 보란 말이야!"

요원을 향해 소리치는 남자는 양우공제회 지도자 장귀석이었다. 눈을 돌렸던 요원이 급히 고개를 돌려 모자를 눌러쓴 남자의 움직임을 주시했다. 귀석은 수도승과 기술자가 놈들에게 당했다는 사실을 실로 믿을 수 없었다. 또한 강력계 형사들을 너무 믿은 게 실수였다. 이렇게 된 이상 자신이 직접 지휘해야 했다. 모자를 쓴 남자가 인도로 올라서 어디론가 향했다. 차창으로 보이는 남자는 체포된 문 선생의 말대로 정민 박사가 틀림없었다. 귀석은 모자를 쓴 남자를 알아보았다.

"저놈을 쫓아가."

요원이 차를 내리고 얼마 지나지 않아, 검은 양복 차림의 남자 둘이 다가오더니 차를 두드렸다. 귀석이 차창을 내리자, 남자들이 허리를 깊이 숙였다.

"지도자님을 경호해드리라는 비서실장님의 연락을 받고 왔습니다."

"오, 그런가."

남자들이 차에 올랐다.

"소냐 일당은 아직 잡히지 않았습니다. 놈들이 어디서 나타날지 모르니, 경호에 취약한 이런 곳에서 오래 있을 수 없습니다. 저희가 안전한 곳으로 모시겠습니다."

운전석에 앉은 남자가 말하면서 시동을 걸었다.

"지금 어디로 가는 건가?"

"당신을 보고 싶어 하는 분이 있습니다."

"뭐? 당신?"

귀석은 자신이 속았다는 사실을 알아챘다. 그러나 때는 이미 늦었다. 모골이 송연했다. 승용차가 바로 옆길로 들어서서 멈췄다. 기다리고 있던 소냐와 태훈이 승용차에 올랐다.

"그때는 제 상관이었는데, 이젠 뭐라고 불러야 할까요?"

소냐의 목소리에 지독한 냉기가 서려 있었다.

"소냐, 그땐 나도 어쩔 수 없었어. 정말이야. 믿어줘."

귀석이 비굴한 표정으로 애원했다. 비열한 인간. 소냐가 귀석을 향해 냉혹한 웃음을 흘리더니 차를 내렸다.

"빨리 처리하고 나와."

차창을 잡은 귀석의 손이 피로 물들면서 아래로 떨어졌다.

한편, 정민은 이상한 느낌에 구두끈을 매는 척하며 몸을 굽혔다. 자신을 따라붙던 남자가 급히 발을 멈추는 모습이 자동차 백미러로 보였다. 남자가 미행을 들키지 않으려는 듯 고개를 돌렸다. 그것을 노렸던 정민은 몸을 엎드려 차 밑으로 들어가 반대편으로 나왔다. 이어서 부서진 버스로 올라타 깨진 창문 사이로 남자가 뛰어가는 모습을 보았다. 주위를 살피면서 버스를 내린 그는 쇼윈도가 깨진 상가를 지나 오른쪽으로 꺾어 들어갔다. 비어 있는 다세대 주택 앞에 이르러 다시 뒤를 돌아보더니 안으로 들어섰다. 그는 이상한 느낌에 급히 몸을 돌렸다.

"왜 저를 속이셨습니까?"

인혁이었다. 세화의 총에 맞은 인혁은 놀랍게도 살아 있었다.

"이제 깨어났구먼."

"저를 왜 속이셨냐고 물었습니다."

인혁의 목소리가 서늘했다.

"입이 열 개라도 할 말이 없네. 그렇지만 이거 하나는 명심해야 할 것이야. 내가 원하는 것과 자네가 원하는 것이 같다는 사실. 양 우공제회 지도자 장귀석은 자네 아버님을 죽인 원수인 동시에, 내 인생을 망친 원수이기도 해."

"그래서 저를 지금까지 이용하신 겁니까?"

"이용한 게 아니었어. 그건 맹세할 수 있네. 다만 내가 들어갈 수 있는 타이밍을 놓쳤을 뿐이야. 나는 산장에서 그놈의 총에 맞아 죽을 뻔했어. 자, 보게."

정민이 셔츠를 들어 올렸다. 왼쪽 겨드랑이 가까이 심한 흉터가 자리 잡고 있었다.

"내가 거기서 살아남을 수 있었던 건 천운이었어. 다행히 자네 아버님이 재배했던 약초로 어느 정도 건강을 회복할 수 있었지."

"그럼 저와 세화가 아저씨를 죽인 살인범으로 수배된 이유는 그들이 짜놓은 그물망 안에서 빠져나가지 못하게끔 조작한 것이었네요."

인혁의 목소리가 다소 수그러져 있었다.

"그것은 나를 비밀리에 잡기 위한 목적도 있었겠지."

"그럼 그날 산장에서 말을 왜 그렇게 어렵게 꼬아놨던 겁니까?"

"자네도 생각해봐. 내가 처음부터 그곳을 얘기했으면, 자네 힘으로 거기까지 갈 수 있었을 것 같은가? 어림도 없는 일이야. 나는 그것을 노리는 놈들이 자네에게 접근할 것이라는 사실을 예상했었어. 그때까진 자네의 목숨이 위협받지 않을 것으로 내다봤고. 하지만 결과적으로 자네를 죽일 뻔했어. 이건 내가 입이 열 개라도 할 말이 없네. 진심으로 미안하네."

"세화는 아무 말도 없이 떠난 겁니까?"

정민이 무겁게 고개를 끄덕였다.

"한 기자를 원망하지 말게. 어찌됐든 한 기자가 자네를 살렸으니까. 그런데 그 고무탄 권총을 어떻게 한 기자가 갖고 있을 수 있었나?"

"세화는 이런 일이 있을 것으로 예상하고, 우리가 숨어 있던 컨테이너에서 고무탄 권총을 몰래 꺼내 갖고 있었던 것 같습니다."

인혁은 아직도 가슴이 얼얼한지 손을 들어 가슴을 문질렀다. 동시에 세화의 얼굴이 그려졌다. 편지 한 장만을 써놓고 떠난 세화는 어디로 갔을까. 인질로 잡혀 있는 어머니를 구하기 위해 그 모진 시간을 선택한 세화를 생각하니 가슴이 먹먹했다.

"한 기자는 그곳에 아무것도 없었다고 말했어."

"거기에는 아무것도 없었어요. 그 대형 컴퓨터에는 빈껍데기만 저장돼 있었습니다."

"자네 아버님은 철두철미하고 빈틈이 없는 분이었어. 그래서 무슨 일이든지 안전망을 이중삼중으로 구축해놓으셨지. 자네는 분명 그런 아버지의 메시지를 갖고 있을 것이야."

"제가 이 상황에서 그것을 숨길 이유가 없잖아요."

그때 어디선가 오토바이의 경적소리가 들렸다. 리듬이 실린 경적소리는 방안으로 들어왔다가 사라졌다.

"잠깐만요."

인혁은 무엇이 생각난 듯, 컴퓨터에서 저장된 내용을 옮기는 과정을 천천히 그려보았다. 아버지가 안전망을 이중삼중으로 구축해놓으셨다면 혹시? 순간, 그의 두 눈이 크게 벌어졌다.

"그것이었어!"

인혁은 아버지의 철두철미함에 감탄했다. 칩에서 깜빡이던 길고 짧은 초록 불빛이 아버지의 메시지였다.

"메시지를 찾았나?"

"아버지의 메시지는 모르스 부호였습니다."

"모르스 부호?"

"네, 아버지는 아무것도 없는 내용을 칩에 저장되는 것처럼 위장해, 모르스 부호를 감추었던 겁니다."

"자네가 모르스 부호를 알고 있었단 말인가?"

"저, 해군 조타병 출신입니다. 모르스 부호를 하루에 이백 번이나 넘게 쓰고 외우면서 함정과 교신했었습니다. 지금도 저는 번화가의 네온사인이나 지나가는 차량들의 짧고 긴 경적소리가 들리면, 모르스 부호로 전환하는 습관이 남아 있을 정돕니다. 아버지는 이것까지 계산하셨던 게 틀림없습니다."

정민은 가슴이 심하게 두근거렸다. 눈을 감아 생각에 집중한 인혁은 길고 짧은 초록 불빛의 깜빡임을 머릿속에 그리면서 영문으로 전환했다. 심호흡을 들이켜 긴장된 가슴을 진정시키고 전환된 영문을 바라보았다.

JEAHID

전환된 영문이었다.

"무슨 뜻인지 알겠나?"

이리저리 조합해봐도 뜻을 알 수 없었다. 다시 인혁은 전환된 영문을 한글로 전환했다.

ㅊㅁㄱㅇㅈㄹ

영문에서 전환된 한글이었다. 하지만 그 뜻을 알 수 없긴 마찬가지였다. 허물어지던 인혁의 두 눈이 갑자기 생기가 돌더니, 빛이 감돌았다.

"여기서부턴 아저씨가 하셔야 됩니다."

"내가? 나는 도무지 모르겠네."

"남은 것은 하나입니다. 숫자, 숫자는 곧 비밀번호일 것입니다."

"비밀번호? 그러면…, 그것이었어! 비밀번호의 사용처는 내가 알고 있어!"

한글을 숫자로 전환하는 인혁의 손이 미세하게 떨렸다.

051894

전환된 숫자였다.

"우린, 그곳으로 다시 가야 해. 자, 출발하자고."

택시에서 내린 정민과 인혁은 실개천을 따라 올라가더니, 잡풀이 무성한 곳으로 뛰어내렸다. 커다란 원통형의 하수구에서 정화된 오수가 흘러나오고 있었다.

"여기가 그곳으로 들어갈 수 있는 유일한 비밀통로야."

"얼마나 가야 합니까?"

"아마도 한 시간 정도는 걸릴 것이네."

정민이 앞장섰다. 하수구의 수위는 보기보다 깊었다. 더러운 침전물이 종아리를 건드리면서 심한악취를 동반했다.

"냄새가 고약한가? 이런 게 바로 권력의 냄새야. 모든 건 정체돼 있으면 썩게 마련인데, 그것을 모르고 계속 자리만 탐내는 위정자들이 있기 때문에 세상은 냄새나고 어지러운 것이야."

천장에 붙어 있던 벌레가 밑으로 떨어지면서 흐르는 물에 떠내려왔다. 인혁이 벌레를 피해 걸었다.

"아버지와 아저씨는 구체적으로 무슨 연구를 하셨기에 이렇게 쫓기고 계시는 겁니까? 이제는 그 내용을 말씀해주셔야죠."

"그러지 않아도 진작부터 얘기하려고 했지만 전문적인 지식을 요하는 부분이라…. 좋아, 알기 쉽게 설명하지."

정민이 발을 멈췄다.

"우리가 걷고 있는 하수구나 오염된 물, 산속의 나무들과 우리 인간들은 모두 동일한 원자로 구성돼 있어. 다만 원자를 구성하는 진동수가 다르기 때문에 다른 모양을 갖고 있는 것이네. 자네 아버지와 나는 그 진동수를 감지할 수 있는 장치를 발명했어. 우리는 한발 더 나아가서, 인간 개개인의 생각이 어떤 진동수를 갖고 있는지까지도 알아냈지."

정민이 잠시 말을 끊었다가 다시 이었다.

"그것을 알아낸 우린, 인간과 친숙한 동물인 개와 고양이, 원숭이를 반사 상태로 만들어, 동물들이 정상일 때와 다름없이 인간과 교감을 나눌 수 있는지, 그것을 실험했어."

"실험은 성공했습니까?"

"실험은 성공했네. 그것도 아주 오래 전에. 그런데 현 정부가 그것을 압수해 간 후에, 우린 다시 그것을 훔쳐내는 데 성공했지. 그 훔쳐낸 정보가 비밀번호를 기다리고 있는 자네 아버지의 컴퓨터에 저장돼 있는 것이고."

"현 정부가 무엇 때문에 그것을 압수해 간 것이고, 아버지가 그 실험의 결과를 공개하려고 했던 이유가 뭡니까?"

"전에 산장에서 말했었지. 박정희로부터 이어지는 권력. 아버지는 실험의 결과를 공개하려고 했던 것이 아니라, 다른 무엇을 공개하려고 했던 것이네. 하지만 나는 그 이상 알 수 없었어. 자네 아버지는 나한테까지도 비밀을 말씀해주시지 않았으니까. 그래서 나는 그것을 여는 비밀번호를 모르고 있었던 것이야. 하지만 이거 하나는 분명히 알 수 있네. 인간의 죄는 인간이 심판해야 진정한 정의가 구현된다는 사실을."

하수구로 들어온 지 어느새 한 시간 이상 흐른 듯했다. 하수 처리장으로 나온 두 사람은 지저분한 물이 부글부글 끓고 있는, 콘크리트로 만들어진 저수조를 지나 철재 계단을 올랐다. 중간쯤 올라가자 우둘투둘한 벽면에 무언가 보였다.

"여기로 들어가야 해."

환풍구인 듯싶었다. 간신히 한 사람 정도만 통과할 수 있는 환풍구 안으로 들어오니 숨이 가빠왔다. 인혁은 어서 빨리 사방이 조여드는 것 같은 밀폐된 공간에서 벗어나고 싶었다.

"조심해, 소리를 죽여!"

정민이 작지만 엄하게 말했다. 마침내 환풍구를 통과한 두 사람은 연구실로 내려왔다. 인혁의 온몸이 땀으로 흥건하게 젖었다.

"바로 저 컴퓨터가 자네 아버님만 사용했던 컴퓨터야."

곧바로 컴퓨터를 부팅한 인혁은 전과 동일하게 아버지의 서명을 입력하고, 뒤이어 비밀번호를 입력했다. 갖고 온 USB를 컴퓨터에 꽂은 인혁은 전송 버튼을 클릭했다. 이제 기다리는 시간만 남았다. 전송되는 시간은 영원히 지속될 것처럼 아주 더디게 흐르고 있었다. 그때 밖에서 들려오는 소리는 구둣발 소리였다.

"누군가 오고 있어요."

가슴이 심하게 두근거렸다.

"무슨 일이 있어도 이걸 갖고 나가야 해."

구둣발 소리가 점점 가까워지고 있었다. 아직도 남은 시간은 2분 44초나 됐다. 손바닥에서 땀이 흘렀다. 제발 빨리! 속으로 외친 인혁은 컴퓨터의 화면과 연구실의 문을 번갈아가며 주시했다. 남은 시간 1분 59초, 1분 42초. 환기구로 올라가는 시간까지 계산해야 했다. 다가오던 구둣발 소리가 멈췄다. 두 사람이 서로를 바라보고 있을 때, 문손잡이가 돌아가는 소리가 들렸다. 남은 시간 23초, 19초, 18초. 문밖에서 철컥거리는 소리가 들렸다. 아마도 열쇠를 흘린 모양이었다. 3초, 1초, 전송완료. USB를 빼낸 인혁은 재빨리 컴퓨터의 코드를 뽑았다.

"빨리 서둘러."

의자를 끌어온 정민이 환기구 뚜껑을 들면서 말했다.

"빨리 올라가."

마침내 연구실의 문이 열리면서 경비원 복장의 남자가 연구실로 들어섰다. 이상한 소리에 환기구 밑으로 걸어온 그는 의자를 쳐다보더니 고개를 들었다. 환기구 안에서 숨을 죽인 정민과 인혁이 다시 고개를 내리는 남자를 쳐다보았다.

"의자가 왜 여기에 있지?"

혼잣말을 흘린 그는 잠시 주위를 살피더니, 대수롭지 않다는 듯 연구실을 나갔다.

다음 날.

무릎을 꿇은 인혁은 아버지의 납골묘 앞에 술을 올리고 있었다. 아버지, 아버지가 못 하신 일을 제가 하겠습니다. 그리고 정말 죄송했습니다. 그동안 아버지를 원망했던 나날들이 지나가면서 심한 죄책감이 밀려들었다. 술잔을 비우고 다시 또 한 잔을 올리는 그의 손이 떨렸다. 그 떨림은 어깨로 전이되면서 이내 온몸으로 전이됐다. 참을 수 없는 눈물이 얼굴을 타고 목으로 흘렀다. 인혁은 소리 죽여 가며 한참을 흐느꼈다. 그 모습을 바라보는 정민이 안경을 벗어 떨어진 눈물을 닦았다.

"그만 일어나게."

정민의 목소리가 심하게 젖어 있었다. 아버지 앞에 큰절을 올린 인혁은 떨어지지 않는 발을 옮겼다.

"이제 어떻게 할 텐가?"

"제가 해야죠."

"죽을 수도 있네."

"각오하고 있습니다."

정민은 어떤 말도 해줄 수 없었다. 어디선가 날아온 새 한 마리가 두 사람을 지나쳐 납골묘 쪽으로 날아갔다.

"그동안 감사했습니다."

"이 사람, 무슨 소린가. 나도 함께하겠네."

인혁의 손을 잡은 정민이 희미하게 웃었다.

새나라당 당사로 들어서던 채무는 걸려온 전화 벨소리가 왠지 모르게 불안했다. 이 불안감은 뭔가. 어차피 거기에는 아무것도 없었어. 소냐 일당 또한 아무것도 건진 게 없어. 그런데 밀려드는 이 불안감은 무엇이란 말인가. 혹시 정인혁? 그 역시 아무것도 모르는 상태가 아닌가. 그의 통통한 얼굴이 실룩거렸다. 별일 아닐 거야. 스스로를 위안한 그는 전화기를 들어 올렸다.

"대표님, 큰일 났습니다."

채무의 얼굴이 심하게 굳어졌다.

"정진일의 컴퓨터가 전부 털렸습니다. 거기에 모든 게 들어 있었나 봅니다."

"이런 병신 같은 놈들."

그것이 밝혀지면 우린 끝장이다. 전화기를 집어던진 채무는 주차장으로 달려가 승용차에 올랐다. 그의 승용차가 무섭게 도로를 질주했다.

"폭력 경찰은 물러가라! 폭력 경찰을 사주하는 정부는 물러가라!"

인혁과 정민은 시위대의 구호를 따라 외치며 전진했다. 그러더니 눈짓을 주고받으며 어디론가 향했다. 두 사람이 도착한 곳은 대형 스크린이 설치돼 있는 건물 옥상이었다.

"자, 준비됐지?"

"네, 준비됐습니다."

"공교롭게도 이 시위는 우릴 도와주고 있어. 우린 이 시위를 최대한 활용해야지."

인혁이 들고 온 노트북을 꺼내 USB를 꽂더니 권총을 빼들었다.

"자네, 권총은 어디서 났나?"

"거기 아버지 서랍에 있었습니다."

바로 그 시각, 도로를 질주하던 검은색 승합차가 급정거의 소음을 지르며 멈췄다. 경찰특공대 차량이었다. 민첩하게 승합차를 내린 그들은 소음기가 장착된 소총을 움켜잡았다. 여러 대의 경찰버스가 특공대원들의 움직임을 감춰주고 있었다. 버스에 바짝 붙어 이동한 그들은 반대편 건물로 뛰어올랐다. 정민과 인혁이 있는 건물과는 50여 미터 정도 떨어진 거리였다. 옥상으로 올라선 특공대원들이 민첩하게 자리를 잡았다.

-보고하라.

귀에 꽂은 리시버에서 보고하라는 소리가 들렸다.

"알파 원, 준비 끝."

"알파 투, 준비 끝."

십 수 명의 특공대원들이 준비까지 걸린 시간은 불과 5분 남짓했다.

-저격수, 위치로.

바짝 긴장한 특공대원들이 몸을 엎드렸다.

-경보시스템 통제 완료.

"모든 감시카메라 작동 중지."

-무기를 소지하고 있으니 사정권에 들어오면 사살하라.

특공대원들이 방아쇠에 손가락을 걸었다.

컴퓨터를 실행한 인혁이 파일을 열어 클릭하려는 순간이었다. 계단을 뛰어오르는 소리가 들렸다. 급히 권총을 잡은 인혁은 벽으로 붙었다. 그의 눈과 입이 크게 벌어졌다. 옥상으로 올라온 여자는 세화였다.

"세화야."

인혁이 세화를 와락 끌어안았다.

"여길 어떻게 알고…."

"선배, 빨리 여길 빠져나가야 해요."

"우리가 할 일은 하고 가야지."

"선배."

"나한테 무슨 말을 하고 싶은지 알아. 내가 세화 입장이었다면 나도 그렇게 했을 거야. 거기에 너무 연연하지 마. 우리, 이 일이 끝나면 운치 좋은 포장마차에 가서 이번 일을 안주 삼아 소주나 한 잔하자. 조금만 기다려."

세화는 인혁을 말릴 수 없다는 것을 알았다. 그녀의 눈에서 눈물이 흘렀다.

"세화야, 이제는 나를 두고 떠나면 절대로 안 돼. 그땐 정말 용서 안 할 거야."

인혁이 환하게 웃었다. 세화의 이마에 입을 맞춘 인혁이 돌아섰다. 마우스를 클릭하는 손가락에 힘이 들어갔다. 설치된 스크린에 박정희의 사진이 나타나더니 한 장, 한 장 넘어가기 시작했다. 갑자기 나타난 박정희의 사진에 시위대가 웅성거리기 시작했다.

"아저씨, 시간이 없어요. 빨리 선배 좀…."

무엇을 직감한 정민이 인혁을 향해 몸을 돌렸다. 푸슝, 입이 벌어진 정민이 그대로 쓰러졌다. 검붉은 선혈이 바닥을 흘렀다.

"아저씨!"

푸슝, 인혁이 그 자리에서 멈췄다. 아니, 움직일 수 없었다. 곧이어 가슴에서 타는 듯한 통증이 느껴지면서 피가 주르르 흘렀다.

"선배!"

푸슝, 또 한 발의 탄환이 인혁의 머리를 뚫고 지나갔다. 바닥에 주저앉은 세화는 눈물도 나오지 않았다.

"선배, 왜 약속 지키지 않았어요. 사랑하는 사이에서 가장 슬픈 일을 겪지 않게 해준다고 했잖아요. 이게, 이런 죽음이 신비감을 주는 건가요."

세화의 눈에서 눈물이 주르르 흘렀다. 그녀는 손을 뻗어 바닥에 떨어진 권총을 잡았다.

"경찰이다. 총 내려!"

경찰을 바라보는 세화는 아무 표정이 없었다. 그러더니 권총을 들어 올려 자신의 관자놀이에 붙였다. 선배, 나를 용서해주세요. 사랑했어요. 세화가 주저 없이 방아쇠를 당겼다.

'탕!'

새들이 푸드덕 날아올랐다.

한 달 후.

연일 최고치를 경신하는 폭염 때문이었을까. 아니면 국민을 받들겠다는 정부의 발표 때문이었을까. 곳곳에서 벌어지던 대규모 시위는 이제 어느 곳에서도 찾아볼 수 없었다. 정치적인 홍역을 치른 박근혜는 구미로 향하고 있었다.

"어차피 국민은 조금만 지나면 전부 잊을 것입니다. 그때 가서 아버님의 정치적인 기술을 다시 펼치면, 정권 재창출은 충분히 가능할 것입니다."

비서실장 기준이 말했다.

"그래야지요."

"스타 연예인 사건을 계획하고 있으니, 너무 염려하지 않으셔도 됩니다."

대통령의 얼굴엔 아무 감정도 묻어 있지 않았다. 대통령의 차량이 외곽도로로 들어서 멈췄다.

"대통령님, 기다리고 있었습니다."

사유지를 표시했던 철조망이 사라진 자리를 콘크리트 벽이 차지하고 있었다. 대통령이 콘크리트 벽 안으로 빨려 들어갔다.

"이제 모든 게 제자리로 돌아왔습니다. 그래도 정인혁으로 인해 그것을 얻을 수 있었으니 얼마나 다행입니까."

먼저 와 있던 채무가 대통령을 따라 승강기에 몸을 실었다. 지하 5층에서 내린 그들은 커다란 유리관이 있는 곳으로 향했다. 유리관 앞에 무릎을 꿇은 대통령이 헤드셋을 착용했다.

"아버지, 이제 모든 게 다 잘될 겁니다. 너무 걱정 마세요."

대통령은 헤드셋을 통해 들려오는 소리에 귀를 집중했다.

"정치는 그렇게 하는 것이야."

박정희는 살아 있었다.

다음 날, 새나라당 당사.

우레와 같은 박수 소리가 울려 퍼지고 있었다.

연단 앞에 선 채무가 손을 들어올렸다. 채무의 우렁찬 목소리가 박수 소리에 이어 장내를 울리기 시작했다.

"당원 여러분, 지난 반년 동안 우리는 너무나 어처구니없게도 우리 당의 추락을 지켜보면서 뼈를 깎는 고통을 감내했습니다. 이제 모든 게 제자리로 돌아왔습니다. 여기에는 여러분들이 그 어떤 상황에서도 흔들리지 않는 초심이 있었기 때문에 가능했던 것입니다. 여러분, 과거와 같이 우리 당이 앞장서서 새로운 대한민국 건설을 위해 힘을 모아야 할 때입니다."

잠시 말을 멈춘 채무는 좌중을 주시하더니 한 팔을 높이 들어 힘있게 외쳤다.

"당원 여러분, 그렇게 할 수 있습니까!"

대답 소리에 이어, 다시 한 번 우레와 같은 박수소리가 장내를 크게 울렸다.